Zu diesem Buch

Ein preisgekrönter Bestseller aus England. «Stevens ist ein perfekter Vertreter seines Standes, ein wirklich ‹großer› Butler, seit über dreißig Jahren im Dienst auf Darlington Hall, korrekt, zurückhaltend und loyal bis zur Selbstverleugnung, einer, der seinem Herrn den Portwein serviert, derweil, oben in der Dienstbotenkammer, sein Vater im Sterben liegt. Stevens' größter Stolz ist das tadellos geputzte Tafelsilber; und einmal in jenen Tagen, als Darlington Hall Schauplatz internationaler Konferenzen und Ribbentrop ein häufiger Gast seines Herrn war, hatte sogar er, der Butler, seinen kleinen, bescheidenen Beitrag zum Gang der Geschichte leisten können... Nur ein Engländer, scheint es, könnte eine solche Figur, so schrullig wie klischeehaft, erfinden. Darum kann die mimetische Meisterleistung des Japaners Kazuo Ishiguro kaum genug bewundert werden. Er hat in seinem Roman den Ton seines Helden vollkommen getroffen, die Mischung aus Eitelkeit und Ergebenheit, das Pathos überheblicher Demut... Die historischen Ereignisse klingen wie ein fernes Echo in den inneren Monolog des Butlers, der in jenem Sommer 1956 zum erstenmal nach vielen Jahren Darlington Hall verläßt. Er will eine frühere Angestellte in Cornwall besuchen. Er hat diese Miss Kenton geliebt, ohne es überhaupt zu ahnen, und jetzt endlich könnte er nachholen, was er versäumt hat; aber nicht einmal das wagt er sich einzugestehen... Kazuo Ishiguro hat sich seiner Figur vollkommen unterworfen, um nur, ganz sacht aus dem Hintergrund, ein wenig spöttisch und voller Melancholie, den Kampf dieses Butlers um seine Lebenslügen zu dirigieren.» («Der Spiegel»)

Kazuo Ishiguro, geboren 1954 in Nagasaki, kam im Alter von sechs Jahren nach England. Er studierte Anglistik und Philosophie und war danach eine Zeitlang als Sozialarbeiter tätig. Kazuo Ishiguro lebt in London. «Seine Romane gehören zum Eindruckvollsten der neuen englischen Literatur.» («Die Zeit»)

Nicolaus Schröder, geboren 1958, lebt als freier Journalist in Hamburg.

Kazuo Ishiguro

Was vom Tage übrigblieb

Roman

Das Buch zum Film

rororo

Rowohlt

Die Originalausgabe erschien 1989 unter dem Titel
«The Remains of the Day»
bei Faber and Faber, London

Deutsch von Hermann Stiehl
Mit einem Nachwort von Nicolaus Schröder

Einmalige Sonderausgabe Februar 1995

Veröffentlicht im Rowohlt Taschenbuch Verlag GmbH,
Reinbek bei Hamburg, August 1992

Umschlaggestaltung Walter Hellmann
(Foto Columbia Tristar Film
Mit freundlicher Genehmigung der Columbia Tristar Film)
Gesamtherstellung Clausen & Bosse, Leck
Printed in Germany
1200-ISBN 3 499 12090 9

Zum Gedenken an Mrs. Lenore Marshall

Prolog: Juli 1956

Darlington Hall

Es wird immer wahrscheinlicher, daß ich tatsächlich jene Reise unternehme, die meine Phantasie bereits seit einigen Tagen mit einer gewissen Ausschließlichkeit beschäftigt. Eine Reise, die ich, das sollte ich hinzufügen, allein unternehmen werde, in Mr. Farradays bequemem Ford, eine Reise, die mich, soweit ich das jetzt schon ermessen kann, durch einige der schönsten Gegenden Westenglands führen und mich immerhin fünf oder sechs Tage von Darlington Hall fernhalten wird. Die Idee zu einer solchen Reise geht, wie ich vielleicht erwähnen sollte, auf einen höchst liebenswürdigen Vorschlag zurück, den Mr. Farraday persönlich mir eines Nachmittags vor fast vierzehn Tagen machte, als ich gerade die Porträts in der Bibliothek abstaubte. Ich stand, wenn ich mich recht erinnere, gerade auf der Trittleiter und entstaubte das Porträt des Viscount Wetherby, als mein Dienstherr mit einigen Büchern hereinkam, die er offenbar ins Regal zurückzustellen beabsichtigte. Als sein Blick auf mich fiel, nahm er die Gelegenheit wahr, mich davon zu unterrichten, daß er gerade endgültig beschlossen habe, im August und September für einen Zeitraum von fünf Wochen in die Vereinigten Staaten zurückzukehren. Nach dieser Mitteilung legte mein Dienstherr die Bücher auf einen Tisch, setzte sich auf die Chaiselongue und streckte die Beine aus. Und da war es dann, daß er zu mir heraufsah und sagte:

«Übrigens, Stevens – ich erwarte nicht, daß Sie sich, während ich weg bin, die ganze Zeit hier im Haus vergraben. Nehmen Sie doch den Wagen, und fahren Sie für ein paar

Tage irgendwohin. Sie sehen aus, als könnten Sie eine kleine Abwechslung gebrauchen.»

Da dieser Vorschlag gänzlich unerwartet kam, wußte ich nicht recht, wie ich darauf reagieren sollte. Ich erinnere mich, meinem Dienstherrn für seine Aufmerksamkeit gedankt zu haben, aber aller Wahrscheinlichkeit nach drückte ich mich nicht sehr präzise aus, denn er fuhr fort:

«Ich meine das ernst, Stevens. Ich glaube wirklich, Sie sollten mal ausspannen. Für das Benzin komme ich auf. Ihr Burschen, ihr seid ja geradezu eingesperrt in diesen großen Kästen, damit alles klappt, wie sollt ihr da je Zeit finden, euch in eurem schönen England umzusehen?»

Es war nicht das erste Mal, daß mein Dienstherr eine solche Frage aufwarf; es scheint sich sogar um ein Problem zu handeln, das ihn ernstlich beschäftigt. Bei dieser Gelegenheit nun, als ich dort oben auf der Leiter stand, fiel mir eine Erwiderung des Inhalts ein, daß die Angehörigen unseres Berufsstandes, obzwar wir im touristischen Sinne nicht sehr viel von der Landschaft oder besonders pittoresken Örtlichkeiten zu Gesicht bekamen, doch mehr als die meisten anderen von England «sahen» durch unsere Position in Häusern, in denen die bedeutendsten Persönlichkeiten des Landes verkehrten. Natürlich hätte ich Mr. Farraday diese Überlegung nicht mitteilen können, ohne zu einer längeren Rede anzusetzen, die vielleicht anmaßend geklungen hätte. Ich begnügte mich deshalb damit, lediglich festzustellen:

«Es war mir vergönnt, Sir, im Laufe der Jahre innerhalb dieser Mauern das Beste von England zu sehen.»

Mr. Farraday schien diese Bemerkung nicht zu verstehen, denn er fuhr fort: «Ich meine es wirklich ernst, Stevens. Es ist nicht in Ordnung, wenn sich jemand nicht in seinem eigenen Land umsehen kann. Folgen Sie meinem Rat, sehen Sie zu, daß Sie mal für ein paar Tage rauskommen.»

Wie man sich denken kann, nahm ich Mr. Farradays Vorschlag an diesem Nachmittag nicht ernst, da ich in ihm nur einen weiteren Beweis für die mangelnde Vertrautheit eines Amerikaners mit dem erblickte, was man in England gemeinhin zu tun pflegt und was nicht. Der Umstand, daß meine Einstellung zu ebendiesem Vorschlag im Verlauf der darauffolgenden Tage eine Änderung erfuhr, ja, daß die Vorstellung eines Ausflugs in die Westprovinzen in meinen Gedanken immer breiteren Raum einnahm, ist zweifellos – und warum sollte ich das verschweigen – wesentlich dem Eintreffen von Miss Kentons Brief zuzuschreiben, ihrem ersten seit fast sieben Jahren, wenn man die Weihnachtsgrüße nicht mitrechnet. Aber ich muß sofort verdeutlichen, was ich damit sagen will: Daß nämlich Miss Kentons Brief eine gewisse Kette von Überlegungen auslöste, die mit beruflichen Angelegenheiten hier in Darlington Hall zu tun hatten, und ich möchte betonen, daß es der Gedanke an diese beruflichen Angelegenheiten war, der mich dazu führte, den freundlich gemeinten Vorschlag meines Dienstherrn erneut zu bedenken. Aber das sollte ich vielleicht noch näher erläutern.

Es ist so, daß ich während der letzten Monate bei der Ausübung meiner Dienstpflichten für eine Reihe kleiner Versehen verantwortlich war. Diese Versehen waren ohne Ausnahme an sich äußerst trivial, doch ich glaube, man wird verstehen, daß diese Entwicklung für jemanden, der es nicht gewohnt ist, daß ihm solche Versehen unterlaufen, recht beunruhigend war, und so begann ich, hinsichtlich ihrer Ursache alle möglichen düsteren Erwägungen anzustellen. Wie das so oft in solchen Situationen geschieht, war ich für das Offensichtliche blind – das heißt, bis mir mein Nachsinnen über die eigentliche Bedeutung von Miss Kentons Brief die Augen öffnete: Die Wahrheit war, daß die kleinen Versehen der jüngsten Zeit einzig und allein auf einen mangelhaften Personalplan zurückzuführen waren.

Es ist natürlich Aufgabe jedes Butlers, beim Erstellen eines

Personalplanes die größte Sorgfalt walten zu lassen. Wer wüßte zu sagen, wie viele Auseinandersetzungen, ungerechtfertigte Anschuldigungen, unnötige Entlassungen, wie viele jäh abgebrochene hoffnungsvolle Karrieren der Nachlässigkeit eines Butlers bei der Ausarbeitung des Personalplans zuzuschreiben sind? Ich darf sogar behaupten, mich im Einklang mit jenen zu befinden, die die Fähigkeit, einen guten Personalplan zu erstellen, für den Eckstein des Könnens eines achtbaren Butlers halten. Ich selbst habe im Laufe der Jahre viele Personalpläne erarbeitet, und man wird es mir nicht als Unbescheidenheit auslegen, wenn ich sage, daß nur sehr wenige davon einer Verbesserung bedurften. Wenn also im vorliegenden Fall der Personalplan zu beanstanden ist, trifft keinen anderen die Schuld als mich. Freilich ist es nur gerecht, darauf hinzuweisen, daß meine Aufgabe diesmal ungewöhnlich schwieriger Natur war.

Vorgefallen war folgendes: Nachdem die Transaktionen abgeschlossen waren – Transaktionen, in deren Verlauf das seit zwei Jahrhunderten im Besitz der Familie Darlington befindliche Anwesen in andere Hände überführt wurde –, hatte Mr. Farraday wissen lassen, daß er nicht sogleich hier seinen Wohnsitz nehmen, sondern noch weitere vier Monate mit der Abwicklung von Geschäften in den Vereinigten Staaten zu tun haben werde. Inzwischen sei ihm jedoch sehr viel daran gelegen, daß das Dienstpersonal seines Vorgängers – über das er nur höchstes Lob gehört habe – weiter in Darlington Hall bleibe. Das Personal, auf das er sich bezog, war natürlich nur jener Rumpfstab von sechs Personen, welche die Verwandtschaft von Lord Darlington weiterbeschäftigt hatte, damit sie sich vor dem Beginn und während der Dauer jener Transaktionen um das Haus kümmerten; und ich muß zu meinem Bedauern berichten, daß ich nach Abschluß der Verkaufsverhandlungen wenig tun konnte, um Mr. Farradays Wunsch zu entsprechen, insofern sich alle bis auf Mrs. Clements andere

Stellungen suchten. Als ich meinem neuen Dienstherrn schrieb, um ihm von dieser bedauerlichen Situation Mitteilung zu machen, erhielt ich aus Amerika die Anweisung, eine neue, «eines großen alten englischen Hauses würdige» Dienerschaft zu verpflichten. Ich bemühte mich sogleich, Mr. Farradays Wünschen zu entsprechen, aber bekanntlich ist es heutzutage keineswegs einfach, neues Personal mit einer zufriedenstellenden Qualifikation zu finden. Zwar war es mir möglich, auf Mrs. Clements' Empfehlung Rosemary und Agnes einzustellen, weiter jedoch war ich noch nicht gediehen, als ich – während seines kurzen ersten Besuchs in unserem Land im Frühling des vergangenen Jahres – meine erste dienstliche Besprechung mit Mr. Farraday hatte. Bei dieser Gelegenheit – es war in dem eigenartig leer wirkenden Arbeitszimmer von Darlington Hall – schüttelte mir Mr. Farraday zum ersten Mal die Hand, aber wir waren einander natürlich nicht gänzlich unbekannt; abgesehen von der Personalfrage hatte mein neuer Dienstherr bei mehreren anderen Anlässen Gelegenheit gehabt, sich bestimmter Talente zu bedienen, die zu besitzen ich mich glücklich schätzen kann, und sie, so wage ich zu behaupten, für zuverlässig befunden. Aufgrund dessen fühlte er sich offenbar sofort in der Lage, in einer geschäftsmäßigen und vertrauensvollen Weise mit mir zu sprechen, und am Ende unserer Begegnung hatte er mir die Verfügung über eine nicht unbeträchtliche Geldsumme übertragen zur Deckung der Kosten, die eine ganze Reihe von Vorbereitungen für seine bevorstehende Wohnsitznahme verursachen würde. Es war – und darauf wollte ich hinaus – während dieses Gesprächs, daß ich die Rede auf die Probleme bei der Einstellung geeigneter Kräfte in unseren heutigen Zeiten brachte, worauf Mr. Farraday nach kurzem Nachdenken folgende Bitte an mich richtete: Ich solle nach bestem Ermessen einen Personalplan ausarbeiten – «eine Art Dienstbotenturnus», wie er es ausdrückte –, der es ermöglichte, das Haus mit den derzeitigen vier Angestellten zu führen, das heißt mit Mrs. Clements, den beiden Mädchen und mir. Das könne bedeuten, meinte er, daß einige Teile des Hauses «eingemottet» werden müßten, er hoffe aber, fuhr er fort, meiner Erfahrung und meinem Geschick werde es gelingen, solche Einschränkungen auf ein Minimum zu reduzieren. Ich erinnerte mich daran, einmal siebzehn Angestellte unter mir gehabt zu haben, und ich wußte, daß hier in Darlington Hall noch vor gar nicht so sehr langer Zeit achtundzwanzig Dienstboten beschäftigt gewesen waren, so daß die Vorstellung, einen Personalplan zu entwerfen, demzufolge das gleiche Haus mit nur vier Angestellten geführt werden sollte, gelinde gesagt, entmutigend schien. Obzwar ich alles tat, um mir nichts anmerken zu lassen, muß etwas von meiner Skepsis doch zu spüren gewesen sein, denn Mr. Farraday fügte wie zur Beruhigung hinzu, sollte es sich als nötig erweisen, könne eine weitere Person eingestellt werden. Aber er wäre mir sehr verbunden, wiederholte er, wenn ich es «mit vier Leuten mal probieren» könnte.

Nun habe ich, wie viele von uns, eine natürliche Abneigung gegen allzu eingreifende Veränderungen. Kein Verdienst liegt indes darin, sich, wie manche dies tun, an die Tradition um ihrer selbst willen zu klammern. Im Zeitalter der Elektrizität und der modernen Heizungssysteme ist es nicht mehr erforderlich, soviel Personal in Dienst zu haben, wie es noch vor einer Generation vonnöten war. Mehr noch, ich frage mich sogar seit einiger Zeit, ob die Beibehaltung überflüssigen Personals lediglich um der Tradition willen – mit dem Ergebnis, daß Dienstboten unzuträglich viel freie Zeit zur Verfügung haben – bei dem raschen Absinken des beruflichen Niveaus nicht eine entscheidende Rolle spielt. Zudem hatte Mr. Farraday deutlich zu verstehen gegeben, daß er nur sehr selten so große Gesellschaften zu geben gedachte, wie Darlington Hall sie früher so häufig gesehen hatte. Ich machte mich also mit einigem Engagement an die Aufgabe, die Mr. Farraday mir gestellt hatte; ich verbrachte viele Stunden über der Arbeit an dem Personalplan und dachte wenigstens noch einmal so viele Stunden darüber nach, während ich meinen anderen Pflichten nachging oder noch wach lag, nachdem ich mich abends zurückgezogen hatte. Wann immer ich glaubte, einen guten Einfall gehabt zu haben, überprüfte ich ihn auf Fehler und beleuchtete ihn kritisch von allen Seiten. Schließlich brachte ich einen Plan zustande, der, wenn auch vielleicht nicht ganz das, was Mr. Farraday verlangt hatte, doch, den sicheren Eindruck hatte ich, der menschenmöglich beste war. Fast alle wichtigen Teile des Hauses konnten in Funktion bleiben: Die ausgedehnten Dienstbotenunterkünfte – einschließlich des hinteren Flurs, der zwei Vorratsräume und der alten Waschküche – und der Gästeflur oben im zweiten Stock würden außer Betrieb genommen werden, während alle Haupträume im Erdgeschoß und eine großzügige Anzahl von Gästezimmern geöffnet blieben. Freilich würden wir vier dieses Programm nur mit Unterstützung tageweiser Aushilfen bewältigen; mein Personalplan sah daher die Hinzuziehung eines Gärtners vor, der einmal in der Woche kam, im Sommer zweimal, und zweier Reinemachefrauen, die sich beide zweimal die Woche einzufinden hatten. Der Personalplan würde außerdem für uns vier Festangestellte eine radikale Umstellung in den gewohnten Pflichten bringen. Die beiden Mädchen würden sich aller Voraussicht nach ohne große Mühe den veränderten Umständen anpassen, aber ich tat alles, um sicherzustellen, daß Mrs. Clements möglichst wenig von den Umstellungen betroffen war, und ging dabei so weit, selbst eine Anzahl von Pflichten zu übernehmen, die schwerlich zum eigentlichen Aufgabenbereich eines Butlers gehören.

Selbst jetzt würde ich nicht so weit gehen, von einem schlechten Personalplan zu sprechen, denn schließlich setzt er einen Stab von vier Personen in den Stand, ein erstaunlich weites Feld abzudecken. Aber zweifellos wird mir jeder bestätigen, daß die allerbesten Personalpläne diejenigen sind, die einen gewissen Spielraum enthalten für solche Tage, an denen ein Bediensteter erkrankt oder aus dem einen oder anderen Grund nicht ganz auf der Höhe ist. Was diesen speziellen Fall betraf, war mir natürlich eine außergewöhnliche Aufgabe gestellt, aber ich hatte es dennoch nicht versäumt, Spielräume vorzusehen, wo immer dies möglich war. Ich war mir insbesondere bewußt, daß ein eventueller Widerstand seitens Mrs. Clements' oder der zwei Mädchen gegen die Übernahme von Aufgaben außerhalb ihres bisherigen Pflichtenkreises sich noch verstärken würde, sollten sie den Eindruck haben, daß ihr Arbeitspensum merklich zugenommen hatte. Ich hatte deshalb während der Tage, in denen ich um die Erstellung des Pesonalplans rang, ein beträchtliches Maß an Überlegung darauf verwandt, sicherzustellen, daß Mrs. Clements und die Mädchen, wenn sie erst ihre Abneigung gegen die Übernahme dieser «eklektischeren» Rollen überwunden hatten, die neue Aufteilung der Pflichten stimulierend und keineswegs belastend finden würden.

Ich fürchte jedoch, daß ich in dem Bemühen, mich der Unterstützung Mrs. Clements' und der Mädchen zu versichern, vielleicht mit nicht ganz der gleichen Strenge meine eigenen Grenzen eingeschätzt habe, und obwohl meine Erfahrung und übliche Vorsicht verhinderten, daß ich mir an Arbeit mehr zuteilte, als ich tatsächlich bewältigen konnte, habe ich vielleicht in meinem Fall nicht an den erforderlichen Spielraum gedacht. Es kann deshalb nicht überraschen, daß diese Unterlassung sich – wenn auch über mehrere Monate hinweg – in solchen kleinen, aber aufschlußreichen Fehlern und Versehen manifestiert. Ich glaube, daß sich die Angelegenheit letztlich auf einen einfachen Nenner bringen läßt: Ich hatte mir selbst zuviel zugemutet.

Man mag sich darüber wundern, daß ein solch offenkundiger Mangel eines Personalplans so lange meiner Aufmerksamkeit hatte entgehen können, doch man wird zugeben müssen, daß dergleichen häufig geschieht bei Angelegenheiten, die man über einen längeren Zeitraum hinweg ständig bedacht hat; man erkennt den wahren Tatbestand erst, wenn man durch ein äußeres Ereignis zufällig darauf gestoßen wird. So war es auch in diesem Fall: Das Eintreffen des Briefes von Miss Kenton nämlich, in dem sich trotz langer, eher nichtssagender Passagen eine unverkennbare Sehnsucht nach Darlington Hall ausdrückte und – dessen bin ich ganz sicher – aus dem andeutungsweise das Verlangen sprach, hierher zurückzukehren, zwang mich dazu, meinen Personalplan mit neuen Augen zu sehen. Erst da ging mir auf, daß es in der Tat einen wichtigen Aufgabenbereich für ein weiteres Mitglied der Dienerschaft gab, ja, daß diese nicht besetzte Position mit meinen jüngsten Schwierigkeiten in unmittelbarem Zusammenhang stand. Und je länger ich darüber nachdachte, desto klarer wurde mir, daß Miss Kenton mit ihrer großen Liebe zu diesem Haus und ihrer beispielhaften fachlichen Qualifikation – von der Art, wie man sie heute kaum noch findet – genau der Faktor war, der mich in die Lage versetzen würde, einen befriedigenden Personalplan für Darlington Hall zu erstellen.

Nachdem ich die Situation in dieser Weise analysiert hatte, dauerte es nicht lange, bis ich wieder über den freundlichen Vorschlag nachdachte, den mir Mr. Farraday einige Tage zuvor gemacht hatte. Denn mir war bewußt geworden, daß sich die in Aussicht genommene Reise mit dem Auto auf praktische Weise mit dienstlichen Angelegenheiten verknüpfen ließ, insofern ich auf meiner Fahrt Miss Kenton besuchen und so persönlich in Erfahrung bringen konnte, ob sie wirklich den Wunsch hatte, wieder in Darlington Hall tätig zu sein. Ich sollte hervorheben, daß ich Miss Kentons letzten Brief mehrmals gelesen habe, und es ist ganz unmöglich, daß ich mir das Vorhandensein solcher Andeutungen ihrerseits nur einbilde.

Dennoch konnte ich es einige Tage lang nicht über mich

bringen, Mr. Farraday gegenüber auf die Angelegenheit zurückzukommen. Es gab verschiedene Aspekte, über die ich glaubte, mir Klarheit verschaffen zu müssen, ehe ich weitere Schritte unternahm. Da war zum Beispiel die Frage der Kosten. Denn selbst unter Berücksichtigung des freundlichen Angebots meines Dienstherrn, für das Benzin «aufzukommen», mochten die Kosten einer solchen Reise noch immer eine erstaunliche Höhe erreichen, wenn man solche Dinge wie Unterkunft und Mahlzeiten sowie etwaige kleine Erfrischungen in Betracht zog, die ich unterwegs zu mir nehmen würde. Dann war da die Frage des angemessenen Anzugs für eine solche Reise und ob es sich lohnte, Geld in eine neue Garnitur Kleider zu investieren. Ich bin im Besitz einer ganzen Reihe sehr schöner Anzüge, die mir im Laufe der Jahre freundlicherweise überlassen wurden von Lord Darlington selbst und von verschiedenen Gästen dieses Hauses, die Grund hatten, mit dem Standard der Bedienung hier zufrieden zu sein. Viele dieser Anzüge sind vielleicht zu elegant für die Zwecke der in Aussicht genommenen Reise oder aber heutzutage zu sehr aus der Mode. Aber da ist ein Anzug, den mir Sir Edward Blair 1931 oder 1932 überließ – damals praktisch neu und fast perfekt im Sitz –, der sich für die Abende im Gesellschaftsraum oder Speisesaal der Gasthöfe eignen könnte, in denen ich jeweils absteigen würde. Was mir jedoch fehlt, das sind passende Reisekleider – das heißt Kleider, in denen ich mich am Steuer eines Wagens sehen lassen könnte –, wenn ich nicht jenen Anzug nehme, den mir Lord Chalmers während des Krieges vermachte und der mir zwar zu klein ist, im Farbton aber als ideal gelten kann. Ich rechnete schließlich aus, daß meine Ersparnisse alle entstehenden Kosten decken und darüber hinaus für den Kauf neuer Kleider ausreichen würden. Ich hoffe, man hält mich, was letzteren Punkt betrifft, nicht für ungebührlich eitel; es ist indes nicht möglich vorherzusehen, wann eine Situation entsteht, in der man zu erkennen geben sollte, daß man von Darlington Hall kommt, und es ist wichtig, in solchen Augenblicken seiner Position entsprechend gekleidet zu sein.

Während dieser Zeit versäumte ich auch nicht, sorgfältig die Straßenkarte und die entsprechenden Bände des Werkes von Mrs. Jane Symons über die Schönheiten Englands zu studieren. Wer mit Mrs. Symons' Büchern – es sind sieben Bände, die sich mit den einzelnen Regionen der Britischen Inseln befassen – nicht vertraut ist, dem möchte ich sie wärmstens empfehlen. Sie wurden während der dreißiger Jahre geschrieben, aber vieles darin dürfte auch heute noch gültig sein – ich kann mir jedenfalls kaum vorstellen, daß deutsche Bomben die Landschaft derart merklich verändert haben sollten. Mrs. Symons war übrigens vor dem Krieg häufig zu Gast in diesem Haus; sie zählte sogar, was das Personal betraf, zu den beliebtesten Gästen, wegen der dankbaren Anerkennung des guten Service, die zu zeigen sie sich nie scheute. In jenen Tagen hatte ich, angeregt durch meine natürliche Bewunderung für die Dame, zum ersten Mal in ihren Bänden in der Bibliothek geblättert, wann immer ich eine freie Minute hatte. Ja, ich erinnere mich, daß ich, kurz nach Miss Kentons Abreise nach Cornwall im Jahre 1936 – ich selbst war noch nie in diesem Teil Englands gewesen –, oft Band III von Mrs. Symons' Werk aufschlug, den Band, der dem Leser die Schönheiten Devons und Cornwalls vorstellt, illustriert durch Photos und – was für meine Begriffe noch reizvoller war – durch eine Vielzahl künstlerischer Skizzen von dieser Region. Auf diese Weise hatte ich mir eine gewisse Vorstellung von der Gegend machen können, in die Miss Kenton ihrer Ehe wegen gezogen war. Doch das war, wie gesagt, in den dreißiger Jahren, als Mrs. Symons' Werke, soviel mir bekannt ist, landauf, landab in allen Haushalten bewundert wurden. Ich hatte die Bücher seit vielen Jahren nicht mehr in der Hand gehabt, bis die jüngsten Ereignisse mich nun dazu brachten, den Band über Devon und Cornwall abermals aus dem Regal zu ziehen. Ich vertiefte mich erneut in die wunderbaren Beschreibungen und Illustrationen, und man begreift vielleicht meine wachsende Erregung bei dem Gedanken, daß ich jetzt womöglich selbst mit dem Kraftfahrzeug eine Reise durch eben diese Gegenden unternehmen würde.

Zum Schluß blieb mir kaum etwas anderes übrig, als die Sache Mr. Farraday gegenüber noch einmal zur Sprache zu bringen. Es bestand natürlich die Möglichkeit, daß die Idee, die er zwei Wochen zuvor gehabt hatte, nur eine Laune des Augenblicks gewesen war und er inzwischen nichts mehr davon hielt. Doch nach den Eindrücken, die ich während der letzten Monate von Mr. Farraday gewonnen hatte, ist er keiner jener Gentlemen, die zu Inkonsequenz neigen, jenem Charakterzug, der bei Dienstherren besonders unangenehm auffällt. Es bestand kein Grund zu der Annahme, er werde meinem in Aussicht genommenen Ausflug mit dem Auto nicht genauso positiv gegenüberstehen wie zuvor – oder sein Angebot, für das Benzin «aufzukommen», nicht wiederholen. Dennoch überlegte ich sorgsam, welches die günstigste Gelegenheit sein könnte, um auf die Angelegenheit zu sprechen zu kommen, denn würde ich auch, wie schon gesagt, Mr. Farraday keinen Augenblick lang der Inkonsequenz verdächtigen, so schien es immerhin sinnvoll, das Thema nicht zu erwähnen, wenn andere Dinge ihn beschäftigten oder ablenkten. Eine Ablehnung unter solchen Umständen mochte nicht die wahre Einstellung meines Dienstherrn zu der Angelegenheit widerspiegeln, aber ich konnte diese nicht noch einmal vorbringen, war mir erst eine Zurückweisung zuteil geworden. Ich war mir darüber im klaren, daß ich den richtigen Moment abwarten mußte.

Ich kam zu dem Schluß, daß der günstigste Moment des Tages der war, wenn ich im Salon den Nachmittagstee servierte. Mr. Farraday ist dann gewöhnlich gerade von einem kurzen Spaziergang zurück, so daß er selten intensiv mit seiner Lektüre oder Korrespondenz beschäftigt ist wie zumeist am Abend. Ja, wenn ich den Nachmittagstee bringe, scheint Mr. Farraday sogar geneigt, ein Buch, in dem er gerade gelesen hat, oder eine Zeitung aus der Hand zu legen, sich zu erheben und vor den Fenstern die Arme zu recken, wie in Erwartung eines Gesprächs mit mir.

Ich glaube, meine Einschätzung, was den richtigen Zeitpunkt betraf, war durchaus vernünftig; daß es dann doch ein wenig anders kam als erwartet, geht einzig und allein auf eine Fehleinschätzung ganz anderer Art zurück. Ich maß nämlich dem Umstand nicht genügend Bedeutung bei, daß Mr. Farraday zu dieser Tageszeit eine Konversation der leichten, humorvollen Art bevorzugt. Da ich von einer solchen Stimmung bei Mr. Farraday hätte ausgehen müssen, als ich ihm gestern nachmittag den Tee brachte, und da ich mir seiner Neigung bewußt war, mir gegenüber in solchen Augenblicken eher einen scherzenden Ton anzuschlagen, wäre es gewiß klüger gewesen, Miss Kenton überhaupt nicht zu erwähnen. Aber man wird vielleicht, da ich etwas zur Sprache brachte, was schließlich eine großzügige Gefälligkeit meines Dienstherrn war, von meiner Seite den Wunsch verstehen, dabei durchblicken zu lassen, daß es für mein Anliegen auch ein achtbares berufliches Motiv gab. So kam es, daß ich es nicht bei der Nennung einiger der von Mrs. Symons in ihrem Buch geschilderten Sehenswürdigkeiten beließ, als ich begründete, weshalb ich für meine Autoreise die westlichen Gegenden vorzog, sondern den Fehler beging, zu erwähnen, daß eine frühere Haushälterin von Darlington Hall in dieser Gegend wohnhaft sei. Eigentlich hatte ich wohl beabsichtigt, Mr. Farraday darzulegen, daß ich auf diese Weise eine Möglichkeit würde erkunden können, die sich als die ideale Lösung unserer derzeitigen kleinen Probleme hier im Haus erweisen mochte. Erst nachdem ich Miss Kenton schon erwähnt hatte, wurde mir bewußt, wie völlig unangemessen es gewesen wäre, weiterzusprechen. Ich war mir nicht nur Miss Kentons Wunsch nicht sicher, sich dem Dienstbotenstab hier anzuschließen, sondern ich hatte natürlich auch seit jener ersten Begegnung mit Mr. Farraday vor über einem Jahr die Frage zusätzlichen Personals nicht mehr angesprochen. Weiter laut meine Vorstellungen von der Zukunft Darlington Halls zu äußern wäre, gelinde gesagt, anmaßend gewesen. Ich vermute also, daß ich recht unvermittelt innehielt und ein wenig verlegen aussah. Auf jeden Fall benutzte Mr. Farraday die Gelegenheit, um ein verschmitztes Lächeln aufzusetzen und mit einiger Bedächtigkeit zu sagen:

«Sieh da, Stevens – eine Freundin. Und das in Ihrem Alter.»

Dies war eine höchst peinliche Situation, eine, in die Lord Darlington einen Bedienten nie gebracht hätte. Doch damit will ich nichts Abschätziges über Mr. Farraday angedeutet haben; er ist schließlich Amerikaner, und seine Art ist oft sehr anders. Er wollte mich keinesfalls verletzen, das steht außer Frage, aber man wird leicht ermessen können, wie unangenehm die Situation für mich war.

«Ich hätte Sie nie für einen solchen Frauenhelden gehalten, Stevens», fuhr er fort. «Das hält wohl jung, nehme ich an. Aber – nein, ich weiß wirklich nicht, ob ich Ihnen zu einem so zweideutigen Rendezvous Hilfestellung leisten soll.»

Natürlich fühlte ich mich versucht, Motivationen von der Art, wie mein Dienstherr sie mir zuschrieb, sofort und energisch abzustreiten, aber ich erkannte noch rechtzeitig, daß ich damit auf Mr. Farradays Köder angebissen hätte und die Situation nur noch peinlicher geworden wäre. Ich blieb deshalb weiter verlegen stehen und wartete darauf, daß er mir die Erlaubnis erteilte, die Fahrt zu unternehmen.

So peinlich diese Momente für mich waren, möchte ich doch nicht den Eindruck erwecken, als machte ich in irgendeiner Weise Mr. Farraday einen Vorwurf. Er ist keinesfalls ein unfreundlicher Mensch; er fand gewiß lediglich Gefallen an jenem scherzenden Ton, der in den Vereinigten Staaten ohne Zweifel Zeichen eines guten, freundlichen Verhältnisses zwischen Dienstherrn und Bedienstetem ist und der dort etwas Sportliches hat. Ich sollte sogar, um alles in die rechte Perspektive zu rücken, betonen, daß gerade ein solch scherzender Ton seitens meines Dienstherrn kennzeichnend für unser Verhältnis während all dieser Monate war – obschon ich gestehen muß, daß ich weiterhin recht unsicher bin in der Frage, inwieweit ich auf diesen Ton eingehen soll. In der Tat habe ich mich zu Beginn meiner Dienstzeit unter Mr. Farraday ein paarmal sehr verwundert über Dinge, die er zu mir sagte. Zum Beispiel hatte ich einmal Anlaß, ihn zu fragen, ob ein Herr, der zu Gast erwartet wurde, wohl in Begleitung seiner Gattin kommen würde.

«Gott steh uns bei, falls sie mitkommt», erwiderte Mr. Farraday. «Vielleicht könnten Sie sie uns vom Leib halten, Stevens. Sie könnten doch mit ihr in einen dieser Ställe auf Mr. Morgans Farm gehen. Beschäftigen Sie sie irgendwie in all dem Heu. Sie ist vielleicht Ihr Typ.»

Einen Augenblick lang begriff ich nicht recht, was mein Dienstherr meinte. Dann wurde mir bewußt, daß er irgendeine Art von Scherz machte, und ich bemühte mich, angemessen zu lächeln, obschon ich vermute, daß eine Spur meines Erstaunens, um nicht zu sagen Schreckens, meinem Gesichtsausdruck noch anzumerken war.

Im Laufe der nächsten Tage indes gewöhnte ich mich daran, mich nicht mehr über solche Bemerkungen meines Dienstherrn zu wundern, und lächelte jedesmal in der korrekten Weise, wenn ich aus seiner Stimme den scherzenden Ton heraushörte. Dennoch war ich nie ganz sicher, was in solchen Situationen von mir erwartet wurde. Vielleicht hätte ich herzlich lachen sollen – oder gar mit einer entsprechenden eigenen

Bemerkung reagieren. Diese letztere Möglichkeit beschäftigt meine Gedanken inzwischen seit Monaten, und ich bin, was diese Frage betrifft, noch immer unschlüssig. Denn es kann sehr wohl sein, daß es in Amerika zu den Kennzeichen einer guten, professionellen Diensttätigkeit gehört, seitens des Bediensteten mit scherzhaften Bemerkungen aufzuwarten. Ich erinnere mich in diesem Zusammenhang daran, daß Mr. Simpson, der Wirt des Gasthofs Ploughman's Arms, einmal sagte, wenn er ein amerikanischer Barkeeper wäre, würde er nicht in dieser seiner freundlichen, aber unbedingt höflichen Art mit uns plaudern, sondern uns Bemerkungen über unsere Fehler und Laster an den Kopf werfen, uns Säufer und noch ganz anders nennen, um auf diese Weise der Rolle gerecht zu werden, die seine Gäste dort von ihm erwarten würden. Und ich entsinne mich, daß Mr. Rayne, der als Kammerdiener von Sir Reginald Mauvis nach Amerika reiste, vor einigen Jahren bemerkte, daß ein Taxifahrer in New York seinen Fahrgast grundsätzlich in einer Art anredete, die in London zu einem Eklat führen würde, wenn nicht gar dazu, daß man den Burschen zum nächsten Polizeirevier brächte.

Es ist also durchaus möglich, daß mein Dienstherr eine Erwiderung in gleicher Weise erwartet, wenn er in scherzendem, neckendem Ton mit mir spricht, und die Tatsache, daß ich mich nicht so verhalte, als eine Form von Nachlässigkeit einstuft. Dies ist, wie gesagt, ein Umstand, der mir einige Sorge bereitet. Aber ich muß gestehen, daß dieser scherzhafte Umgangston zu den Pflichten gehört, deren ich mich niemals mit Begeisterung entledigen könnte. Es ist recht schön und gut, seine Arbeit in diesen sich wandelnden Zeiten der Entwicklung anzupassen und Aufgaben in die Tätigkeit zu integrieren, die traditionsgemäß nicht Bestandteil derselben sind, aber dieser scherzende Ton ist eine Sache für sich. Denn wie könnte man je ganz sicher sein, ob in einer bestimmten Situation eine Erwiderung von der scherzhaften Art wirklich das ist, was erwartet wird? Man braucht kaum näher auf die katastrophale Möglichkeit einzugehen, daß man eine scherzende Bemerkung macht, die, wie man dann feststellt, völlig unangebracht ist.

Einmal, vor noch gar nicht langer Zeit, fand ich jedoch den Mut, eine Erwiderung der wohl gewünschten Art zu versuchen. Ich servierte Mr. Farraday gerade im Frühstückszimmer den Morgenkaffee, als er zu mir sagte:

«Das waren doch wohl nicht Sie, Stevens, der heute morgen dieses krähende Geräusch gemacht hat?»

Mein Dienstherr bezog sich, wie mir klar wurde, damit auf zwei Zigeuner, die Alteisen sammelten und die ein wenig früher am Morgen unter Ausstoßen ihrer üblichen Rufe vorübergekommen waren. Zufällig hatte ich mir an ebendiesem Morgen über das Dilemma Gedanken gemacht, ob ich nun auf eine scherzhafte Bemerkung meines Dienstherrn in gleichem Ton antworten sollte oder nicht, und mich hatte ernsthaft die Vorstellung bekümmert, er könnte mein wiederholtes Versagen, auf solche Bemerkungen entsprechend einzugehen, ungünstig aufnehmen. Ich versuchte mir deshalb eine geistreiche Antwort auszudenken, irgendeine Erwiderung, die sich auch dann noch im Rahmen des Harmlosen bewegen würde, sollte ich die Situation falsch eingeschätzt haben. Nach ein, zwei Augenblicken sagte ich:

«Eher Schwalben als Hähne, würde ich meinen, Sir. Unter dem Aspekt ihres Zugvogeldaseins betrachtet.» Und ich ließ diesen Worten ein angemessen zurückhaltendes Lächeln folgen, um unzweideutig zu verstehen zu geben, daß ich einen Scherz gemacht hatte, da ich nicht wünschte, daß Mr. Farraday aus unangebrachter Höflichkeit irgendwelchem spontanen Ergötzen Schranken setzte.

Mr. Farraday indes blickte mich nur an und sagte: «Wie bitte, Stevens?»

Erst da ging mir auf, daß mein Scherz von jemandem, der

nicht wußte, daß die Vorüberziehenden Zigeuner gewesen waren, schwerlich als solcher erkannt werden konnte. Mir war nun nicht recht klar, ob ich in diesem scherzenden Ton fortfahren sollte; ich entschied, daß es wohl das beste sei, der Sache ein Ende zu machen, und so tat ich, als sei mir plötzlich etwas eingefallen, das ich dringend erledigen müßte, entschuldigte mich und ließ meinen Dienstherrn in etwas verwirrter Verfassung zurück.

Dies war also ein höchst entmutigender Ansatz, eine ganz neuartige Pflicht, die auf mich zuzukommen scheint, zu erfüllen; so entmutigend, daß ich zugeben muß, keine weiteren Versuche in dieser Richtung unternommen zu haben. Doch gleichzeitig kann ich mich des Gefühls nicht erwehren, daß Mr. Farraday mit meiner Reaktion auf seine diversen scherzhaften Äußerungen nicht zufrieden ist. Eine wachsende Beharrlichkeit in der letzten Zeit mag sogar seine besondere Art sein, mich noch nachdrücklicher zu Antworten in gleicher Geisteshaltung zu bewegen. Aber wie dem auch sei, seit jener ersten scherzhaften Bemerkung im Zusammenhang mit den Zigeunern sah ich mich nicht mehr in der Lage, mir schnell genug andere Bemerkungen dieser Art einfallen zu lassen.

Mit Schwierigkeiten wie diesen ist man heutzutage um so mehr beschäftigt, als man nicht die Möglichkeit hat, über seine Ansichten mit Kollegen vom Fach zu reden, wie man dies früher zu tun pflegte. Wenn sich vor noch nicht so sehr langer Zeit solche Unklarheiten hinsichtlich der Dienstpflichten ergaben, hatte man die beruhigende Gewißheit, daß irgendwann demnächst ein seinen Dienstherrn begleitender Berufskollege, dessen Ansichten man schätzte, im Haus eintreffen und dann genügend Gelegenheit sein würde, die Angelegenheit zu besprechen. Und natürlich war es zu Lord Darlingtons Zeit, als die Herrschaften oft etliche Tage zu Besuch weilten, ganz leicht möglich, zu durchreisenden Kollegen ein gutes, von gegenseitigem Verständnis geprägtes Verhältnis zu entwickeln. In jenen geschäftigen Tagen kamen in unserem Dienstbotentrakt oft einige der hervorragendsten Fachkollegen ganz Englands zusammen und redeten beim warmen Feuer bis tief in die Nacht hinein. Und wer an einem dieser Abende in unser Zimmer gekommen wäre, der hätte, das kann ich versichern, nicht bloßen Klatsch zu hören bekommen; eher wäre er Zeuge von Debatten über die bedeutenden Angelegenheiten geworden, die unsere Herrschaft oben beschäftigten, oder über wichtige Ereignisse, von denen die Zeitungen berichteten; und natürlich konnte man uns, wie dies so üblich ist, wenn Kollegen mit ganz unterschiedlichen Aufgabenbereichen zusammenkommen, dabei antreffen, wie wir jeden denkbaren Aspekt unseres Berufs erörterten. Manchmal gab es natürlich große Meinungsverschiedenheiten, doch meistens war die Atmosphäre geprägt von einem Gefühl gegenseitigen Respekts. Vielleicht vermittle ich eine bessere Vorstellung von diesen Abenden, wenn ich sage, daß zu den regelmäßigen Gästen Persönlichkeiten wie Mr. Harry Graham, Kammerdiener und Butler von Sir James Chambers, und Mr. John Donalds, Kammerdiener von Mr. Sidney Dickenson, zählten. Und es gab andere, weniger herausragende vielleicht, deren lebhafte Teilnahme aber doch jeden Besuch denkwürdig machte, zum Beispiel Mr. Wilkinson, Kammerdiener und Butler von Mr. John Campbell, mit seinem bekannten Repertoire von Imitationen prominenter Personen; Mr. Davidson von Easterly House, dessen leidenschaftliche Art zu debattieren einen Außenstehenden bisweilen so bestürzen konnte, wie seine schlichte Freundlichkeit zu anderen Zeiten gewinnend wirkte; Mr. Herman, Kammerdiener von Mr. John Henry Peters, dessen extreme Ansichten niemand widerspruchslos hinnehmen, dem man wegen seines volltönenden Lachens und des seiner Heimat Yorkshire eigenen Charmes aber nicht ernstlich böse sein konnte. Und so könnte ich fortfahren. In jenen Tagen herrschte in unserem Berufsstand eine echte Kameradschaft, wenn es auch kleine Unterschiede in unserer Arbeitsauffassung geben mochte. Wir waren sozusagen alle mehr oder weniger aus dem gleichen Holz geschnitzt. Anders als heute, da nur bei seltenen Gelegenheiten ein Gast von seinem Diener begleitet wird und dieser wahrscheinlich irgendein Neuling ist, der außer über Fußball kaum etwas zu sagen weiß und es vorzieht, den Abend statt am Kamin des Dienstbotenzimmers beim Ale im Gasthof Ploughman's Arms zu verbringen – oder gar, wie dies neuerdings immer häufiger der Fall zu sein scheint, im Star Inn.

Ich erwähnte soeben Mr. Graham, den Kammerdiener und Butler von Sir James Chambers. Vor etwa zwei Monaten erfuhr ich zu meiner großen Freude, daß Sir James demnächst zu Besuch nach Darlington Hall kommen würde. Ich freute mich auf diesen Besuch, nicht nur weil Gäste aus Lord Darlingtons Zeit jetzt sehr selten sind – Mr. Farradays Bekanntenkreis ist natürlich ein ganz anderer als der seiner Lordschaft –, sondern auch weil ich annahm, Mr. Graham werde Sir James wie früher begleiten, so daß ich Gelegenheit haben würde, seine Meinung zum Problem des Scherzens zu hören. Ich war deshalb sowohl überrascht wie enttäuscht, als ich am Tag vor dem Besuch hörte, daß Sir James allein kommen werde. Außerdem brachte ich während seines Aufenthalts in Erfahrung, daß Mr. Graham nicht mehr in Sir James' Diensten stand, ja, daß Sir James überhaupt kein ständiges Personal mehr beschäftigte. Ich hätte gern herausgefunden, was aus Mr. Graham geworden war, denn wenn wir uns auch nicht sehr gut gekannt hatten, so würde ich doch sagen, daß wir bei unseren Begegnungen gut miteinander ausgekommen waren. Aber leider ergab sich keine Gelegenheit, bei der ich mich nach seinem Schicksal hätte erkundigen können. Ich muß sagen, ich war sehr enttäuscht, denn ich hätte gern das Problem des Scherzens mit ihm besprochen.

Aber ich muß den Faden wieder aufnehmen. Ich sah mich

also, wie ich schon sagte, gezwungen, gestern nachmittag einige unbehagliche Minuten lang verlegen im Salon zu stehen, während Mr. Farraday sich weiter seines scherzenden Tons befleißigte. Ich reagierte darauf wie üblich, indem ich leicht lächelte – genügend zumindest, um zu erkennen zu geben, daß ich in gewisser Weise an der guten Laune teilhatte, die er an den Tag legte –, und wartete, ob die die Autotour betreffende Erlaubnis meines Dienstherrn erfolgen würde. Wie erwartet gab er sie mir nach nicht allzu langem Abwarten und war zudem so freundlich, sich seines Angebots, für das Benzin «aufzukommen», zu erinnern und es zu wiederholen.

Es scheint also keinen Grund mehr zu geben, die Fahrt nach Cornwall nicht anzutreten. Ich muß natürlich Miss Kenton noch schreiben und ihr mitteilen, daß ich vielleicht vorbeikommen werde; ich werde mich auch noch um die Angelegenheit der Kleidung zu kümmern haben. Verschiedene andere Fragen, den Fortgang der Dinge hier im Haus während meiner Abwesenheit betreffend, bedürfen noch der Klärung. Alles in allem aber sehe ich keinen wirklichen Grund mehr, weshalb ich diese Reise nicht antreten sollte.

Erster Tag – Abend

Salisbury

Ich befinde mich heute abend in einer Pension hier in der Stadt Salisbury. Mein erster Reisetag ist nun zu Ende, und ich bin, das muß ich sagen, alles in allem recht zufrieden. Die Fahrt begann heute morgen fast eine Stunde später als geplant, obwohl ich schon geraume Zeit vor acht Uhr meine Sachen gepackt und den Ford mit allem Nötigen beladen hatte. Da auch Mrs. Clements und die Mädchen während dieser Woche abwesend sein werden, war ich mir wohl sehr deutlich der Tatsache bewußt, daß Darlington Hall nach meiner Abfahrt wahrscheinlich zum ersten Mal in diesem Jahrhundert – vielleicht sogar seit seiner Erbauung – leerstehen würde. Es war ein eigenartiges Gefühl und erklärt vielleicht, weshalb ich die Abfahrt so lange hinauszögerte, indem ich viele Male durch das Haus ging, um mich zu vergewissern, daß alles in Ordnung war.

Es ist schwer zu schildern, was ich empfand, nachdem ich endlich abgefahren war. Ich kann nicht sagen, daß ich während der ersten zwanzig Minuten von irgendeiner Erregung oder Vorfreude erfüllt gewesen wäre. Dies hing zweifellos mit dem Umstand zusammen, daß ich mich, obschon ich das Haus immer weiter hinter mir ließ, doch nach wie vor in einer Umgebung befand, die ich wenigstens flüchtig kannte. Nun hatte ich stets angenommen, ich sei, in der Bewegungsfreiheit stark eingeschränkt durch meine Pflichten im Haus, nur sehr wenig gereist, aber natürlich unternimmt man mit der Zeit aus dem einen oder anderen beruflichen Grund verschiedene Ausflüge, und offenbar waren mir die benachbarten Bezirke vertrauter geworden, als mir bewußt gewesen war. Denn wie ich schon sagte, stellte ich, während ich im Sonnenschein auf die Grenze von Berkshire zufuhr, immer wieder überrascht fest, daß ich die Gegend recht gut kannte.

Doch schließlich befand ich mich in einer mir fremden Umgebung und wußte, daß ich über alle früheren Grenzen hinausgelangt war. Ich habe Leute den Augenblick beschreiben hören, wenn man bei der Ausfahrt eines Schiffes schließlich das Land unter dem Horizont versinken sieht. Ich kann mir vorstellen, daß dieses Gefühl von Unbehagen, vermischt mit einer hochgemuten Stimmung, das oft im Zusammenhang mit diesem Moment geschildert wird, dem sehr ähnlich war, was ich in dem Ford empfand, als mir die Umgebung fremd wurde. Dies geschah kurz nach einer Abzweigung, als ich mich plötzlich auf einer Straße befand, die in Kurven an einem Hang entlangführte. Ich ahnte den steilen Abfall zu meiner Linken, konnte ihn aber nicht sehen, weil Bäume und dichtes Laubwerk die Straße säumten. Mich durchflutete das Bewußtsein, Darlington Hall wahrhaftig hinter mir gelassen zu haben, und ich muß gestehen, daß mich eine leise Unruhe befiel – ein Eindruck, der noch verstärkt wurde durch das Gefühl, daß ich mich vielleicht überhaupt nicht auf der richtigen Straße befand, sondern in einer völlig falschen Richtung in eine Wildnis hineinraste. Es war nur das Gefühl eines Augenblicks, aber als Folge davon fuhr ich langsamer. Und selbst als ich mich vergewissert hatte, daß dies die richtige Straße war, fühlte ich mich gezwungen, den Wagen einen Moment anzuhalten, gewissermaßen um eine Bestandsaufnahme zu machen.

Ich beschloß, auszusteigen und mir ein wenig die Beine zu vertreten, und als ich das tat, verstärkte sich noch der Eindruck, daß ich mich an einer Bergflanke befand. Auf der einen Straßenseite zogen sich Dickicht und kleine Bäume steil aufwärts, während ich auf der anderen durch das Laub jetzt die ferne Landschaft herüberschimmern sah.

Ich glaube, ich war gerade ein paar Schritte am Straßenrand entlanggegangen, durch das Laubwerk spähend in der Hoffnung auf einen noch besseren Blick, als ich hinter mir eine Stimme hörte. Bis dahin hatte ich natürlich geglaubt, ich sei ganz allein, und so drehte ich mich ein wenig überrascht um. Ein Stück weiter vorn zweigte, wie ich jetzt sah, auf der anderen Seite der Straße ein Pfad ab, der durch das Dickicht steil den Hang hinaufzuführen schien. Auf einem großen Stein, der diese Stelle markierte, saß ein dünner weißhaariger Mann mit einer Tuchmütze und rauchte eine Pfeife. Er rief noch einmal, und wenn ich auch nicht verstand, was er sagte, so sah ich doch, daß er mir mit Gesten bedeutete, zu ihm zu kommen. Einen Moment lang hielt ich ihn für einen Landstreicher, doch dann sah ich, daß es sich um einen Einheimischen handelte, der nur die frische Luft und den Sommersonnenschein genießen wollte, und sah deshalb keinen Grund, seiner Aufforderung nicht nachzukommen.

«Hab mich nur gefragt, Sir», sagte er, als ich näher kam, «ob Sie gute Beine haben.»

«Wie bitte?»

Der Mann deutete zu dem Pfad hin. «Sie brauchen zwei gesunde Beine und gute Lungen, wenn Sie da hinauf wollen. Ich hab weder die einen noch die anderen, also bleibe ich hier unten. Aber wenn ich besser beieinander wäre, würde ich da oben sitzen. Es gibt ein hübsches Plätzchen dort, mit einer Bank. Und eine bessere Aussicht finden Sie in ganz England nicht.»

«Wenn das stimmt, was Sie da sagen», entgegnete ich, «dann bleibe ich lieber unten. Ich bin gerade am Anfang einer Reise mit dem Auto, in deren Verlauf ich hoffe, viele schöne Aussichten genießen zu können. Das Beste schon zu sehen, ehe ich richtig angefangen habe, wäre etwas voreilig.»

Der Mann schien mich nicht zu verstehen, denn er sagte noch einmal: «Sie finden in ganz England keine bessere Aussicht. Aber ich sage Ihnen, Sie brauchen zwei gesunde Beine und gute Lungen.» Dann setzte er hinzu: «Man sieht, daß Sie für Ihr Alter gut in Form sind, Sir. Ich würde sagen, Sie könnten es mühelos da hinauf schaffen. An einem guten Tag schaffe sogar ich es noch.»

Ich blickte den Pfad hinauf, der steil und recht steinig aussah.

«Ich sage Ihnen, Sir, es wird Ihnen leid tun, wenn Sie das versäumen. Und man kann nie wissen. Noch zwei, drei Jahre, und es könnte zu spät sein.» Er lachte eher unschön. «Gehen Sie lieber hinauf, solange Sie noch können.»

Jetzt denke ich mir, daß der Mann das vielleicht nur humorvoll gemeint hat, das heißt, einfach als eine scherzhafte Bemerkung. Aber heute morgen, das muß ich schon sagen, fand ich seine Art recht ärgerlich, und vielleicht bin ich den Pfad dann vor allem deshalb hinaufgestiegen, weil ich ihm beweisen wollte, wie unsinnig seine Anspielung gewesen war.

Auf jeden Fall bin ich froh, daß ich den kleinen Abstecher gemacht habe. Gewiß, es war recht anstrengend – wenn ich auch nicht wirklich Mühe hatte –, denn der Pfad führte etwa hundert Meter weit im Zickzack den Hang hinauf. Ich erreichte sodann eine kleine Lichtung, zweifellos die Stelle, von der der Mann gesprochen hatte. Hier stand eine Bank, und man hatte wirklich eine herrliche Aussicht über die ganze Umgebung.

Was ich sah, waren hauptsächlich Felder, die sich eines hinter dem anderen bis in die Ferne erstreckten. Der Boden war leicht gewellt, und die Felder waren von Hecken und Bäumen gesäumt. Auf einigen der Wiesen in der Ferne sah ich Punkte, bei denen es sich wohl um Schafe handelte. Zu meiner Rechten, fast am Horizont, glaubte ich den eckigen Turm einer Kirche zu erkennen.

Es war in der Tat ein schönes Gefühl, dort oben zu stehen, umsummt von den Klängen des Sommers und umweht von einer leichten Brise. Und ich glaube, in diesem Augenblick, mit dieser Aussicht, begann ich in eine der vor mir liegenden Reise angemessene Stimmung zu kommen, denn ich verspürte nun die erste schöne Vorfreude auf die vielen interessanten Erlebnisse, welche die bevorstehenden Tage für mich bereithalten. Und ich nahm mir auch vor, mich nicht bedrükken zu lassen von der einen dienstlichen Aufgabe, die ich mir bei dieser Fahrt gestellt habe, was nämlich Miss Kenton und unser derzeitiges Personalproblem angeht.

Aber das war heute morgen. Jetzt, am Abend, befinde ich mich in dieser angenehmen Pension in einer Straße nicht weit vom Stadtkern Salisburys. Es handelt sich offenbar um ein relativ bescheidenes Etablissement, das aber sehr sauber und meinen Bedürfnissen genau angemessen ist. Die Wirtin, eine Frau von etwa vierzig Jahren, scheint mich wegen Mr. Farradays Ford und der erstklassigen Qualität meines Anzugs für einen recht vornehmen Gast zu halten. Heute nachmittag – ich traf gegen halb vier Uhr in Salisbury ein –, als ich im Gästebuch als Adresse «Darlington Hall» angab, bemerkte ich, daß sie mich ein wenig bestürzt ansah, zweifellos weil sie mich für jemanden hielt, der Häuser wie das Ritz oder das Dorchester gewöhnt ist, und fürchtete, ich würde ihre Pension spornstreichs wieder verlassen, wenn ich mein Zimmer erst zu Gesicht bekommen hätte. Sie meinte, nach vorn heraus sei ein Doppelzimmer verfügbar, aber ich könne es für den Preis eines Einzelzimmers haben.

Man führte mich dann in das Zimmer, in dem zu dieser Tageszeit die Sonne das Blumenmuster der Tapete recht angenehm aufleuchten ließ. Das Zimmer hatte zwei Betten und zwei große Fenster zur Straße hinaus. Als ich mich nach dem Badezimmer erkundigte, sagte die Frau in etwas ängstlichem Ton, es liege meiner Tür gleich gegenüber, aber heißes Wasser gäbe es erst nach dem Abendessen. Ich bat sie, mir eine Kanne

Tee heraufzubringen, und als sie gegangen war, nahm ich das Zimmer genauer in Augenschein. Die Betten waren makellos sauber und gut gemacht. Auch das Waschbecken in der Ecke war sehr sauber. Von den Fenstern aus erblickte man auf der anderen Straßenseite eine Bäckerei mit einer Vielzahl von Backwaren im Schaufenster, eine Apotheke und ein Friseurgeschäft. Ein Stück weiter entfernt führte die Straße über eine gewölbte Brücke hinaus in ländlichere Regionen. Ich erfrischte Gesicht und Hände am Becken mit kaltem Wasser und nahm sodann auf einem Stuhl an einem der beiden Fenster Platz, wo ich auf den Tee wartete.

Es war wohl kurz nach vier Uhr, als ich die Pension verließ, um mir Salisbury anzusehen. Die breit angelegten Straßen verleihen dieser Stadt eine wunderbar großzügige Atmosphäre, so daß es mir nicht schwerfiel, ein paar Stunden einfach in der angenehm warmen Sonne umherzuschlendern. Außerdem entdeckte ich die zahlreichen Schönheiten der Stadt; immer wieder kam ich an entzückenden Zeilen von alten Häusern mit Fachwerkfassaden vorüber oder überquerte auf einer kleinen Steinbrücke einen der vielen Wasserläufe, welche die Stadt durchziehen. Und natürlich versäumte ich es nicht, die Kathedrale zu besuchen, die Mrs. Symons in ihrem Buch so sehr rühmt. Dieses erhabene Bauwerk zu finden fiel mir nicht schwer, da sein hoch aufragender Turm von jedem Punkt Salisburys aus zu sehen ist. Noch auf dem Rückweg zur Pension heute abend blickte ich mich bei einer Reihe von Gelegenheiten um und hatte jedesmal das Bild der untergehenden Sonne hinter diesem majestätischen Turm vor mir.

Und doch stelle ich heute abend in der Stille meines Zimmers fest, daß das, was ich von diesem ersten Reisetag in mir bewahren werde, nicht die Kathedrale von Salisbury ist und keine der anderen reizvollen Sehenswürdigkeiten dieser Stadt, sondern jener herrliche Blick, der mir heute morgen über die wellige englische Landschaft zuteil wurde. Nun will ich gern glauben, daß andere Länder mit deutlich spektakuläreren Panoramen aufwarten können. Ich selbst habe in Enzyklopädien und im *National Geographic Magazine* atemberaubende Photographien von Sehenswürdigkeiten rings um den Globus gesehen, von großartigen Schluchten und Wasserfällen, prächtigen, zerklüfteten Gebirgen. Natürlich war es mir nie vergönnt, solche Dinge mit eigenen Augen zu sehen, aber ich wage dennoch mit einiger Zuversicht diese Behauptung: Daß die englische Landschaft, wenn sie sich von ihrer besten Seite zeigt – so wie ich sie heute morgen sah –, eine Eigenschaft besitzt, welche den Landschaften anderer Länder, seien sie auf den ersten Blick auch dramatisch, unweigerlich fehlt. Es ist, glaube ich, eine Eigenschaft, die jeden objektiven Beobachter die englische Landschaft als die bewegendste der Welt erkennen läßt, und diese Eigenschaft läßt sich vielleicht am besten mit dem Wort «Größe» umreißen. Denn als ich heute morgen an diesem hohen Punkt stand und das Land vor mir betrachtete, da verspürte ich deutlich dieses seltene, unverkennbare Gefühl – das Gefühl, daß man Großes vor sich hat. Wir nennen dieses unser Land *Groß*britannien, und es mag manche geben, die das für eine etwas anmaßende Übung halten. Ich aber möchte behaupten, daß unsere heimische Landschaft allein schon den Gebrauch dieses stolzen Adjektivs rechtfertigt.

Doch was genau ist diese «Größe»? Wo oder worin liegt sie? Ich bin mir bewußt, daß es eines sehr viel klügeren Kopfes als des meinen bedürfte, um diese Frage zu beantworten, aber wenn ich eine Vermutung wagen müßte, würde ich sagen, daß es gerade das *Fehlen* des auf den ersten Blick Dramatischen oder Spektakulären ist, das die spezielle Schönheit unseres Landes ausmacht. Wesentlich ist die Ruhe dieser Schönheit, ihre Zurückhaltung. Es ist, als wisse das Land um seine Schönheit, um seine Größe, und verspüre nicht das Verlangen, dies hinauszuschreien. Verglichen damit würden Sehenswürdigkeiten, wie sie beispielsweise Afrika oder Amerika zu bieten haben und die zweifellos aufsehenerregend sind, von einem objektiven Beobachter, dessen bin ich gewiß, wegen ihres ungehörigen demonstrativen Charakters als zweitrangig eingestuft werden.

Diese ganze Frage ist nahe verwandt mit jener anderen, die in unserem Berufsstand über die Jahre hin viel diskutiert wurde: Was ist ein «großer» Butler? Ich erinnere mich an manche Stunde angeregten Debattierens über dieses Thema am Kamin der Dienstbotenstube am Ende eines Tages. Man wird bemerkt haben, daß ich «was» sage und nicht frage, «wer» ein großer Butler ist; denn es gab eigentlich keinen ernsthaften Streit darüber, welches die Männer waren, die in unserer Generation die Maßstäbe setzten. Das heißt, ich spreche von Persönlichkeiten wie Mr. Marshall von Charleville House oder Mr. Lane von Bridewood. Wer je das Glück hatte, solchen Männern zu begegnen, wird zweifellos wissen, auf welche für sie charakteristische Eigenschaft ich mich hier beziehe. Er wird aber zweifellos auch verstehen, was ich meine, wenn ich sage, daß es nicht leicht ist, diese Eigenschaft zu definieren.

Jetzt, da ich genauer darüber nachdenke, scheint es mir indes nicht ganz richtig zu sagen, es habe keinen Streit darüber gegeben, *wer* die großen Butler waren. Ich hätte sagen sollen, daß es darüber keinen ernsthaften Streit unter jenen hochqualifizierten Angehörigen unseres Berufsstands gab, die über das in solchen Dingen nötige Urteilsvermögen verfügten. Natürlich war man im Dienstbotenzimmer von Darlington Hall wie in jedem anderen Dienstbotenzimmer im Land verpflichtet, Bedienstete von recht unterschiedlicher kritischer Wahrnehmungsfähigkeit aufzunehmen, und ich erinnere mich, daß ich mir manchmal auf die Lippen beißen mußte, wenn jemand – und bisweilen auch, wie ich zu meinem Bedauern sagen muß, ein Mitglied meines eigenen Personalstabs – höchst begeistert Leute wie etwa Mr. Jack Neighbours in den Himmel hob.

Ich habe nichts gegen Mr. Jack Neighbours, der leider, wie ich hörte, im Krieg das Leben verlor. Ich erwähne ihn lediglich, weil er ein typischer Fall war. Mitte der dreißiger Jahre schien für zwei oder drei Jahre Mr. Neighbours' Name die Gespräche in allen Dienstbotenzimmern des Landes zu beherrschen. Wie gesagt wußte auch in Darlington Hall so mancher durchreisende Bedienstete die neuesten Geschichten von Mr. Neighbours' Glanzleistungen zu berichten, so daß ich und Persönlichkeiten wie Mr. Graham die bedrückende Erfahrung miteinander teilten, uns eine Anekdote nach der anderen anhören zu müssen, die sich auf ihn bezog. Und das Bedrückendste überhaupt war, wenn man Zeuge wurde, wie am Schluß einer solchen Anekdote ansonsten recht vernünftige Bedienstete verwundert den Kopf schüttelten und Bemerkungen machten wie: «Dieser Mr. Neighbours ist wirklich der beste.»

Nun bezweifle ich nicht, daß Mr. Neighbours großes Organisationstalent besaß; er hat, wie ich unterrichtet bin, in der Tat eine Reihe größerer gesellschaftlicher Ereignisse in bemerkenswerter Manier gelenkt. Aber zu keiner Zeit näherte er sich dem Status eines großen Butlers. Ich hätte das jedem auf dem Höhepunkt seines Renommees sagen können, genauso wie ich seinen Sturz nach einigen kurzen Jahren im Rampenlicht hätte voraussagen können.

Wie oft hat man gehört, daß dem Butler, der heute als der größte seiner Generation in aller Munde ist, binnen weniger Jahre nachgewiesen wird, daß er nichts dergleichen war? Und doch sind dann dieselben Bediensteten, die ihn einst mit Lob überhäuften, viel zu sehr damit beschäftigt, irgendeine neue Gestalt zu rühmen, um innehalten und kritisch das eigene Urteilsvermögen überprüfen zu können. Gegenstand von Gerede dieser Art in den Dienstbotenzimmern ist unweigerlich irgendein Butler, der ganz plötzlich durch seine Berufung in ein prominentes Haus in den Vordergrund gerückt ist und vielleicht zwei oder drei größere gesellschaftliche Ereignisse mit einigem Erfolg bewältigt hat. Da gibt es dann alle möglichen Gerüchte, die überall im Land durch die Dienstbotenzimmer geistern, etwa des Inhalts, daß diese oder jene hohe Persönlichkeit an ihn herangetreten sei oder daß mehrere der vornehmsten Häuser mit absurd hohen Gehaltsangeboten um seine Dienste wetteiferten. Und was geschieht, ehe noch ein paar Jahre vergangen sind? Dieselbe Lichtgestalt ist für irgendeinen Schnitzer verantwortlich oder aus einem anderen Grund bei ihrer Herrschaft in Ungnade gefallen, verläßt das Haus, wo sie zu Ruhm gelangte, und wird nie mehr erwähnt. Inzwischen werden die gleichen Klatschbasen einen anderen Aufsteiger entdeckt haben, für den sie sich begeistern. Ihre Dienstherren begleitende Kammerdiener sind, wie ich festgestellt habe, oft die schlimmsten Übeltäter, da sie gewöhnlich mit einigem Nachdruck die Position des Butlers anstreben. Sie sind es, die dazu neigen, immer darauf hinzuweisen, dieser oder jener sei der, dem man nacheifern müsse, oder zu wiederholen, was irgendeine bestimmte Heldenfigur über berufliche Angelegenheiten gesagt haben soll.

Aber es gibt natürlich, das möchte ich sogleich hinzufügen, auch viele Kammerdiener, die nicht im Traum daran denken würden, sich solcher Torheit hinzugeben, und die in der Tat Fachleute von höchster Urteilskraft sind. Wenn zwei oder drei solche Personen – ich meine beispielsweise solche von der Art eines Mr. Graham, zu dem ich jetzt leider den Kontakt verloren zu haben scheine – in unserer Dienstbotenstube zusammen waren, pflegten wir wirklich anregende und kluge Debatten über alle Aspekte unseres beruflichen Daseins zu führen. Diese Abende zählen heute zu meinen liebsten Erinnerungen an jene Zeit.

Aber ich will zu der Frage zurückkehren, die von echtem Interesse ist, zu der Frage, über die wir so gern diskutierten, wenn unsere Abende nicht verdorben wurden durch das Geschwätz jener, denen jedes fundamentale Berufsverständnis mangelte, nämlich zu der Frage: *Was* ist ein großer Butler?

Meines Wissens hat es, obschon diese Frage im Laufe der Jahre viel Gerede auslöste, innerhalb des Berufsstandes nur sehr wenige Versuche gegeben, eine offizielle Antwort zu formulieren. Der einzige Fall, der mir in den Sinn kommt, ist der Versuch der Hayes Society, Kriterien für die Mitgliedschaft auszuarbeiten. Vielen wird die Hayes Society kein Begriff sein, denn heute ist von ihr nur mehr wenig die Rede. Aber in den zwanziger und frühen dreißiger Jahren hatte sie in London und den umliegenden Grafschaften einen beträchtlichen Einfluß. Nicht wenige hatten sogar den Eindruck, ihre Macht sei zu groß geworden, und waren nicht unzufrieden darüber, daß sie sich – 1932 oder 1933, glaube ich – auflösen mußte.

Die Hayes Society behauptete, als Mitglieder nur Butler «allerersten Ranges» aufzunehmen. Ein großer Teil ihrer Macht und des Prestiges, das sie nach und nach gewann, rührte von der Tatsache her, daß es ihr im Gegensatz zu anderen ähnlichen Organisationen gelang, ihre Mitgliederzahl äußerst niedrig zu halten und so diesem Anspruch einige Glaubwürdigkeit zu verleihen. Wie es hieß, stieg die Zahl der Mitglieder nie über dreißig und betrug oft sogar nur neun oder zehn. Dies und der Umstand, daß sie sich eher wie eine geheime Bruderschaft gab, verlieh der Hayes Society eine Zeitlang etwas Mystisches und stellte sicher, daß die Erklärungen, die sie gelegentlich zu beruflichen Fragen abgab, geradezu wie Gesetzestafeln aufgenommen wurden.

Doch ein Punkt, zu dem die Hayes Society sich lange nicht äußern wollte, war die Frage ihrer Kriterien für die Mitgliedschaft. Man drängte sie, diese zu verkünden, und als Reaktion auf eine Reihe von Leserbriefen in *A Quarterly for the Gentleman's Gentleman*, der vierteljährlich erscheinenden Zeitschrift für den Kammerdiener, ließ die Hayes Society wissen, zu den Voraussetzungen für eine Aufnahme gehöre, daß «der Bewerber einem vornehmen Haus verbunden» sei. «Obwohl dies allein natürlich», so fuhr die Gesellschaft fort, «noch nicht genügt, um den Anforderungen zu entsprechen.» Es wurde weiter ausgeführt, daß die Hayes Society die Häuser von Geschäftsleuten oder «Neureichen» nicht als «vornehm» betrachte, und meiner Meinung nach untergrub dieses Paradestück anachronistischen Denkens ganz entschieden jede ernsthafte Autorität, welche die Hayes Society bei der Befindung über Standards in unserem Beruf besessen haben mochte. Als Antwort auf weitere Leserbriefe in der Vierteljahresschrift rechtfertigte die Hayes Society ihren Standpunkt, indem sie sagte, man akzeptiere zwar die Ansicht einiger Briefschreiber, daß auch in den Häusern von Geschäftsleuten ausgezeichnete Butler anzutreffen seien, müsse aber doch davon ausgehen, daß die *wahren* Herrschaftshäuser nicht lange zögern würden, sich der Dienste solcher Personen zu versichern. Man müsse sich vom Urteil «der *wahren* guten Gesellschaft» leiten lassen, argumentierte die Hayes Society, sonst «könnten wir auch gleich die Manieren des bolschewistischen Rußland übernehmen». Dies führte zu einer weiteren Kontroverse, und der über Leserbriefe ausgeübte Druck auf die Hayes Society, die Voraussetzungen für eine Mitgliedschaft ausführlicher darzulegen, wuchs. Schließlich wurde in einem kurzen Brief an die Vierteljahresschrift mitgeteilt, nach Ansicht der Hayes Society – und jetzt versuche ich möglichst genau aus dem Gedächtnis zu zitieren – «ist das entscheidende Kriterium, daß der Bewerber von einer mit seiner Position in Einklang stehenden Würde beseelt ist. Kein Bewerber, wie hoch sein Leistungsniveau im übrigen auch sei, kann den Erfordernissen entsprechen, wenn er diese Bedingung nicht erfüllt.»

So wenig ich mich sonst für die Hayes Society begeistern konnte, glaube ich doch, daß jedenfalls diese spezielle Erklärung auf einer bedeutsamen Wahrheit gründete. Wenn man sich die Personen ansieht, die wir alle für «große» Butler halten, wenn man beispielsweise Mr. Marshall oder Mr. Lane nimmt, dann scheint mir der Faktor, der sie von denjenigen Butlern unterscheidet, die lediglich äußerst kompetent sind, mit dem Wort «Würde» am treffendsten umrissen zu sein.

Natürlich führt das nur zu der weiteren Frage, was man denn unter «Würde» verstehe. Und über diesen Punkt führten Leute wie Mr. Graham und ich einige unserer interessantesten Diskussionen. Mr. Graham vertrat stets die Ansicht, diese «Würde» sei so etwas wie die Schönheit einer Frau, und der Versuch, sie zu analysieren, habe deshalb keinen Sinn. Ich dagegen war der Meinung, wer eine solche Parallele ziehe, riskiere damit, die «Würde» von Männern wie Mr. Marshall zu verkleinern. Außerdem war mein Haupteinwand gegen Mr. Grahams Analogie die ihr innewohnende Folgerung, daß «Würde» dann etwas wäre, das man nur auf Grund einer Laune der Natur entweder besaß oder nicht besaß; wenn man es eben nicht hatte, war das Streben danach so müßig wie das Bemühen einer häßlichen Frau, sich zu verschönern. Die meisten Butler, dem würde ich zustimmen, müssen zwar letztlich feststellen, daß sie doch nicht das Zeug dazu haben, aber ich bin überzeugt, daß diese «Würde» etwas ist, wonach man sinnvollerweise seine ganze Karriere über streben sollte. Die «großen» Butler wie Mr. Marshall, die «Würde» besitzen, haben sie, dessen bin ich gewiß, in vielen Jahren der Selbstschulung und des sorgsamen Verwertens von Erfahrungen erlangt. Nach meiner Ansicht war es also von einem beruflichen Standpunkt her geradezu defätistisch, eine Haltung wie die Mr. Grahams einzunehmen.

Jedenfalls kann ich mich trotz Mr. Grahams skeptischer Einstellung erinnern, daß er und ich viele Abende damit verbrachten, den Kern der Beschaffenheit dieser «Würde» zu erfassen. Wir konnten uns zwar nie einigen, aber ich für meinen Teil kann sagen, daß ich im Laufe solcher Diskussionen recht fest umrissene Vorstellungen entwickelte, mit denen im großen und ganzen meine heutigen Überzeugungen noch übereinstimmen. Es sei mir erlaubt, an dieser Stelle zu erläutern, wie ich «Würde» definiere.

Man wird wohl nicht bestreiten, daß Mr. Marshall von Charleville House und Mr. Lane von Bridewood die zwei großen Butler der jüngeren Zeit sind. Vielleicht ist jemand der Überzeugung, daß Mr. Henderson von Branbury Castle ebenfalls in diese seltene Kategorie fällt. Aber man könnte mich leicht für voreingenommen halten, wenn ich sage, daß mein eigener Vater in mancher Beziehung als der Gruppe solcher Männer zugehörig gelten könnte und daß seine Karriere diejenige ist, an Hand deren ich stets eine Definition von «Würde» zu erstellen versucht habe. Es ist jedoch meine feste Überzeugung, daß mein Vater auf dem Höhepunkt seiner Karriere in Loughborough House in der Tat die Verkörperung von «Würde» war.

Wenn man die Dinge objektiv betrachtet, dann muß man, dessen bin ich mir bewußt, wohl zugeben, daß meinem Vater verschiedene Attribute fehlten, die man normalerweise bei einem großen Butler erwartet. Doch ebendiese fehlenden Attribute sind, so meine ich, durchweg äußerlicher, rein dekorativer Natur, Attribute, die zweifellos ihren Reiz haben, wie Zuckerguß auf einem Kuchen, aber nicht zu dem zählen, was wirklich wesentlich ist. Ich beziehe mich auf solche Dinge wie guter Akzent, Redegewandtheit, Allgemeinwissen auf entlegenen Gebieten wie Falkenbeize und Paarungsgewohnheiten der Wassermolche – Attribute, deren sich mein Vater nicht hätte rühmen können. Außerdem darf man nicht vergessen, daß mein Vater Butler einer früheren Generation war und seine Karriere zu einer Zeit begann, als solche Attribute nicht als schicklich, geschweige denn als wünschenswert bei einem Butler galten. Die fixe Idee der Redegewandtheit und Allgemeinbildung tauchte erst mit unserer Generation auf, wahrscheinlich in der Nachfolge Mr. Marshalls, als Leute geringeren Formats, die seiner Größe nachzueifern suchten, das Äußerliche mit dem Wesentlichen zu verwechseln begannen. Ich bin der Ansicht, daß unsere Generation sich viel zu sehr mit der «Garnierung» beschäftigt; weiß der Himmel, wieviel Zeit und Energie in das Üben von Akzent und Eloquenz geflossen sind, wie viele Stunden über Enzyklopädien und Büchern wie *Teste dein Wissen* verbracht wurden, wo die Zeit auf die Ausbildung der Grundkenntnisse hätte verwandt werden sollen.

Obwohl wir uns davor hüten müssen, die Verantwortung abzustreiten, die letztlich bei uns selbst liegt, muß doch gesagt werden, daß gewisse Dienstherren viel zur Ausbildung dieser Moden beigetragen haben. Ich bedaure, dies sagen zu müssen, aber in jüngster Zeit scheint es eine Anzahl von Häusern gegeben zu haben – einige von höchstem Rang –, die die Neigung entwickelten, miteinander in Wettbewerb zu treten, und sich nicht zu schade waren, sich Gästen gegenüber mit solch trivialen Talenten eines Butlers zu brüsten. Ich habe von mehreren Fällen gehört, wo ein Butler bei einer Party als eine Art dressierter Affe vorgeführt wurde. In einem bedauernswerten Fall, den ich persönlich bezeugen kann, hatte es sich in dem betreffenden Haus zu einem Sport entwickelt, daß Gäste nach dem Butler klingelten, um ihm aufs Geratewohl Fragen zu stellen wie etwa nach dem Namen des Derbysiegers in dem und dem Jahr, als hätten sie einen Gedächtniskünstler aus dem Varieté vor sich.

Mein Vater gehörte, wie ich schon sagte, einer Generation an, der solche Verwirrungen unserer beruflichen Wertmaßstäbe erspart blieben, und ich möchte behaupten, daß er, begrenzter Sprachbeherrschung und begrenzter Allgemeinbildung zum Trotz, nicht nur alles wußte, was zur Führung eines Hauses notwendig war, sondern daß er in seinen besten Jahren jene «mit seiner Position in Einklang stehende Würde» erlangte, von der die Hayes Society spricht. Wenn ich also zu beschreiben versuche, was meinen Vater derart auszeichnete, vermittle ich vielleicht eine Vorstellung von dem, was nach meiner Auffassung «Würde» ist.

Es gibt eine Anekdote, die mein Vater immer wieder gern erzählte. Ich erinnere mich, daß ich sie als Kind hörte, wenn er sie Besuchern erzählte, und später dann, als ich unter seiner Aufsicht als Diener begann. Ich weiß noch, daß er sie mir erneut erzählte, als ich ihn zum ersten Mal besuchte, nachdem ich meine erste Stelle als Butler angetreten hatte – bei einem Ehepaar Muggeridge in ihrem vergleichsweise bescheidenen Haus in Allshot, Oxfordshire. Die Geschichte bedeutete ihm offenbar viel. Die Generation meines Vaters war keine solche, die in der Weise diskutierte und analysierte wie die unsere, und ich glaube, daß mein Vater dem, was man eine kritische Betrachtung des von ihm ausgeübten Berufs nennen könnte, am nächsten kam, wenn er diese Geschichte erzählte.

Es handelte sich anscheinend um eine wahre Geschichte, die einen Butler betraf, der mit seinem Dienstherrn nach Indien gereist war und dort viele Jahre lang unter dem einheimischen Personal den gleichen hohen Standard aufrechterhielt, den er von England her gewohnt war. Eines Tages nun war dieser Butler in das Speisezimmer getreten, um sich zu vergewissern, daß für das Dinner alles vorbereitet war, als er unter dem Tisch einen Tiger liegen sah. Der Butler hatte den Raum leise wieder verlassen, darauf achtend, daß die Türen geschlossen waren, und war ganz ruhig in den Salon gegangen, wo sein Dienstherr mit einigen Gästen beim Tee saß. Dort machte er seinen Dienstherrn durch ein höfliches Hüsteln auf sich aufmerksam und flüsterte ihm dann ins Ohr: «Es tut mir sehr leid, Sir, aber im Speisezimmer scheint ein Tiger zu sein. Vielleicht gestatten Sie, daß die Büchse Kaliber zwölf benutzt wird?»

Und der Legende zufolge hörten der Dienstherr und seine Gäste ein paar Minuten später drei Schüsse. Als der Butler nach einiger Zeit wieder im Salon erschien, um frischen Tee zu bringen, erkundigte sich der Dienstherr, ob alles in Ordnung sei.

«O ja, vielen Dank, Sir», hatte die Antwort gelautet. «Das Dinner wird zur üblichen Zeit serviert, und ich kann die erfreuliche Mitteilung machen, daß bis dahin keine erkennbaren Spuren des jüngsten Vorfalls mehr vorhanden sein werden.»

Diesen letzten Satz – «daß bis dahin keine erkennbaren Spuren des jüngsten Vorfalls mehr vorhanden sein werden» – pflegte mein Vater lachend und mit einem bewundernden Kopfschütteln zu wiederholen. Wie er sagte, kannte er weder den Namen des Butlers noch jemanden, der ihm je begegnet war, aber er betonte nachdrücklich, daß sich das Ereignis genauso wie geschildert zugetragen habe. Es ist letztlich von geringer Bedeutung, ob die Geschichte wahr ist oder nicht; von Wichtigkeit ist natürlich, was sie über die Ideale meines Vaters offenbart. Denn wenn ich auf seine Laufbahn zurückblicke, kann ich im nachhinein sehen, daß er sein Leben lang bestrebt gewesen sein muß, auf irgendeine Weise dieser Butler zu *werden*. Und nach meiner Ansicht hat mein Vater auf dem Höhepunkt seiner Laufbahn dieses ehrgeizige Ziel erreicht. Denn obschon ich sicher bin, daß sich ihm nie die Gelegenheit bot, es mit einem Tiger unter dem Speisezimmertisch aufzunehmen, so fallen mir doch, wenn ich mir durch den Kopf gehen lasse, was ich von ihm weiß und über ihn gehört habe, zumindest einige Situationen ein, in denen er zur Genüge eben jene Eigenschaft erkennen ließ, die er an dem Butler in seiner Geschichte so sehr bewunderte.

Ein solches Beispiel wurde mir von Mr. David Charles von der Charles & Redding Company erzählt, der in Lord Darlingtons Tagen von Zeit zu Zeit in Darlington Hall zu Gast war. Eines Abends, als ich zufällig Mr. Charles aufwartete, erzählte er mir, er sei vor einigen Jahren meinem Vater begegnet, als er zu Besuch in Loughborough House weilte – dem Anwesen des Industriellen Mr. John Silvers, wo mein Vater auf dem Gipfel seiner Karriere fünfzehn Jahre lang tätig war. Er habe meinen Vater nie mehr vergessen können, fuhr Mr. Charles fort, wegen eines Ereignisses, das sich während dieses Besuchs zugetragen hatte.

Mr. Charles hatte eines Nachmittags zu seiner Schande in Gesellschaft zweier anderer Gäste, die ich Mr. Jones und Mr. Smith nennen will, weil man sich ihrer in gewissen Kreisen wahrscheinlich noch erinnert, zu eifrig dem Alkohol zugesprochen. In entsprechender Laune kamen diese beiden auf die Idee, eine nachmittägliche Fahrt durch die umliegenden Dörfer zu unternehmen – ein Auto war zu dieser Zeit noch immer etwas Neues. Sie überredeten Mr. Charles, sie zu begleiten, und da der Chauffeur gerade frei hatte, sollte mein Vater den Wagen fahren.

Unterwegs benahmen sich Mr. Smith und Mr. Jones, obschon sie bereits im mittleren Alter waren, wie Schuljungen – sie sangen derbe Lieder und machten noch derbere Bemerkungen über alles, was draußen zu sehen war. Zudem waren diesen Herren auf der Landkarte in der Nähe drei Dörfer mit den Namen Morphy, Saltash und Brigoon aufgefallen. Ich bin nicht ganz sicher, ob die Namen genau so lauteten, aber sie erinnerten Mr. Smith und Mr. Jones jedenfalls an die Varietényummer von Murphy, Saltman und der Katze Brigid, die vielleicht bekannt ist. Als sie auf diesen merkwürdigen Zufall gestoßen waren, verspürten die Herren das Verlangen, die drei fraglichen Dörfer aufzusuchen – gewissermaßen zu Ehren der Varietékünstler. Mr. Charles zufolge hatte mein Vater wunschgemäß eines der Dörfer durchfahren und näherte sich gerade dem zweiten, als entweder Mr. Smith oder Mr. Jones bemerkte, daß dies das Dorf Brigoon war – also der dritte, nicht der zweite Name in der Dreiergruppe. Sie wiesen meinen Vater zornig an, sofort umzudrehen, damit die Dörfer «in der richtigen Reihenfolge» besucht werden könnten. Es ergab sich, daß man ein beträchtliches Stück Wegs wieder zurückfahren mußte, doch mein Vater, so versichert Mr. Charles, fügte sich der Anweisung, als wäre sie höchst vernünftig, und befleißigte sich weiterhin eines untadelig höflichen Gebarens.

Doch Mr. Smiths und Mr. Jones' Aufmerksamkeit war jetzt auf meinen Vater gelenkt, und da sie das, was draußen zu sehen war, zweifellos eher langweilte, amüsierten sie sich nun, indem sie mit lauter Stimme unschöne Bemerkungen über den «Fehler» meines Vaters machten. Mr. Charles wunderte sich, wie er mir sagte, da mein Vater sich weder Unbehagen noch Zorn anmerken ließ, sondern weiterfuhr mit einem Gesichtsausdruck, der in gleichem Maße innere Würde und die Bereitschaft, Anweisungen entgegenzunehmen, ausdrückte. Der Gelassenheit meines Vaters sollten jedoch Grenzen gesetzt werden. Denn als die beiden Herren es müde waren, meinem Vater von hinten Beleidigungen an den Kopf zu werfen, begannen sie über ihren Gastgeber zu reden – also über den Dienstherrn meines Vaters, Mr. John Silvers. Ihre Bemerkungen wurden immer gemeiner und tückischer, so daß Mr. Charles – zumindest behauptete er das – sich gezwungen sah, mit dem Hinweis auf die Ungehörigkeit solcher Reden dazwischenzugehen. Dieser Ansicht wurde so heftig widersprochen, daß Mr. Charles nicht nur befürchtete, er könne das nächste Schmähopfer dieser beiden Herren werden, sondern sich tatsächlich von ihnen körperlich bedroht fühlte. Aber da brachte mein Vater nach einer besonders häßlichen Bemerkung über seinen Dienstherrn den Wagen plötzlich zum Stehen. Was dann als nächstes geschah, hat auf Mr. Charles einen solch unauslöschlichen Eindruck gemacht.

Die Fondtür des Wagens ging auf, und die drei Fahrgäste

sahen meinen Vater dort stehen, zwei, drei Schritte vom Fahrzeug entfernt, und ganz ruhig in das Wageninnere blikken. So wie Mr. Charles es beschrieb, schien allen dreien auf einen Schlag bewußt zu werden, was für eine achtunggebietende physische Erscheinung mein Vater war. Er war immerhin ein Mann von einem Meter siebenundachtzig, und seine Haltung, von der eher etwas Beruhigendes ausging, wenn man sein Tun auf Pflichterfüllung gerichtet wußte, konnte unter anderen Umständen etwas höchst Schroffes annehmen. Mr. Charles zufolge ließ der Ausdruck meines Vaters keinen Zorn erkennen. Er hatte, wie es schien, einfach nur die Tür geöffnet. Und doch strahlte die Gestalt, die da vor ihnen aufragte, eine solch starke Mißbilligung und zugleich eine solche Unantastbarkeit aus, daß die beiden betrunkenen Gefährten von Mr. Charles sich zu ducken schienen wie zwei kleine Jungen, die der Bauer beim Apfelstehlen erwischt hat.

Mein Vater hatte eine Zeitlang so dagestanden, stumm, nur die Tür aufhaltend. Schließlich hatte entweder Mr. Smith oder Mr. Jones gefragt: «Fahren wir nicht weiter?»

Mein Vater gab keine Erwiderung, sondern blieb stumm stehen, ohne die Fahrgäste zum Aussteigen aufzufordern oder irgendeinen Hinweis auf seine Absichten zu geben. Ich kann mir sehr gut vorstellen, wie er an diesem Tag ausgesehen haben muß, von der Tür des Wagens umrahmt, eine dunkle, strenge Erscheinung, die die Landschaft Hertfordshires im Hintergrund fast gänzlich um ihre anmutige Wirkung brachte. Dies waren nach Mr. Charles' Erinnerung eigenartig beklemmende Momente, während deren auch ihn, obwohl er sich nicht an dem beklagenswerten Verhalten der beiden anderen beteiligt hatte, Schuldgefühle überkamen. Die Stille schien endlos fortzudauern, bis Mr. Smith oder Mr. Jones sich schließlich aufraffte und murmelte: «Ich glaube, wir haben einige unpassende Dinge gesagt. Es soll nicht wieder vorkommen.»

Nach einem Moment des Bedenkens hatte mein Vater die Tür behutsam wieder geschlossen und sich erneut ans Steuer gesetzt, um die Tour durch die drei Dörfer fortzusetzen – eine Tour, die, wie Mr. Charles mir versicherte, in völligem Schweigen vollendet wurde.

Nun, da ich mich an diese Episode erinnert habe, kommt mir ein anderes meinen Vater betreffendes Ereignis ungefähr aus derselben Zeit in den Sinn, das vielleicht noch eindrucksvoller jene Eigenschaft kennzeichnet, über die er nach und nach verfügte. Ich sollte an dieser Stelle erklären, daß ich einer von zwei Brüdern bin und daß mein älterer Bruder Leonard im südafrikanischen Krieg fiel, als ich noch ein kleiner Junge war. Dieser schwere Verlust mußte meinem Vater natürlich sehr nahegehen, doch um alles noch schmerzlicher zu machen, wurde der übliche Trost, der einem Vater in solchen Situationen beschieden ist – nämlich die Vorstellung, daß der Sohn sein Leben glorreich für König und Vaterland hingab –, durch den Umstand befleckt, daß mein Bruder bei einem besonders schändlichen Unterfangen ums Leben gekommen war. Es hieß nicht nur, daß dieses Unternehmen ein höchst unbritischer Überfall auf eine zivile burische Siedlung gewesen sei, es tauchten auch unwiderlegbare Beweise dafür auf, daß man bei dem Befehl zu dem Einsatz in unverantwortlicher Weise mehrere militärische Vorsichtsmaßregeln außer acht gelassen hatte, so daß die Gefallenen – unter ihnen mein Bruder – einen völlig überflüssigen Tod gestorben waren. In Anbetracht dessen, was ich berichten will, wäre es nicht recht, wenn ich das Unternehmen genauer bezeichnete, obschon man gewiß ahnt, wovon ich spreche, wenn ich sage, daß es damals eine Art Aufruhr auslöste und auf bedeutsame Weise zu dem Meinungsstreit beitrug, den der Konflikt als Ganzes schon hervorgerufen hatte. Es hatte Stimmen gegeben, welche die Abberufung des betreffenden Generals, ja, die Einleitung eines kriegsrechtlichen Verfahrens gegen ihn verlangten, aber die Armee hatte sich vor ihn gestellt, und er hatte an dem Feldzug bis zum Ende teilnehmen können. Weniger bekannt ist, daß derselbe General nach Einstellung der Feindseligkeiten in Südafrika auf diskrete Weise in den Ruhestand versetzt worden war, worauf er sich als Geschäftsmann mit Importen aus Südafrika befaßt hatte. Ich führe dies an, weil etwa zehn Jahre nach dem Krieg, das heißt zu einem Zeitpunkt, da die von dem schmerzlichen Verlust gerissenen Wunden nur oberflächlich verheilt waren, mein Vater in Mr. Silvers' Arbeitszimmer gerufen wurde und dort hörte, daß ebendiese Person – ich werde sie einfach «der General» nennen – demnächst mit anderen zusammen Gast des Hauses sein würde bei einer mehrtägigen Zusammenkunft, während deren der Dienstherr meines Vaters die Voraussetzungen für eine lukrative geschäftliche Transaktion zu schaffen gedachte. Mr. Silvers hatte sich jedoch an die Bedeutung erinnert, die der Besuch für meinen Vater haben würde, und ihn zu sich gerufen, um ihm das Angebot zu machen, während der fraglichen Zeit Urlaub zu nehmen.

Die Gefühle meines Vaters für den General waren natürlich solche tiefster Abscheu, aber ihm war bewußt, daß ein Erfolg der geschäftlichen Bestrebungen seines Dienstherrn von dem reibungslosen Verlauf des Treffens abhing – welches, da immerhin achtzehn Personen dazu erwartet wurden, nicht gerade ein unbedeutendes Ereignis sein würde. Mein Vater gab infolgedessen zur Antwort, er nehme die Rücksicht auf seine Gefühle dankbar zur Kenntnis, könne Mr. Silvers im übrigen aber versichern, daß alle Aufgaben in der üblichen Weise wahrgenommen werden würden.

Wie sich dann herausstellte, wurde meinem Vater sogar noch mehr abverlangt, als vorauszusehen gewesen war. Zum einen erwiesen sich Hoffnungen als unberechtigt, die mein Vater gehegt haben mochte, dahin gehend nämlich, daß die persönliche Begegnung mit dem General in ihm ein gewisses

Gefühl des Respekts oder des Mitgefühls wecken und seine Abneigung gegen ihn dämpfen werde. Der General war ein wohlbeleibter, häßlicher Mann, seine Manieren waren nicht die feinsten, und seine Redeweise zeichnete sich durch die Neigung aus, bei allen nur erdenklichen Themen militärische Vergleiche zu gebrauchen. Es kam indes noch schlimmer, als offenkundig wurde, daß dieser Herr keinen Kammerdiener mitgebracht hatte, da der seine erkrankt war. Dies führte zu einem delikaten Problem, da ein anderer Gast des Hauses ebenfalls ohne seinen Kammerdiener angereist war, so daß sich die Frage ergab, welchem Gast der Butler und welchem der Hausdiener als Kammerdiener zugeteilt werden sollte. Mein Vater erbot sich in Kenntnis der Situation seines Dienstherrn sofort, den General zu bedienen, und mußte daher vier Tage lang die Nähe des Mannes erdulden, den er verabscheute. Unterdessen nutzte der General, der von den Gefühlen meines Vaters nichts ahnte, die Gelegenheit, immer wieder von seinen soldatischen Leistungen zu erzählen – wie dies natürlich viele Militärs im Beisein ihrer Kammerdiener tun. Mein Vater verbarg jedoch seine wahren Gefühle so gut und entledigte sich seiner Pflichten mit einer solchen Umsicht, daß der General bei der Abreise Mr. Silvers zu seinem Butler beglückwünschte und als Anerkennung ein ungewöhnlich hohes Trinkgeld zurückließ – das mein Vater, ohne einen Augenblick zu zögern, einem wohltätigen Zweck zuzuführen bat.

Ich hoffe, man ist mit mir der Ansicht, daß mein Vater in diesen zwei Episoden aus seiner Laufbahn – die ich mir beide bestätigen ließ und die ich für erwiesen halte – das, was die Hayes Society «mit seiner Position in Einklang stehende Würde» nennt, nicht nur bekundet, sondern regelrecht verkörpert. Ermißt man den Unterschied zwischen meinem Vater in Momenten wie diesen und jemandem wie Mr. Jack Neighbours selbst in der Blüte seiner Kunstfertigkeit, so mag man wohl eine Ahnung davon bekommen, was einen «großen» Butler von einem bloß tüchtigen trennt. Man versteht jetzt vielleicht auch besser, weshalb meinem Vater die Geschichte von dem Butler so sehr gefiel, der nicht in Panik geriet, als er den Tiger unter dem Tisch entdeckte: Er wußte instinktiv, daß irgendwo in dieser Geschichte der Kern dessen lag, was wahre «Würde» ist. Und somit möchte ich folgendes postulieren: «Würde» hat entscheidend zu tun mit der Fähigkeit eines Butlers, niemals die berufliche Identität preiszugeben, die ihn erfüllt. Butler geringeren Formats werden schon beim kleinsten Anlaß ihre berufliche Identität zugunsten einer privaten preisgeben. Solche Menschen spielen als Butler lediglich eine Schmierenkomödie – ein kleiner Stoß, ein leichtes Stolpern, und schon fällt die Fassade und offenbart den Schauspieler dahinter. Die großen Butler sind groß auf Grund der Fähigkeit, ihre berufliche Identität bis zum äußersten auszufüllen und in ihr zu leben; sie lassen sich nicht aus ihr herausschütteln durch äußere Ereignisse, mögen sie noch so überraschend, beunruhigend oder irritierend sein. Sie tragen ihre Professionalität in der Art, wie ein Mann von Lebensart seinen Anzug trägt: Er läßt ihn sich vor den Augen der Öffentlichkeit weder von Rüpeln noch von den Umständen herunterreißen; er legt ihn nur ab, wenn er selbst und nur er selbst dies will, und das ist unweigerlich erst dann der Fall, wenn er völlig allein ist. Es ist, wie gesagt, eine Frage der «Würde».

Es wird bisweilen gesagt, Butler gebe es eigentlich nur in England. Andere Länder hätten, welche Bezeichnung man auch gebraucht, nur Diener. Ich neige dazu, mich dieser Ansicht anzuschließen. Kontinentaleuropäer können keine Butler sein, weil sie als Menschenschlag die emotionale Zurückhaltung nicht zu üben vermögen, zu der nur Engländer fähig sind. Kontinentaleuropäer und im großen und ganzen auch die Abkömmlinge keltischer Völkerschaften wie Waliser, Iren und andere, sind, darin wird man mir zweifellos zustimmen, in der Regel nicht in der Lage, sich in Augenblicken starker emotionaler Spannung zu beherrschen, und somit unfähig, außer in mehr oder weniger harmlosen Situationen eine professionelle Haltung zu bewahren. Wenn ich meine gerade gebrauchte Metapher wiederaufnehmen darf – man möge mir das grobe Bild verzeihen –, so sind sie wie ein Mann, der sich bei der geringsten Provokation Anzug und Hemd vom Leibe reißt und schreiend herumrennt. Mit einem Wort, «Würde» liegt jenseits ihres Vermögens. Wir Engländer sind in dieser Beziehung Ausländern gegenüber im Vorteil, und deshalb denkt man bei einem großen Butler fast definitionsgemäß an einen Engländer.

Nun mag man mir entgegenhalten, wie Mr. Graham es jedesmal tat, wenn ich während einer unserer fruchtbaren Diskussionen am Kamin diese Theorie entwickelte, daß man, hätte ich mit meiner Ansicht recht, einen großen Butler nur dann erkennen könnte, wenn man ihn unter erschwerten Bedingungen bei der Arbeit gesehen hätte. Und doch ist es so, daß wir Persönlichkeiten wie Mr. Marshall und Mr. Lane für groß erachten, obschon die meisten von uns nicht behaupten können, sie je unter solchen Umständen kritisch beobachtet zu haben. Ich muß zugeben, daß Mr. Graham da nicht ganz unrecht hat, aber ich kann nur sagen, daß man, wenn man schon so lange in diesem Beruf arbeitet, intuitiv die Professionalität eines Menschen zu beurteilen vermag, ohne beobachtet zu haben, wie sie sich unter Druck manifestiert. Ja, wenn man wirklich das Glück hat, einem großen Butler zu begegnen, wird man keineswegs den Drang verspüren, einen solchen «Test» zu verlangen, sondern sich einfach keine Situation denken können, die je eine von solcher Autorität getragene Professionalität erschüttern könnte. Ich bin sogar sicher, daß es eine ahnungsvolle Einsicht dieser Art war, die selbst den dichten Alkoholnebel durchdrang und den Fahrgästen meines Vaters an jenem Sonntagnachmittag vor vielen Jahren beschämtes Schweigen aufzwang. Mit solchen Männern ist es wie mit der englischen Landschaft, die ich in ihrer schönsten Gestalt heute morgen sah: Wenn man ihnen begegnet, *weiß* man einfach, daß man Größe vor sich hat.

Es wird, dessen bin ich mir bewußt, immer jene geben, die sagen, jeder Versuch, Größe zu analysieren, wie ich dies soeben getan habe, sei müßig. «Man weiß einfach, wenn jemand sie besitzt, und man weiß es, wenn jemand sie nicht besitzt», pflegte Mr. Graham stets zu argumentieren. «Und darüber hinaus gibt es nicht viel zu sagen.» Wir haben aber, so glaube ich, die Pflicht, in dieser Angelegenheit weniger defätistisch zu sein. Es ist gewiß die Verantwortung unseres ganzen Berufsstandes, über diese Dinge gründlich nachzudenken, damit jeder einzelne von uns um so wirksamer nach «Würde» streben kann.

Zweiter Tag – Morgen

Salisbury

Fremde Betten behagen mir selten, und so erwachte ich nach einer nur kurzen Zeitspanne unruhigen Schlafs vor etwa einer Stunde. Es war noch dunkel, und da ich wußte, daß ich einen ganzen Tag im Auto vor mir hatte, versuchte ich, noch einmal einzuschlafen. Dies erwies sich jedoch als vergeblich, und als ich mich endlich zum Aufstehen entschloß, war es noch immer so dunkel, daß ich das elektrische Licht einschalten mußte, um mich am Waschbecken in der Ecke rasieren zu können. Aber nachdem ich fertig war und das Licht wieder ausknipste, fiel unter den Vorhängen hindurch frühes Tageslicht ins Zimmer.

Vor wenigen Augenblicken, als ich diese aufzog, war das Licht draußen noch immer sehr bleich, und so etwas wie Dunst behinderte meinen Blick auf die Bäckerei und die Apotheke gegenüber. Ja, als ich die Straße weiter hinauf verfolgte bis dorthin, wo sie über die kleine gewölbte Brücke führt, sah ich, daß der Dunst vom Fluß aufstieg und einen der Brückenpfeiler fast völlig verhüllte. Keine Menschenseele war zu sehen, und bis auf ein hämmerndes Geräusch in der Ferne und ein gelegentliches Husten in einem Zimmer auf der Rückseite des Hauses ist noch kein Laut zu vernehmen. Die Wirtin ist offenkundig noch nicht aufgestanden, und demnach besteht wenig Hoffnung, daß sie mir früher als zur festgesetzten Zeit, nämlich um halb acht Uhr, das Frühstück bringen wird.

In diesen stillen Augenblicken, während ich darauf warte, daß die Welt ringsum erwacht, ertappe ich mich nun dabei, daß ich in Gedanken erneut einzelne Absätze von Miss Kentons Brief durchgehe. Übrigens hätte ich schon an früherer Stelle erklären sollen, warum ich stets von «Miss Kenton» spreche. «Miss Kenton» ist eigentlich «Mrs. Benn», und zwar schon seit zwanzig Jahren. Doch weil ich sie nur als unverheiratete junge Frau gut gekannt und sie kein einziges Mal mehr gesehen habe, seit sie an die Westküste zog, um «Mrs. Benn» zu werden, wird man mir vielleicht nachsehen, daß ich sie bei jenem Namen nenne, unter dem ich sie damals kannte und den ich in meinen Gedanken für sie beibehalten habe. Zudem hat ihr Brief mir zusätzliche Ursache gegeben, weiter an sie als an «Miss Kenton» zu denken, da es leider so scheint, als sei es um ihre Ehe endgültig geschehen. Der Brief enthält zwar keine Details zu diesem Thema, was auch nicht zu erwarten gewesen wäre, doch Miss Kenton schreibt unmißverständlich, daß sie aus Mr. Benns Haus in Helston ausgezogen ist und jetzt bei einer Bekannten in dem kleinen Nachbardorf Little Compton wohnt.

Es ist natürlich tragisch, daß ihre Ehe jetzt scheitert. In eben diesem Moment überdenkt sie zweifellos die in weit zurückliegender Vergangenheit getroffenen Entscheidungen, die dazu geführt haben, daß sie jetzt, in mehr als mittlerem Alter, so allein und verlassen ist. Und man kann sich leicht vorstellen, daß ihr in solcher Gemütsverfassung der Gedanke an eine Rückkehr nach Darlington Hall ein großer Trost wäre. Sie spricht freilich an keiner Stelle des Briefes den Wunsch nach einer solchen Rückkehr deutlich aus, doch ist dies die unverkennbare Botschaft des Schreibens, ausgedrückt durch den Ton etlicher von tiefer Sehnsucht nach ihrer Zeit in Darlington Hall durchdrungenen Passagen. Natürlich darf sich Miss Kenton nicht der Hoffnung hingeben, durch eine Rückkehr zu diesem Zeitpunkt jemals die verlorenen Jahre wettmachen zu können, und wenn wir uns wiedersehen, wird es meine erste Aufgabe sein, ihr das zu verdeutlichen. Ich werde ihr vor Augen führen müssen, wie anders alles jetzt ist – daß die Tage, da man ein vielköpfiges Personal nach seinem Belieben einsetzen konnte, zu unseren Lebzeiten wahrscheinlich nicht wiederkehren werden. Aber schließlich ist Miss Kenton eine intelligente Frau und wird sich all dessen schon bewußt sein. Ich wüßte eigentlich nicht, weshalb die Möglichkeit, nach Darlington Hall zurückzukehren und dort die Jahre ihrer Berufstätigkeit zu beschließen, ihr nicht ein echter Trost sein sollte nach einem Leben, das in zunehmendem Maße von einem Gefühl der Vergeudung geprägt wurde.

Und Miss Kenton wäre natürlich, so wie ich das von meiner beruflichen Position aus sehe, selbst nach einer Unterbrechung von so vielen Jahren die perfekte Lösung des Problems, das uns zur Zeit in Darlington Hall zu schaffen macht. Aber wenn ich von einem «Problem» spreche, so ist das vielleicht eine Übertreibung. Ich meine damit schließlich eine Reihe von ganz kleinen Versehen meinerseits, und mit dem Plan, den ich jetzt verfolge, will ich lediglich bereits im voraus möglichen «Problemen» begegnen, ehe sie überhaupt entstehen. Gewiß, die besagten unbedeutenden Versehen beunruhigten mich anfangs tatsächlich ein wenig, doch nachdem ich erst die Zeit gehabt hatte, in ihnen einwandfrei Symptome eines bloßen Personalmangels zu erkennen, nahm ich davon Abstand, allzuviel darüber nachzudenken. Die Ankunft Miss Kentons wird, wie gesagt, ähnliches für die Zukunft ausschließen.

Ihr Brief – um darauf zurückzukommen – offenbart an einigen Stellen eine gewisse Verzweiflung über ihre gegenwärtige Situation – ein Umstand, der recht beunruhigend ist. Ein Satz beginnt folgendermaßen: «Obwohl ich keine Ahnung habe, wie ich den Rest meines Lebens nützlich ausfüllen soll...» Und an anderer Stelle heißt es: «Mein restliches Leben dehnt sich vor mir wie eine Leere.» In der Hauptsache jedoch ist der Ton, wie ich schon sagte, ein solcher der Sehnsucht und Wehmut. Sie schreibt zum Beispiel:

«Dieser ganze Vorfall ließ mich an Alice White denken. Erinnern Sie sich an sie? Ich kann mir eigentlich kaum vorstellen, daß Sie sie vergessen haben. Mich jedenfalls verfolgen noch immer diese dröhnenden Vokale und diese grammatisch einmalig falschen Sätze, die nur sie zustande bringen konnte! Haben Sie eine Ahnung, was aus ihr geworden ist?»

Nein, das habe ich nicht, wenn ich auch sagen muß, daß es mich erheiterte, als ich an dieses Hausmädchen dachte, das mich oft genug zur Verzweiflung brachte – und sich zum Schluß als eine unserer ergebensten Kräfte erwies. An einer anderen Stelle von Miss Kentons Brief heißt es:

«Ich habe diesen Blick aus den Schlafzimmern im zweiten Stock, über den Rasen hinweg, mit den Downs in der Ferne, sehr geliebt. Ist alles heute noch so? An Sommerabenden hatte dieser Blick etwas Verzauberndes; und ich will jetzt gern bekennen, daß ich oft kostbare Minuten verschwendet und an einem der Fenster gestanden habe, einfach weil ich von diesem Blick so hingerissen war.»

Dann fügt sie hinzu:

«Wenn dies eine schmerzliche Erinnerung ist, so verzeihen Sie mir bitte, aber ich werde nie vergessen, wie wir beide Ihren Vater beobachteten, als er vor dem Gartenhaus hin und her ging, den Blick auf den Boden gerichtet, als hoffte er einen Edelstein zu finden, den er dort hatte fallen lassen.»

Es ist so etwas wie eine Offenbarung, daß dieses mehr als dreißig Jahre zurückliegende Geschehnis Miss Kenton genauso im Gedächtnis haften blieb wie mir. Es muß sich sogar an einem jener Sommerabende zugetragen haben, von denen sie spricht, denn ich kann mich deutlich erinnern, daß ich zum zweiten Stock hinaufgestiegen war und vor mir eine Reihe orangeroter Lichtstreifen vom Sonnenuntergang in das Dämmerlicht des Flurs fielen, auf dem alle Schlafzimmertüren offenstanden. Während ich den Flur hinunterging, hatte ich durch eine der Türen Miss Kentons Gestalt gesehen, die sich von einer Fensteröffnung abhob, sich umdrehte und leise rief: «Mr. Stevens, wenn Sie einen Augenblick Zeit hätten...» Als ich eintrat, hatte sich Miss Kenton wieder dem Fenster zugewandt. Unten fielen die Schatten der Pappeln über das Gras. Zu unserer Rechten zog sich der Rasen einen leichten Hang bis zum Gartenhaus hinauf, und dort konnte man meinen Vater, in Gedanken versunken, langsam auf und ab gehen sehen – in der Tat so, «als hoffte er einen Edelstein zu finden, den er dort hatte fallen lassen», wie Miss Kenton es so treffend formuliert.

Es gibt, wie ich noch näher erläutern will, einige sehr gute Gründe, weshalb mir diese Szene so deutlich in Erinnerung geblieben ist. Außerdem ist es, wenn ich es recht überlege, gar nicht so überraschend, daß sie auch auf Miss Kenton einen tiefen Eindruck machte, wenn man gewisse Umstände ihres Verhältnisses zu meinem Vater während ihrer ersten Zeit in Darlington Hall bedenkt.

Miss Kenton und mein Vater waren etwa zur gleichen Zeit ins Haus gekommen – nämlich im Frühjahr 1922 –, was damit zusammenhing, daß ich auf einen Schlag die frühere Haushälterin und den Butlergehilfen verloren hatte. Dazu war es gekommen, nachdem jene beiden beschlossen hatten, zu heiraten und ihren Beruf aufzugeben. Ich habe immer wieder die Feststellung gemacht, daß solche Liebesbeziehungen für die ordentliche Führung eines Hauses eine ernsthafte Bedrohung darstellen. Seit jener Zeit habe ich zahlreiches weiteres Personal unter ähnlichen Umständen verloren. Natürlich muß man immer damit rechnen, daß solche Dinge zwischen Hausmädchen und niederen Bediensteten vorkommen, und ein guter Butler sollte dies bei seiner Vorausplanung immer mit einkalkulieren, aber solches Heiraten unter höherrangigen Angestellten kann sich äußerst lähmend auf die Arbeit auswirken. Natürlich wäre es pedantisch, jemandem Vorwürfe machen zu wollen, wenn sich zwei Angehörige des Personals verlieben und beschließen zu heiraten. Was ich jedoch sehr ärgerlich finde, sind jene Personen – und insbesondere Haushälterinnen zählen hier zu den Schuldigen –, die nicht eigentlich ihrem Beruf verbunden sind und in erster Linie um irgendwelcher Affären willen von einer Stelle zur anderen wechseln. Eine solche Person schädigt das Ansehen unseres gesamten Berufsstandes.

Doch will ich hier sogleich versichern, daß ich bei alledem nicht an Miss Kenton denke. Gewiß, auch sie hat schließlich meinen Personalstab verlassen, um in den Stand der Ehe zu treten, aber ich kann bezeugen, daß sie sich während der Zeit, die sie unter mir als Haushälterin tätig war, stets mit vollem Einsatz ihrer Arbeit widmete und sich nie von ihren beruflichen Prioritäten ablenken ließ.

Doch ich schweife ab. Ich schilderte gerade, wie wir plötzlich gleichzeitig einer Haushälterin und eines Butlergehilfen bedurften und wie dann Miss Kenton gekommen war – mit ungewöhnlich guten Referenzen, wie ich mich erinnere –, um die Stelle der ersteren zu übernehmen. Zufällig hatte etwa um die gleiche Zeit die sehr ehrenvolle Beschäftigung meines Vaters in Loughborough mit dem Tod seines Dienstherrn Mr. John Silvers ihr Ende gefunden, und er war sowohl um eine Arbeit wie um eine Unterkunft verlegen. Obwohl natürlich noch immer ein Butler von erstem Rang, war er jetzt ein Mann in den Siebzigern und stark von Arthritis und anderen Leiden geplagt. Es war daher keineswegs sicher, wie er gegen die Schar hochqualifizierter jüngerer Kollegen, die nach einer Stelle Ausschau hielten, abschneiden würde. Angesichts dieser Situation schien es eine vernünftige Lösung, meinen Vater zu bitten, seine große Erfahrung und seinen bedeutenden Ruf in eine neue Tätigkeit in Darlington Hall einzubringen.

Wenn ich mich richtig erinnere, saß ich eines Morgens, kurz nachdem mein Vater und Miss Kenton zu unserem Personal gestoßen waren, in meinem Aufenthaltszimmer über einigen Papieren, als es auf einmal an der Tür klopfte. Ich weiß noch, daß ich ein wenig verblüfft war, als Miss Kenton die Tür öffnete und hereinkam, noch ehe ich sie dazu aufgefordert hatte. Sie trug eine große Vase mit Blumen und sagte mit einem Lächeln:

«Mr. Stevens, ich dachte mir, diese Blumen würden Ihr Zimmer ein wenig aufhellen.»

«Wie bitte, Miss Kenton?»

«Es ist ein solcher Jammer, daß Ihr Tageszimmer so dunkel und kalt ist, Mr. Stevens, wo draußen so hell die Sonne scheint. Ich dachte, die Blumen machen alles ein wenig lebendiger.»

«Das ist sehr freundlich von Ihnen, Miss Kenton.»

«Es ist eine Schande, daß hier nicht mehr Sonne hereinkommt. Die Wände sind sogar etwas feucht, nicht wahr, Mr. Stevens?»

«Das ist wohl nur Kondensation, Miss Kenton», sagte ich, während ich mich wieder meinen Rechnungsbüchern zuwandte.

Sie stellte die Vase vor mich hin, mitten auf den Tisch, und sagte dann, wobei sie sich noch einmal in meinem Zimmer umblickte: «Wenn Sie wollen, Mr. Stevens, bringe ich Ihnen noch mehr Blumen.»

«Miss Kenton, ich weiß Ihre Freundlichkeit zu schätzen, aber dieses Zimmer dient nicht der Freizeitgestaltung. Ich wäre froh, hier möglichst wenig von meiner Arbeit abgelenkt zu werden.»

«Aber deshalb muß der Raum doch nicht so dunkel und farblos sein, Mr. Stevens.»

«Er hat mir, so wie er ist, bisher vollkommen genügt, Miss Kenton, wenn ich auch, wie schon gesagt, Ihre Aufmerksamkeit zu schätzen weiß. Aber da Sie gerade hier sind – es gibt da etwas, worüber ich gern mit Ihnen gesprochen hätte.»

«Tatsächlich, Mr. Stevens?»

«Ja, Miss Kenton, nur eine kleine Angelegenheit. Als ich gestern zufällig an der Küche vorüberkam, hörte ich, wie Sie jemanden mit ‹William› anredeten.»

«Tatsächlich, Mr. Stevens?»

«Allerdings, Miss Kenton. Ich hörte Sie mehrmals nach ‹William› rufen. Darf ich fragen, wen Sie mit diesem Namen angeredet haben?»

«Nun, Mr. Stevens, ich würde meinen, ich habe Ihren Vater angeredet. Es gibt, soviel ich weiß, in diesem Haus keinen weiteren William.»

«Ein Versehen, das leicht einmal passieren kann», sagte ich mit einem schwachen Lächeln. «Dürfte ich Sie bitten, Miss Kenton, meinen Vater in Zukunft mit ‹Mr. Stevens› anzureden? Wenn Sie zu einem Dritten von ihm sprechen, werden Sie ihn vielleicht als ‹Mr. Stevens senior› bezeichnen wollen, um ihn von mir zu unterscheiden. Ich bin Ihnen sehr verbunden, Miss Kenton.»

Damit wandte ich mich wieder meinen Papieren zu. Aber zu meiner Überraschung zog sich Miss Kenton noch nicht zurück. «Entschuldigen Sie, Mr. Stevens», sagte sie nach einer kurzen Pause.

«Ja bitte, Miss Kenton?»

«Ich fürchte, ich habe nicht ganz verstanden, was Sie gerade gesagt haben. Ich war es von früher her gewohnt, untergebene Dienstboten mit dem Vornamen anzureden, und sah keinen Grund, es hier anders zu halten.»

«Ein sehr verständliches Versehen, Miss Kenton. Aber wenn Sie sich die Situation kurz vor Augen führen, werden Sie erkennen, daß es nicht angebracht ist, wenn jemand wie Sie zu jemandem wie meinem Vater wie zu einem Untergebenen spricht.»

«Ich begreife noch immer nicht, worauf Sie hinaus wollen, Mr. Stevens. Sie sagen, jemand wie ich, aber ich bin, wenn ich recht verstehe, die Haushälterin dieses Hauses, während Ihr Vater der Butlergehilfe ist.»

«Er ist gewiß dem Titel nach der Butlergehilfe, ganz recht. Aber es überrascht mich, daß Ihrem Beobachtungsvermögen offenbar entgangen ist, daß er in Wirklichkeit mehr ist als das. Sehr viel mehr.»

«Ich bin zweifellos sehr unaufmerksam gewesen, Mr. Stevens. Ich hatte nur beobachtet, daß Ihr Vater ein tüchtiger Butlergehilfe ist, und ihn entsprechend angeredet. Es muß in der Tat für ihn höchst ärgerlich gewesen sein, von jemandem wie mir so angeredet zu werden.»

«Miss Kenton, aus Ihrem Ton wird deutlich, daß Sie meinen Vater einfach nicht richtig beobachtet haben. Hätten Sie das getan, wäre Ihnen gewiß aufgefallen, wie unangemessen es ist, wenn jemand in Ihrem Alter und Ihrer Stellung ihn mit ‹William› anredet.»

«Mr. Stevens, ich bin vielleicht noch nicht sehr lange Haushälterin, aber ich würde doch sagen, daß meine Fähigkeiten mir in der kurzen Zeit schon einiges sehr freundliches Lob eingebracht haben.»

«Ich ziehe Ihre Kompetenz keinen Augenblick lang in Zweifel, Miss Kenton, aber Hunderte von Kleinigkeiten müßten Ihnen verdeutlicht haben, daß mein Vater eine Persönlichkeit von ungewöhnlichen Fähigkeiten ist. Sie könnten eine Vielzahl von Dingen von ihm lernen, wenn Sie nur aufmerksamer hinsähen.»

«Ich bin Ihnen für Ihren Rat sehr zu Dank verpflichtet, Mr. Stevens. Sagen Sie mir doch bitte, welche wunderbaren Dinge ich durch die Beobachtung Ihres Vaters lernen könnte.»

«Ich hätte gedacht, das sei unübersehbar für jeden, der Augen im Kopf hat, Miss Kenton.»

«Aber wir haben doch bereits festgestellt, Mr. Stevens, daß ich in dieser Beziehung besonders mangelhaft ausgerüstet bin.»

«Miss Kenton, wenn Sie der Überzeugung sind, sich in Ihrem Alter schon ganz vervollkommnet zu haben, werden Sie nie jene Höhen erreichen, zu denen Ihre Begabung Ihnen zweifellos Zugang verschaffen könnte. Ich darf zum Beispiel darauf hinweisen, daß Sie noch immer oft unsicher in der Frage sind, was wohin kommt und welcher Gegenstand welcher ist.»

Dies schien Miss Kenton in gewisser Weise den Wind aus den Segeln zu nehmen. Einen Augenblick lang sah sie sogar ein wenig betroffen aus. Dann sagte sie:

«Ich hatte zu Anfang einige Schwierigkeiten, aber das ist gewiß ganz normal.»

«Da haben Sie es, Miss Kenton. Hätten Sie meinen Vater beobachtet, der eine Woche nach Ihnen in dieses Haus kam, hätten Sie gesehen, daß seine Kenntnis des Haushalts fast vom ersten Augenblick an vollkommen war.»

Miss Kenton schien darüber nachzudenken, ehe sie ein wenig mürrisch sage:

«Ich bin überzeugt, daß Mr. Stevens senior seinen Posten sehr gut ausfüllt, aber ich versichere Ihnen, Mr. Stevens, daß ich den meinen auch sehr gut ausfülle. Ich werde daran denken, Ihren Vater in Zukunft mit seinem vollen Namen anzureden. Wenn Sie mich jetzt bitte entschuldigen wollen.»

Nach dieser Begegnung unternahm Miss Kenton nicht mehr den Versuch, Blumen in mein Aufenthaltszimmer zu bringen, und im großen und ganzen konnte ich zu meiner Zufriedenheit feststellen, daß sie sich in eindrucksvoller Weise eingewöhnte. Es zeigte sich außerdem, daß sie eine Haushälterin war, die ihre Arbeit sehr ernst nahm, und sie schien trotz ihrer Jugend keine Mühe zu haben, sich bei ihrem Personal Respekt zu verschaffen.

Ich bemerkte auch, daß sie tatsächlich dazu überging, meinen Vater als «Mr. Stevens» anzureden. Doch eines Nachmittags, etwa zwei Wochen nach dem Gespräch in meinem Aufenthaltszimmer, als ich in der Bibliothek zu tun hatte, kam Miss Kenton zu mir und sagte:

«Entschuldigen Sie, Mr. Stevens, aber wenn Sie Ihre Kehrichtschaufel suchen, sie liegt draußen in der Halle.»

«Wie bitte, Miss Kenton?»

«Ihre Kehrichtschaufel, Mr. Stevens. Sie haben sie draußen liegenlassen. Soll ich sie Ihnen bringen?»

«Miss Kenton, ich habe keine Kehrichtschaufel benutzt.»

«Oh, nun, dann entschuldigen Sie, Mr. Stevens. Ich hatte angenommen, Sie hätten Ihre Kehrichtschaufel benutzt und sie draußen in der Halle vergessen. Es tut mir leid, daß ich Sie gestört habe.»

Sie ging, drehte sich auf der Schwelle aber noch einmal um und sagte: «Ach, Mr. Stevens, ich würde sie selbst zurückbringen, habe aber jetzt oben zu tun. Würden Sie vielleicht daran denken?»

«Natürlich, Miss Kenton. Vielen Dank, daß Sie mich darauf aufmerksam gemacht haben.»

«Schon gut, Mr. Stevens.»

Ich lauschte ihren Schritten, hörte, wie sie die Halle durchquerte und dann die große Treppe hinaufging, und trat dann selbst an die Tür. Von der Tür der Bibliothek aus hat man einen ungehinderten Blick durch die Halle hinüber zu den Haupttüren des Hauses. Jedem sofort ins Auge fallend lag mitten auf dem vor Sauberkeit glänzenden Fußboden die Kehrichtschaufel, auf die sich Miss Kenton bezogen hatte.

Mir schien dies ein zwar triviales, aber ärgerliches Versehen; die Kehrichtschaufel mußte nicht nur von den fünf Türen aus zu sehen sein, die im Erdgeschoß in die Halle führten, sondern auch von der Treppe und von der Galerie der ersten Etage aus. Ich trat in die Halle und hatte den Gegenstand des Anstoßes schon aufgehoben, als mir die volle Bedeutung des Zwischenfalls bewußt wurde; ich erinnerte mich, daß mein Vater etwa eine halbe Stunde zuvor die Halle gefegt hatte.

Mir fiel es zunächst schwer, ein solches Versehen mit meinem Vater in Verbindung zu bringen, doch dann sagte ich mir, daß kleine Schnitzer dieser Art jedem einmal unterlaufen, und bald galt mein Ärger Miss Kenton, die von dem Vorfall ein solches Aufheben zu machen versuchte.

Kaum eine Woche später ging ich, von der Küche kommend, den hinteren Gang entlang, als Miss Kenton aus ihrem Tageszimmer kam und eine Äußerung tat, die sie offensichtlich vorher einstudiert hatte. Sie sagte, es sei ihr zwar sehr unangenehm, mich auf Versehen des mir unterstehenden Personals aufmerksam zu machen, aber sie und ich müßten nun einmal zusammenarbeiten, und sie hoffe, ich würde nicht zögern, sie in ähnlicher Weise anzusprechen, sollte ich Versehen des weiblichen Personals bemerken. Sie wies sodann darauf hin, daß mehrere Silberbesteckteile für das Speisezimmer ausgelegt worden seien, die noch Spuren von Politur aufwiesen. Das obere Ende einer Gabel sei praktisch schwarz gewesen. Ich dankte ihr, und sie zog sich in ihr Zimmer zurück. Natürlich hatte sie nicht zu erwähnen brauchen, daß das Silberzeug eine der Hauptverantwortlichkeiten meines Vaters war und dazu eine, in die er seinen ganzen Stolz setzte.

Es ist sehr leicht möglich, daß es noch andere Fälle dieser Art gab, die ich heute vergessen habe. Ich erinnere mich jedoch, daß die Angelegenheit an einem grauen und regnerischen Nachmittag ihren Höhepunkt erreichte, als ich mich im Billardzimmer um Lord Darlingtons Sporttrophäen kümmerte. Miss Kenton war eingetreten und hatte von der Tür her gesagt:

«Mr. Stevens, ich habe hier draußen gerade etwas bemerkt, was mich stutzig macht.»

«Und was wäre das, Miss Kenton?»

«War es der Wunsch seiner Lordschaft, daß der Chinese oben an der Treppe gegen den vor dieser Tür hier ausgetauscht wird?»

«Der Chinese, Miss Kenton?»

«Ja, Mr. Stevens. Den Chinesen, der normalerweise oben an der Treppe steht, finden Sie jetzt hier vor der Tür.»

«Ich fürchte, Sie sind ein wenig durcheinander, Miss Kenton.»

«Ich glaube kaum, daß ich durcheinander bin, Mr. Stevens. Es ist Teil meiner Aufgaben, mir zu merken, wohin in einem Haus welche Dinge gehören. Die Chinesen, so vermute ich, wurden von jemandem geputzt und dann an die falschen Plätze zurückgestellt. Wenn Sie das nicht für möglich halten, dann machen Sie sich vielleicht die Mühe, herauszukommen und sich selbst davon zu überzeugen.»

«Miss Kenton, ich bin beschäftigt.»

«Aber Mr. Stevens, Sie scheinen mir nicht zu glauben. Ich bitte Sie also, herauszukommen, hier vor diese Tür, und selbst nachzusehen.»

«Miss Kenton, ich habe jetzt zu tun und werde mich anschließend um die Angelegenheit kümmern. Sie ist wohl kaum besonders dringlich.»

«Sie geben also zu, daß meine Feststellung den Tatsachen entspricht, Mr. Stevens.»

«Ich gebe nichts dergleichen zu, Miss Kenton, ehe ich nicht Gelegenheit hatte, mich um die Sache zu kümmern. Zur Zeit jedoch bin ich beschäftigt.»

Ich wandte mich wieder meiner Arbeit zu, aber Miss Kenton blieb auf der Schwelle stehen und beobachtete mich. Schließlich sagte sie:

«Ich sehe, daß Sie bald fertig sind, Mr. Stevens. Ich werde draußen warten, damit diese Sache erledigt werden kann, wenn Sie herauskommen.»

«Miss Kenton, ich glaube, Sie messen der Angelegenheit eine Dringlichkeit bei, die sie kaum verdient.»

Doch Miss Kenton war verschwunden, und während ich weiterarbeitete, erinnerten mich gelegentliche Schritte oder andere Laute deutlich daran, daß sie sich noch immer in der Nähe der Tür aufhielt. Ich beschloß deshalb, mich mit weiteren Arbeiten im Billardzimmer zu beschäftigen in der Annahme, sie werde nach einer Weile die Lächerlichkeit ihres Verhaltens einsehen und gehen. Doch nachdem einige Zeit verstrichen war und ich alle Arbeiten verrichtet hatte, die ich mit den mir gerade zur Verfügung stehenden Gerätschaften nützlicherweise besorgen konnte, war Miss Kenton offenbar noch immer irgendwo draußen auf dem Flur. Entschlossen, dieser kindischen Sache wegen keine weitere Zeit zu verschwenden, dachte ich einen Augenblick lang daran, den Raum durch die Verandatür zu verlassen. Diesem Vorhaben hinderlich waren das Wetter – man sah deutlich mehrere große Pfützen und schlammige Stellen – und die Tatsache, daß irgend jemand später erneut das Billardzimmer würde aufsuchen müssen, um die Verandatür von innen zu verriegeln. So hielt ich es schließlich für die beste Strategie, den Raum recht plötzlich und mit raschen, entschlossenen Schritten zu verlassen. Ich begab mich deshalb so leise wie möglich an eine Position, von der aus ich einen solchen Marsch am besten beginnen konnte, und es gelang mir, mein Arbeitsgerät fest an den Leib gepreßt, durch die Tür hinauszuschnellen und mehrere Schritte den Flur entlang zu machen, ehe eine etwas erstaunte Miss Kenton sich von der Überraschung erholt hatte. Sie faßte sich jedoch rasch, und im nächsten Augenblick hatte sie mich auch schon überholt und versperrte mir richtig den Weg, indem sie sich vor mich stellte.

«Mr. Stevens, das ist der falsche Chinese, finden Sie nicht auch?»

«Miss Kenton, ich bin sehr beschäftigt. Es überrascht mich, daß Sie nichts Besseres zu tun haben, als den ganzen Tag auf Fluren herumzustehen.»

«Mr. Stevens, ist das der richtige Chinese oder nicht?»

«Miss Kenton, ich möchte Sie doch bitten, etwas leiser zu sprechen.»

«Und ich möchte Sie bitten, Mr. Stevens, sich umzudrehen und sich diesen Chinesen anzusehen.»

«Miss Kenton, bitte, sprechen Sie leiser. Was soll das Personal unten denken, wenn man uns lauthals darüber streiten hört, welcher der richtige Chinese ist und welcher nicht?»

«Tatsache ist, Mr. Stevens, daß alle Chinesen in diesem Haus seit geraumer Zeit staubig waren! Und jetzt stehen sie an den falschen Stellen!»

«Miss Kenton, Sie machen sich lächerlich. Und jetzt geben Sie bitte den Weg frei.»

«Mr. Stevens, wollen Sie sich freundlichst den Chinesen dort hinter Ihnen ansehen?»

«Wenn es Ihnen so wichtig ist, Miss Kenton, will ich gern die Möglichkeit in Betracht ziehen, daß der Chinese hinter mir falsch stehen könnte. Aber ich muß sagen, ich kann mir nicht erklären, weshalb Sie sich so sehr mit solchen völlig trivialen Versehen beschäftigen.»

«Diese Versehen mögen an sich trivial sein, Mr. Stevens, aber Sie müssen doch ihre weiterreichende Bedeutung erkennen.»

«Miss Kenton, ich verstehe Sie nicht. Wenn Sie mich jetzt bitte vorbeigehen lassen wollen ...»

«Tatsache ist, Mr. Stevens, daß Ihr Vater mit viel mehr Aufgaben betraut ist, als er in seinem Alter bewältigen kann.»

«Miss Kenton, Sie wissen offenbar nicht, was Sie da sagen.»

«Was Ihr Vater früher auch immer war, Mr. Stevens, seine Kräfte haben stark nachgelassen. Darin liegt die eigentliche Bedeutung dieser ‹trivialen Versehen›, wie Sie sie nennen, und wenn Sie ihnen nicht die notwendige Beachtung schenken, wird es nicht lange dauern, bis Ihrem Vater ein Fehler von größerem Ausmaß unterläuft.»

«Miss Kenton, ich wiederhole, Sie machen sich nur lächerlich.»

«Es tut mir leid, Mr. Stevens, aber ich muß das zur Sprache bringen. Ich glaube, es gibt mehrere Pflichten, von denen Ihr Vater entbunden werden sollte. Man sollte zum Beispiel nicht von ihm verlangen, weiterhin schwere Tabletts zu tragen. Die Art, wie seine Hände zittern, wenn er das Dinner aufträgt, ist regelrecht beängstigend. Es ist zweifellos nur eine Frage der Zeit, bis ihm ein Tablett aus den Händen fällt und einer Dame oder einem Herrn in den Schoß. Und außerdem, Mr. Stevens – und ich bedaure sehr, das sagen zu müssen –, ist mir die Nase Ihres Vaters aufgefallen.»

«Tatsächlich, Miss Kenton?»

«Ja, zu meinem Leidwesen, Mr. Stevens. Vorgestern abend habe ich Ihren Vater beobachtet, wie er sehr langsam auf das Speisezimmer zuging, und ich fürchte, ich habe am Ende seiner Nase deutlich einen großen Tropfen bemerkt, der über den Suppenschalen hing. Ich halte eine solche Art des Auftragens von Speisen nicht gerade für appetitanregend.»

Jetzt, während ich darüber nachdenke, bin ich mir indes nicht mehr ganz sicher, ob Miss Kenton an jenem Tag wirklich derart dreist gesprochen hat. Es kam im Laufe der sich über Jahre erstreckenden engen Zusammenarbeit zwischen uns gewiß zu manchem freimütigen Meinungsaustausch, doch der Nachmittag, von dem ich spreche, fiel noch in die Anfangsphase unserer Bekanntschaft, und ich kann mir eigentlich nicht vorstellen, daß sich Miss Kenton schon damals so keck ausdrückte. Ich bin mir nicht sicher, ob sie sich erkühnt hätte, Dinge zu sagen wie: «Diese Versehen mögen an sich trivial sein, aber Sie müssen doch ihre weiterreichende Bedeutung erkennen.» Bei genauerem Nachdenken habe ich das Gefühl, daß es wahrscheinlich eher Lord Darlington selbst war, der diese spezielle Bemerkung machte, als er mich damals in sein Arbeitszimmer kommen ließ, ungefähr zwei Monate nach dem Wortwechsel mit Miss Kenton im Billardzimmer. Was meinen Vater betraf, hatte sich die Situation inzwischen auf Grund seines Sturzes wesentlich verändert.

Die Flügeltür zum Arbeitszimmer ist die, der man sich gegenübersieht, wenn man die große Treppe herunterkommt. Heute steht draußen vor dem Arbeitszimmer eine Vitrine mit einigen von Mr. Farradays Kunstgegenständen, aber zu Lord Darlingtons Zeit nahm diesen Platz ein Bücherregal mit etlichen Nachschlagewerken ein, zu denen eine komplette Ausgabe der *Encyclopaedia Britannica* zählte. Es war eine listige Angewohnheit Lord Darlingtons, vor diesem Regal zu stehen und die Buchrücken zu betrachten, wenn ich die Treppe herunterkam, und manchmal zog er, um den Eindruck einer zufälligen Begegnung zu verstärken, tatsächlich einen Band heraus und tat so, als sei er in einen Artikel vertieft, während ich gerade unten anlangte. Wenn ich dann an ihm vorüberkam, sagte er beispielsweise: «Ach, Stevens, da ist etwas, worüber ich mit Ihnen reden wollte.» Und damit ging er langsam ins Arbeitszimmer zurück, allem Anschein nach noch immer in das Buch vertieft, das er aufgeschlagen in den Händen hielt. Es war stets Verlegenheit, die Lord Darlington zu diesem Theaterspiel veranlaßte – ihm war peinlich, was er mir jeweils mitzuteilen hatte –, und selbst wenn sich die Türen des Arbeitszimmers hinter uns geschlossen hatten, blieb er oft noch am Fenster stehen und gab vor, während unseres Gesprächs weiter den Lexikonband zu konsultieren.

Was ich jetzt beschreibe, ist nur eines von vielen Beispielen, die ich anführen könnte, um Lord Darlingtons im Grunde scheues und zurückhaltendes Wesen hervorzuheben. Viel Unsinn ist in jüngster Zeit geredet und geschrieben worden über die Rolle, die seine Lordschaft in wichtigen Angelegenheiten spielte, und einige ausgesprochen uninformierte Berichte haben wissen wollen, daß Egoismus oder Arroganz sein Verhalten geleitet hätten. Ich möchte an dieser Stelle versichern, daß nichts der Wahrheit ferner liegen könnte. Es lief Lord Darlingtons natürlichen Neigungen völlig zuwider, sich in der Art zu engagieren, wie er es schließlich tat, und ich kann aus voller Überzeugung sagen, daß nur ein starkes moralisches Pflichtgefühl ihn dazu brachte, seine eher zurückhaltende Natur zu überwinden. Was auch immer man heute über seine Lordschaft sagen mag – und das weitaus meiste ist, wie ich schon sagte, völliger Unsinn –, ich kann versichern, daß er im innersten Wesen ein wahrhaft guter Mensch war, ein Gentleman durch und durch, und einer, dem meine besten Dienstjahre gewidmet zu haben ich heute stolz bin.

An jenem Nachmittag, von dem ich spreche, muß seine Lordschaft noch Mitte der Fünfzig gewesen sein, aber wie ich mich erinnere, hatte er schon ganz graues Haar, und seine große, schlanke Gestalt zeigte bereits Ansätze jener gebeugten Haltung, die sich in seinen letzten Lebensjahren noch verschlimmern sollte. Er blickte kaum von dem aufgeschlagenen Band auf, als er sagte:

«Geht es Ihrem Vater wieder besser, Stevens?»

«Er hat sich erfreulicherweise völlig erholt, Sir.»

«Schön, das zu hören. Sehr schön.»

«Danke, Sir.»

«Sagen Sie, Stevens, hat es eigentlich irgendwelche – nun, *Anzeichen* gegeben? Ich meine Anzeichen, denen wir entnehmen könnten, daß Ihr Vater vielleicht den Wunsch hat, von einigen Aufgaben befreit zu werden? Abgesehen von diesem Sturz selbst, meine ich.»

«Wie ich schon sagte, Sir, scheint sich mein Vater wieder völlig erholt zu haben, und ich halte ihn nach wie vor für sehr zuverlässig in der Ausübung seiner Pflichten. Gewiß, es waren in der letzten Zeit ein, zwei Versehen zu bemerken, die ihm in seiner Diensterfüllung unterlaufen sind, diese waren aber in jedem Fall von sehr nebensächlicher Art.»

«Aber gewiß will keiner von uns, daß sich etwas Ähnliches wiederholt, nicht wahr? Ich meine, daß Ihr Vater zusammenbricht und so etwas.»

«Gewiß nicht, Sir.»

«Und wenn es draußen auf dem Rasen passieren kann, dann kann es natürlich überall passieren. Und zu jeder Zeit.»

«Ja, Sir.»

«Es könnte, sagen wir, beim Dinner passieren, während Ihr Vater bei Tisch aufwartet.»

«Das ist möglich, Sir.»

«Sehen Sie, Stevens, der erste der Delegierten wird in nicht ganz vierzehn Tagen eintreffen.»

«Wir sind gut vorbereitet, Sir.»

«Was danach in diesem Haus geschieht, könnte beträchtliche Auswirkungen haben.»

«Ja, Sir.»

«Ich meine, *beträchtliche* Auswirkungen. Auf die Entwicklung ganz Europas. Ich glaube, ich übertreibe da nicht, wenn ich an die Personen denke, die anwesend sein werden.»

«Nein, Sir.»

«Kaum der Augenblick, vermeidbare Risiken einzugehen.»

«Keinesfalls, Sir.»

«Sehen Sie, Stevens, es kann natürlich nicht die Rede davon sein, daß Ihr Vater uns verläßt. Ich halte es nur für ratsam, über seinen Aufgabenbereich nachzudenken.» Und an dieser Stelle, glaube ich, sagte seine Lordschaft dann, während er wieder in sein Lexikon sah und unbeholfen mit dem Finger über einen Eintrag fuhr: «Diese Versehen mögen an sich trivial sein, Stevens, aber Sie müssen doch ihre weiterreichende Bedeutung erkennen. Die Tage, da voller Verlaß auf Ihren Vater war, sind allmählich vorüber. Man darf von ihm nicht verlangen, Aufgaben auf irgendeinem Gebiet zu übernehmen, auf dem ein Versehen den Erfolg der bevorstehenden Konferenz in Gefahr bringen kann.»

«Sehr wohl, Sir. Ich verstehe vollkommen.»

«Gut. Ich überlasse es dann Ihnen, sich hierüber Gedanken zu machen, Stevens.»

Ich sollte vielleicht hinzufügen, daß Lord Darlington den Sturz meines Vaters ungefähr eine Woche zuvor mitangesehen hatte. Seine Lordschaft hatte mit zwei Gästen, einer jungen Dame und einem Herrn, im Gartenhaus geweilt und meinen Vater, der ein schon freudig erwartetes Tablett mit Erfrischungen brachte, über den Rasen näher kommen sehen. Der Boden steigt einige Meter vor dem Gartenhaus ein wenig an, und damals wie noch heute dienten vier in den Rasen eingelassene Steinplatten als Stufen zur Überwindung dieses Höhenunterschieds. In unmittelbarer Nähe dieser Stufen stürzte mein Vater, so daß alles auf dem Tablett – Teekanne, Tassen, Untertassen, Sandwiches, Gebäck – über den Rasen am oberen Ende der Stufen verstreut wurde. Bis ich benachrichtigt worden und hinausgeeilt war, hatten seine Lordschaft und die Gäste meinen Vater schon auf dem Rasen auf die Seite gelegt, wobei ein Kissen und eine Matte aus dem Gartenhaus als Kopfstütze und Decke dienten. Mein Vater war bewußtlos, und sein Gesicht sah eigenartig grau aus. Man hatte bereits nach Dr. Meredith geschickt, aber seine Lordschaft war der Ansicht, mein Vater solle noch vor dem Eintreffen des Arztes in den Schatten gebracht werden; also wurde ein Rollstuhl herbeigeschafft und mein Vater nicht ohne einige Mühe ins Haus gebracht. Als Dr. Meredith kam, hatte er sich schon recht gut erholt, und der Arzt ging bald wieder und machte nur vage Äußerungen des Inhalts, daß mein Vater sich vielleicht «überarbeitet» habe.

Der Vorfall war meinem Vater offensichtlich sehr peinlich, und zum Zeitpunkt jenes Gesprächs in Lord Darlingtons Arbeitszimmer hatte er längst seine übliche Tätigkeit wieder aufgenommen. Die Frage, wie man bei ihm das Thema einer Reduzierung seiner dienstlichen Aufgaben anschneiden sollte, war also nicht leicht zu beantworten. Erschwert wurde die Sache für mich noch durch den Umstand, daß mein Vater und ich seit einigen Jahren – aus Gründen, die ich nie richtig erfaßt habe – immer weniger miteinander sprachen. Nach seinem Eintreffen in Darlington Hall hatte sogar das kurze Gespräch, das nötig war, um ihn in seine Arbeit einzuweisen, in einer Atmosphäre beiderseitiger Verlegenheit stattgefunden.

Ich hielt es schließlich für das beste, in der Abgeschiedenheit seines Zimmers mit ihm zu sprechen, wo er Gelegenheit haben würde, ungestört über seine neue Situation nachzudenken, nachdem ich gegangen war. Die einzigen Zeiten, zu denen man meinen Vater in seinem Zimmer antreffen konnte, waren früh am Morgen und spät am Abend. Ich entschied mich für die erstere Möglichkeit, stieg eines Morgens in aller Frühe zu seinem kleinen Zimmer im Dachgeschoß des Dienstbotenflügels hinauf und klopfte an die Tür.

Ich hatte vor diesem Zeitpunkt selten Anlaß gehabt, das Zimmer meines Vaters zu betreten, und war erneut betroffen von seiner Enge und Kargheit. Ich erinnere mich, daß ich den Eindruck einer Gefängniszelle hatte, doch mochte dies ebensosehr mit dem schwachen Licht des frühen Morgens wie mit der Winzigkeit des Zimmers oder der Kahlheit der Wände zusammenhängen. Denn mein Vater hatte die Vorhänge zurückgezogen und saß, rasiert und in voller Dienstkleidung, auf der Bettkante, von wo aus er offenbar das Heraufdämmern des Tages beobachtet hatte. Zumindest war anzunehmen, daß er den Himmel beobachtet hatte, da sonst außer Dachziegeln und Regenrinnen von seinem kleinen Fenster aus wenig zu sehen war. Die Petroleumlampe neben dem Bett war gelöscht, und als ich meinen Vater mißbilligend auf die Lampe blicken sah, die ich mitgebracht hatte, um sicherer die wacklige

Treppe hinaufzugelangen, drehte ich rasch den Docht herunter. Nachdem ich dies getan hatte, nahm ich um so deutlicher das schwache Licht wahr, das ins Zimmer fiel, und die Art, wie es die Konturen des kantigen, faltigen, noch immer ehrfurchtgebietenden Gesichts meines Vaters erhellte.

«Ah», sagte ich und stieß ein kurzes Lachen aus, «ich hätte wissen können, daß Vater schon aufgestanden und für den Tag gerüstet ist.»

«Ich bin schon seit drei Stunden auf», sagte er und musterte mich recht kühl von oben bis unten.

«Ich hoffe, Vater wird nicht durch seine arthritischen Beschwerden wachgehalten.»

«Ich bekomme soviel Schlaf, wie ich brauche.»

Mein Vater griff nach dem einzigen Stuhl, über den das Zimmer verfügte, stützte beide Hände auf die Rückenlehne und zog sich hoch. Als ich ihn aufgerichtet vor mir stehen sah, vermochte ich nicht zu sagen, was an seiner gebeugten Haltung dem Alter und was einer zur Gewohnheit gewordenen Anpassung an die Deckenschräge zuzuschreiben war.

«Ich bin gekommen, um Vater etwas mitzuteilen.»

«Dann teile es mir kurz und bündig mit. Ich habe nicht den ganzen Morgen Zeit, langes Gerede anzuhören.»

«In diesem Fall, Vater, will ich gleich zur Sache kommen.»

«Komm zur Sache und damit gut. Es gibt Leute, die noch Arbeit zu erledigen haben.»

«Sehr schön. Da Vater wünscht, daß ich mich kurz fasse, will ich dies tun. Es muß festgestellt werden, daß Vater immer gebrechlicher wird. In solchem Maße, daß selbst die Pflichten eines Butlergehilfen jetzt seine Kräfte übersteigen. Seine Lordschaft ist der Ansicht – wie ich im übrigen auch –, daß Vater, wenn man ihn weiter seinen bisherigen Aufgabenbereich wahrnehmen läßt, eine ständig gegenwärtige Bedrohung für den reibungslosen Ablauf dieses Haushalts darstellt, insbesondere für das wichtige internationale Treffen nächste Woche.»

Im Dämmerlicht verriet das Gesicht meines Vaters keinerlei Gemütsbewegung.

«Grundsätzlich hat man den Eindruck», fuhr ich fort, «daß Vater nicht mehr bei Tisch bedienen sollte, ob Gäste anwesend sind oder nicht.»

«Ich bediene seit fünfzig Jahren Tag für Tag bei Tisch», bemerkte mein Vater mit völlig ruhiger Stimme.

«Außerdem wurde entschieden, daß Vater keine Tabletts mehr tragen sollte, auch nicht über geringste Entfernungen. Unter Berücksichtigung dieser Beschränkungen und weil ich weiß, daß Vater die Kürze schätzt, habe ich hier die veränderten Dienstpflichten notiert, deren Erfüllung man in Zukunft von ihm erwartet.»

Ich fühlte keine Neigung, ihm den Zettel, den ich in der Hand hielt, direkt zu übergeben, sondern legte ihn auf das Fußende des Bettes. Mein Vater warf einen Blick darauf und sah dann wieder mich an. Seinem Gesicht war noch immer keine Gemütsregung anzumerken, und seine Hände auf dem Stuhlrücken wirkten völlig entspannt. Gebeugt oder nicht, es war unmöglich, sich nicht der achtunggebietenden Ausstrahlung dieser physischen Erscheinung zu erinnern – eben jener Ausstrahlung, die einst zwei betrunkene Herren auf dem Rücksitz eines Wagens jäh ernüchtert hatte. Schließlich sagte er:

«Ich bin neulich nur wegen dieser Stufen gestürzt. Sie sind schief. Seamus sollte beauftragt werden, sie zu richten, damit nicht einem anderen das gleiche passiert.»

«Gewiß. Wie dem auch sei, darf ich davon ausgehen, daß Vater sich diesen Zettel ansieht?»

«Man sollte Seamus beauftragen, die Stufen in Ordnung zu bringen. Jedenfalls bevor nächste Woche die Herren aus Europa eintreffen.»

«Gewiß. Nun, Vater – guten Morgen.»

Jener Sommerabend, den Miss Kenton in ihrem Brief erwähnt, folgte bald auf diese Begegnung – es mag sogar der Abend desselben Tages gewesen sein. Ich kann mich nicht mehr erinnern, zu welchem Zweck ich in den obersten Stock des Hauses gegangen war, wo die Reihe von Gästezimmern vom Flur abgeht. Aber wie ich wohl schon sagte, erinnere ich mich lebhaft daran, wie das letzte Tageslicht in breiten orangeroten Streifen durch die offenen Türen in den Flur fiel. Und als ich an den zu dieser Zeit ungenutzten Zimmern vorüberschritt, hatte mich Miss Kenton angerufen, ihre Gestalt eine Silhouette vor einem der Fenster.

Wenn man bedenkt, wenn man sich daran erinnert, wie Miss Kenton in ihrer ersten Zeit in Darlington Hall über meinen Vater zu mir gesprochen hatte, dann kann es kaum verwundern, daß ihr jener Abend über all die Jahre hinweg im Gedächtnis geblieben ist. Zweifellos verspürte sie ein gewisses Schuldgefühl, als wir beide von unserem Fenster aus meinen Vater dort unten beobachteten. Ein großer Teil des Rasens lag schon im Schatten der Pappeln, aber die Stelle, an der das Gelände zum Gartenhaus hin ein wenig anstieg, wurde noch immer von der Sonne beschienen. Wir sahen meinen Vater bei den vier steinernen Stufen stehen, tief in Gedanken versunken. Eine leichte Brise fuhr ihm durchs Haar. Und dann ging er ganz langsam die Stufen hinauf. Oben drehte er sich um und kam ein wenig schneller wieder herunter. Er wandte sich noch einmal um, blieb mehrere Sekunden lang still stehen und musterte die Stufen. Schließlich stieg er sie sehr bedächtig ein zweites Mal hinauf. Diesmal ging er weiter, fast bis zum Gartenhaus, drehte sich dann um und kam langsam zurück, den Blick ständig auf den Boden gerichtet. Ich kann sein Gebaren in diesem Augenblick in der Tat nicht besser beschreiben, als Miss Kenton dies in ihrem Brief tut; es war wirklich so, «als hoffte er einen Edelstein zu finden, den er dort hatte fallen lassen».

Aber ich verliere mich in Erinnerungen, und das ist vielleicht ein wenig töricht. Diese Autotour ist für mich schließlich eine seltene Gelegenheit, uneingeschränkt die vielen Schönheiten der englischen Landschaft auszukosten, und ich weiß, daß ich es später sehr bedauern würde, ließe ich mich allzusehr davon ablenken. Ich stelle sogar fest, daß ich noch nichts über meine Fahrt hierher vermerkt habe – abgesehen von der kurzen Erwähnung jenes Stops auf der Straße am Berghang gleich zu Beginn. Das ist in der Tat ein Versäumnis, wenn man bedenkt, wie sehr ich die gestrige Fahrt genossen habe.

Ich hatte die Fahrt hierher nach Salisbury mit großer Sorgfalt geplant und die Hauptstraßen fast gänzlich vermieden; die Route, die zahlreiche Umwege einschloß, wäre manchem vielleicht zu umständlich erschienen, aber sie versetzte mich in die Lage, einen großen Teil der Sehenswürdigkeiten zu bewundern, die Mrs. J. Symons in ihren hervorragenden Büchern empfiehlt, und ich muß sagen, daß ich mit der Strecke sehr zufrieden war. Sie führte großenteils durch landwirtschaftlich genutztes Gebiet und duftende Wiesen, und oft senkte ich die Fahrtgeschwindigkeit auf ein Schrittempo, damit ich einen Fluß oder ein Tal im Vorbeifahren länger betrachten konnte. Aber soweit ich mich erinnere, bin ich bis kurz vor Salisbury nicht mehr ausgestiegen.

Bei dieser Gelegenheit fuhr ich eine lange, gerade Straße entlang mit großen Wiesen zu beiden Seiten. Die Landschaft wirkte in dieser Gegend eher offen und flach, so daß man weit in alle Richtungen sehen konnte. Am Horizont vor mir war der Turm der Kathedrale von Salisbury aufgetaucht. Eine ruhige, friedliche Stimmung war über mich gekommen; wohl aus diesem Grund fuhr ich wiederum sehr langsam – wahrscheinlich nicht schneller als fünfzehn Meilen pro Stunde. Was im Grunde nur gut war, denn so bemerkte ich noch im letzten Augenblick ein Huhn, das höchst gemächlich meinen Weg kreuzte. Ich brachte den Ford nur ein, zwei Fuß vor dem

Federvieh zum Stehen, das stutzte und auf der Straße vor meinem Wagen verharrte. Als es sich nach einigen Augenblicken noch nicht bewegt hatte, nahm ich die Autohupe zu Hilfe, doch dies hatte lediglich zur Folge, daß das Tier nach etwas auf dem Boden zu picken begann. Ein wenig verärgert schickte ich mich an, auszusteigen, und hatte den einen Fuß noch auf dem Trittbrett, als ich eine Frauenstimme rufen hörte:

«Oh, entschuldigen Sie vielmals, Sir.»

Ich blickte mich um und sah, daß ich gerade an einem kleinen Bauernhaus vorübergefahren war, aus dem jetzt, zweifellos durch mein Hupen aufmerksam geworden, eine junge Frau in einer Schürze herausgelaufen kam. Sie eilte an mir vorbei, hob das Huhn auf und drückte es an ihre Brust, während sie sich noch einmal entschuldigte. Als ich ihr versichert hatte, daß kein Schaden entstanden sei, sagte sie:

«Ich danke Ihnen sehr, daß Sie angehalten und die arme Nellie nicht überfahren haben. Sie ist ein so braves Tier und versorgt uns mit den größten Eiern, die man sich nur vorstellen kann. Wirklich sehr nett, daß Sie angehalten haben. Und Sie haben es gewiß eilig.»

«O nein, keineswegs», sagte ich mit einem Lächeln. «Zum ersten Mal seit vielen Jahren kann ich mir Zeit nehmen, und ich muß sagen, daß das eine sehr angenehme Erfahrung ist. Ich bin zu meinem Vergnügen unterwegs, wissen Sie.»

«Oh, das ist schön, Sir. Und Sie sind auf dem Weg nach Salisbury, nehme ich an.»

«Das bin ich in der Tat. Und was man dahinten sieht, das ist die Kathedrale, nicht wahr? Es soll ja ein herrliches Bauwerk sein.»

«Ja, das ist sie, Sir. Nun, um ehrlich zu sein, ich komme selbst kaum nach Salisbury, und da kann ich eigentlich gar nicht richtig sagen, wie sie aus der Nähe aussieht. Aber glauben Sie mir, Sir, wir sehen immer den Turm von hier, tagein, tagaus. An manchen Tagen, bei dichtem Dunst, da ist es, als wäre er ganz verschwunden. Aber an einem klaren Tag ist das ein schöner Anblick, das sehen Sie ja selbst.»

«Herrlich.»

«Ich bin Ihnen so dankbar, daß Sie unsere Nellie nicht überfahren haben, Sir. Vor drei Jahren ist unsere Schildkröte so ums Leben gekommen – und genau an dieser Stelle. Wir waren alle schrecklich traurig.»

«Wie tragisch», sagte ich in kummervollem Ton.

«Oh, das war es wirklich, Sir. Es gibt Leute, die sagen, wir Bauern seien es ja gewöhnt, daß Tiere verletzt und getötet werden, aber das stimmt einfach nicht. Mein kleiner Junge hat tagelang geweint. Es ist so freundlich, daß Sie wegen Nellie angehalten haben, Sir. Wenn Sie auf eine Tasse Tee hereinkommen wollen, nachdem Sie jetzt sowieso schon ausgestiegen sind, sind Sie herzlich eingeladen. Eine kleine Pause würde Ihnen sicher guttun.»

«Das ist sehr freundlich von Ihnen, aber ich sollte doch lieber weiterfahren. Ich möchte frühzeitig in Salisbury sein, um mir noch die vielen reizvollen Winkel der Stadt ansehen zu können.»

«Gewiß, ja. Dann noch einmal vielen Dank, Sir.»

Ich fuhr wieder los, wobei ich aus irgendeinem Grund – vielleicht weil ich damit rechnete, daß noch ein weiteres von einem Bauernhof stammendes Tier meinen Weg queren könnte – mein langsames Tempo beibehielt. Irgend etwas an dieser kleinen Episode, das muß ich sagen, hatte mich in eine sehr gute Stimmung versetzt; die schlichte Freundlichkeit, für die mir gedankt worden war, und die schlichte Freundlichkeit, die mir dafür geboten worden war, bewirkten wohl, daß ich das ganze Unternehmen, welches mir in den kommenden Tagen bevorsteht, aus einem Gefühl der Hochstimmung heraus betrachtete. In solcher Gemütsverfassung fuhr ich also weiter hierher nach Salisbury.

Aber ich glaube, ich sollte noch einmal kurz auf die meinen Vater betreffende Angelegenheit zurückkommen, denn ich fürchte, ich könnte zuvor den Eindruck erweckt haben, als hätte ich ihn hinsichtlich seiner abnehmenden Leistungsfähigkeit recht schonungslos behandelt. Es ist einfach so, daß ich die Angelegenheit kaum anders zur Sprache hätte bringen können, als ich es tat – wie man mir gewiß bestätigen wird, wenn ich erst die jene Tage beherrschenden Zusammenhänge erklärt habe. Die wichtige internationale Konferenz, die in Darlington Hall stattfinden sollte, stand nämlich vor der Tür, so daß keine Zeit mehr war für übertriebene Nachsicht und langes Herumreden um die Sache. Man sollte außerdem nicht vergessen, daß Darlington Hall zwar während der folgenden fünfzehn Jahre noch manch anderes Ereignis von gleicher Bedeutung erleben sollte, diese Konferenz vom März 1923 aber die erste war; man hatte, wie sich denken läßt, damit noch wenig Erfahrung und mochte möglichst wenig dem Zufall überlassen. Ich denke in der Tat oft an diese Konferenz zurück und betrachte sie aus mehreren Gründen als einen Wendepunkt in meinem Leben. Zum einen glaube ich, sie als den Augenblick in meiner Laufbahn ansehen zu können, an dem ich als Butler gewissermaßen mündig wurde. Dies heißt nicht, daß ich meine, damit zwangsläufig ein «großer» Butler geworden zu sein – ein Urteil solcher Art zu fällen steht mir ohnehin nicht zu. Doch sollte jemals jemand die Ansicht vertreten wollen, ich hätte im Laufe meiner Karriere zumindest ein wenig von jener besonderen «Würde» erlangt, so mag für ihn der Hinweis auf diese Konferenz vom März 1923 nützlich sein, als auf den Zeitpunkt, an dem ich zum ersten Mal unter Beweis stellte, daß ich die Fähigkeit zur Ausbildung dieser Eigenschaft in mir trug. Es war eines jener Ereignisse, wie sie in einer entscheidenden Entwicklungsphase des Lebens eintreten, von denen man sich auf die Probe gestellt und bis an die Grenze seines Vermögens und noch darüber hinaus gefordert sieht, so daß man neue Maßstäbe herausbildet, an denen man sich künftig messen wird. Diese Konferenz war indes auch aus ganz anderen Gründen denkwürdig, wie ich im folgenden erläutern möchte.

Die Konferenz von 1923 war der Höhepunkt einer langen Planungsarbeit seitens Lord Darlingtons; im Rückblick läßt sich deutlich erkennen, wie seine Lordschaft etwa drei Jahre lang auf diesen Punkt zugesteuert war. Wie ich mich erinnere, hatte er sich zunächst nicht besonders mit dem Friedensvertrag beschäftigt, als dieser nach dem Ende des Weltkrieges formuliert worden war, und ich glaube, man darf sagen, daß sein Interesse weniger durch eine Anlayse des Vertrages als durch seine Freundschaft mit Herrn Karl-Heinz Bremann geweckt worden war.

Herr Bremann besuchte Darlington Hall zum ersten Mal kurz nach dem Krieg, noch in seiner Offiziersuniform, und es war für jeden Beobachter offenkundig, daß sich zwischen ihm und Lord Darlington eine enge Freundschaft entwickelt hatte. Das überraschte mich nicht, da man auf den ersten Blick sehen konnte, daß Herr Bremann ein Gentleman von hohen Graden war. Er war, nach seinem Abschied aus der deutschen Armee, während der nächsten zwei Jahre in recht regelmäßigen Abständen zu Gast, und man konnte nicht umhin, mit einiger Bestürzung von einem Besuch zum nächsten die Veränderung wahrzunehmen, die mit ihm vorging. Seine Kleidung wurde immer ärmlicher, seine Gestalt hagerer; sein Blick bekam etwas Gehetztes, und bei seinen letzten Besuchen starrte er immer wieder lange Zeit ins Leere, selbst in Gegenwart seiner Lordschaft und bisweilen sogar, wenn er angesprochen worden war. Ich hätte vermutet, daß Herr Bremann an einer gefährlichen Krankheit litt, wären da nicht gewisse Bemerkungen seiner Lordschaft gewesen, die mir die Gewißheit gaben, daß dem nicht so war.

Es muß gegen Ende des Jahres 1920 gewesen sein, als Lord Darlington seinerseits die erste einer Reihe von Reisen nach Berlin antrat, und ich kann mich daran erinnern, daß sie einen tiefen Eindruck auf ihn machte. Er wirkte noch Tage nach seiner Rückkehr sehr nachdenklich, und ich weiß noch, daß er einmal, als ich mich erkundigte, wie die Reise verlaufen sei, bemerkte: «Beunruhigend, Stevens. Zutiefst beunruhigend. Es bringt uns in Verruf, einen besiegten Gegner so zu behandeln. Ein völliger Bruch mit den Traditionen unseres Landes.»

Aber noch eine andere Szene ist mir im Zusammenhang mit dieser Angelegenheit deutlich in Erinnerung geblieben. Heute steht in dem alten Bankettsaal nicht mehr der lange Tisch; der große Raum mit seiner hohen und prachtvoll ausgestalteten Decke leistet Mr. Farraday gute Dienste als eine Art Kunstgalerie. Aber zu Zeiten seiner Lordschaft wurde dieser Saal regelmäßig genutzt, ebenso der lange Tisch, der darin stand und an dem mehr als dreißig Dinnergäste Platz fanden; der Bankettsaal ist sogar so groß, daß im Notfall weitere Tische hereingebracht werden konnten, so daß dann Platz für fast fünfzig Personen war. An normalen Tagen nahm Lord Darlington seine Mahlzeiten, wie Mr. Farraday dies heute tut, natürlich in der intimeren Atmosphäre des Eßzimmers ein, das ideal ist für Gesellschaften bis zu einem Dutzend Teilnehmer. An jenem Winterabend jedoch, an den ich jetzt denke, wurde das Eßzimmer aus irgendeinem Grund nicht benutzt, und Lord Darlington speiste mit einem einzigen Gast – ich glaube, es war Sir Richard Fox, ein Kollege aus den Tagen seiner Lordschaft im Außenministerium – im großen Bankettsaal. Man wird zweifellos mit mir der Meinung sein, daß, was das Bedienen bei Tisch betrifft, die schwierigste Situation dann entsteht, wenn gerade zwei Personen speisen. Ich persönlich würde viel lieber nur eine einzelne Person bedienen, auch wenn sie mir völlig fremd wäre. Bei zwei Personen, auch wenn die eine der Dienstherr ist, fällt es am schwersten, bei Tisch jenes Gleichgewicht zwischen Aufmerksamkeit und der Illusion des Nicht-da-Seins herzustellen, das wesentlich zum guten Bedienen gehört; in dieser Situation kann man sich selten des Verdachts erwehren, daß man mit seiner Gegenwart dem Gespräch hinderlich ist.

An diesem Abend lag ein großer Teil des Raums im Dunkeln, und die beiden Herren saßen nebeneinander an einer Längsseite des Tisches – der viel zu breit war, als daß sie einander gegenüber daran hätten Platz nehmen können – im Lichtkegel der Kerzen und mit dem knisternden Kaminfeuer vor sich. Ich beschloß, meine Anwesenheit möglichst wenig fühlbar zu machen, indem ich mich in größerer Entfernung vom Tisch als üblich im Schatten aufstellte. Natürlich hatte dieses Vorgehen den entscheidenden Nachteil, daß jedesmal, wenn ich mich zum Licht hin bewegte, um die Herren zu bedienen, meine sich nähernden Schritte lange und laut widerhallten, ehe ich noch den Tisch erreichte, und in höchst unwillkommener Weise die Aufmerksamkeit auf meine bevorstehende Ankunft lenkten; es hatte jedoch den großen Vorteil, daß meine Person, solange ich still stand, nur teilweise sichtbar war. Und während ich so im Schatten stand, in einiger Entfernung von der Stelle, an der die beiden Herren inmitten der leeren Stuhlreihen saßen, hörte ich Lord Darlington von Herrn Bremann sprechen. Seine Stimme klang so ruhig und sanft wie gewöhnlich, gewann aber, von den hohen Wänden zurückgeworfen, in irgendeiner Weise an Intensität.

«Er war mein Feind», sagte er, «aber er hat sich stets wie ein Gentleman benommen. Wir haben einander mit allem Anstand behandelt während der sechs Monate, die wir uns mit Granaten beschossen. Er war ein Gentleman, der seine Pflicht tat, und ich trug ihm nichts nach. Ich sagte zu ihm: ‹Jetzt sind wir Feinde, und ich werde Sie bekämpfen mit allen Kräften, die mir zu Gebote stehen. Aber wenn diese dumme Sache vorüber ist, brauchen wir keine Feinde mehr zu sein und können zusammen auf unser Wohl trinken.› Das Dumme ist, daß mich dieser Vertrag zum Lügner macht. Verstehen Sie, ich sagte ihm zu, wir würden keine Feinde mehr sein, wenn diese Geschichte vorüber sei. Aber wie kann ich ihm ins Gesicht sehen und ihm sagen, das sei nun wahr geworden?»

Und ein wenig später an diesem Abend sagte seine Lordschaft in ernstem Ton und mit einem Kopfschütteln: «Ich habe im Krieg für die Gerechtigkeit in dieser Welt gekämpft. Soweit ich das verstand, habe ich nicht an einem Rachefeldzug gegen das deutsche Volk teilgenommen.»

Wenn man heute das Gerede über seine Lordschaft, wenn man die törichten Spekulationen über seine Beweggründe hört, wie das nur allzu oft der Fall ist in diesen Tagen, dann erinnere ich mich gern an jenen Augenblick, als er in dem fast leeren Bankettsaal diese von Herzen kommenden Worte sprach. Welche Komplikationen sich auch während der darauffolgenden Jahre aus dem Vorgehen seiner Lordschaft ergaben, ich für meine Person werde nie daran zweifeln, daß seinem Handeln stets der tiefe Wunsch nach «Gerechtigkeit in dieser Welt» zugrunde lag.

Bald nach diesem Abend traf die traurige Nachricht ein, daß sich Herr Bremann in einem Zug zwischen Hamburg und Berlin erschossen hatte. Natürlich war seine Lordschaft auf das äußerste bekümmert und faßte sofort den Entschluß, Frau Bremann eine Geldsumme zu senden und ihr sein Beileid zu übermitteln. Doch trotz mehrtägiger eifriger Nachforschungen, bei denen ich ihn nach besten Kräften unterstützte, war es seiner Lordschaft unmöglich, die Adresse eines Angehörigen von Herrn Bremann ausfindig zu machen. Er war, wie es schien, seit einiger Zeit ohne festen Wohnsitz gewesen, und seine Familie hatte sich zerstreut.

Ich bin überzeugt, daß Lord Darlington auch ohne diese traurige Nachricht den Kurs eingeschlagen hätte, für den er sich in der Folge entschied; sein Verlangen, Unrecht und Leid ein Ende zu setzen, war zu tief in seiner Natur verwurzelt, als daß er anders hätte handeln können. Und so begann seine Lordschaft in den Wochen nach Herrn Bremanns Tod, sich immer eingehender mit der Krise in Deutschland zu beschäftigen. Einflußreiche und bekannte Gäste kamen jetzt regelmäßig ins Haus – ich erinnere mich an Persönlichkeiten wie Lord Daniels, Professor Maynard Keynes und Mr. H. G. Wells, den berühmten Schriftsteller, sowie an andere, die ich, weil sie «inoffiziell» kamen, hier nicht namentlich erwähnen möchte – und debattierten mit seiner Lordschaft oft stundenlang hinter verschlossenen Türen.

Einige dieser neuen Besucher kamen in der Tat so «inoffiziell», daß – ich erhielt dazu entsprechende Anweisungen – das übrige Personal nicht ihre Namen erfahren und in einigen Fällen die Betreffenden nicht einmal zu Gesicht bekommen durfte. Lord Darlington machte jedoch – und dies sage ich voller Stolz und Dankbarkeit – nie den Versuch, vor mir etwas geheimzuhalten; ich erinnere mich, daß immer wieder einmal jemand mit einem argwöhnischen Blick zu mir hin mitten im Satz innehielt und daß seine Lordschaft dann jedesmal sagte: «Oh, machen Sie sich keine Gedanken. In Stevens' Gegenwart können Sie völlig unbesorgt reden, das versichere ich Ihnen.»

So gelang es seiner Lordschaft zusammen mit Sir David Cardinal, der während dieser Zeit zu seinem engsten Verbündeten wurde, im Laufe der zwei Jahre nach Herrn Bremanns Tod eine breite Allianz von Persönlichkeiten zusammenzubringen, die die Überzeugung einte, die Situation in Deutschland dürfe nicht länger so fortdauern. Es handelte sich dabei nicht nur um Briten und Deutsche, sondern auch um Belgier, Franzosen, Italiener, Schweizer – Diplomaten und hochrangige Politiker, bedeutende Geistliche, Offiziere im Ruhestand, Schriftsteller und Denker. Manche waren wie seine

Lordschaft der Ansicht, daß in Versailles kein faires Spiel gespielt worden und es unmoralisch sei, eine Nation für einen Krieg zu bestrafen, der jetzt vorüber war. Andere sorgten sich offenkundig weniger um Deutschland und seine Bevölkerung, waren aber der Meinung, daß das wirtschaftliche Chaos in diesem Land mit alarmierender Geschwindigkeit auf die ganze Welt übergreifen könnte, wenn man ihm nicht entgegentrat.

Zu Beginn des Jahres 1922 hatte seine Lordschaft ein klares Ziel vor Augen: Er wollte an keinem anderen Ort als Darlington Hall die einflußreichsten Herren versammeln, deren Unterstützung er gewonnen hatte, um eine «inoffizielle» internationale Konferenz abzuhalten – eine Konferenz, die sich mit der Frage beschäftigen sollte, wie die härtesten Bestimmungen des Versailler Vertrages revidiert werden könnten. Um sinnvoll zu sein, bedurfte eine solche Konferenz eines ausreichenden Gewichts, damit sie auf die «offiziellen» internationalen Konferenzen entscheidenden Einfluß ausüben konnte – von denen bereits mehrere zu dem ausdrücklichen Zweck einer Revision des Vertrages durchgeführt worden waren, jedoch nichts als Verwirrung und Bitterkeit erzeugt hatten. Unser damaliger Premierminister, Mr. Lloyd George, hatte eine weitere Konferenz dieser Art gefordert, die im Frühjahr 1922 nach Italien einberufen werden sollte, und Ziel seiner Lordschaft war es ursprünglich gewesen, eine Zusammenkunft in Darlington Hall zu betreiben, die für einen befriedigenden Ausgang dieses Ereignisses sorgen sollte. Doch obwohl er und Sir David alles daransetzten, erwies sich dieser Termin als zu früh angesetzt; aber nachdem Mr. Georges Konferenz ebenfalls erfolglos geendet hatte, konzentrierte sich seine Lordschaft auf eine weitere große Konferenz, die im Jahr darauf in der Schweiz stattfinden sollte.

Ich erinnere mich an einen Morgen in dieser Zeit, als ich Lord Darlington den Kaffee ins Frühstückszimmer brachte und er, wobei er die *Times* zusammenfaltete, mit einiger Empörung zu mir sagte: «Diese Franzosen. Also wirklich, Stevens. Diese Franzosen.»

«Ja, Sir.»

«Sich vorzustellen, daß wir uns vor der Welt Arm in Arm mit ihnen zeigen müssen. Bei dem bloßen Gedanken sehnt man sich schon nach einem schönen heißen Bad.»

«Ja, Sir.»

«Als ich das letzte Mal in Berlin war, Stevens, da kam Baron Overath, ein alter Freund meines Vaters, zu mir und sagte: ‹Warum tut ihr uns das an? Seht ihr nicht, daß wir so nicht weitermachen können?› Ich war nahe daran, ihm zu sagen, daß das nur diese verflixten Franzosen sind. Das ist nicht die englische Art, hätte ich am liebsten zu ihm gesagt, aber so etwas gehört sich wohl nicht. Man darf nicht schlecht von unseren lieben Alliierten sprechen.»

Gerade die Tatsache, daß die Franzosen, was die Befreiung Deutschlands von den Härten des Versailler Vertrags betraf, am unnachgiebigsten waren, machte die Anwesenheit eines französischen Vertreters mit unzweifelhaftem Einfluß auf die Außenpolitik seines Landes bei dem Treffen in Darlington Hall um so dringlicher. Ich hörte seine Lordschaft mehrmals sogar die Ansicht äußern, daß ohne die Teilnahme einer solchen Persönlichkeit jede Diskussion über das Thema Deutschland wenig mehr als eine Farce sei. Er und Sir David widmeten sich diesem letzten entscheidenden Abschnitt ihrer Vorbereitungen mit entsprechender Aufmerksamkeit, und Zeuge der unerschütterlichen Entschlossenheit zu sein, mit der sie trotz wiederholter Enttäuschungen ihre Sache weiter verfolgten, war ein eindrucksvolles Erlebnis; unzählige Briefe und Telegramme wurden abgeschickt, und seine Lordschaft reiste in einem Zeitraum von zwei Monaten dreimal nach Paris. Nachdem sich schließlich eine sehr bedeutende französische Persönlichkeit – ich nenne sie hier «Monsieur Dupont» –

bereit erklärt hatte, an der Zusammenkunft teilzunehmen, wenn auch auf streng «inoffizieller» Basis, wurde der Termin für die Konferenz auf jenen denkwürdigen Monat März 1923 festgesetzt.

Indes dieses Datum näher rückte, waren die Anforderungen an mich, wenn auch von ganz anderer und viel bescheidenerer Art als die Belastung, unter der seine Lordschaft stand, doch keineswegs unbedeutend. Ich war mir nur zu sehr der Möglichkeit bewußt, daß es Auswirkungen von unvorstellbarem Ausmaß haben konnte, wenn sich einer der Gäste während seines Aufenthalts in Darlington Hall nicht wohl fühlte. Zudem wurde meine Vorausplanung auf das Ereignis durch den Umstand kompliziert, daß ungewiß war, wie viele Personen kommen würden. Da es sich um eine Konferenz auf sehr hoher Ebene handelte, war die Zahl der Teilnehmer auf achtzehn sehr bekannte Herren und zwei Damen begrenzt worden – eine deutsche Gräfin und die furchterregende Mrs. Eleanor Austin, die damals noch in Berlin lebte –, doch jeder von ihnen mochte Sekretäre, Kammerdiener und Dolmetscher mitbringen, und es erwies sich als unmöglich, im voraus zu erfahren, mit wie vielen Personen zu rechnen war. Außerdem wurde deutlich, daß der eine oder andere Teilnehmer schon vor Beginn der eigentlich auf drei Tage anberaumten Konferenz kommen würde, um Zeit zur Eingewöhnung und zur Einschätzung der Stimmung unter den übrigen Gästen zu haben, obschon die genaue Zeit ihres Eintreffens wiederum unbekannt war. Es stand somit fest, daß dem Personal nicht nur arbeitsreiche Tage bei äußerster Anspannung bevorstanden, sondern daß sich jeder einzelne dabei sehr flexibel zeigen mußte. Eine Zeitlang war ich sogar der Ansicht, diese große Herausforderung, die da auf uns zukam, nur durch die zeitweilige Einstellung zusätzlichen Personals bewältigen zu können. Doch abgesehen von den Befürchtungen, die seiner

Lordschaft wegen möglicher Unannehmlichkeiten durch Schwätzer hätten kommen müssen, hätte ich mich bei einer solchen Maßnahme auf unbekannte Kräfte gerade in einem Augenblick verlassen müssen, da ein Fehler teuer zu stehen kommen konnte. Ich arbeitete also für die vor uns liegenden Tage Pläne aus, die denen gleichen mochten, mit denen ein General sich auf die Schlacht vorbereitet: Ich stellte mit äußerster Sorgfalt einen Personalplan auf, der allen möglichen Eventualitäten Raum gab; ich erforschte unsere Schwachstellen und entwarf Ausweichpläne, auf die wir zurückgreifen konnten, falls diese Stellen sich als brüchig erweisen sollten; ich hielt sogar vor dem Personal eine kleine aufmunternde Ansprache militärischen Stils und führte allen vor Augen, daß sie zwar angestrengt arbeiten müßten, aber auch Stolz empfinden könnten bei der Erfüllung ihrer Pflichten während der Tage, die vor uns lagen. «Unter diesem Dach könnte sehr wohl Geschichte gemacht werden», prägte ich ihnen ein. Und sie, die wußten, daß ich kein Freund großer Worte war, begriffen sehr gut, daß ein außergewöhnliches Ereignis bevorstand.

Man wird jetzt vielleicht ahnen, was für ein Klima in Darlington Hall zu dem Zeitpunkt herrschte, als mein Vater vor dem Gartenhaus hinstürzte – gerade zwei Wochen vor dem vermuteten Eintreffen der ersten Gäste –, und verstehen, was ich meine, wenn ich sage, es sei keine Zeit dafür gewesen, um die Sache herumzureden. Mein Vater fand im übrigen rasch heraus, wie er die Beschränkungen seines Arbeitseinsatzes umgehen konnte, welche von der Verfügung herrührten, daß er keine Tabletts mehr tragen sollte. Der Anblick seiner Gestalt, einen Servierwagen mit Reinigungsgerät schiebend, wobei Wischlappen und Bürsten zwar unpassend, aber recht säuberlich um Teekannen, Tassen und Untertassen herum angeordnet waren, so daß man bisweilen an den Karren eines Straßenhändlers erinnert wurde, gehörte im Haus bald zu den vertrauten Bildern. Zwar mußte er auf die Ausübung seiner

Pflichten im Eßzimmer verzichten, aber im übrigen versetzte ihn der Servierwagen in die Lage, ein bemerkenswertes Arbeitspensum zu bewältigen. Während die große Herausforderung, die Konferenz, immer näher rückte, schien mit meinem Vater sogar eine erstaunliche Veränderung vorzugehen. Es war fast, als hätte eine übernatürliche Kraft von ihm Besitz ergriffen, die ihn zwanzig Jahre jünger machte; sein Gesicht wirkte viel weniger eingesunken als in der Zeit zuvor, und er ging mit solch jugendlichem Elan an die Arbeit, daß ein Fremder hätte meinen können, nicht eine, sondern mehrere solcher Gestalten schöben auf den Fluren von Darlington Hall Servierwagen vor sich her.

Was Miss Kenton betraf, glaube ich mich zu entsinnen, daß man ihr die wachsende Spannung dieser Tage deutlich anmerkte. Ich erinnere mich zum Beispiel einer Begegnung mit ihr um diese Zeit im hinteren Flur. Der hintere Flur, der für die Personalräume von Darlington Hall eine Art Rückgrat bildete, machte stets einen recht trüben Eindruck, weil trotz seiner beträchtlichen Länge kaum Tageslicht in ihn hineinfiel. Selbst an einem schönen Tag konnte dieser Flur so dunkel sein, daß man durch einen Tunnel zu gehen glaubte. Hätte ich bei jener Gelegenheit nicht Miss Kentons Schritt auf den Dielen erkannt, als sie mir im Flur entgegenkam, hätte ich sie nur am Umriß ihrer Gestalt ausmachen können. Ich blieb an einer der wenigen Stellen stehen, wo ein heller Lichtstrahl über die Dielen fiel, und als sie näher kam, sagte ich: «Ach, Miss Kenton –»

«Ja, Mr. Stevens?»

«Miss Kenton, vielleicht darf ich Sie darauf aufmerksam machen, daß die Bettwäsche für das Obergeschoß übermorgen bereitliegen muß.»

«Ich habe die Angelegenheit völlig im Griff, Mr. Stevens.»

«Schön, das freut mich sehr. Es fiel mir nur gerade ein.»

Ich war schon im Begriff, weiterzugehen, aber Miss Kenton

rührte sich nicht von der Stelle. Dann tat sie noch einen Schritt auf mich zu, so daß ein Lichtstreifen über ihr Gesicht fiel und ich sehen konnte, wie zornig sie war.

«Leider, Mr. Stevens, bin ich zur Zeit sehr beschäftigt und finde kaum einen Augenblick Ruhe. Wenn ich das Glück hätte, soviel freie Zeit zu haben, wie das bei Ihnen offensichtlich der Fall ist, dann würde ich es Ihnen gern nachtun, durch dieses Haus wandern und *Sie* an Dinge erinnern, die Sie völlig im Griff haben.»

«Nun, Miss Kenton, es gibt keinen Grund, sich derart aufzuregen. Ich hatte nur das Bedürfnis, mich davon zu überzeugen, daß dieser Umstand Ihrer Aufmerksamkeit nicht...»

«Mr. Stevens, das ist jetzt das vierte oder fünfte Mal in den letzten zwei Tagen, daß Sie ein solches Bedürfnis haben. Es ist sehr eigenartig, zu beobachten, daß die viele Ihnen zur Verfügung stehende Zeit es Ihnen offenbar ermöglicht, müßig hier im Haus umherzuwandern und andere mit überflüssigen Bemerkungen zu belästigen.»

«Miss Kenton, wenn Sie auch nur einen Augenblick lang glauben, ich hätte freie Zeit, dann zeigt dies deutlicher denn je Ihre große Unerfahrenheit. Ich hoffe, daß Sie im Laufe der kommenden Jahre ein treffenderes Bild von dem gewinnen, was in einem Haus wie diesem vorgeht.»

«Sie sprechen beständig von meiner ‹großen Unerfahrenheit›, Mr. Stevens, und dennoch scheinen Sie nicht in der Lage zu sein, mir einen Fehler bei meiner Arbeit nachzuweisen, denn sonst hätten Sie das bestimmt längst und sehr ausführlich getan. Nun, ich habe mich um vielerlei Dinge zu kümmern, und ich wäre Ihnen dankbar, wenn Sie mir nicht weiter folgten und mich aufhielten. Sollten Sie zuviel Zeit übrig haben, dann ist sie vielleicht nützlicher angewandt, wenn Sie etwas frische Luft schnappen.»

Sie stampfte an mir vorbei den Flur hinunter. Ich hielt es für das beste, die Sache nicht weiter zu verfolgen, und setzte meinen Weg fort. Ich hatte fast den Eingang zur Küche erreicht, als ich das heftige Geräusch ihrer Schritte hörte, die mir nachkamen.

«Ich möchte Sie sogar bitten, Mr. Stevens», rief sie, «mich in Zukunft überhaupt nicht mehr direkt anzusprechen.»

«Miss Kenton, wovon reden Sie eigentlich?»

«Wenn etwas auszurichten ist, bitte ich Sie, dies durch einen Boten zu tun. Sie können mir auch eine schriftliche Nachricht übermitteln lassen. Dadurch würde unser Arbeitsverhältnis wesentlich erleichtert, dessen bin ich sicher.»

«Miss Kenton...»

«Ich habe sehr viel zu tun, Mr. Stevens. Eine schriftliche Nachricht, wenn die Mitteilung zu kompliziert ist. Sonst wenden Sie sich vielleicht an Martha oder Dorothy oder einen beliebigen Angehörigen des männlichen Personals, der Ihnen vertrauenswürdig erscheint. Jetzt muß ich an meine Arbeit zurück und überlasse Sie Ihrem Herumwandern.»

So ärgerlich Miss Kentons Verhalten war, so konnte ich es mir doch nicht erlauben, länger darüber nachzudenken, denn inzwischen waren die ersten Gäste eingetroffen. Die Vertreter vom Kontinent wurden erst in zwei oder drei Tagen erwartet, aber die drei Herren, die von seiner Lordschaft als seine «Heimmannschaft» bezeichnet wurden – zwei hohe Beamte aus dem Außenministerium, die zu den absolut «inoffiziellen» Teilnehmern zählten, und Sir David Cardinal –, waren schon früher gekommen, um so gründlich wie möglich den Boden für die Gespräche vorzubereiten. Wie immer machte man sich kaum die Mühe, etwas vor mir geheimzuhalten, indes ich in den verschiedenen Räumen ein und aus ging, in denen diese Herrschaften in ihre Diskussionen vertieft saßen, und so gewann ich zwangsläufig einen gewissen Eindruck von der allgemeinen Stimmung in dieser Phase der Vorbereitung. Natürlich waren seine Lordschaft und seine Kollegen bestrebt, einander über alle Teilnehmer, die man noch erwartete, so gut wie möglich ins Bild zu setzen, aber ihr besorgtes Interesse konzentrierte sich doch auf eine einzige Person, nämlich auf Monsieur Dupont, den Herrn aus Frankreich, und seine wahrscheinlichen Sympathien und Antipathien. Einmal, ich kam wohl gerade ins Rauchzimmer, hörte ich einen der Herren sagen: «Das Schicksal Europas könnte tatsächlich von unserer Fähigkeit abhängen, Monsieur Dupont in dieser Frage zum Einlenken zu bewegen.»

Mitten in diesen Vorbesprechungen betraute mich seine Lordschaft mit einer Mission, die immerhin so ungewöhnlich war, daß sie mir neben jenen anderen, auf offensichtlichere Weise unvergeßlichen Dingen, die während dieser denkwürdigen Wochen stattfinden sollten, im Gedächtnis geblieben ist. Lord Darlington rief mich in sein Arbeitszimmer, und ich bemerkte sofort, daß er ein wenig erregt war. Er setzte sich an seinen Schreibtisch und suchte wie üblich Zuflucht bei einem aufgeschlagenen Buch – diesmal war es das *Who's Who* –, indem er eine Seite hin und her blätterte.

«Ah, Stevens», begann er in einem unecht wirkenden lässigen Ton und schien dann nicht mehr zu wissen, wie er fortfahren sollte. Ich blieb vor dem Schreibtisch stehen, bereit, ihn bei der geringsten sich bietenden Gelegenheit von seinem Unbehagen zu erlösen. Seine Lordschaft fingerte weiter an der Seite herum, beugte sich vor, wie um eine Eintragung genauer zu prüfen, und sagte dann:

«Stevens, mir ist klar, daß das, was ich von Ihnen verlange, ein wenig aus der Ordnung ist.»

«Sir?»

«Es ist einfach so, daß man gerade jetzt soviel Wichtiges im Kopf hat.»

«Ich würde mich freuen, dabei behilflich sein zu können, Sir.»

«Ich belästige Sie mit einer solchen Sache nur ungern, Stevens. Ich weiß, Sie müssen selbst viel zu tun haben. Aber ich habe keine Ahnung, wie ich diese Sache sonst erledigen soll.»

Ich wartete einen Augenblick, während Lord Darlington wieder in das *Who's Who* blickte. Dann sagte er, ohne aufzusehen:

«Ich nehme an, Sie sind vertraut mit den Tatsachen des Lebens.»

«Sir?»

«Den Tatsachen des Lebens. Vögel, Bienen. Sie wissen schon, nicht wahr?»

«Ich fürchte, ich kann noch immer nicht ganz folgen, Sir.»

«Ich will die Karten auf den Tisch legen, Stevens. Sir David ist ein alter Freund von mir. Und er hat mir bei der Vorbereitung dieser Konferenz unschätzbare Dienste geleistet. Ohne ihn, das darf man wohl sagen, hätte sich Monsieur Dupont nicht zur Teilnahme bereit erklärt.»

«Ganz recht, Sir.»

«Aber, Stevens, Sir David hat auch eine seltsame Seite. Sie haben das vielleicht selbst schon bemerkt. Er hat seinen Sohn mitgebracht, Reginald. Als Sekretär. Die Sache ist die, er ist verlobt. Der junge Reginald, meine ich.»

«Ja, Sir.»

«Sir David versucht seit fünf Jahren, seinen Sohn mit den Bedingungen des Daseins vertraut zu machen. Der junge Mann ist jetzt dreiundwanzig.»

«Ganz recht, Sir.»

«Ich komme zur Sache, Stevens. Ich bin der Pate des jungen Mannes. Infolgedessen hat Sir David *mich* ersucht, den jungen Reginald mit den Bedingungen des Daseins vertraut zu machen.»

«Ganz recht, Sir.»

«Sir David selbst findet diese Aufgabe recht entmutigend und fürchtet, er kann sie vor Reginalds Hochzeitstag nicht erfüllen.»

«Ganz recht, Sir.»

«Die Sache ist die, daß ich überhaupt keine Zeit habe, Stevens. Sir David müßte das eigentlich wissen, aber er hat mich trotzdem darum gebeten.» Seine Lordschaft hielt inne und blickte weiter aufmerksam auf seine Buchseite.

«Wenn ich richtig verstehe, Sir», sagte ich, «wünschen Sie, daß *ich* dem jungen Herrn die nötigen Kenntnisse vermittle?»

«Wenn es nicht zuviel verlangt ist, Stevens. Mir fiele wirklich ein Stein vom Herzen. Sir David fragt mich alle zwei Stunden, ob ich es schon erledigt habe.»

«Ich verstehe, Sir. Das muß unter den gegenwärtigen Belastungen sehr ärgerlich sein.»

«Natürlich geht so etwas weit über Ihre eigentlichen Dienstpflichten hinaus, Stevens.»

«Ich werde mein Bestes tun, Sir. Es mag jedoch nicht ganz einfach sein, den rechten Augenblick für die Übermittlung einer solchen Botschaft abzupassen.»

«Ich wäre Ihnen sehr dankbar, wenn Sie es wenigstens versuchten, Stevens. Schrecklich anständig von Ihnen. Und wissen Sie, Sie brauchen kein großes Trara darum zu machen. Teilen Sie ihm einfach die simplen Tatsachen mit und fertig. Der einfache Weg ist der beste, das ist immer meine Devise, Stevens.»

«Sehr wohl, Sir. Ich werde mein Bestes tun.»

«Bin Ihnen wirklich sehr dankbar, Stevens. Halten Sie mich auf dem laufenden.»

Ich war, wie man sich denken kann, ein wenig verblüfft, und normalerweise hätte ich auf eine Angelegenheit wie diese einiges Nachdenken verwandt. Da sie jedoch mitten in einer arbeitsreichen Periode auf mich zukam, konnte ich es mir nicht leisten, mich allzu lange mit ihr zu beschäftigen, und so beschloß ich, mich meiner Aufgabe bei der erstbesten Gelegenheit zu entledigen. Wie ich mich erinnere, war gerade eine Stunde vergangen, seit ich mit der Mission betraut worden war, als ich den jungen Mr. Cardinal allein in der Bibliothek bemerkte, wo er, über Papiere gebeugt, an einem der Schreibtische saß. Wenn man sich den jungen Mr. Cardinal näher ansah, konnte man in gewisser Weise die Schwierigkeit ermessen, die seine Lordschaft empfunden hatte – und natürlich auch der Vater des jungen Herrn. Der Patensohn meines Dienstherrn schien ein ernsthafter, sehr gelehrter junger Mann, in dessen Zügen sich die vielversprechendsten Eigenschaften andeuteten, doch in Anbetracht des Themas, das es anzuschneiden galt, wäre ganz gewiß ein unbeschwerterer, ja sogar leichtfertiger junger Herr vorzuziehen gewesen. Entschlossen, die Sache so schnell wie möglich zu einem befriedigenden Abschluß zu bringen, ging ich jedenfalls einige Schritte weiter in die Bibliothek hinein und blieb dann, mich mit einem Räuspern bemerkbar machend, in der Nähe von Mr. Cardinals Schreibtisch stehen.

«Entschuldigen Sie, Sir, ich habe Ihnen etwas mitzuteilen.»

«Ja?» sagte Mr. Cardinal erwartungsvoll und blickte von seinen Papieren auf. «Von Vater?»

«Ja, Sir, in der Tat.»

«Einen Augenblick.»

Der junge Herr griff in den Aktenkoffer zu seinen Füßen und holte ein Notizbuch und einen Bleistift heraus. «Schießen Sie los, Stevens.»

Ich räusperte mich noch einmal und versuchte meiner Stimme einen möglichst unpersönlichen Ton zu verleihen.

«Sir David legt Wert auf die Feststellung, Sir, daß sich Damen und Herren in mehreren wichtigen Punkten voneinander unterscheiden.»

An dieser Stelle hielt ich offenbar kurz inne, um den nächsten Satz zu formulieren, denn Mr. Cardinal stieß einen Seufzer aus und meinte: «Wem sagen Sie das, Stevens. Würden Sie bitte zur Sache kommen?»

«Sie wissen, Sir?»

«Vater unterschätzt mich ständig. Ich habe über diesen ganzen Themenbereich viel gelesen und Hintergrundstudien betrieben.»

«Tatsächlich, Sir?»

«Ich denke seit einem Monat praktisch an nichts anderes mehr.»

«Nun, Sir, in diesem Fall ist meine Mitteilung wohl eher überflüssig.»

«Sie können Vater versichern, daß ich in der Tat genau informiert bin. Dieser Aktenkoffer» – er stieß mit dem Fuß dagegen – «ist randvoll mit Notizen über jeden denkbaren Aspekt zu dem Thema.»

«Tatsächlich, Sir?»

«Ich glaube wirklich, ich habe alle Veränderungen gründlich durchdacht, deren der menschliche Geist fähig ist. Bitte beruhigen Sie meinen Vater diesbezüglich.»

«Das werde ich tun, Sir.»

Mr. Cardinal schien sich ein wenig zu entspannen. Er stieß noch einmal gegen seinen Aktenkoffer – den zu übersehen ich mich sehr bemühte – und sagte: «Sie haben sich wahrscheinlich schon gefragt, weshalb ich diesen Koffer immer mit mir herumtrage. Nun, jetzt wissen Sie es. Stellen Sie sich vor, die falschen Leute machen ihn auf.»

«Das wäre höchst peinlich, Sir.»

«Es sei denn, natürlich», sagte er und richtete sich plötzlich wieder auf, «mein Vater hätte einen ganz neuen Faktor entdeckt, über den ich nachdenken soll.»

«Das kann ich mir nicht vorstellen, Sir.»

«Nein? Nichts Neues über diesen Dupont?»

«Ich fürchte nein, Sir.»

Ich bemühte mich sehr, mir nicht die Verzweiflung darüber

anmerken zu lassen, daß eine Aufgabe, die ich schon für so gut wie erledigt gehalten hatte, noch immer unbewältigt vor mir lag. Ich glaube, ich sammelte gerade meine Gedanken zu einem erneuten Versuch, als der junge Herr sich plötzlich erhob, den Aktenkoffer ergriff und sagte: «Nun, ich gehe mal ein wenig frische Luft schnappen. Danke für Ihre Hilfe, Stevens.»

Es war meine Absicht gewesen, möglichst unverzüglich ein weiteres Gespräch mit Mr. Cardinal herbeizuführen, doch dies erwies sich als unmöglich, und zwar hauptsächlich deshalb, weil noch an demselben Nachmittag – zwei Tage früher als vorgesehen – Mr. Lewis eintraf, der amerikanische Senator. Ich hatte mich gerade unten in meinem Tageszimmer aufgehalten, um an den Vorrats- und Bedarfslisten zu arbeiten, als ich irgendwo über mir die unverkennbaren Geräusche vorfahrender Automobile hörte. Als ich hinaufeilte, begegnete ich zufällig Miss Kenton im hinteren Flur – der ja der Ort unserer letzten Meinungsverschiedenheit gewesen war –, und vielleicht war es dieser unglückliche Zufall, der sie darin bestärkte, an dem kindischen Benehmen festzuhalten, das sie bei jener Gelegenheit an den Tag gelegt hatte. Denn als ich sie fragte, wer da gekommen sei, blieb Miss Kenton nicht stehen, sondern sagte nur im Vorbeigehen: «Eine Nachricht, falls es dringend ist, Mr. Stevens.» Dies war natürlich äußerst ärgerlich, aber mir blieb nichts anderes übrig, als weiter nach oben zu eilen.

Ich habe Mr. Lewis als einen Herrn mit großzügigen Körpermaßen in Erinnerung, der fast immer freundlich lächelte. Sein frühes Eintreffen kam seiner Lordschaft und seinen Mitarbeitern gar nicht gelegen, die zu ihren Vorbereitungen noch ein, zwei Tage hatten unter sich bleiben wollen. Doch mit seiner gewinnend ungekünstelten Art und der beim Abendessen geäußerten Feststellung, die Vereinigten Staaten stünden stets auf der Seite der Gerechtigkeit und würden gern zugeben, daß in Versailles Fehler gemacht worden seien, schien Mr. Lewis bei der «Heimmannschaft» seiner Lordschaft Vertrauen zu gewinnen; im Verlauf des Dinners hatte sich das Gespräch langsam, aber sicher von Konversationsthemen wie den Besonderheiten von Mr. Lewis' Heimatstaat Pennsylvania wieder der bevorstehenden Konferenz zugewandt, und als die Herren ihre Zigarren anzündeten, schienen manche der vorgebrachten Mutmaßungen so vertraulicher Natur zu sein wie vor dem Eintreffen des Amerikaners. An einer Stelle sagte Mr. Lewis zu den anderen:

«Meine Herren, ich stimme mit Ihnen darin überein, daß Monsieur Dupont sehr unberechenbar sein kann. Aber lassen Sie mich eines sagen; denn darauf können Sie bei ihm wetten. Todsicher.» Er beugte sich vor und fuchtelte nachdrücklich mit der Zigarre. «Dupont haßt die Deutschen. Er hat sie schon vor dem Krieg gehaßt, und er haßt sie jetzt mit einer Leidenschaft, die Gentlemen wie Sie schwerlich verstehen werden.» Damit lehnte sich Mr. Lewis wieder zurück, und das freundliche Lächeln kehrte auf sein Gesicht zurück. «Aber sagen Sie, meine Herren», fuhr er fort, «können Sie wirklich einem Franzosen einen Vorwurf daraus machen, daß er die Deutschen haßt? Schließlich hat ein Franzose doch allen Grund dazu, nicht wahr?»

Einen Augenblick lang, während Mr. Lewis in die Runde blickte, war eine gewisse Verlegenheit spürbar. Dann sagte Lord Darlington:

«Natürlich, eine gewisse Bitterkeit ist unvermeidlich. Aber wir Engländer haben schließlich auch lange und heftig gegen die Deutschen gekämpft.»

«Der Unterschied ist der», sagte Mr. Lewis, «daß ihr Engländer die Deutschen nicht mehr richtig zu hassen scheint. Aber so wie die Franzosen das sehen, haben die Deutschen hier in Europa die Zivilisation zerstört, und keine Strafe ist für sie hart genug. Natürlich halten wir in den Vereinigten

Staaten das für einen ziemlich unfruchtbaren Standpunkt, aber ich habe mich immer darüber gewundert, daß ihr Engländer die Ansicht der Franzosen nicht zu teilen scheint. Schließlich hat, wie Sie sagen, auch England in diesem Krieg viel verloren.»

Es trat eine weitere betretene Pause ein, bis Sir David etwas unbestimmt sagte:

«Wir Engländer haben solche Dinge oft anders gesehen als die Franzosen, Mr. Lewis.»

«Ah. Eine Art Temperamentsunterschied, könnte man sagen.» Mr. Lewis' Lächeln schien bei diesen Worten noch ein wenig breiter zu werden. Er nickte vor sich hin, als sei ihm jetzt vieles klargeworden, und zog an seiner Zigarre. Vielleicht färbt spätere Erkenntnis meine Erinnerung, aber ich habe das deutliche Gefühl, in genau diesem Augenblick zum ersten Mal geahnt zu haben, daß an diesem scheinbar so charmanten Amerikaner etwas Merkwürdiges, vielleicht Doppelzüngiges war. Doch wenn auch mein Argwohn in diesem Moment geweckt war, so teilte ihn Lord Darlington offensichtlich nicht. Denn nach weiteren ein, zwei Sekunden verlegenen Schweigens schien seine Lordschaft zu einem Entschluß zu gelangen.

«Mr. Lewis», sagte er, «lassen Sie es mich ganz offen aussprechen. Die meisten Engländer finden die derzeitige französische Haltung verabscheuenswürdig. Sie mögen es einen Temperamentsunterschied nennen, aber ich glaube, es geht in Wirklichkeit um viel mehr. Es geht nicht an, einen Feind weiter so sehr zu hassen, nachdem ein Konflikt beendet ist. Wenn Sie jemanden auf der Matte haben, muß Schluß sein. Man tritt dann nicht noch mit den Füßen nach ihm. Uns erscheint das französische Verhalten in zunehmendem Maße barbarisch.»

Diese Äußerung schien Mr. Lewis zu befriedigen. Er murmelte etwas Zustimmendes und lächelte durch die Rauchwolken hindurch, die inzwischen tief über dem Tisch hingen, die anderen Herren freundlich an. Am nächsten Morgen trafen weitere frühe Gäste ein, nämlich die zwei Damen aus Deutschland, die trotz ihrer so unterschiedlichen Herkunft zusammen gereist waren und eine ganze Schar von Kammerzofen und Dienern sowie zahlreiche Schrankkoffer mitgebracht hatten. Am Nachmittag dann kam ein Herr aus Italien an, begleitet von einem Kammerdiener, einem Sekretär, einem «Experten» und zwei Leibwächtern. Es ist mir rätselhaft, an welchen Ort sich dieser Herr zu begeben glaubte, als er beschloß, die beiden letzteren mitzunehmen, und ich muß sagen, daß diese großen stummen Männer Darlington Hall eine durchaus eigenartige Note verliehen, wenn sie überall dort, wo sich der Herr aus Italien gerade befand, in ein paar Meter Entfernung auftauchten und argwöhnische Blicke um sich warfen. Übrigens sah, wie im Laufe der nächsten Tage deutlich wurde, der Arbeitsplan dieser Leibwächter vor, daß immer einer von ihnen zu ungewöhnlicher Stunde zum Schlafen hinaufging, damit zumindest einer die ganze Nacht hindurch wachen konnte. Doch als ich, nachdem mir diese Regelung zu Ohren gekommen war, Miss Kenton davon zu unterrichten versuchte, lehnte sie es abermals ab, mit mir zu sprechen, und um die Angelegenheit möglichst rasch erledigen zu können, sah ich mich tatsächlich genötigt, eine schriftliche Nachricht unter der Tür ihres Aufenthaltszimmers hindurchzuschieben.

Der nächste Tag brachte weitere Gäste, und so hatten sich in Darlington Hall schon zwei Tage vor Beginn der Konferenz Menschen aller Nationalitäten eingefunden, unterhielten sich in Zimmern oder standen scheinbar unschlüssig in der Halle, auf Fluren oder Treppenabsätzen herum, Bilder und Kunstgegenstände bewundernd. Die Gäste waren stets höflich zueinander, aber dennoch schien während dieses Stadiums der Begegnung eine gespannte, vor allem durch Mißtrauen gekennzeichnete Atmosphäre vorzuherrschen. Und man hatte den Eindruck, daß, gleichsam dieses Unbehagen widerspiegelnd, auch die begleitenden Kammerdiener und das übrige Personal einander betont kühl musterten, weshalb meine eigenen Leute eher froh waren, so viel zu tun zu haben, daß sie kaum Zeit für den Umgang mit ihnen hatten.

Etwa zu diesem Zeitpunkt, als meine Aufmerksamkeit gerade durch vielerlei Dinge zugleich in Anspruch genommen war, erblickte ich zufällig von einem Fenster aus den jungen Mr. Cardinal, der unten etwas frische Luft schnappte. Er hielt wie üblich seinen Aktenkoffer an sich gepreßt, und ich sah, daß er langsam und in Gedanken versunken den Weg entlangschlenderte, der außen um den Rasen herumführt. Mir fiel natürlich meine den jungen Herrn betreffende Mission wieder ein, und es kam mir der Gedanke, daß die freie Natur als Hintergrund mit dem unmittelbaren Beispiel der Gänse darin gar kein schlechter Rahmen für die Botschaft war, die ich übermitteln sollte. Ich sah außerdem, daß es, wenn ich schnell hinausging und meine Gestalt hinter dem großen Rhododendronbusch am Wegrand verbarg, nicht lange dauern würde, bis Mr. Cardinal vorbeikam. Ich würde dann hervortreten und ihm meine Mitteilung machen können. Es war zugegebenermaßen keine besonders subtile Strategie, aber man wird einsehen, daß diese spezielle Aufgabe, wenn auch auf ihre Art keineswegs unwichtig, im Augenblick kaum die höchste Priorität verdiente.

Feiner Rauhreif bedeckte den Boden und einen großen Teil des Laubwerks, aber es war ein für die Jahreszeit milder Tag. Ich überquerte rasch den Rasen, postierte mich hinter dem Busch und hörte schon bald Mr. Cardinals Schritte näher kommen. Leider verschätzte ich mich ein wenig, was den Zeitpunkt meines Auftauchens betraf. Ich hatte hinter dem Busch hervorkommen wollen, während er noch ein gutes Stück entfernt war, damit er mich rechtzeitig sehen und annehmen konnte, ich sei auf dem Weg zum Gartenhaus oder vielleicht zum Häuschen des Gärtners. Ich hätte dann so tun können, als sähe ich ihn gerade erst in diesem Augenblick, wodurch es mir möglich gewesen wäre, mit ihm ein Gespräch wie aus dem Stegreif zu beginnen. Nun kam ich aber ein wenig spät hervor und erschreckte, wie ich fürchte, den jungen Herrn recht heftig. Er riß den Aktenkoffer hoch und drückte ihn mit beiden Armen schützend an die Brust.

«Es tut mir sehr leid, Sir.»

«Meine Güte, Stevens. Sie haben mich aber erschreckt. Ich dachte schon, die Lage hier spitzt sich etwas zu.»

«Es tut mir sehr leid, Sir. Aber ich habe Ihnen zufällig etwas mitzuteilen.»

«Meine Güte, ja, ich bin richtig zusammengefahren.»

«Wenn ich gleich zur Sache kommen darf, Sir. Sie werden die Gänse dort bemerkt haben.»

«Gänse?» Er blickte sich ein wenig verwirrt um. «O ja, ganz richtig, das sind ja Gänse.»

«Und auch die Blumen und Sträucher. Zu dieser Jahreszeit sieht man sie freilich nicht in ihrer ganzen Schönheit, aber Sie werden sicher verstehen, Sir, daß mit der Ankunft des Frühlings eine Veränderung – eine ganz besondere Art von Veränderung – in dieser Umgebung eintreten wird.»

«Ja, ich glaube gern, daß das Gelände zur Zeit nicht zum besten aussieht. Aber um ganz offen zu sein, Stevens, ich habe kaum auf die Schönheiten der Natur geachtet. Es ist alles eher besorgniserregend. Dieser Monsieur Dupont ist in einer hundsmiserablen Stimmung eingetroffen. Hatte uns gerade noch gefehlt.»

«Monsieur Dupont ist hier im Hause eingetroffen, Sir?»

«Vor etwa einer halben Stunde. Er ist in höchst übler Laune.»

«Wenn Sie mich bitte entschuldigen wollen, Sir. Ich muß mich sofort um ihn kümmern.»

«Ja natürlich, Stevens. Nun, es war sehr freundlich von

Ihnen, daß Sie herausgekommen sind, um mit mir zu plaudern.»

«Bitte entschuldigen Sie mich, Sir. Ich hatte eigentlich noch ein, zwei Worte sagen wollen zu dem Thema der – wie Sie selbst es nannten – Schönheiten der Natur. Wenn Sie mir dafür einen Augenblick Zeit schenken wollten, wäre das sehr liebenswürdig. Aber ich fürchte, wir werden es auf ein andermal verschieben müssen.»

«Nun, ich freue mich schon darauf, Stevens. Obwohl ich mich eigentlich mehr für Fische interessiere. Über Fische weiß ich genau Bescheid, Salzwasser wie Süßwasser.»

«Alle Lebewesen werden bei unserem künftigen Gespräch eine Rolle spielen, Sir. Aber jetzt müssen Sie mich bitte entschuldigen. Ich hatte keine Ahnung, daß Monsieur Dupont schon da ist.»

Ich eilte zum Haus zurück, wo sofort der Erste Diener auf mich zukam und sagte: «Wir haben schon überall nach Ihnen gesucht, Sir. Der Herr aus Frankreich ist eingetroffen.»

Monsieur Dupont war eine große, elegante Gestalt mit grauem Bart und Monokel. Er war so gekleidet, wie sich Herrschaften vom Kontinent oft zeigen, wenn sie im Urlaub sind, und er verstand es auch, während seines gesamten Aufenthaltes den Eindruck aufrechtzuerhalten, er sei nur zu seinem Vergnügen und aus freundschaftlichen Gefühlen nach Darlington Hall gekommen. Wie Mr. Cardinal angedeutet hatte, war Monsieur Dupont bei seinem Eintreffen nicht gerade in bester Stimmung gewesen; ich erinnere mich jetzt nicht mehr an einzelne Dinge, die ihn seit seiner Ankunft in England ein paar Tage zuvor aus der Fassung gebracht hatten; insbesondere jedoch hatte er sich bei der Besichtigung Londons die Füße wundgelaufen, und er befürchtete, die schmerzenden Stellen könnten sich entzünden. Ich verwies seinen Kammerdiener an Miss Kenton, doch dies hinderte Monsieur Dupont nicht daran, alle paar Stunden mit den Fingern in meine Richtung zu schnippen und zu rufen: «Butler! Ich brauche einen neuen Verband.»

Seine Stimmung schien sich deutlich zu bessern, als er Mr. Lewis' ansichtig wurde. Er und der amerikanische Senator begrüßten einander wie alte Freunde, und für den Rest des Tages konnte man sie beständig zusammen sehen, wie sie über alte Erinnerungen lachten. Ja, es war deutlich, daß dies Lord Darlington gar nicht recht war, denn der Umstand, daß Mr. Lewis den Herrn aus Frankreich fast ununterbrochen mit Beschlag belegte, war seinem Wunsch, diese herausragende Persönlichkeit näher kennenzulernen, bevor die Diskussionen begannen, natürlich ausgesprochen hinderlich. Ich beobachtete, wie seine Lordschaft Monsieur Dupont mehrmals zu einem Gespräch unter vier Augen beiseite zu ziehen versuchte, doch immer wieder drängte sich Mr. Lewis ihnen auf mit einer Bemerkung wie «Ach, entschuldigen Sie, meine Herren, aber da gibt es etwas, das mich schon eine ganze Weile beschäftigt»; worauf sich seine Lordschaft einige weitere von Mr. Lewis' Anekdoten anhören mußte. Die anderen Gäste bewahrten indes, sei es aus Scheu, sei es aus einem Gefühl der Feindseligkeit heraus, zu Monsieur Dupont eine vorsichtige Distanz, ein Umstand, der selbst in der ohnehin schon herrschenden Atmosphäre der Zurückhaltung auffiel und den Eindruck noch zu verstärken schien, daß es Monsieur Dupont war, der über den Schlüssel zum Ausgang der bevorstehenden Gespräche verfügte.

Die Konferenz begann an einem regnerischen Morgen in der letzten Märzwoche des Jahres 1923 im Salon – einem etwas ungewöhnlichen Rahmen, für den man sich entschieden hatte, um den «inoffiziellen» Charakter der Anwesenheit zahlreicher Teilnehmer zu betonen. Für meine Begriffe hatte man die Betonung der Informalität ein wenig übertrieben. Es war schon eigenartig genug, diesen eher anmutig wirkenden

Raum voller streng blickender Herren in dunklen Jacketts zu sehen, die bisweilen zu dritt oder zu viert nebeneinander auf einem Sofa saßen; doch einige waren offenbar so fest entschlossen, den Anschein einer rein geselligen Zusammenkunft zu erwecken, daß sie sich sogar dazu verstiegen hatten, aufgeschlagene Zeitungen über ihre Knie zu breiten.

Ich war während dieses ersten Morgens gezwungen, ständig im Raum ein und aus zu gehen, so daß ich den Vorgängen nicht genau folgen konnte. Ich erinnere mich aber, daß Lord Darlington die Tagung eröffnete, indem er die Gäste offiziell begrüßte, ehe er dazu überging, die moralische Notwendigkeit einer Lockerung verschiedener Bestimmungen des Versailler Vertrages zu umreißen, wobei er das große Elend betonte, dessen Zeuge er in Deutschland selbst gewesen war. Natürlich hatte ich seine Lordschaft diese Dinge schon bei vielen Gelegenheiten sagen hören, aber er trug sie in dieser erhabenen Versammlung mit einer solchen Überzeugungskraft vor, daß ich erneut zutiefst bewegt war. Sir David Cardinal sprach als nächster, und obwohl ich einen großen Teil seiner Rede versäumte, schien sie mir doch eher technischen Inhalts zu sein und, ganz offen gesagt, über meinen Verstand zu gehen. Doch seine grundsätzliche Einstellung war der seiner Lordschaft sehr nahe, und er schloß mit dem Aufruf zur Einfrierung der deutschen Reparationszahlungen und zum Rückzug der französischen Truppen aus dem Ruhrgebiet. Dann begann die deutsche Gräfin zu sprechen, aber da war ich aus irgendeinem Grund, an den ich mich nicht mehr erinnere, gezwungen, den Salon für längere Zeit zu verlassen. Als ich wieder hereinkam, war die Debatte in vollem Gange, und die Diskussionsbeiträge – es ging immer wieder um Handelsverkehr und Zinsraten – überstiegen mein Fassungsvermögen.

Monsieur Dupont nahm, soweit ich das beobachten konnte, nicht an dem Meinungsaustausch teil, und an seinem mürrischen Gebaren war nicht zu erkennen, ob er angestrengt zuhörte oder in andere Gedanken vertieft war. Einmal, als ich mitten im Vortrag eines der deutschen Herren den Raum verlassen mußte, stand Monsieur Dupont plötzlich auf und folgte mir hinaus.

«Butler», sagte er, als wir wieder in der Halle waren, «könnte man mir die Füße frisch verbinden? Sie schmerzen mich jetzt so sehr, daß ich diesen Herren kaum noch zuhören kann.»

Soweit ich mich erinnere, hatte ich Miss Kenton gerade um Unterstützung gebeten – durch einen Boten, natürlich – und Monsieur Dupont ins Billardzimmer geführt, wo er warten konnte, bis er versorgt würde, als unser erster Diener ziemlich bekümmert die Treppe heruntergeeilt kam, um mir mitzuteilen, daß mein Vater oben einen Schwächeanfall erlitten habe.

Ich eilte zum ersten Stock hinauf, und als ich mich am oberen Ende der Treppe umwandte, bot sich mir ein seltsamer Anblick. Am hinteren Ende des Flurs, dicht vor dem großen Fenster, das in diesem Moment von grauem Licht und Regen erfüllt war, sah man die Gestalt meines Vaters in einer Pose erstarrt, die wie ein zeremonielles Ritual wirkte. Er war auf das eine Knie heruntergegangen und schien gesenkten Kopfes den Servierwagen vor sich her zu schieben, der sich aus irgendeinem Grund nicht von der Stelle rühren wollte. Zwei Zimmermädchen beobachteten aus respektvoller Entfernung scheu seine Bemühungen. Ich trat zu meinem Vater, löste seine Finger von der Kante des Servierwagens und ließ ihn behutsam auf den Teppich hinuntergleiten. Seine Augen waren geschlossen, das Gesicht war aschgrau, und auf der Stirn standen Schweißperlen. Weitere Hilfe wurde herbeigerufen, man holte einen Rollstuhl, und dann wurde mein Vater auf sein Zimmer gebracht.

Als mein Vater auf dem Bett lag, wußte ich zuerst nicht recht, was ich weiter tun sollte, denn so unangebracht es schien, daß ich meinen Vater allein ließ, so hatte ich doch eigentlich keinen Augenblick zu verlieren. Während ich noch unschlüssig auf der Schwelle stand, erschien Miss Kenton neben mir und sagte: «Mr. Stevens, ich habe im Moment etwas mehr Zeit als Sie. Ich werde mich, wenn Sie wollen, um Ihren Vater kümmern. Ich werde Dr. Meredith zu ihm führen und Sie verständigen, wenn er etwas Wichtiges zu sagen hat.»

«Danke, Miss Kenton», sagte ich und ging.

Als ich in den Salon zurückkehrte, sprach ein Geistlicher von den Entbehrungen, unter denen die Kinder in Berlin litten. Ich hatte sofort wieder alle Hände voll zu tun, um den Gästen Tee und Kaffee nachzuschenken. Einige der Herren tranken, wie ich bemerkte, scharfe Spirituosen, und einer hatte trotz der Anwesenheit der beiden Damen zu rauchen begonnen. Ich kam gerade mit einer leeren Teekanne aus dem Salon, als Miss Kenton auf mich zutrat und sagte: «Mr. Stevens, Dr. Meredith will gerade gehen.»

Während sie dies sagte, sah ich, wie der Arzt in der Halle seinen Regenmantel anzog und den Hut aufsetzte, und so ging ich zu ihm, noch immer die Teekanne in der Hand. «Ihrem Vater geht es nicht besonders gut», sagte er. «Verständigen Sie mich sofort, wenn sein Zustand sich verschlechtert.»

«Ja, Sir. Danke, Sir.»

«Wie alt ist Ihr Vater, Stevens?»

«Zweiundsiebzig, Sir.»

Dr. Meredith dachte einen Moment nach und wiederholte dann: «Wenn sein Zustand sich verschlechtert, verständigen Sie mich sofort.»

Ich dankte ihm noch einmal und begleitete ihn hinaus.

An jenem Abend, kurz vor dem Dinner, hörte ich das Gespräch zwischen Mr. Lewis und Monsieur Dupont mit an. Ich war aus irgendeinem Grund zu Monsieur Duponts Zimmer hinaufgegangen und wollte anklopfen, hielt aber, ehe ich dies tat, einen Augenblick inne, wie ich dies immer tue, um an der

Tür zu lauschen. Nicht jeder mag es gewohnt sein, diese kleine Vorsichtsmaßnahme zu treffen, um zu vermeiden, in einem höchst ungeeigneten Augenblick zu klopfen, aber ich habe es immer so gehalten und kann versichern, daß viele Angehörige unseres Berufsstands dies ebenfalls tun. Damit ist keineswegs eine unlautere Absicht verbunden, und ich jedenfalls hatte nicht beabsichtigt, so lange zu lauschen, wie ich das an diesem Abend tat. Doch wie es das Schicksal wollte, vernahm ich, als ich das Ohr an Monsieur Duponts Tür hielt, gerade Mr. Lewis' Stimme, und obwohl ich mich der ersten Worte, die ich hörte, nicht mehr recht entsinnen kann, so weckte doch der Ton seiner Stimme meinen Argwohn. Ich lauschte der gleichen freundlichen langsamen Stimme, mit welcher der Amerikaner seit seiner Ankunft so manchen für sich eingenommen hatte, und doch hatte sie jetzt etwas unverkennbar Hinterhältiges. Diese Erkenntnis war es, verbunden mit dem Umstand, daß sich Mr. Lewis in Monsieur Duponts Zimmer aufhielt, die mich veranlaßte, nicht zu klopfen und statt dessen weiter zu lauschen.

Die Schlafzimmertüren von Darlington Hall sind von einer gewissen Solidität, und ich konnte keineswegs ganze Wortwechsel verstehen; deshalb fällt es mir jetzt schwer, mich genau zu erinnern, was ich gehört hatte, so wie es mir schon damals noch am gleichen Abend erging, als ich seiner Lordschaft von der Sache berichtete. Doch soll dies nicht heißen, daß ich nicht einen recht klaren Eindruck von dem bekommen hätte, was in dem Zimmer vorging. Der Amerikaner brachte nämlich die Behauptung vor, Monsieur Dupont werde von seiner Lordschaft und anderen Konferenzteilnehmern manipuliert; Monsieur Dupont sei absichtlich zu einem späteren Termin eingeladen worden, um es den anderen zu ermöglichen, wichtige Themen ohne ihn zu diskutieren; selbst nach seiner Ankunft sei zu beobachten gewesen, daß seine Lordschaft kleine private Diskussionen mit den wichtigsten Delegierten geführt habe, ohne Monsieur Dupont dazuzubitten. Dann begann er gewisse Bemerkungen wiederzugeben, die seine Lordschaft und die anderen beim Dinner an jenem ersten Abend nach seiner Ankunft gemacht hatten.

«Um ganz offen zu sein, Sir», hörte ich Mr. Lewis sagen, «ich war entsetzt über ihre Einstellung zu Ihren Landsleuten. Es fielen tatsächlich Worte wie ‹barbarisch› und ‹verabscheuenswürdig›. Ich habe sie sogar, nur wenige Stunden später, in meinem Tagebuch vermerkt.»

Monsieur Dupont entgegnete kurz etwas, das ich nicht verstand, dann sagte Mr. Lewis wieder: «Ich versichere Ihnen, ich war entsetzt. Spricht man in solchen Worten über einen Verbündeten, mit dem zusammen man noch wenige Jahre zuvor Seite an Seite gekämpft hat?»

Ich bin mir nicht sicher, ob ich damals überhaupt noch anklopfte; es ist durchaus möglich, daß ich es angesichts des alarmierenden Charakters dessen, was ich gehört hatte, für das beste hielt, mich einfach zurückzuziehen. Auf jeden Fall hielt ich mich nicht mehr lange genug vor der Tür auf – wie ich kurz danach seiner Lordschaft erklären mußte –, um etwas zu hören, was über Monsieur Duponts Einstellung zu Mr. Lewis' Bemerkungen Aufschluß gegeben hätte.

Am nächsten Tag schienen die Diskussionen im Salon einen neuen Grad an Intensität zu erreichen, und kurz vor dem Lunch kam es zu recht hitzigen Wortgefechten. Ich hatte den Eindruck, daß Äußerungen in anklagendem Ton und mit wachsender Schärfe in Richtung auf den Sessel hin vorgebracht wurden, in dem Monsieur Dupont saß, sich über den Bart strich und kaum ein Wort sagte. Jedesmal wenn eine Pause eingelegt wurde, bemerkte ich – und das tat mit einiger Sorge zweifellos auch seine Lordschaft –, daß Mr. Lewis rasch Monsieur Dupont in die eine oder andere Ecke zog, wo sie sich leise besprachen. Ja, ich erinnere mich, einmal kurz nach dem Lunch in die Nähe der beiden Herren gekommen zu sein, die verstohlen gleich hinter der Tür zur Bibliothek miteinander redeten, und ich hatte den deutlichen Eindruck, daß sie bei meinem Näherkommen verstummten.

Inzwischen hatte sich der Zustand meines Vaters weder gebessert noch verschlechtert. Wie ich hörte, schlief er meistens, und so fand ich ihn auch bei den wenigen Malen, die ich mir Zeit nehmen konnte, um kurz zu ihm hinaufzueilen. Ich hatte deshalb nicht die Möglichkeit, mit ihm zu sprechen, bis zum zweiten Abend nach dem erneuten Ausbruch seiner Krankheit.

Auch bei dieser Gelegenheit schlief mein Vater, als ich hereinkam, doch das Zimmermädchen, das Miss Kenton bei ihm zurückgelassen hatte, stand auf, als es mich sah, und begann meinen Vater an der Schulter zu rütteln.

«Dummes Ding!» rief ich aus. «Was machen Sie denn da?»

«Mr. Stevens hat gesagt, ich soll ihn wecken, wenn Sie das nächste Mal kommen, Sir.»

«Lassen Sie ihn schlafen. Er ist krank vor Erschöpfung.»

«Er hat gesagt, ich muß, Sir», sagte das Mädchen und schüttelte noch einmal die Schulter meines Vaters.

Mein Vater schlug die Augen auf, drehte den Kopf ein wenig auf dem Kissen und blickte mich an.

«Ich hoffe, es geht Vater jetzt besser», sagte ich.

Er sah mich einen Moment lang weiter an, dann fragte er: «Unten alles unter Kontrolle?»

«Es geht recht lebhaft zu. Es ist kurz nach sechs Uhr, da kann Vater sich gewiß vorstellen, wie es jetzt in der Küche aussieht.»

Ein ungeduldiger Ausdruck glitt über sein Gesicht. «Aber ist alles unter Kontrolle?» wiederholte er.

«Ja, ich glaube, da kann Vater ganz beruhigt sein. Ich bin sehr froh, daß es Vater besser geht.»

Mit einiger Bedachtsamkeit zog er die Arme unter der

Bettdecke hervor und betrachtete müde seine Handrücken. Er tat dies eine ganze Weile.

«Ich bin froh, daß es Vater so viel besser geht», sagte ich schließlich noch einmal. «Und jetzt gehe ich lieber wieder hinunter. Wie gesagt, es geht recht lebhaft zu.»

Er sah noch einen Augenblick weiter auf seine Hände. Dann sagte er langsam: «Ich hoffe, ich bin dir ein guter Vater gewesen.»

Ich lachte ein wenig und sagte: «Ich bin so froh, daß Vater sich jetzt besser fühlt.»

«Ich bin stolz auf dich. Ein guter Sohn. Ich hoffe, ich bin dir ein guter Vater gewesen. Wahrscheinlich war ich es nicht.»

«Ich fürchte, wir haben jetzt gerade sehr viel zu tun, aber morgen früh können wir uns weiter unterhalten.»

Mein Vater sah noch immer seine Hände an, als sei er auf unbestimmte Weise verärgert über sie.

«Ich bin so froh, daß Vater sich jetzt besser fühlt», sagte ich noch einmal und zog mich zurück.

Als ich hinunterkam, fand ich die Küche am Rande des Chaos vor, und ganz allgemein herrschte unter dem Personal auf allen Ebenen eine äußerst angespannte Atmosphäre. Ich erinnere mich jedoch mit Genugtuung, daß etwa eine Stunde später, als das Dinner aufgetragen wurde, meine Mannschaft nichts als professionelle Versiertheit und Ruhe ausstrahlte.

Es ist immer ein denkwürdiger Anblick, wenn der prächtige Bankettsaal ganz in Funktion ist, und dieser Abend war keine Ausnahme. Natürlich war der Eindruck der die Vertreterinnen des weiblichen Geschlechts zahlenmäßig erdrückenden langen Reihen von Herren in Abendanzügen ein wenig streng, doch andererseits wurden die beiden großen Kronleuchter über dem Tisch damals noch mit Gas gespeist – so daß ein recht weiches Licht den ganzen Raum erfüllte – und verbreiteten nicht diese blendende Helligkeit, die eine Folge der Betreibung mit elektrischem Strom ist. Bei jenem zweiten und letzten Dinner der Konferenz – man rechnete damit, daß die meisten Gäste am Tag darauf nach dem Lunch abreisen würden – gab man sich merklich ungezwungener als an den voraufgegangenen Tagen. Man unterhielt sich nicht nur freimütiger und lauter, sondern verlangte auch deutlich mehr Wein. Am Ende des Dinners, das unter arbeitstechnischen Gesichtspunkten ohne besondere Schwierigkeiten abgelaufen war, erhob sich seine Lordschaft, um einige Worte an seine Gäste zu richten.

Er sprach zunächst allen Anwesenden seinen Dank dafür aus, daß die Diskussionen während der letzten zwei Tage «wenn auch bisweilen erfrischend freimütig», so doch in einem Geist der Freundschaft und von dem Wunsch beseelt geführt worden seien, das Gute siegen zu sehen. Die Einigkeit während dieser zwei Tage sei größer gewesen, als er je zu hoffen gewagt habe, und die noch ausstehende «zusammenfassende» Morgensitzung werde, dessen sei er gewiß, die Übernahme zahlreicher Verpflichtungen durch die Teilnehmer bringen hinsichtlich der Schritte, die jeder von ihnen vor der wichtigen internationalen Konferenz in der Schweiz zu unternehmen gedenke. Ungefähr an dieser Stelle – und ich weiß nicht, ob er das von vornherein beabsichtigt hatte – begann seine Lordschaft von seinem verstorbenen Freund Karl-Heinz Bremann zu sprechen. Das war etwas ungeschickt, da dieses Thema seiner Lordschaft sehr naheging und eines von denen war, über die er sich sehr lange auslassen konnte. Man sollte vielleicht auch erwähnen, daß Lord Darlington nie das war, was man einen geborenen Redner nennt, und bald begannen die kleinen Geräusche der Unruhe, die verraten, daß die Aufmerksamkeit des Publikums verloren ist, ringsherum immer vernehmlicher zu werden. Ja, als Lord Darlington zum Schluß gekommen war und seine Gäste bat, sich zu erheben und auf «Frieden und Gerechtigkeit in Europa» zu trinken, grenzte die Lautstärke dieser Geräusche – vielleicht wegen der großen Mengen Wein, die konsumiert worden waren – für meine Begriffe ans Ungehörige.

Man hatte sich wieder gesetzt, und die Gespräche hoben gerade erneut an, als ein gebieterisches Klopfen von Fingerknöcheln auf Holz zu hören war und Monsieur Dupont sich erhob. Der prominente Franzose ließ einen Blick, der fast streng anmutete, über den Tisch schweifen. Dann sagte er: «Ich hoffe, ich maße mir nicht eine Pflicht an, die einem anderen unter den Anwesenden zukommt, aber mir ist nicht zu Ohren gekommen, daß eine andere Person zum Ausbringen eines Toasts auf unseren Gastgeber, den ehrenwerten und liebenswürdigen Lord Darlington, bestimmt worden wäre.» Man hörte beifälliges Gemurmel. Monsieur Dupont fuhr fort: «Viel Interessantes ist während der vergangenen Tage in diesem Haus gesagt worden. Viel Interessantes.» Er hielt inne, und jetzt herrschte absolute Stille im Saal.

«Viele Äußerungen», fuhr er fort, «haben die Außenpolitik meines Landes – und das ist kein zu starkes Wort – mehr oder weniger versteckt *kritisiert.*» Er hielt wieder inne und machte ein sehr strenges Gesicht. Man hätte sogar glauben können, er sei zornig. «Wir haben während dieser zwei Tage mehrere gründliche und kluge Analysen der gegenwärtigen, sehr komplexen Situation in Europa gehört. Doch keine von ihnen hat, wenn ich das sagen darf, die Gründe für die Einstellung erfaßt, die Frankreich seinem Nachbarn gegenüber einnimmt. Jedoch» – er hob einen Finger – «ist dies nicht die Zeit, sich in solche Debatten einzulassen. Ich habe während dieser zwei Tage sogar bewußt auf einen Beitrag zu den Debatten verzichtet, weil ich in erster Linie gekommen war, um zuzuhören. Und lassen Sie mich jetzt sagen, daß ich beeindruckt war von gewissen Argumenten, die ich hier gehört habe. Nun, wie beeindruckt, fragen Sie vielleicht.» Monsieur Dupont legte wieder eine Pause ein, indes sein Blick fast müßig über die ihm zugewandten Gesichter schweifte. Endlich sagte er: «Meine Herren – und Damen, ich bitte um Entschuldigung –, ich habe über diese Dinge lange nachgedacht, und ich möchte hier im Vertrauen zu Ihnen sagen, daß, obwohl zwischen mir und vielen der hier Anwesenden Unterschiede in der Interpretation dessen fortbestehen mögen, was zur Zeit in Europa tatsächlich vorgeht, ich dennoch, was die wesentlichen Punkte betrifft, die in diesem Haus zur Sprache kamen, gleichermaßen von ihrer Berechtigung wie von ihrer Umsetzbarkeit überzeugt – jawohl, meine Herren, *überzeugt* bin.» Ein Murmeln, das Erleichterung und Triumph auszudrücken schien, lief um den Tisch, doch diesmal erhob Monsieur Dupont ein wenig die Stimme und ließ sich nicht aufhalten: «Ich freue mich, Ihnen allen hier versichern zu können, daß ich meinen ganzen Einfluß, und sei er noch so bescheiden, geltend machen werde, um die Verschiebung gewisser Akzente in der französischen Politik in einer Weise zu ermutigen, die im Einklang mit vielem steht, was hier gesagt wurde. Und ich werde mich bemühen, dies rechtzeitig vor der Schweizer Konferenz zu tun.»

Es wurde geklatscht, und ich sah, wie seine Lordschaft und Sir David einen Blick wechselten. Monsieur Dupont hob die Hand, ob zum Dank für den Beifall oder um ihm Einhalt zu gebieten, war nicht auszumachen.

«Aber ehe ich unserem Gastgeber Lord Darlington unser aller Dank ausspreche, muß ich noch etwas loswerden. Manche von Ihnen werden sagen, es spreche nicht von guten Manieren, gerade bei Tisch etwas loswerden zu wollen.» Das löste lautes Gelächter aus. «Ich bin jedoch für Offenheit in diesen Dingen. So wie es geboten ist, Lord Darlington zu danken, der uns hier zusammengebracht und den hier herrschenden Geist der Einigkeit und des guten Willens möglich gemacht hat, so ist es, glaube ich, auch geboten, offen jeden zu tadeln, der einzig hierhergekommen ist, um die Gastfreundschaft dieses Gastgebers zu mißbrauchen und um zu versuchen, Unzufriedenheit und Argwohn zu säen. Solche Personen sind nicht nur unter gesellschaftlichen Gesichtspunkten widerwärtig, sie sind im Klima der heutigen Zeit auch äußerst gefährlich.» Er hielt wieder inne, und abermals herrschte absolute Stille. Monsieur Dupont fuhr mit ruhiger, bedächtiger Stimme fort: «Meine einzige Mr. Lewis betreffende Frage ist folgende: Inwieweit kommt in seinem abscheulichen Verhalten die Einstellung der derzeitigen amerikanischen Regierung zum Ausdruck? Meine Damen und Herren, lassen Sie mich, was die Antwort auf diese Frage betrifft, eine Vermutung anstellen, denn von einem Menschen, der solcher Täuschungsmanöver fähig ist, wie er sie in diesen Tagen hier vorgeführt hat, ist keine ehrliche Auskunft zu erwarten. Ich wage also eine Vermutung. Natürlich macht sich Amerika Sorgen um die Rückzahlung unserer Schulden im Falle eines Einfrierens der deutschen Reparationen. Aber ich hatte während der letzten sechs Monate Gelegenheit, mit einer Reihe hochrangiger Amerikaner über ebendiese Frage zu sprechen, und mir scheint, das Denken in diesem Land ist viel weitsichtiger als das, welches der Vertreter dieses Landes hier repräsentiert. Wir alle, die wir uns um die Zukunft Europas sorgen, können jedoch beruhigt feststellen, daß Mr. Lewis heute – wie sollen wir es ausdrücken? – kaum noch den Einfluß hat, den er einmal besaß. Vielleicht hält man mich für ungebührlich grob, wenn ich das hier so offen ausdrücke, aber meine Damen und Herren, ich lasse noch Gnade vor Recht ergehen, denn ich verzichte darauf, hier zu wiederholen, was dieser Herr zu mir gesagt hat – *über Sie alle*. Und zwar unter Verwendung einer ganz plumpen Technik, deren Unverfrorenheit ich kaum fassen konnte. Doch genug der Verurteilungen. Es wird Zeit, unseren Dank auszusprechen. Heben Sie, meine Damen und Herren, also mit mir Ihre Gläser auf das Wohl von Lord Darlington.»

Monsieur Dupont hatte während seiner ganzen Rede kein einziges Mal in Mr. Lewis' Richtung geblickt, und als man den Toast ausgebracht und sich wieder gesetzt hatte, schienen es auch die anderen Anwesenden bewußt zu vermeiden, den Amerikaner anzusehen. Einen Augenblick lang herrschte unbehagliches Schweigen, dann erhob sich schließlich Mr. Lewis. Er lächelte in seiner gewohnt freundlichen Art.

«Nun, da alle hier Reden halten, kann ich's ja auch einmal versuchen», sagte er, und man merkte seiner Stimme sogleich an, daß er reichlich getrunken hatte. «Ich habe zu dem Unsinn, den unser französischer Freund hier vorgebracht hat, nichts zu sagen. Ich gehe über solches Gerede einfach hinweg. Man hat schon oft versucht, mich reinzulegen, aber seien Sie versichert, meine Herren, das gelingt nur wenigen. Sehr wenigen.» Mr. Lewis stockte und schien einen Augenblick lang nicht zu wissen, wie er fortfahren sollte. Schließlich lächelte er wieder und sagte: «Wie gesagt, ich verschwende meine Zeit nicht mit unserem französischen Freund da drüben. Aber ich habe etwas anderes zu sagen. Da wir alle so offen miteinander sind, will auch ich offen sein. Sie alle hier, entschuldigen Sie, meine Herren, aber Sie sind nichts als ein Haufen naiver Träumer. Und wenn Sie nicht darauf bestünden, sich in Angelegenheiten einzumischen, die die ganze Welt betreffen, wären Sie sogar ganz reizende Menschen. Nehmen Sie unseren lieben Gastgeber hier. Was ist er? Er ist ein Gentleman. Ist wohl niemand hier, der das bestreiten wollte. Ein klassischer englischer Gentleman. Anständig, aufrichtig, wohlmeinend. Aber seine Lordschaft hier ist ein *Amateur*.» Er hielt bei diesem Wort inne und blickte sich am Tisch um. «Er ist ein Amateur, und internationale Angelegenheiten sind heute nichts mehr für Gentleman-Amateure. Je früher Sie hier in Europa das erkennen, desto besser. Sie anständigen, wohlmeinenden Gentlemen alle miteinander, gestatten Sie mir die Frage, ob Sie eine Ahnung davon haben, wohin die Welt um uns herum sich eigentlich entwickelt. Die Zeit, als Sie noch nach Ihrem noblen Instinkt handeln konnten, ist vorbei. Nur scheinen Sie das hier in Europa noch nicht zu wissen. Gentlemen wie unser verehrter Gastgeber glauben noch immer, es sei ihre Sache, sich in Dinge einzumischen, von denen sie nichts verstehen. Zwei Tage lang ist hier sehr viel Quatsch geredet worden. Gut gemeinter, naiver Quatsch. Sie hier in Europa brauchen Fachleute, Professionelle, die Ihre Angelegenheiten in die Hand nehmen. Wenn Sie das nicht bald einsehen, steuern Sie auf eine Katastrophe zu. Ein Toast, meine Herren. Lassen Sie mich einen Toast ausbringen. Auf die Professionalität.»

Es herrschte beklommenes Schweigen, und niemand rührte sich. Mr. Lewis zuckte die Achseln, hob sein Glas, trank und nahm wieder Platz. Fast unmittelbar darauf erhob sich Lord Darlington.

«Ich habe nicht die Absicht», sagte seine Lordschaft, «mich auf einen Streit einzulassen an diesem unseren letzten gemeinsamen Abend, den als glückliches und erfolgreiches Ereignis zu begehen wir alle verdient haben. Aber aus Respekt vor Ihren Ansichten, Mr. Lewis, glaube ich, daß man diese nicht einfach abtun sollte, als hätte sie irgendein exzentrischer Straßenredner geäußert. Lassen Sie mich etwas dazu sagen. Was Sie als ‹Amateurtum› bezeichnen, Sir, scheint mir das, was wohl die meisten unter uns hier noch immer lieber mit dem Begriff ‹Ehre› bezeichnen.»

Dies rief lautes zustimmendes Gemurmel, mehrere «Hört, hört» und einigen Applaus hervor.

«Außerdem, Sir», fuhr seine Lordschaft fort, «glaube ich durchaus eine Vorstellung von dem zu haben, was Sie ‹Professionalität› nennen. Es scheint soviel zu bedeuten wie ans Ziel zu gelangen durch Betrug und Manipulation. Es bedeutet, seine Prioritäten nach Habgier und Vorteil auszurichten anstatt nach dem Wunsch, dem Guten und der Gerechtigkeit in der Welt zum Sieg zu verhelfen. Wenn das die ‹Professionalität› ist, von der Sie sprechen, Sir, dann mache ich mir nicht viel daraus und habe nicht das Verlangen, sie zu erwerben.»

Diese Worte lösten die bisher lautesten beifälligen Äußerungen aus, denen herzlicher, lang anhaltender Applaus folgte. Ich sah Mr. Lewis sein Weinglas anlächeln und resigniert den Kopf schütteln. In diesem Moment bemerkte ich, daß plötzlich der Erste Diener neben mir stand, der mir zuflüsterte: «Miss Kenton möchte Sie sprechen, Sir. Sie wartet gleich vor der Tür.»

Ich begab mich so unauffällig wie möglich hinaus, als seine Lordschaft sich gerade einem weiteren Punkt zuwandte.

Miss Kenton sah sehr verstört aus. «Ihrem Vater geht es plötzlich sehr schlecht, Mr. Stevens», sagte sie. «Ich habe nach Dr. Meredith geschickt, aber es scheint, daß er erst ein wenig später kommen kann.»

Ich muß ein etwas verwirrtes Gesicht gemacht haben, denn Miss Kenton fügte hinzu: «Mr. Stevens, es geht ihm wirklich sehr schlecht. Sie sollten besser nach ihm sehen.»

«Ich habe nur einen Moment Zeit. Die Herren können sich jetzt jeden Augenblick ins Rauchzimmer zurückziehen.»

«Natürlich. Aber Sie müssen jetzt mitkommen, Mr. Stevens. Sie könnten es sonst später sehr bereuen.»

Miss Kenton ging schon voran, und wir eilten durch das Haus hinauf zu dem kleinen Dachzimmer meines Vaters. Mrs. Mortimer, die Köchin, stand neben dem Bett, noch in der Schürze.

«Oh, Mr. Stevens», sagte sie, als ich hereinkam, «es geht ihm gar nicht gut.»

In der Tat hatte das Gesicht meines Vaters eine trübe rötliche Färbung angenommen, ein Farbton, wie ich ihn noch an keinem menschlichen Wesen gesehen hatte. Ich hörte Miss Kenton hinter mir leise sagen: «Sein Puls ist sehr schwach.» Ich sah meinen Vater einen Augenblick lang an, berührte leicht seine Stirn und zog die Hand wieder zurück.

«Nach meiner Meinung», sagte Mrs. Mortimer, «war es ein Schlaganfall. Ich habe so etwas schon zweimal gesehen, und ich glaube, es war ein Schlaganfall.» Darauf begann sie zu weinen. Ich bemerkte, daß sie stark nach Fett und Braten roch. Ich wandte mich ab und sagte zu Miss Kenton:

«Das ist höchst beunruhigend, aber ich muß wieder hinunter.»

«Natürlich, Mr. Stevens. Ich sage Ihnen Bescheid, wenn der Arzt kommt. Oder irgendeine Veränderung eintritt.»

«Danke, Miss Kenton.»

Ich eilte die Treppe hinunter und sah gerade noch, wie die Herren im Rauchzimmer verschwanden. Die Diener wirkten erleichtert, als sie mich erblickten, und ich bedeutete ihnen sofort, sich auf ihre Posten zu begeben.

Was auch immer sich nach meinem Weggang im Bankettsaal abgespielt hatte, es herrschte jetzt unter den Gästen eine ungekünstelt festliche Stimmung. Im Rauchzimmer standen die Herren in kleinen Gruppen beieinander, lachten und klopften einander auf die Schulter. Mr. Lewis hatte sich, soweit ich das feststellen konnte, schon zurückgezogen. Ich bewegte mich zwischen den Gästen hindurch, eine Karaffe Portwein auf meinem Tablett. Ich hatte gerade einem Herrn ein Glas eingeschenkt, als hinter mir eine Stimme sagte: «Ah, Stevens, Sie interessieren sich doch für Fische, sagten Sie.»

Ich drehte mich um und erblickte den jungen Mr. Cardinal, der mich strahlend anlächelte. Ich lächelte auch und sagte: «Fische, Sir?»

«Als ich klein war, hielt ich alle möglichen tropischen Fische in einem Aquarium. Das war wirklich eine hübsche Sache. Aber, Stevens, ist Ihnen nicht gut?»

Ich lächelte abermals. «Doch, doch, Sir. Vielen Dank, Sir.»

«Wie Sie ganz richtig sagten, sollte ich tatsächlich im

Frühjahr noch einmal herkommen. Darlington Hall muß dann ein herrliches Fleckchen sein. Als ich das letzte Mal hier war, glaube ich, war es auch Winter. Aber sagen Sie, fehlt Ihnen wirklich nichts?»

«Nein, nein, alles in Ordnung. Vielen Dank, Sir.»

«Nicht doch ein kleines Unwohlsein?»

«Keineswegs, Sir. Entschuldigen Sie mich bitte.»

Ich bediente einige weitere Gäste mit Portwein. Hinter mir war plötzlich lautes Gelächter zu hören, und der belgische Geistliche rief aus: «Aber das ist Ketzerei! Eindeutig Ketzerei!» und begann dann selbst laut zu lachen. Ich spürte, wie mich jemand am Ellbogen berührte, und als ich mich umdrehte, war es Lord Darlington.

«Stevens, fehlt Ihnen etwas?»

«Nein, nein, Sir. Alles in Ordnung.»

«Es sieht aus, als würden Sie weinen.»

Ich lachte, zog ein Taschentuch heraus und fuhr mir rasch damit übers Gesicht. «Es tut mir leid, Sir. Die Spuren eines anstrengenden Tages.»

«Ja, es war ein anstrengender Tag, ganz recht.»

Jemand sprach seine Lordschaft an, und er wandte sich ab, um etwas zu erwidern. Ich wollte gerade meine Runde fortsetzen, als ich durch die offene Tür Miss Kenton erblickte, die mir ein Zeichen gab. Ich bahnte mir einen Weg dorthin, doch ehe ich die Tür erreicht hatte, zupfte mich Monsieur Dupont am Ärmel.

«Butler», sagte er, «könnten Sie vielleicht für einen neuen Verband sorgen? Meine Füße schmerzen wieder unerträglich.»

«Jawohl, Sir.»

Während ich mich weiter der Tür näherte, merkte ich, daß Monsieur Dupont mir folgte. Ich wandte mich um und sagte: «Sie brauchen sich nicht zu bemühen, Sir. Ich komme zu Ihnen, sobald ich alles Nötige besorgt habe.»

«Beeilen Sie sich, Butler. Ich habe wirklich Schmerzen.»

Miss Kenton stand noch immer draußen in der Halle, wo ich sie gesehen hatte. Als ich herauskam, ging sie stumm auf die Treppe zu, wobei ihr Verhalten eigenartigerweise jede Eile vermissen ließ. Dann drehte sie sich um und sagte: «Mr. Stevens, es tut mir sehr leid. Ihr Vater ist vor etwa vier Minuten entschlafen.»

«Ich verstehe.»

Sie blickte auf ihre Hände und sah mich dann an. «Mr. Stevens, es tut mir sehr leid», sagte sie. Dann setzte sie hinzu: «Ich wünschte, es gäbe etwas, das ich sagen könnte.»

«Das ist nicht nötig, Miss Kenton.»

«Dr. Meredith ist noch nicht gekommen.» Dann senkte sie einen Augenblick den Kopf, und ein leises Schluchzen entfuhr ihr. Aber gleich darauf hatte sie sich wieder gefaßt und fragte mit fester Stimme: «Wollen Sie ihn jetzt sehen?»

«Ich bin im Augenblick sehr beschäftigt. Später vielleicht.»

«Würden Sie mir in diesem Fall gestatten, Mr. Stevens, ihm die Augen zu schließen?»

«Ich wäre Ihnen sehr dankbar, wenn Sie das tun könnten, Miss Kenton.»

Sie begann die Treppe hinaufzusteigen, blieb jedoch noch einmal stehen, als ich sagte: «Miss Kenton, halten Sie mich bitte nicht für gefühllos, wenn ich jetzt nicht gleich hinaufgehe, um meinen verschiedenen Vater zu sehen. Ich weiß, mein Vater hätte gewollt, daß ich gerade jetzt meinen Pflichten weiter nachkomme.»

«Natürlich, Mr. Stevens.»

«Wenn ich mich anders verhielte, wäre das, glaube ich, so, als ließe ich ihn im Stich.»

«Natürlich, Mr. Stevens.»

Ich wandte mich um, die Karaffe mit Portwein noch immer auf dem Tablett, und betrat wieder das Rauchzimmer. Der verhältnismäßig kleine Raum wirkte wie ein Wald von schwarzen Smokings, grauen Haaren und Zigarrenrauch. Ich ging zwischen den Herren hindurch und suchte nach Gläsern, die aufzufüllen waren. Monsieur Dupont klopfte mir auf die Schulter und fragte:

«Butler, haben Sie an mich gedacht?»

«Ich bedaure sehr, Sir, aber Abhilfe ist im Augenblick gerade nicht möglich.»

«Wie ist das zu verstehen, Butler? Ist Ihnen so etwas Simples wie Verbandszeug ausgegangen?»

«Es verhält sich eher so, Sir, daß ein Arzt unterwegs ist.»

«Ah, sehr gut! Sie haben einen Arzt gerufen.»

«Ja, Sir.»

«Gut, gut.»

Monsieur Dupont wandte sich wieder seinen Gesprächspartnern zu, und ich ging weiter im Zimmer umher. Einmal löste sich die deutsche Gräfin aus der Gruppe der Herren, und ehe ich noch Gelegenheit hatte, nach der Flasche zu greifen, begann sie sich schon selbst nachzuschenken.

«Richten Sie bitte der Köchin mein Kompliment aus, Stevens», sagte sie.

«Sehr wohl, Madam. Danke, Madam.»

«Und Sie haben sich auch gut geschlagen.»

«Vielen Dank, Madam.»

«Einmal während des Dinners, da hätte ich geschworen, Sie wären wenigstens drei Personen», sagte sie und lachte.

Ich lachte auch rasch und sagte: «Ich freue mich, Ihnen zu Diensten sein zu können, Madam.»

Kurz darauf fiel mein Blick auf den jungen Mr. Cardinal, der noch immer ganz allein dastand, und ich fragte mich, ob der junge Herr sich von dieser Gesellschaft vielleicht ein wenig eingeschüchtert fühlte. Sein Glas war jedenfalls leer, und so bewegte ich mich auf ihn zu. Er schien sehr erfreut, als er mich kommen sah, und hielt mir das Glas entgegen.

«Ich finde es wunderbar, daß Sie ein so naturliebender Mensch sind, Stevens», sagte er, während ich ihm nachschenkte. «Und von großem Vorteil für Lord Darlington, daß er jemanden hat, der beurteilen kann, was der Gärtner treibt.»

«Wie bitte, Sir?»

«Die Natur, Stevens. Wir sprachen neulich von den Wundern der Natur. Und ich bin ganz Ihrer Meinung, daß wir alle diesen großartigen Wundern um uns her viel zu selbstgefällig gegenüberstehen.»

«Ja, Sir.»

«Ich meine, all das zum Beispiel, wovon wir hier gesprochen haben. Verträge und Staatsgrenzen und Reparationen und Besatzungstruppen. Aber Mutter Natur macht unerschütterlich auf ihre eigene Art weiter und läßt sich nicht stören. Merkwürdig, wenn man es bedenkt, nicht wahr?»

«Ja, in der Tat, Sir.»

«Ich frage mich, ob es nicht besser gewesen wäre, wenn der Allmächtige uns alle erschaffen hätte als – nun ja, als so etwas Ähnliches wie Pflanzen. Fest in der Erde verwurzelt, verstehen Sie. Dann wäre es zu solchem Blödsinn wie Krieg und Grenzen erst gar nicht gekommen.»

Der junge Herr schien diese Vorstellung lustig zu finden. Er lachte, und nach einigem Nachdenken lachte er noch einmal. Ich fiel in sein Lachen ein. Dann stieß er mich an. «Stellen Sie sich das vor, Stevens!» sagte er und lachte abermals.

«Ja, Sir», sagte ich und lachte auch, «es wäre eine sehr eigenartige Alternative gewesen.»

«Aber es müßte dabei natürlich Leute wie Sie geben, die Botschaften übermitteln, Tee bringen und so weiter. Wie könnten wir sonst je etwas zuwege bringen? Können Sie sich das vorstellen, Stevens? Wir alle im Boden verwurzelt? Stellen Sie sich das nur vor!»

Da trat ein Diener hinter mich. «Miss Kenton hätte Sie gern gesprochen, Sir», sagte er.

Ich entschuldigte mich bei Mr. Cardinal und bewegte mich zur Tür. Ich bemerkte Monsieur Dupont, der die Tür zu beobachten schien und, als ich mich näherte, sagte: «Butler, ist der Arzt schon da?»

«Ich will mich gerade erkundigen, Sir. Ich bin sofort wieder da.»

«Ich habe wirklich Schmerzen.»

«Das tut mir sehr leid, Sir. Der Arzt muß jeden Augenblick hier sein.»

Diesmal folgte Monsieur Dupont mir hinaus. Miss Kenton stand wieder in der Halle.

«Mr. Stevens», sagte sie, «Dr. Meredith ist gekommen und hinaufgegangen.»

Sie hatte leise gesprochen, aber Monsieur Dupont rief hinter mir sogleich aus: «Ah, gut!»

Ich wandte mich ihm zu und sagte: «Wenn Sie mir bitte folgen wollen, Sir.»

Ich führte ihn ins Billardzimmer, wo ich das Feuer schürte, während er auf einem der Ledersessel Platz nahm und seine Schuhe auszuziehen begann.

«Ich bedaure, daß es hier nicht sehr warm ist, Sir. Der Arzt wird gleich hier sein.»

«Vielen Dank, Butler. Das haben Sie gut gemacht.»

Miss Kenton wartete draußen noch immer auf mich, und wir stiegen schweigend die Treppe hinauf. Oben im Zimmer meines Vaters machte sich Dr. Meredith einige Notizen, und Mrs. Mortimer weinte bitterlich. Sie trug noch immer ihre Schürze, die sie offensichtlich benutzt hatte, um sich die Tränen abzuwischen; als Folge davon hatte sie jetzt überall im Gesicht Fettflecken, als habe sie sich für eine Varietévorführung geschminkt. Ich hatte erwartet, daß es im Zimmer nach Tod röche, aber wegen Mrs. Mortimer – oder ihrer Schürze – herrschte ein Geruch nach Bratenfleisch vor.

Dr. Meredith erhob sich und sagte: «Mein Beileid, Stevens.

Es war ein schwerer Schlaganfall. Aber er dürfte kaum gelitten haben, wenn Ihnen das ein Trost ist. Es gab nichts, was Sie hätten tun können, um ihn zu retten.»

«Ich danke Ihnen, Sir.»

«Dann mache ich mich wieder auf den Weg. Sie veranlassen alles Weitere?»

«Ja, Sir. Aber wenn Sie gestatten, Sir, unten ist ein Herr von Rang, der Ihrer bedarf.»

«Ist es dringend?»

«Er hat nach einem Arzt verlangt, Sir.»

Ich führte Dr. Meredith hinunter ins Billardzimmer, und dann kehrte ich rasch ins Rauchzimmer zurück, wo die Atmosphäre inzwischen womöglich noch geselliger geworden war.

Natürlich kann ich von mir aus nicht beanspruchen, daß man mich jemals in eine Reihe stellt mit den «großen» Butlern unserer Generation wie etwa Mr. Marshall oder Mr. Lane – obschon angemerkt werden sollte, daß es Leute gibt, die, vielleicht aus unangebrachter Großzügigkeit, geneigt sein mögen, ebendies zu tun. Wenn ich sage, daß die Konferenz von 1923 und dieser Abend im besonderen einen Wendepunkt in meiner beruflichen Entwicklung darstellten, so meine ich das – und das möchte ich ausdrücklich betonen – im Rahmen meiner eigenen bescheideneren Maßstäbe. Dennoch mag man, bedenkt man den Druck, dem ich an diesem Abend ausgesetzt war, der Ansicht sein, daß ich mich nicht völlig überschätze, wenn ich den Gedanken vorzubringen wage, daß ich vielleicht den zahlreichen Anforderungen gegenüber zumindest in bescheidenem Maße eine «Würde» bewiesen habe, die auch einer Persönlichkeit wie Mr. Marshall angestanden hätte – oder, was das betrifft, meinem Vater. Trotz aller traurigen Erinnerungen, die sich mit diesem Abend verbinden, erfüllt mich jedesmal, wenn ich heute an ihn zurückdenke, ein deutliches Gefühl des Triumphes.

Zweiter Tag – Nachmittag

Mortimer's Pond, Dorset

Die Frage, was ein «großer» Butler sei, scheint eine weitere Dimension zu besitzen, die ich bislang fast völlig vernachlässigt habe. Das Wissen um diesen Umstand ist durchaus beunruhigend, handelt es sich doch um ein Thema, das mir sehr am Herzen liegt und mit dem ich mich im Laufe der Jahre viel beschäftigt habe. Ich habe das Gefühl, gewisse Kriterien für eine Mitgliedschaft in der Hayes Society ein wenig vorschnell abgetan zu haben. Ich möchte hier nichts von dem zurücknehmen, was ich über «Würde» und deren entscheidende Verknüpfung mit «Größe» gesagt habe, aber ich habe doch noch einmal über jenen anderen Aspekt der Erklärung der Hayes Society nachgedacht, nämlich die Feststellung, daß, wer dort Mitglied werden wolle, einem «vornehmen Haus verbunden» sein müsse. Ich habe genauso wie früher den Eindruck, daß hier ein gedankenloser Snobismus seitens der Hayes Society zum Ausdruck kommt. Ich glaube jedoch, daß sich die Kritik vielleicht mehr gegen die überholte Vorstellung von einem «vornehmen Haus» richtet als gegen das hier zum Ausdruck gebrachte allgemeine Prinzip. Ja, wenn ich jetzt darüber nachdenke, glaube ich, daß in der Tat die Verbundenheit mit einem «vornehmen Haus» eine Vorbedingung für Größe ist – sofern man dem Begriff «vornehm» hier einen tieferen Sinn zuerkennt, als dies seinerzeit die Hayes Society tat.

Ein Vergleich dessen, was ich als ein «vornehmes Haus» bezeichnen würde, mit dem, was die Hayes Society darunter verstand, erhellt, wie ich glaube, schlagartig den fundamentalen Unterschied zwischen den Wertvorstellungen unserer Generation von Butlern und denen der vorangegangenen Generation. Damit möchte ich nicht nur auf die Tatsache hinweisen, daß unsere Generation eine weniger snobistische Einstellung in der Frage hatte, ob ein Dienstherr dem Landadel oder «nur» der Geschäftswelt angehörte. Ich will vielmehr hervorheben – und ich halte diese Feststellung nicht für ungerecht –, daß wir eine viel idealistischere Generation waren. Waren unsere Vorgänger darum besorgt gewesen, ob ihr Dienstherr einen Adelstitel hatte oder zumindest aus einer der «alten» Familien kam, so interessierte uns viel mehr sein *moralischer* Status. Das soll nicht etwa heißen, daß wir uns mit dem Privatleben unserer Dienstherren beschäftigt hätten, nein, ich will damit vielmehr sagen, daß wir auf eine Weise, die eine Generation früher ungewöhnlich gewesen wäre, bestrebt waren, Persönlichkeiten zu dienen, die sozusagen den Fortschritt der Menschheit im Auge hatten. So hätte es zum Beispiel für viel ehrenvoller gegolten, jemandem wie Mr. George Ketteridge zu dienen, der, aus welch bescheidenen Verhältnissen er auch kam, für das künftige Wohlergehen des Empires einen unbestreitbaren Beitrag geleistet hat, als einer noch so aristokratischen Person, die ihre Zeit in Clubs und auf Golfplätzen vertrödelte.

In der Praxis natürlich waren viele Gentlemen aus den vornehmsten Familien bestrebt, sich der Linderung der großen Probleme jener Zeit zu widmen, und deshalb mag es auf den ersten Blick so ausgesehen haben, als hätte sich der Ehrgeiz unserer Generation nicht so sehr von dem unserer Vorgänger unterschieden. Aber ich kann bezeugen, daß es einen deutlichen Unterschied in der Einstellung gab, der sich nicht nur in den Themen widerspiegelte, die man Berufskollegen im Gespräch untereinander vorbringen hörte, sondern auch in der Ursache, aus der viele der Tüchtigsten unserer Generation es vorzogen, eine Stellung um einer anderen willen aufzugeben. Solche Entscheidungen waren nicht einfach mehr eine Frage des Lohns, der Stärke des Personals, das man zur Verfügung hatte, oder eines glanzvollen Familiennamens; für unsere Generation – ich denke, das kann man mit Recht sagen – lag das professionelle Prestige vor allem im moralischen Format des Dienstherrn begründet.

Ich glaube, ich kann den Unterschied zwischen den Generationen am besten darstellen, indem ich mich bildhaft ausdrücke. So würde ich sagen, Butler der Generation meines Vaters sahen die Welt gewissermaßen als eine Leiter – die Häuser der königlichen Familie, der Herzöge und der Lords aus den ältesten Familien ganz oben, die des «neuen Geldes» darunter und so weiter, bis man einen Punkt erreichte, unterhalb dessen die Hierarchie nur noch vom Vermögen bestimmt wurde – oder von dessen Abwesenheit. Jeder ehrgeizige Butler versuchte einfach, die Leiter so hoch wie möglich hinaufzuklettern, und je höher hinauf er es schaffte, desto größer war im allgemeinen sein professionelles Prestige. Dies sind natürlich genau die Werte, die in der Vorstellung der Hayes Society von einem «vornehmen Haus» zum Ausdruck kommen, und die Tatsache, daß sie eine solche Erklärung noch 1929 wie selbstverständlich abgab, zeigt deutlich, warum das Ende dieser Vereinigung unvermeidlich, wenn nicht längst überfällig war. Denn zu dieser Zeit paßte solches Denken nicht mehr zu dem der Persönlichkeiten, die jetzt in die vorderste Reihe unseres Berufsstandes traten. Unsere Generation nämlich, ich glaube, das kann man so ausdrücken, sah die Welt nicht als Leiter, sondern eher als ein *Rad*. Vielleicht darf ich das noch näher erklären.

Meiner Ansicht nach erkannte unsere Generation etwas, das der Aufmerksamkeit aller früheren Generationen entgangen war: Daß nämlich die großen Entscheidungen dieser Welt nicht einfach in den Parlamenten getroffen werden oder während der vier, fünf Tage einer internationalen Konferenz im vollen Scheinwerferlicht von Öffentlichkeit und Presse. Die Debatten werden vielmehr geführt und die wichtigen Entschlüsse gefaßt in der privaten Sphäre der großen Häuser dieses Landes. Was unter den Blicken der Öffentlichkeit mit solchem Pomp zelebriert wird, ist oft nur der Abschluß oder die bloße Ratifizierung dessen, was sich über Wochen oder Monate innerhalb der Mauern solcher Häuser abgespielt hat. Für uns also war die Welt ein Rad, dessen Nabe die großen Häuser waren, von denen bedeutende Entscheidungen hinausgingen zu allen anderen, die sich, ob reich oder arm, um sie drehten. Es war das Ziel aller in unserer Profession, die einen gewissen Ehrgeiz hatten, sich so nah wie möglich an diese Nabe heranzuarbeiten. Denn wir waren, wie ich schon sagte, eine idealistische Generation, für die die Frage nicht einfach lautete, wie gut man seine Fähigkeiten anwandte, sondern *zu welchem Zweck* man dies tat; jeder von uns hegte das Verlangen, seinen eigenen kleinen Beitrag zur Schaffung einer besseren Welt zu leisten, und erkannte, daß man dies am sichersten erreichte, wenn man den großen Persönlichkeiten unserer Zeit diente, denen die Zivilisation anvertraut worden war.

Natürlich spreche ich jetzt grob verallgemeinernd, und ich will gern zugeben, daß es nur zu viele in unserer Generation gab, die sich für solch feinere Überlegungen keine Zeit nahmen. Umgekehrt gab es sicher in der Generation meines Vaters viele, die die «moralische» Dimension ihrer Arbeit instinktiv erkannten. Aber im großen und ganzen halte ich diese Verallgemeinerungen für zutreffend; und «idealistische» Motivationen, wie ich sie oben beschrieb, haben in meiner persönlichen Laufbahn jedenfalls eine große Rolle gespielt. Ich selbst wechselte in der frühen Phase meiner Laufbahn recht häufig den Dienstherrn – da mir bewußt war, daß die betreffenden Stellungen mir kaum dauernde Befriedigung bringen konnten –, ehe sich mir schließlich die Gelegenheit bot, Lord Darlington zu dienen.

Es ist merkwürdig, daß ich die Angelegenheit bis heute nie in diesem Licht gesehen habe, ja, daß wir, Kollegen wie Mr. Graham und ich, während all der Stunden, die wir am Kamin des Dienstbotenzimmers über das Wesen von «Größe» diskutierten, diese Dimension der Frage völlig außer acht ließen. Und möchte ich auch nichts von dem zurücknehmen, was ich zuvor über die «Würde» gesagt habe, so spricht, wie ich zugeben muß, doch einiges für das Argument, daß ein Butler, hat er sich diese Eigenschaft auch im höchsten Maße erworben, kaum erwarten kann, von seinen Berufskollegen als «groß» angesehen zu werden, wenn er nicht das seinen Fähigkeiten angemessene Betätigungsfeld findet. Gewiß, es ist festzustellen, daß etwa Mr. Marshall oder Mr. Lane nur bei Persönlichkeiten von einwandfreier moralischer Integrität in Dienst gestanden haben – Lord Wakeling, Lord Camberley, Sir Leonard Gray –, und man kann sich des Eindrucks nicht erwehren, daß sie sich Dienstherren geringeren Formats einfach nicht zur Verfügung gestellt haben würden. Ja, je länger man darüber nachdenkt, desto offenkundiger scheint es zu sein: Verbundenheit mit einem *wahrhaft* vornehmen Haus *ist* eine Vorbedingung von «Größe». Ein «großer» Butler vermag eindeutig nur zu sein, wer auf seine Dienstjahre verweisen und sagen kann, er habe sein Können in den Dienst einer großen Persönlichkeit gestellt – und durch diese in den Dienst an der Menschheit.

Wie ich bereits erwähnte, habe ich die Dinge während all dieser Jahre nie so ganz in diesem Licht gesehen, aber vielleicht liegt es in der Natur der Sache, daß man, wenn man auf einer Fahrt wie dieser aus der gewohnten Umgebung einmal heraustritt, überraschend neue Einsichten in Themen gewinnt, die man längst für abschließend durchdacht hielt. Ich bin zweifellos auch durch das kleine Ereignis, das sich vor etwa einer Stunde zutrug und das mich, wie ich zugeben muß, ein wenig aus der Fassung gebracht hat, veranlaßt worden, mir derartige Gedanken zu machen.

Ich hatte am Morgen bei herrlichem Wetter eine schöne Strecke zurückgelegt, mittags in einem Landgasthof gut gegessen und gerade die Grenze zur Grafschaft Dorset hinter mir gelassen, als ich einen sich erhitzenden Geruch wahrnahm, der vom Motor ausging. Der Gedanke, ich könnte an dem Ford meines Dienstherrn einen Schaden verursacht haben, war natürlich höchst beunruhigend, und ich brachte das Fahrzeug rasch zum Stehen.

Ich befand mich auf einer schmalen Straße mit Buschwerk zu beiden Seiten, so daß ich mir keine rechte Vorstellung davon machen konnte, was sich links und rechts von mir befand. Auch konnte ich nicht weit voraus sehen, da die Straße in etwa zwanzig Meter Entfernung einen scharfen Knick machte. Ich wußte, daß ich hier nicht lange würde stehenbleiben können, ohne zu riskieren, daß ein anderes Fahrzeug um diese Biegung kam und mit dem Ford meines Dienstherrn zusammenstieß. Ich ließ den Motor wieder an und war ein wenig beruhigt, als ich feststellte, daß der Geruch nicht mehr so stark war.

Ich mußte tunlichst nach einer Reparaturwerkstatt Ausschau halten oder nach einem Landsitz, wo vielleicht ein Chauffeur zu finden war, der nach dem Wagen sehen konnte. Aber die Straße schlängelte sich noch eine ganze Strecke so dahin, und die hohen Hecken zu beiden Seiten versperrten mir weiterhin die Sicht, so daß ich, obwohl ich an mehreren Toren vorüberkam, von denen einige offensichtlich Einfahrten waren, doch keinen Blick auf die Häuser selbst zu erhaschen vermochte. Ich fuhr noch etwa eine halbe Meile weiter, während der Geruch wieder stärker wurde, bis ich endlich an ein Stück offenen Geländes kam. Ich konnte jetzt einen Teil der Gegend vor mir überblicken, und tatsächlich ragte auf der linken Seite ein großes Haus im viktorianischen Stil vor mir auf, mit einem recht beachtlichen Rasen davor und einer Auffahrt, die früher einmal ein einfacher Fahrweg gewesen sein mußte. Als ich näherkam, wurde ich weiter ermutigt durch den Anblick eines Bentley in einer an das Haus angebauten Garage, deren Türen offenstanden.

Auch das Tor zur Straße stand offen, und so lenkte ich den Ford ein Stück die Auffahrt hinauf, stieg aus und ging auf die Hintertür des Hauses zu. Diese wurde geöffnet von einem Mann in Hemdsärmeln und ohne Krawatte, der, als ich nach dem Chauffeur des Hauses fragte, fröhlich erwiderte, ich hätte «gleich beim ersten Versuch den Haupttreffer gelandet». Als er von meinem Problem hörte, begleitete mich der Mann ohne Zögern hinaus zu dem Ford, öffnete die Motorhaube, warf nur einen kurzen Blick hinein und sagte: «Wasser, Chef. Ihr Kühler braucht etwas Wasser.» Er schien die ganze Situation eher komisch zu finden, war aber sehr hilfsbereit; er ging ins Haus hinein und kam kurz darauf mit einer Kanne mit Wasser und einem Trichter wieder heraus. Während er das Kühlwasser nachfüllte, den Kopf über den Motor gebeugt, begann er sich freundlich mit mir zu unterhalten, und als er hörte, daß ich mich auf einer Autofahrt durch die Gegend befand, empfahl er mir den Besuch eines landschaftlich schön gelegenen Weihers ganz in der Nähe.

Ich hatte inzwischen Gelegenheit gehabt, das Haus näher in Augenschein zu nehmen; es war, vier Geschosse umfassend, höher als breit, und Efeu überzog einen großen Teil der Fassade bis hinauf zu den Dachgiebeln. Ich konnte an den verhängten Fenstern erkennen, daß wenigstens die Hälfte des Hauses nicht benutzt wurde. Ich machte darüber eine Bemerkung zu dem Mann, als dieser mit dem Eingießen fertig war und die Motorhaube wieder geschlossen hatte.

«Wirklich eine Schande», sagte er. «Es ist ein hübsches altes Haus. Der Colonel will's auch verkaufen. Er hat keine Verwendung mehr jetzt für ein Haus von dieser Größe.»

Ich konnte mich nicht enthalten zu fragen, wieviel Personal beschäftigt würde, und es überraschte mich eigentlich kaum, als der Mann sagte, das ganze Personal bestände aus ihm und einer Köchin, die jeden Abend komme. Er war, wie es schien, Butler, Kammerdiener, Chauffeur und Reinmachefrau in einer Person. Im Krieg war er, wie er erklärte, der Bursche des Colonels gewesen; sie hätten zusammen in Belgien gelegen, als die Deutschen das Land angriffen, und sie hätten auch die Landung der Alliierten gemeinsam erlebt. Dann musterte er mich aufmerksamer und sagte:

«Jetzt hab ich's. Ich habe Sie zuerst nicht unterbringen können, aber jetzt hab ich's. Sie sind einer dieser Erste-Klasse-Butler. Aus so einem großen, feudalen Haus.»

Als ich ihm sagte, da habe er ziemlich genau ins Schwarze getroffen, fuhr er fort:

«Jetzt hab ich's. Wußte zuerst nicht so recht, wohin mit Ihnen, wissen Sie, denn Sie reden fast so wie ein echter Gentleman. Und Sie fahren so eine herrliche alte Kiste» – er deutete auf den Ford –, «da dachte ich zuerst, da kommt so ein richtig piekfeiner alter Kerl. Und das sind Sie ja auch, Chef. Wirklich piekfein, meine ich. Von so was verstehe ich ja nichts, wissen Sie. Ich war nur ein einfacher Offiziersbursche, und jetzt bin ich ein alter Zivilist.»

Er fragte mich sodann, wo ich beschäftigt sei, und als ich es ihm sagte, legte er den Kopf zur Seite und schien nachzudenken.

«Darlington Hall», sagte er vor sich hin. «Darlington Hall. Muß wirklich ein feudales Haus sein, erinnert mich an was, aber ich weiß nicht, was. Darlington Hall. Augenblick, meinen Sie *Darlington* Hall, das Haus von Lord Darlington?»

«Es war Lord Darlingtons Wohnsitz bis zu seinem Tod vor drei Jahren», sagte ich. «Das Haus ist jetzt der Wohnsitz von Mr. John Farraday, einem Amerikaner.»

«Dann müssen Sie ja wirklich erste Klasse sein, wenn Sie da arbeiten. Kann nicht mehr viele wie Sie geben, was?» Dann bekam seine Stimme einen merklich anderen Klang, als er fragte: «Heißt das, Sie haben tatsächlich für diesen Lord Darlington gearbeitet?»

Er musterte mich abermals, fast ein wenig argwöhnisch. Ich sagte:

«O nein, ich bin bei Mr. John Farraday beschäftigt, dem Herrn aus Amerika, der das Haus von der Familie Darlington gekauft hat.»

«So, dann haben Sie Lord Darlington nicht mehr gekannt. Hab mich nur gefragt, wie er wohl war. Was er für ein Typ war.»

Ich sagte dem Mann, ich müsse mich wieder auf den Weg machen, und dankte ihm herzlich für seine Hilfe. Er war schließlich ein liebenswürdiger Mensch, und er machte sich die Mühe, mich beim Zurückstoßen aus der Auffahrt zu dirigieren, empfahl mir dann noch einmal, jenen Weiher zu besuchen, und wiederholte die Wegbeschreibung dorthin.

«Es lohnt sich wirklich», setzte er hinzu. «Sie werden es bereuen, wenn Sie den Abstecher versäumen. Übrigens ist der Colonel jetzt gerade zum Angeln dort.»

Der Ford schien wieder in bestem Zustand zu sein, und da der fragliche Weiher nur einen kleinen Umweg bedeutete, beschloß ich, den Vorschlag des Offiziersburschen aufzugreifen. Seine Anweisungen, was den Weg betraf, hatten sich recht einfach angehört, doch als ich, ihnen folgend, erst einmal von der Hauptstraße abgebogen war, verirrte ich mich in einem Labyrinth sich dahinschlängelnder Fahrwege und schmaler Straßen gleich der, auf der ich den beunruhigenden Geruch wahrgenommen hatte. Manchmal wurde das Buschwerk zu beiden Seiten so dicht, daß die Sonne nicht mehr durchdrang und die Augen Mühe hatten, mit den plötzlichen Gegensätzen von hellem Licht und dunklen Schatten fertig zu werden. Nach einigem Suchen fand ich jedoch endlich einen Wegweiser nach «Mortimer's Pond», meinem Ziel, und so traf ich denn vor einer guten halben Stunde hier ein.

Ich sehe jetzt, daß ich dem Mann wirklich zu Dank verpflichtet bin, denn er hat mir nicht nur mit dem Ford weitergeholfen, sondern mich auch dieses wunderschöne Fleckchen Erde entdecken lassen, das ich ohne ihn wahrscheinlich nie gefunden hätte. Der Weiher ist nicht gerade sehr groß – er mag rundherum eine Viertelmeile messen –, so daß man von jedem Landvorsprung aus einen Blick über seine ganze Ausdehnung genießt. Es herrscht eine Atmosphäre großer Ruhe. Rings um das Gewässer hat man Bäume gepflanzt, gerade in solchem Abstand, daß das Ufer in einem angenehmen Schatten liegt, während hier und da Büschel von hohem Schilfrohr und Binsen die Wasseroberfläche und das stille Spiegelbild des Himmels durchbrechen. Mein Schuhwerk ist nicht für einen Gang um den Weiher herum geeignet – ich kann von der Stelle aus, an der ich hier sitze, schon sehen, daß der Uferweg in einiger Entfernung schlammige Stellen aufweist –, aber so reizvoll ist alles hier, daß ich am liebsten gleich dazu aufgebrochen wäre. Lediglich der Gedanke an die möglichen Katastrophen, die mir bei einem solchen Unternehmen zustoßen könnten, und der Umstand, daß möglicherweise mein Reiseanzug in Mitleidenschaft gezogen werden würde, bewirkten, daß ich es zufrieden war, einfach auf dieser Bank hier zu sitzen. Und das tue ich jetzt seit einer halben Stunde und beobachte dabei das Treiben der einzelnen Gestalten, die mit ihren Angelruten an verschiedenen Stellen um das Wasser herum sitzen. Ich kann von hier aus ungefähr ein Dutzend solcher Gestalten ausmachen, aber das durch die niedrig hängenden Zweige hervorgerufene Spiel von Licht und Schatten hinderte mich daran, sie deutlich zu erkennen, und ich mußte auf das kleine Spiel verzichten, das ich mir eigentlich vorgenommen hatte, nämlich zu erraten, wer von diesen Anglern der Colonel ist, auf dessen Anwesen ich gerade so nützliche Hilfe erfahren habe.

Es ist zweifellos die Ruhe der Umgebung hier, die mich in

den Stand gesetzt hat, noch gründlicher über die Gedanken nachzusinnen, die mir während der letzten halben Stunde gekommen sind. Wahrscheinlich hätte ich ohne diese friedliche Stimmung hier kaum länger über mein Verhalten bei der Begegnung mit dem Offiziersburschen nachgedacht. Das heißt, ich hätte vielleicht nicht weiter darüber nachgedacht, warum ich den Eindruck erweckt hatte, ich hätte nie in Lord Darlingtons Diensten gestanden. Denn es kann doch kein Zweifel daran bestehen, daß ich dies getan habe. Er hatte gefragt: «Heißt das, Sie haben tatsächlich für diesen Lord Darlington gearbeitet?» – und ich hatte ihm eine Antwort gegeben, die kaum etwas anderes als eine Verneinung bedeutet haben konnte. Es mochte einfach sein, daß mich in diesem Augenblick eine bedeutungslose Laune überkommen hatte – doch das ist schwerlich eine überzeugende Erklärung für ein so ausgesprochen merkwürdiges Verhalten. Jedenfalls habe ich mir inzwischen eingestanden, daß der Vorfall mit dem Offiziersburschen nicht der erste seiner Art ist; es besteht zweifellos eine Verbindung – über deren Natur ich mir noch nicht ganz klar bin – zu dem, was sich vor ein paar Monaten während des Besuchs der Wakefields zutrug.

Mr. und Mrs. Wakefield sind ein amerikanisches Ehepaar, das seit ungefähr zwanzig Jahren in England lebt – irgendwo in Kent, glaube ich. Da sie und Mr. Farraday in der Bostoner Gesellschaft einige gemeinsame Bekannte hatten, kamen sie eines Tages zu einem kurzen Besuch nach Darlington Hall – sie blieben zum Lunch und gingen wieder vor dem Tee. Ich spreche jetzt von einer Zeit, als Mr. Farraday selbst gerade erst seit einigen Wochen im Haus wohnte, einer Zeit, als seine Begeisterung für seine Neuerwerbung auf dem Höhepunkt war; dies hatte zur Folge, daß ein großer Teil der Zeit, welche die Wakefields zu Besuch weilten, mit einem Rundgang durchs Haus ausgefüllt wurde, bei dem sie mein Dienstherr führte und den manche wahrscheinlich für unnötig ausgedehnt gehalten hätten, weil er auch alle mit Staubdecken verhängten Räumlichkeiten einschloß. Mr. und Mrs. Wakefield schienen jedoch die Besichtigung genauso interessant zu finden wie Mr. Farraday, und ich hörte, während ich meiner Arbeit nachging, immer wieder amerikanische Ausrufe des Entzückens von dem Teil des Hauses her, in dem sie sich jeweils befanden. Mr. Farraday hatte die Tour im obersten Geschoß begonnen, und als er seine Gäste schließlich hinuntergeführt hatte, damit sie die Pracht der Räume im Erdgeschoß bewundern konnten, schien er ausgesprochen hochgestimmt, während er auf Details an Simsen und Fensterrahmen hinwies und recht schwungvoll beschrieb, was «die englischen Lords» in jedem einzelnen Zimmer «so machten». Obwohl ich natürlich nicht eigentlich lauschte, bekam ich doch zwangsläufig das Wesentliche von dem mit, was gesagt wurde, und ich war erstaunt über die umfassenden Kenntnisse meines Dienstherrn, die trotz gelegentlicher Ungenauigkeiten eine große Anteilnahme an der englischen Lebensweise verrieten. Es war außerdem festzustellen, daß auch den Wakefields – insbesondere Mrs. Wakefield – die Traditionen unseres Landes keineswegs völlig unvertraut waren, und man konnte aus vielen ihrer Bemerkungen schließen, daß sie ebenfalls Besitzer eines englischen Hauses von einiger Größe sein mußten.

Über diesem Rundgang war schon eine gewisse Zeit verstrichen – ich durchquerte gerade die Halle in der Annahme, man sei hinausgegangen, um die Gartenanlagen in Augenschein zu nehmen –, als ich Mrs. Wakefield sah, die zurückgeblieben war und den steinernen Bogen über der Tür zum Speisezimmer betrachtete. Als ich im Vorbeigehen ein unauffälliges «Entschuldigen Sie, Madam» murmelte, drehte sie sich um und sagte:

«Ach, Stevens, vielleicht können Sie mir Auskunft geben. Dieser Bogen hier sieht aus wie siebzehntes Jahrhundert, aber ist er nicht viel jünger? Stammt er vielleicht aus Lord Darlingtons Zeit?»

«Das ist möglich, Madam.»

«Er ist sehr schön. Aber wahrscheinlich handelt es sich um eine Nachahmung jüngeren Datums, nicht wahr?»

«Ich bin mir nicht sicher, Madam, aber das ist durchaus möglich.»

Dann hatte Mrs. Wakefield mit gedämpfter Stimme gefragt: «Ach, sagen Sie, Stevens, was war dieser Lord Darlington für ein Mensch? Sie haben doch noch für ihn gearbeitet?»

«Nein, das habe ich nicht, Madam.»

«Oh, ich dachte, das hätten Sie. Ich frage mich, wie ich darauf komme.»

Mrs. Wakefield wandte sich wieder dem Türbogen zu, und indem sie ihn mit der Hand berührte, sagte sie: «Dann wissen wir es also nicht mit Bestimmtheit. Trotzdem, es sieht mir nach einer Nachahmung aus. Geschickt gemacht, aber nicht echt.»

Möglicherweise hätte ich diesen kurzen Wortwechsel rasch vergessen; doch als ich am Nachmittag, nachdem die Wakefields gegangen waren, Mr. Farraday den Tee in den Salon brachte, bemerkte ich, daß er in recht nachdenklicher Stimmung war. Nach anfänglichem Schweigen sagte er:

«Wissen Sie, Stevens, Mrs. Wakefield war von diesem Haus gar nicht so beeindruckt, wie ich erwartet hatte.»

«Ach nein, Sir?»

«Sie schien sogar zu glauben, ich hätte die Baugeschichte dieses Hauses etwas aufgemöbelt. Hätte es älter gemacht, als es ist.»

«Tatsächlich, Sir?»

«Sie behauptete immer wieder, dies sei ‹nicht echt› und das sei ‹nicht echt›. Sie hielt sogar Sie für ‹nicht echt›, Stevens.»

«Tatsächlich, Sir?»

«Tatsächlich, Stevens. Ich hatte ihr gesagt, Sie seien echt. Ein echter alter englischer Butler. Sie seien seit über dreißig Jahren in diesem Haus und hätten einem echten englischen Lord gedient. Aber Mrs. Wakefield hat mir in diesem Punkt widersprochen, sogar in sehr überzeugtem Ton.»

«Wirklich, Sir?»

«Für Mrs. Wakefield, Stevens, schien festzustehen, daß Sie hier erst arbeiten, seit ich Sie eingestellt habe. Sie erweckte sogar den Eindruck, als hätte sie das von Ihnen selbst gehört. Habe etwas dumm ausgesehen, wie Sie sich denken können.»

«Das ist höchst bedauerlich, Sir.»

«Ich meine, Stevens, das hier *ist* doch ein echtes großes altes englisches Haus, oder? Dafür habe ich schließlich bezahlt. Und Sie *sind* schließlich ein echter altmodischer englischer Butler, nicht irgendein Kellner, der sich für einen ausgibt. Sie sind doch echt, nicht wahr? Das hatte ich haben wollen – und das habe ich doch auch bekommen, oder?»

«Ich wage zu behaupten, daß Sie das haben, Sir.»

«Können Sie mir dann erklären, was Mrs. Wakefield meinte? Mir ist das ein großes Rätsel.»

«Es ist möglich, daß ich der Dame ein leicht irreführendes Bild von meiner Laufbahn gezeichnet habe, Sir. Ich bitte vielmals um Verzeihung, falls das zu einer peinlichen Situation geführt hat.»

«Das hat es allerdings. Diese Leute halten mich jetzt für einen Aufschneider und Lügner. Aber was meinen Sie, wenn Sie sagen, Sie hätten ‹ein leicht irreführendes Bild› gezeichnet?»

«Es tut mir sehr leid, Sir. Ich hatte keine Ahnung, daß Sie dadurch so in Verlegenheit kommen würden.»

«Aber verdammt noch mal, Stevens, warum haben Sie ihr so ein Märchen erzählt?»

Ich überlegte einen Augenblick und sagte dann: «Es tut mir sehr leid, Sir, aber das hängt mit einer Sitte hierzulande zusammen.»

«Was soll das heißen, Mann?»

«Ich will damit sagen, Sir, daß Angestellte in England üblicherweise nicht über ihre früheren Dienstherren sprechen.»

«Na gut, Stevens, daß Sie keine Geheimnisse aus früherer Zeit ausplaudern wollen, sei Ihnen zugebilligt, aber müssen Sie denn so weit gehen zu bestreiten, je für einen anderern als mich gearbeitet zu haben?»

«Es klingt gewißt ein wenig überspitzt, wenn Sie das so ausdrücken, Sir, aber es ist oft für wünschenswert erachtet worden, daß das Personal einen solchen Eindruck erweckt. Es ist, wenn ich so sagen darf, Sir, ungefähr wie im Falle von Ehen. Wenn eine geschiedene Dame mit ihrem zweiten Ehemann zusammen ist, wird es oft nicht für wünschenswert erachtet, auf die erste Ehe auch nur anzuspielen. Ähnliches schreibt der Brauch vor, was unseren Beruf betrifft, Sir.»

«Nun, ich wünschte, von diesem Brauch hätte ich früher gewußt, Stevens», sagte mein Dienstherr und lehnte sich im Sessel zurück. «Ich habe dagestanden wie ein Trottel.»

Ich glaube, ich erkannte schon damals, daß diese Erklärung – obzwar natürlich nicht völlig der Wahrheit entbehrend – kläglich unzureichend war. Doch wenn man an so vieles andere zu denken hat, kommt es schon vor, daß man solchen Dingen keine große Beachtung schenkt, und so war mir diese Episode tatsächlich eine Zeitlang aus dem Gedächtnis gekommen. Doch wenn ich sie mir jetzt in der Stille, die diesen Weiher umgibt, in die Erinnerung zurückrufe, scheint kaum ein Zweifel daran zu bestehen, daß mein damaliges Verhalten Mrs. Wakefield gegenüber viel mit dem zu tun hat, was heute nachmittag geschehen ist.

Natürlich gibt es heute viele Leute, die lauter törichte Dinge über Lord Darlington zu sagen haben, und man könnte den Eindruck gewinnen, ich schämte mich in irgendeiner Form meiner Verbindung zu seiner Lordschaft, und dies komme eben in einem solchen Verhalten zum Ausdruck. Aber ich möchte an dieser Stelle versichern, daß nichts der Wahrheit ferner sein könnte. Was man heutzutage über seine Lordschaft sagen hört, ist ohnehin zum größten Teil reiner Unsinn und zeugt von einer fast vollständigen Unkenntnis der wirklichen Umstände. Mir scheint sogar, daß sich mein merkwürdiges Verhalten erklären läßt mit meinem Wunsch, möglichst nicht noch mehr solchen Unsinn über seine Lordschaft zu hören; das heißt, ich habe in beiden Fällen zu einer Notlüge gegriffen als dem einfachsten Mittel, Unerfreulichem aus dem Weg zu gehen. Diese Erklärung scheint mir um so plausibler, je länger ich darüber nachdenke, denn tatsächlich ärgere ich mich heutzutage über nichts mehr als darüber, immer wieder Unsinn dieser Art zu hören. Ich stelle hier fest, daß Lord Darlington ein Gentleman von großem moralischem Format war – einem Format, neben dem sich die meisten Personen, die solchen Unsinn über ihn verbreiten, wie Zwerge ausnehmen –, und ich bezeuge gern, daß er dies bis zuletzt blieb. Nichts wäre unzutreffender als die Ansicht, ich könnte mich der Verbindung zu einem solchen Gentleman schämen. Ja, ich glaube, indem ich seiner Lordschaft in Darlington Hall während all dieser Jahre diente, kam ich der Nabe am Rad der Geschichte so nahe, wie es sich jemand in meiner Position nur erträumen konnte. Ich habe dem Dienst an Lord Darlington fünfunddreißig Jahre meines Lebens gewidmet; gewiß ist es keine völlig aus der Luft gegriffene Behauptung zu sagen, man sei während dieser Jahre im wahrsten Sinn einem «vornehmen Haus verbunden» gewesen. Wenn ich auf meine bisherige Laufbahn zurückblicke, beziehe ich meine größte Befriedigung aus der Erinnerung an meine Arbeit während jener Jahre, und ich bin heute stolz darauf und dankbar dafür, daß mir ein solches Privileg zuteil wurde.

Dritter Tag – Morgen

Tounton, Somerset

Ich bin gestern abend in einem Gasthof namens The Coach and Horses etwas außerhalb von Taunton in der Grafschaft Somerset abgestiegen. Das Strohdachhaus gleich neben der Straße war mir vom Ford aus recht reizvoll erschienen, als ich mich im schwindenden Tageslicht näherte. Der Wirt führte mich über eine Holztreppe hinauf in ein fast schmuckloses, aber ordentliches kleines Zimmer. Als er sich erkundigte, ob ich schon zu Abend gegessen habe, bat ich ihn, mir ein Sandwich zu bringen, das sich als völlig befriedigende Lösung erwies, was die Mahlzeit anging. Doch als der Abend fortschritt, wurde ich auf meinem Zimmer unruhig und ging schließlich in die Schankstube hinunter, um von dem Apfelwein zu probieren, den man in dieser Gegend keltert.

Unten waren fünf oder sechs Gäste um die Theke versammelt – ihrem Äußeren nach zu urteilen Leute, die mit der Landwirtschaft zu tun hatten –, ansonsten aber war der Raum leer. Ich ließ mir vom Wirt einen Krug Apfelwein geben, setzte mich ein Stück entfernt an einen Tisch und versuchte, mich ein wenig zu entspannen und die den vergangenen Tag betreffenden Gedanken zu sammeln. Es stellte sich jedoch bald heraus, daß meine Gegenwart diese Leute beunruhigte. Sie schienen das Bedürfnis zu verspüren, so etwas wie Gastfreundschaft zu zeigen, und jedesmal, wenn in ihrer Unterhaltung eine Pause eintrat, warf der eine oder andere verstohlen einen Blick in meine Richtung, als wolle er ausprobieren, ob er den Mut fände, mich anzusprechen. Schließlich sagte einer mit etwas lauterer Stimme zu mir:

«Es scheint, Sie haben sich auf eine Nacht hier im Haus eingelassen, Sir.»

Als ich sagte, daß dem so sei, schüttelte der Mann skeptisch den Kopf und meinte: «Sie werden nicht viel Schlaf kriegen da oben, Sir. Es sei denn, Sie lieben solchen Krach, wie ihn der alte Bob veranstaltet» – er deutete auf den Wirt –, «wenn er hier unten bis tief in die Nacht herumpoltert. Und dann werden Sie bestimmt von seiner Alten geweckt, die ihn schon am frühen Morgen anschreit.»

Obwohl der Wirt protestierte, löste dies allgemeines Gelächter aus.

«Ach ja, wirklich?» sagte ich. Und noch bei diesen Worten kam mir der Gedanke – wie dies in der letzten Zeit auch in Mr. Farradays Gegenwart öfter der Fall war –, daß man von mir irgendeine geistreiche Erwiderung erwarten könnte. Die Einheimischen an der Theke bewahrten jetzt in der Tat höfliches Schweigen und schienen auf meine nächste Bemerkung zu warten. Einen Moment dachte ich angestrengt nach und sagte: «Gewiß eine regionale Variante des Hahnenschreis.»

Zuerst schwiegen die Männer weiter, als dächten sie, ich wollte dem noch eine Ausschmückung folgen lassen. Aber als sie den lustigen Ausdruck auf meinem Gesicht bemerkten, brachen sie in ein Lachen aus, das freilich etwas Verwirrtes hatte. Sie nahmen dann ihr Gespräch wieder auf, und ich wechselte weiter kein Wort mehr mit ihnen bis zum «Gute Nacht» eine Weile später.

Ich war im ersten Augenblick mit meiner scherzhaften Bemerkung recht zufrieden gewesen, und ich gestehe, ich war ein wenig enttäuscht darüber, daß sie nicht besser aufgenommen wurde. Ich war wohl besonders enttäuscht deshalb, weil ich in den letzten Monaten viel Zeit und Mühe daran gewandt habe, mich auf ebendiesem Gebiet zu vervollkommnen. Das heißt, ich war bestrebt, meinem professionellen Rüstzeug diese Fertigkeit hinzuzufügen, damit ich getrost Mr. Farradays Erwartungen bezüglich scherzhafter Bemerkungen erfüllen konnte.

So habe ich es mir zum Beispiel in der letzten Zeit zur Gewohnheit gemacht, auf meinem Zimmer Radio zu hören, wann immer ich ein paar freie Augenblicke habe – etwa dann, wenn Mr. Farraday den Abend außer Haus verbringt. In einer Sendung, die ich mir dreimal in der Woche anhöre, geht es im Grunde darum, daß zwei Personen humorvolle Kommentare zu einer Vielzahl von Themen geben, wie sie in Zuschriften aufgeworfen werden. Ich habe mich besonders mit dieser Sendung beschäftigt, weil die darin vorgebrachten witzigen Bemerkungen immer vom besten Geschmack und meines Erachtens in einem Ton gehalten sind, der jener Art von scherzhaften Äußerungen nicht ganz fernstehen dürfte, die Mr. Farraday vielleicht von mir erwartet. Mit dieser Sendung als Richtschnur habe ich mir eine einfache Übung ausgedacht, die ich wenigstens einmal täglich durchzuführen trachte; wann immer ich einen Moment Zeit erübrigen kann, versuche ich, drei witzige Aussprüche zu formulieren, die sich auf meine unmittelbare Umgebung in diesem Augenblick beziehen. Oder – was als Abwandlung dieser Übung gelten kann – ich versuche, mir drei witzige Bemerkungen zu Ereignissen aus der gerade vergangenen Stunde auszudenken.

Man wird sich jetzt vielleicht meine Enttäuschung hinsichtlich meiner witzigen Bemerkung von gestern abend vorstellen können. Zunächst hatte ich es für denkbar gehalten, daß ihr begrenzter Erfolg auf eine undeutliche Aussprache zurückzuführen war. Doch dann, nachdem ich mich auf mein Zimmer zurückgezogen hatte, kam mir in den Sinn, daß ich möglicherweise diese Leute ernsthaft gekränkt hatte. Schließlich konnte man die Bemerkung sehr leicht so verstanden haben, als hätte ich die Frau des Wirts mit einem krähenden Hahn verglichen – was ich natürlich keinesfalls beabsichtigt hatte. Dieser Gedanke quälte mich, während ich einzuschlafen versuchte, und ich hatte schon daran gedacht, mich heute morgen bei dem Wirt zu entschuldigen. Aber er verhielt sich, als er mir das Frühstück brachte, ausgesprochen freundlich, und so beschloß ich dann, die Sache auf sich beruhen zu lassen.

Doch diese kleine Episode erhellt wieder einmal die Risiken, die mit dem Äußern witziger Bemerkungen verbunden sind. Es liegt in der Natur einer witzigen Bemerkung, daß man sehr wenig Zeit hat, ihre verschiedenen etwaigen Auswirkungen zu ermessen, ehe man sie vorbringen muß, und man läuft Gefahr, alle möglichen unpassenden Dinge zu äußern, wenn man nicht zuvor durch Erfahrung das nötige Geschick erworben hat. Es besteht kein Grund zu der Annahme, daß dies ein Gebiet sei, auf dem ich es mit der Zeit bei gehöriger Übung nicht zur Meisterschaft bringen könnte, doch sind die Gefahren dabei so groß, daß ich es zumindest vorerst für das beste halte, nicht den Versuch zu machen, dieser Pflicht Mr. Farraday gegenüber nachzukommen, ehe ich darin nicht mehr Übung habe.

Auf jeden Fall habe ich leider zu berichten, daß das, was die Einheimischen selbst gestern abend als eine Art witzige Bemerkung vorgebracht hatten – die Prophezeiung, daß ich auf Grund der Störungen von unten keine sehr ruhige Nacht erleben würde –, sich als nur zu wahr erwies. Die Frau des Wirts schrie zwar nicht gerade, aber man hörte die beiden bis in die Nacht hinein ununterbrochen reden, während sie und ihr Mann ihrer Arbeit nachgingen, und dann wieder vom frühen Morgen an. Ich war jedoch durchaus bereit, dem Ehepaar zu verzeihen, denn es waren offensichtlich eifrige, fleißige Leute, und der Lärm, dessen bin ich sicher, war diesem Umstand zuzuschreiben. Außerdem war da natürlich noch die Sache mit meiner unglücklichen Bemerkung gewesen. Ich gab deshalb nicht zu erkennen, daß ich eine unruhige Nacht gehabt hatte, dankte dem Wirt und verabschiedete mich, um zu dem Marktstädtchen Taunton weiterzufahren.

Vielleicht hätte ich besser daran getan, hier in diesem Haus abzusteigen, in dem ich gerade eine vormittägliche Tasse Tee genieße, denn das Schild draußen offeriert nicht nur «Tee, Erfrischungen und Kuchen», sondern auch «saubere, ruhige, behagliche Zimmer». Das Haus liegt an der Hauptstraße von Taunton, ganz in der Nähe des Marktplatzes; es wirkt ein wenig in sich zusammengesunken, und sein Äußeres ist gekennzeichnet durch schweres, dunkles Balkenwerk. Ich sitze eben in dem geräumigen eichenholzgetäfelten Teesalon, in dem nach meiner Schätzung genügend Tische stehen, um zwei Dutzend Gästen Platz zu bieten, ohne daß ein Gefühl der Enge entstünde. Zwei lebhafte Mädchen bedienen hinter einer Theke mit einer großen Auswahl von Kuchen und Gebäck. Alles in allem ist dies ein ausgezeichneter Ort für eine morgendliche Teepause, aber erstaunlicherweise scheinen nur wenige Einwohner von Taunton diese Gelegenheit zu nutzen. Im Augenblick sind außer mir nur drei Gäste hier, zwei ältere Damen, die nebeneinander an einem Tisch vor der gegenüberliegenden Wand sitzen, und ein Mann – vielleicht ein im Ruhestand lebender Landwirt – an einem Tisch neben einem der großen Erkerfenster. Ich kann ihn von hier aus nicht richtig erkennen, weil das helle Sonnenlicht ihn im Moment nur als Silhouette zeigt. Aber ich kann sehen, daß er Zeitung liest und die Lektüre regelmäßig unterbricht, um einen Blick auf die Passanten draußen auf dem Gehsteig zu werfen. Ich hatte nach seinem Verhalten zunächst vermutet, er warte auf jemanden, aber wie es jetzt scheint, wünscht er nur gerade vorübergehenden Bekannten einen Gruß zuzuwinken.

Ich selbst habe mich fast an der rückwärtigen Wand niedergelassen, doch selbst mit dem ganzen Raum vor mir kann ich sehr gut auf die von der Sonne beschienene Straße hinaussehen und auf dem Gehsteig gegenüber einen Wegweiser mit den Namen mehrerer nahe gelegener Orte erkennen. Einer dieser Namen ist der des Dorfes Mursden. Vielleicht sagt

«Mursden» dem einen oder anderen etwas, so wie mir, als ich gestern den Namen auf der Straßenkarte las. Ich war sogar versucht, einen kleinen Umweg zu fahren, nur um mir das Dorf einmal anzusehen. In Mursden, Somerset, hatte einmal die Firma Giffen & Co. ihren Sitz gehabt, und nach Mursden mußte man seine Bestellung schicken, brauchte man einen neuen Vorrat von Giffen's dunklen Politurkerzen, «in Flokken abzublättern, mit Wachs zu vermischen und von Hand aufzutragen». Eine Zeitlang war Giffen's zweifellos die beste erhältliche Silberpolitur, und erst als kurz vor dem Krieg neue chemische Substanzen auf den Markt kamen, ging die Nachfrage nach diesem bedeutenden Erzeugnis zurück.

Soviel ich mich erinnere, gab es Giffen's seit dem Beginn der zwanziger Jahre, und ich bin sicher nicht der einzige, der das Auftauchen des Mittels eng mit einem Meinungsumschwung innerhalb unseres Berufs verbindet – einem Umschwung, durch den das Silberputzen die zentrale Bedeutung erlangte, die es im großen und ganzen noch heute besitzt. Dieser Wandel war, glaube ich, wie so viele andere größere Veränderungen in dieser Zeit, eine Generationsfrage; während dieser Jahre wurde unsere Generation «mündig», und Persönlichkeiten wie Mr. Marshall – dieser insbesondere – spielten eine entscheidende Rolle bei der Aufwertung des Silberputzens. Damit soll natürlich nicht gesagt werden, daß das Silberputzen – besonders das jener Teile, die bei Tisch benutzt wurden – nicht schon immer als eine wichtige Aufgabe galt. Aber man darf wohl behaupten, daß viele Butler etwa der Generation meines Vaters es für keine so entscheidende Tätigkeit hielten, was aus dem Umstand deutlich wird, daß in jenen Tagen der Butler eines Haushalts das Putzen des Silberzeugs selten persönlich überwachte, sondern es zufrieden war, dies der Laune etwa des Butlergehilfen zu überlassen und nur eine periodische Inspektion durchzuführen. Es war nach allgemeiner Übereinstimmung Mr. Marshall, der als erster die volle Bedeutung des

Silbers erkannte – daß nämlich keine anderen Gegenstände so eingehend von Außenstehenden gemustert werden wie das Silberzeug bei Tisch, das somit als Ausweis für das Niveau eines Hauses dient. Und es war auch Mr. Marshall, der als erster bei den Charleville House besuchenden Gästen Erstaunen hervorrief mit Silberzeug von bis dahin unerreichtem Glanz. Sehr bald natürlich richteten, von der Dienstherrschaft gedrängt, Butler landauf, landab ihre Aufmerksamkeit auf das Silberputzen. Rasch meldeten sich, wie ich mich erinnere, Butler zu Wort, die behaupteten, Methoden entdeckt zu haben, mit denen sie Mr. Marshall übertreffen könnten – Methoden, um die sie ein großes geheimnisvolles Getue machten, als wären sie französische Küchenchefs, die ihre Rezepte hüteten. Ich bin jedoch überzeugt – wie ich dies damals schon war –, daß die kunstvollen und geheimen Verfahren, die Leute wie Mr. Jack Neighbours anwandten, auf das Ergebnis nur geringen oder gar keinen erkennbaren Einfluß hatten. Für mich war die Sache ganz einfach: Man benutzte eine gute Politur, und man überwachte das Putzen sehr genau. Giffen's war die Politur, die alle Butler, auf deren Urteil man etwas geben konnte, damals bestellten, und wenn dieses Produkt korrekt angewandt wurde, brauchte man nicht zu fürchten, daß man mit seinem Silberzeug anderen nachstand.

Ich kann mich erfreulicherweise an viele Gelegenheiten erinnern, bei denen das Silberzeug von Darlington Hall auf Beobachter einen positiven Eindruck machte. So entsinne ich mich, daß Lady Astor einmal nicht ohne eine gewisse Bitterkeit bemerkte, unser Silber habe «wahrscheinlich nicht seinesgleichen». Ich erinnere mich auch, Mr. George Bernard Shaw, den bekannten Dramatiker, eines Abends beim Dinner beobachtet zu haben, wie er einen vor ihm liegenden Dessertlöffel musterte, ihn ins Licht hob und seine Oberfläche mit der einer in der Nähe stehenden Servierplatte verglich, der ihn umgebenden Gesellschaft völlig entrückt. Doch die Gelegenheit, an die ich heute am liebsten zurückdenke, war der Abend, an dem eine gewisse Persönlichkeit von Rang – ein Kabinettsmitglied, das kurz darauf zum Außenminister ernannt wurde – dem Haus einen sehr «inoffiziellen» Besuch abstattete. Aber eigentlich besteht nun, da die Folgen dieser Besuche ausführlich dokumentiert sind, kein Grund mehr, zu verschweigen, daß ich von Lord Halifax spreche.

Wie sich später ergab, war dieser spezielle Besuch nur die erste einer ganzen Reihe von «inoffiziellen» Begegnungen zwischen Lord Halifax und dem deutschen Botschafter jener Zeit, Herrn von Ribbentrop. Doch an jenem ersten Abend war Lord Halifax bei seinem Eintreffen voller Zweifel und unguter Gefühle; praktisch seine ersten Worte, als er hereingeführt wurde, waren: «Also wirklich, Darlington, ich weiß nicht, wozu ich mich da habe breitschlagen lassen. Ich weiß, ich werde das noch bereuen.»

Da Herr von Ribbentrop erst eine Stunde später erwartet wurde, hatte seine Lordschaft dem Gast einen Rundgang durch Darlington Hall vorgeschlagen – ein Mittel, das schon manchem nervösen Besucher dazu verholfen hatte, sich zu entspannen. Doch während ich meinen Geschäften nachging, hörte ich nur immer wieder von da oder dort her Lord Halifax' Stimme, der seinen Befürchtungen hinsichtlich des bevorstehenden Abends Ausdruck verlieh, und dann Lord Darlington, der ihn vergebens zu beruhigen versuchte. Plötzlich aber vernahm ich, wie Lord Halifax ausrief: «Du meine Güte, Darlington, das Silber in diesem Haus ist ein wahres Vergnügen.» Ich freute mich damals natürlich sehr, dies zu hören, aber das für mich wirklich befriedigende Ergebnis dieser Episode folgte zwei oder drei Tage später, als Lord Darlington mir gegenüber bemerkte: «Ach, übrigens, Stevens – Lord Halifax war neulich abends sehr von dem Silberzeug beeindruckt. Hat ihn in eine völlig andere Stimmung versetzt.» Das waren die Worte seiner Lordschaft, ich erinnere mich noch ganz genau, und deshalb ist es kein Produkt meiner Phantasie, wenn ich sage, daß der Zustand des Silbers einen kleinen, aber bedeutenden Beitrag zur Entspannung des Verhältnisses zwischen Lord Halifax und Herrn von Ribbentrop an jenem Abend leistete.

Hier ist es vielleicht angebracht, ein paar Worte über Herrn von Ribbentrop zu sagen. Es gilt natürlich heute als allgemein akzeptierte Tatsache, daß Herr von Ribbentrop ein Schwindler war; daß Hitler während all dieser Jahre den Plan verfolgte, England über seine wahren Absichten so lange wie möglich zu täuschen und daß Herrn von Ribbentrops einzige Aufgabe darin bestand, diese Täuschung ins Werk zu setzen. Dies ist, wie gesagt, die allgemein herrschende Ansicht, und ich will hier auch nichts Gegenteiliges behaupten. Es ist jedoch recht irritierend, heute Leute reden zu hören, die so tun, als hätte Herr von Ribbentrop sie selbst keinen Augenblick lang hinters Licht führen können – als hätte einzig und allein Lord Darlington Herrn von Ribbentrop für einen ehrenwerten Gentleman erachtet und eine Arbeitsbeziehung zu ihm unterhalten. Dabei war Herr von Ribbentrop die ganzen dreißiger Jahre hindurch in den allerbesten Häusern eine hochangesehene, ja glanzvolle Persönlichkeit. Ich erinnere mich noch, daß besonders um die Jahre 1936 und 1937 im Dienstbotenzimmer unter dem zu Besuch weilenden Personal viel vom «deutschen Botschafter» die Rede war, und aus diesen Gesprächen ging eindeutig hervor, daß viele der höchstrangigen Damen und Herren unseres Landes von ihm sehr eingenommen waren. Es ist, wie gesagt, irritierend, wie diese Leute jetzt über jene Zeiten sprechen, insbesondere über seine Lordschaft. Die große Heuchelei dieser Personen würde sofort offenkundig, kämen nur ein paar ihrer Gästelisten aus jenen Tagen an die Öffentlichkeit; daran könnte man nicht nur sehen, wie häufig Herr von Ribbentrop bei diesen Leuten zu Gast war, sondern auch, daß er oft sogar die Rolle des Ehrengastes hatte.

Und es sind dieselben Personen, die so tun, als hätte Lord Darlington während jener Jahre etwas Ungewöhnliches getan, indem er die Gastfreundschaft der Nazis bei seinen verschiedenen Reisen nach Deutschland annahm. Sie würden wohl kaum so leichtfertig daherreden, wenn etwa die *Times* auch nur eine der Gästelisten zu den Festbanketten veröffentlichte, welche die Deutschen um die Zeit der Nürnberger Parteitage gaben. Es ist eine Tatsache, daß die angesehensten Damen und Herren in England von der Gastfreundschaft der deutschen Führung Gebrauch machten, und ich kann aus erster Hand bezeugen, daß die große Mehrheit dieser Personen bei ihrer Rückkehr von ihren Gastgebern nur voller Lob und Bewunderung sprach. Wer sagt, Lord Darlington habe geheime Beziehungen zu einem ausgewiesenen Feind unterhalten, läßt einfach, weil ihm das gelegen kommt, das wahre Klima jener Tage außer acht.

Es muß auch gesagt werden, was für ein geschmackloser Unsinn es ist, zu behaupten, Lord Darlington sei Antisemit gewesen oder habe enge Beziehungen zu Organisationen wie der Union britischer Faschisten unterhalten. Dergleichen kann nur behaupten, wer keine Ahnung davon hat, was für eine Art von Gentleman seine Lordschaft war. Lord Darlington entwickelte sogar eine heftige Abscheu vor dem Antisemitismus; ich habe ihn bei mehreren Gelegenheiten seine Empörung zum Ausdruck bringen hören, wenn er mit einer antisemitischen Meinungsäußerung konfrontiert wurde. Der Vorwurf, seine Lordschaft habe es nie erlaubt, daß Juden sein Haus betraten oder jüdisches Personal eingestellt wurde, ist völlig unbegründet – außer vielleicht was einen einzigen unbedeutenden Fall in den dreißiger Jahren betrifft, der über Gebühr aufgebauscht wurde. Und was die Union britischer Faschisten angeht, so kann ich nur sagen, daß alles Gerede, das seine Lordschaft mit solchen Leuten in Verbindung zu bringen trachtet, einfach lächerlich ist. Sir Oswald Mosley, jener

Mann, der die «Schwarzhemden» anführte, war nach meiner Schätzung allenfalls dreimal in Darlington Hall zu Gast, und diese Besuche fallen sämtlich in die frühe Zeit dieser Organisation, als sich ihre wahre Natur noch nicht gezeigt hatte. Als erst der schändliche Charakter dieser Bewegung offenbar wurde – und es muß einmal gesagt werden, daß seine Lordschaft ihn früher bemerkte als die anderen –, hatte Lord Darlington keinen weiteren Kontakt mehr mit diesen Menschen.

Ohnehin waren solche Organisationen für den Kern des politischen Lebens in unserem Land völlig bedeutungslos. Lord Darlington aber gehörte zu denen, die sich verständlicherweise nur mit Dingen beschäftigten, welche im wahren Mittelpunkt des Interesses standen, und die Personen, die er im Laufe der Jahre bei seinen Bemühungen zusammenbrachte, standen solch unangenehmen Randgruppen vollkommen fern. Sie waren nicht nur äußerst angesehen, sie übten auch im öffentlichen Leben Englands wirklichen Einfluß aus, als Politiker, Diplomaten, Militärs, Geistliche. Einige von ihnen waren übrigens Juden, und dieser Umstand allein sollte beweisen, wie unsinnig vieles ist, was über seine Lordschaft gesagt wurde.

Doch ich schweife ab. Ich hatte vom Silberzeug gesprochen und davon, daß Lord Halifax recht beeindruckt war am Abend seiner Begegnung mit Herrn von Ribbentrop in Darlington Hall. Ich möchte betonen, daß ich damit keinen Augenblick lang den Eindruck erwecken wollte, als habe das, was für meinen Dienstherrn zu einem enttäuschenden Abend zu werden drohte, nur wegen des Silbers einen erfolgreichen Abschluß gefunden. Aber immerhin hatte, wie ich erwähnte, Lord Darlington selbst angedeutet, daß das Silberzeug bei dem Stimmungsumschwung seines Gastes an jenem Abend zumindest eine kleine Rolle gespielt haben mochte, und es ist vielleicht gestattet, an solche Anlässe mit einer gewissen Befriedigung zurückzudenken.

Es gibt Angehörige unseres Berufsstandes, die die Ansicht

vertreten, es mache letztlich wenig aus, welchem Dienstherrn man dient; die glauben, der in unserer Generation vorherrschende Idealismus – die Vorstellung, daß wir Butler bestrebt sein sollten, bei denjenigen großen Persönlichkeiten in Dienst zu stehen, die sich um das Wohl der Menschheit bemühen – sei nur hochtrabendes Gerede ohne Bezug zur Wirklichkeit. Bemerkenswert ist, daß diejenigen, die solcher Skepsis Ausdruck geben, sich unweigerlich als höchst mittelmäßige Vertreter unseres Standes erweisen – als solche, die wissen, daß ihnen die Fähigkeit zum Aufstieg in eine Position von Rang fehlt, und denen es nur darum zu tun ist, möglichst viele auf ihr Niveau herunterzuziehen. Man ist kaum versucht, solche Ansichten ernst zu nehmen. Aber trotz allem bereitet es Befriedigung, auf Augenblicke in der eigenen Laufbahn hinweisen zu können, die ganz deutlich zeigen, wie sehr solche Leute im Irrtum sind. Natürlich sucht man seinem Dienstherrn eine umfassende, kontinuierliche Dienstleistung zu erbringen, deren Nutzen nie auf eine Anzahl einzelner, beispielhafter Situationen reduziert werden könnte, wie etwa die Lord Halifax betreffende. Aber ich will damit zum Ausdruck bringen, daß es Situationen dieser Art sind, die im Laufe der Zeit eine unwiderlegbare Tatsache symbolisieren, nämlich die, daß man das Privileg hatte, seinen Beruf am Angelpunkt großer Ereignisse auszuüben. Und man empfindet vielleicht mit Recht eine Befriedigung, von welcher diejenigen, die es zufrieden sind, unter zweitrangigen Dienstherren zu arbeiten, nie auch nur etwas ahnen – die Befriedigung, mit einigem Grund sagen zu können, man habe mit seinen Bemühungen, in wie bescheidener Weise auch immer, einen Beitrag zum Gang der Geschichte geleistet.

Und vielleicht sollte man nicht so sehr auf die Vergangenheit zurückblicken. Schließlich werde ich noch viele Jahre lang jene Tätigkeiten ausüben, die man von mir erwartet, und Mr. Farraday ist nicht nur ein vorbildlicher Dienstherr, er ist auch ein amerikanischer Gentleman, dem das Beste an englischer Dienstleistung zu bieten man gewiß ganz besonders verpflichtet ist. Es kommt also darauf an, die Aufmerksamkeit auf die Gegenwart zu richten; man muß sich davor hüten, selbstgefällig zu werden bei dem Gedanken an das, was man in der Vergangenheit geleistet haben mag. Denn es muß zugegeben werden, daß in diesen letzten Monaten in Darlington Hall nicht alles so gegangen ist, wie es hätte gehen sollen. Eine Anzahl kleiner Versehen hat sich eingeschlichen, und dazu zählt auch jener das Silberzeug betreffende Vorfall im vergangenen April. Glücklicherweise hatte Mr. Farraday bei dieser Gelegenheit keine Gäste, aber auch so war es für mich ein äußerst peinlicher Moment.

Es war eines Morgens beim Frühstück geschehen, und Mr. Farraday selbst beanstandete – aus liebenswürdiger Großmut oder weil er als Amerikaner das Ausmaß des Fehlers nicht erkannte – den Umstand mir gegenüber mit keinem Wort. Er hatte sich hingesetzt und die Gabel zur Hand genommen, sie kurz gemustert, die Zinken mit einer Fingerspitze berührt und sich dann den morgendlichen Schlagzeilen gewidmet. Die kurze Szene hatte sich offenbar im Zustand völliger Gedankenverlorenheit abgespielt, aber ich hatte den Vorgang natürlich beobachtet und war rasch hinzugetreten, um den Gegenstand des Anstoßes zu entfernen. Möglicherweise hatte ich das in meiner Bestürzung zu hastig getan, denn Mr. Farraday fuhr ein wenig zusammen und murmelte: «Ah, Stevens.»

Ich war rasch aus dem Zimmer gegangen und ohne ungebührliche Verzögerung mit einer einwandfreien Gabel zurückgekehrt. Als ich mich erneut dem Tisch näherte – und einem nun anscheinend ganz in seine Zeitung vertieften Mr. Farraday –, hätte ich die Gabel vielleicht unbemerkt auf dem Tischtuch plazieren können, ohne meinen Dienstherrn in seiner Lektüre zu stören. Doch schien es mir möglich, daß Mr. Farraday Gleichgültigkeit nur vortäuschte, um meine Verlegenheit zu verringern, und mir einen solch verstohlenen Austausch als nachlässige Einstellung meinem Fehler gegenüber auslegen mochte – oder, schlimmer noch, als einen Versuch, das Ganze zu vertuschen. Deshalb hielt ich es für angebracht, die Gabel betont auffällig auf den Tisch zu legen, so daß mein Dienstherr ein zweites Mal zusammenfuhr und wiederum «Ah, Stevens» murmelte.

Fehler wie diese, die sich während der letzten Monate ereigneten, waren verständlicherweise der Selbstachtung nicht gerade zuträglich, aber andererseits besteht kein Grund zur Annahme, in ihnen komme mehr zum Ausdruck als schlichter Personalmangel. Nicht, daß ein Personalmangel nicht an sich von Bedeutung wäre, aber wenn Miss Kenton tatsächlich nach Darlington Hall zurückkehrte, würden solche kleinen Versehen gewiß der Vergangenheit angehören. Natürlich muß man sich immer wieder vor Augen führen, daß in Miss Kentons Brief – den ich übrigens gestern abend auf meinem Zimmer, ehe ich das Licht löschte, noch einmal las – nichts steht, was unmißverständlich dem Wunsch, ihre frühere Stellung wieder einzunehmen, Ausdruck verliehe. Man muß sogar die Möglichkeit ins Auge fassen, daß man zuvor – vielleicht aus einem Wunschdenken beruflicher Art heraus – das, was von einem solchen Verlangen ihrerseits zu sprechen schien, zu positiv ausgelegt hat. Denn ich muß sagen, es hat mich gestern abend ein wenig überrascht, wie schwierig es war, einen Absatz ausfindig zu machen, der tatsächlich ihren Wunsch zur Rückkehr deutlich zu erkennen gegeben hätte.

Aber andererseits hat es auch wenig Sinn, lange über solche Dinge zu spekulieren, wenn man weiß, daß man aller Wahrscheinlichkeit nach binnen achtundvierzig Stunden Miss Kenton persönlich gegenübersitzen wird. Dennoch, das muß ich sagen, habe ich gestern abend während einiger langer Minuten diese Briefabsätze noch einmal überdacht, als ich im Dunkeln dalag und auf die Geräusche horchte, die der Wirt und seine Frau unten beim Aufräumen machten.

Dritter Tag – Abend

Moscombe bei Tavisstock, Devon

Ich glaube, ich sollte kurz auf die Frage zurückkommen, welche Einstellung seine Lordschaft Juden gegenüber hatte, da mir immer klarer wird, daß das ganze Problem des Antisemitismus heute ein recht heikles ist. Insbesondere möchte ich das Gerücht eines angeblichen Verbotes der Einstellung jüdischen Personals in Darlington Hall aufklären. Da diese Behauptung unmittelbar meinen eigenen Arbeitsbereich betrifft, kann ich sie als absolut unzutreffend zurückweisen. Es gab während meiner Jahre bei seiner Lordschaft etliche Juden in dem mir unterstehenden Personal, und ich darf hinzufügen, daß sie wegen ihrer Rassenzugehörigkeit nie anders behandelt wurden. Es fällt wirklich schwer, einen Grund für diese absurden Behauptungen zu finden – es sei denn, sie gingen, was lächerlich wäre, auf jene wenigen, völlig unbedeutenden Wochen in den frühen dreißiger Jahren zurück, während deren Mrs. Carolyn Barnet vorübergehend einen ungewöhnlichen Einfluß auf seine Lordschaft ausübte.

Mrs. Barnet, die Witwe von Mr. Charles Barnet, war damals in den Vierzigern – eine sehr gutaussehende, manche würden sagen betörende Dame. Sie stand in dem Ruf, ungemein intelligent zu sein, und in jenen Tagen war oft zu hören, daß sie diesen oder jenen Herrn beim Dinner in einer wichtigen das Zeitgeschehen betreffenden Frage beschämt hatte. Im Sommer 1932 war sie eine Zeitlang regelmäßiger Gast in Darlington Hall, und sie und seine Lordschaft diskutierten viele Stunden lang über Themen sozialer und politischer Natur. Und es war, wie ich mich erinnere, Mrs. Barnet, die seine

Lordschaft zu jenen «Führungen» durch die ärmsten Viertel im Londoner East End mitnahm, in deren Verlauf seine Lordschaft persönlich die Behausungen vieler der Familien aufsuchte, die unter der schlimmen Not dieser Jahre litten. Das heißt, Mrs. Barnet hat aller Wahrscheinlichkeit nach auf gewisse Weise einen Beitrag zu Lord Darlingtons sich entwikkelnder Anteilnahme am Schicksal der Armen in unserem Land geleistet, und insofern kann ihr Einfluß nicht gänzlich negativ genannt werden. Aber sie war natürlich auch Mitglied von Sir Oswald Mosleys «Schwarzhemden»-Organisation, und zu dem ganz kurzen Kontakt zwischen seiner Lordschaft und Sir Oswald kam es während dieser wenigen Sommerwochen. Und in ebendiese Wochen fallen auch jene vollkommen untypischen Ereignisse, die, so ist anzunehmen, den fadenscheinigen Anlaß für diese lachhaften Vorwürfe geliefert haben.

Ich nenne sie «Ereignisse», aber zum Teil waren sie äußerst geringfügiger Natur. Zum Beispiel erinnere ich mich, eines Abends beim Dinner, als von einer bestimmten Zeitung die Rede war, mitangehört zu haben, wie seine Lordschaft bemerkte: «Oh, Sie meinen dieses jüdische Propagandablatt.» Und ein weiterer Vorfall aus dieser Zeit, der mir in den Sinn kommt, war seine Anweisung an mich, einer lokalen Wohltätigkeitsorganisation, die regelmäßig an der Tür um Spenden bat, nichts mehr zu geben, mit der Begründung, ihr Vorstand sei «mehr oder weniger homogen jüdisch». Ich habe diese Bemerkungen im Gedächtnis behalten, weil sie mich zu jener Zeit überraschten, da seine Lordschaft nie zuvor in irgendeiner Weise eine judenfeindliche Einstellung zu erkennen gegeben hatte.

Dann natürlich kam jener Nachmittag, an dem seine Lordschaft mich in sein Arbeitszimmer rief. Zuerst sprach er über allgemeine Dinge, erkundigte sich, ob im Haus alles glatt laufe und ähnliches. Dann sagte er:

«Ich habe viel nachgedacht, Stevens. Sehr viel. Und ich bin zu einem Entschluß gekommen. Wir können unter dem Personal von Darlington Hall keine Juden dulden.»

«Sir?»

«Es ist zum Besten des Hauses, Stevens. Im Interesse der Gäste, die hier zu Besuch weilen. Ich habe mir das genau überlegt, Stevens, und ich lasse Sie jetzt meine Entscheidung wissen.»

«Sehr wohl, Sir.»

«Sagen Sie, Stevens, wir haben doch einige in Dienst, nicht wahr? Juden, meine ich.»

«Ich glaube, zwei Angehörige des derzeitigen Personalstabs würden in diese Kategorie fallen, Sir.»

«Ah.» Seine Lordschaft hielt einen Augenblick inne und blickte zum Fenster hinaus. «Sie werden sie natürlich entlassen müssen.»

«Wie bitte, Sir?»

«Es ist bedauerlich, Stevens, aber wir haben keine Wahl. Es geht um die Sicherheit und das Wohlbefinden meiner Gäste. Ich versichere Ihnen, ich habe die Sache von allen Seiten geprüft und gründlich darüber nachgedacht. Es ist in unser aller Interesse.»

Bei den fraglichen Angehörigen des Personals handelte es sich in beiden Fällen um Hausmädchen. Es wäre also kaum korrekt gewesen, etwas zu unternehmen, ohne zuvor Miss Kenton von der Situation zu unterrichten, und ich beschloß, dies noch am gleichen Abend zu tun, wenn ich mich zum Kakao in ihrem Aufenthaltszimmer einfand. Ich sollte an dieser Stelle vielleicht ein paar Worte zu den Treffen in ihrem Zimmer am Ende eines jeden Tages sagen. Diese Zusammenkünfte waren ihrem Ton nach in erster Linie beruflicher Natur – wenngleich wir freilich von Zeit zu Zeit auch über andere Dinge sprachen. Unser Grund für die Einrichtung solcher Treffen war sehr einfach: Wir hatten festgestellt, daß jeder von uns meist sehr beschäftigt war und oft mehrere Tage verstrichen, bevor wir Gelegenheit hatten, auch nur die allernötigsten Informationen auszutauschen. Dieser Zustand gefährdete nach unser beider Ansicht den reibungslosen Tagesablauf, und eine Viertelstunde am Ende eines Tages zusammen in der privaten Sphäre von Miss Kentons Aufenthaltszimmer war die einfachste Abhilfe. Ich muß wiederholen, daß diese Begegnungen in allererster Linie beruflichen Charakters waren, das heißt, wir sprachen beispielsweise über die Planungen für ein bevorstehendes gesellschaftliches Ereignis oder darüber, wie sich ein neues Mitglied des Personals anließ.

Auf jeden Fall – um zum Thema zurückzukommen – wird man verstehen, daß mir nicht ganz wohl war bei dem Gedanken, Miss Kenton sagen zu müssen, daß ich im Begriff war, zwei ihrer Hausmädchen zu entlassen. Die beiden Mädchen hatten immer zu unserer vollsten Zufriedenheit gearbeitet, und – ich erwähne das lieber, da die Judenfrage in der letzten Zeit zu einem so heiklen Thema geworden ist – in mir sträubte sich alles bei dem Gedanken an ihre Entlassung. Dennoch war meine Pflicht in diesem Fall ganz eindeutig, und nach meiner Ansicht war durch eine unverantwortliche Zurschaustellung derartiger persönlicher Zweifel nichts zu erreichen. Es war keine leichte Aufgabe, jedoch eine, die mit Würde ausgeführt zu werden verlangte. Und so drückte ich mich, als ich die Angelegenheit schließlich gegen Ende unseres Gesprächs an jenem Abend aufwarf, so knapp und sachlich wie möglich aus und schloß mit den Worten:

«Ich werde mit den beiden Angestellten morgen früh sprechen und wäre Ihnen deshalb dankbar, Miss Kenton, wenn Sie sie mir um halb elf auf mein Tageszimmer schicken könnten. Ich überlasse es Ihnen, ob Sie sie von dem, was ich ihnen zu sagen habe, schon vorher in Kenntnis setzen wollen oder nicht.»

Da Miss Kenton an dieser Stelle nichts zu sagen zu haben

schien, fuhr ich fort: «Nun, Miss Kenton, vielen Dank für den Kakao. Es ist höchste Zeit, daß ich ins Bett komme. Morgen folgt wieder ein anstrengender Tag.»

Da sagte Miss Kenton: «Mr. Stevens, ich traue wohl meinen Ohren nicht. Ruth und Sarah gehören seit über sechs Jahren meinem Personalstab an. Ich vertraue ihnen in jeder Hinsicht, und sie vertrauen mir. Sie haben diesem Haus in hervorragender Weise gedient.»

«Ich bin überzeugt, daß dem so ist, Miss Kenton. Wir dürfen uns das Urteil aber nicht durch Gefühle trüben lassen. Jetzt muß ich wirklich gehen ...»

«Mr. Stevens, ich bin empört, daß Sie so dasitzen und das aussprechen können, was Sie gerade gesagt haben, als redeten wir über die Bevorratung der Küche. Ich kann das einfach nicht glauben. Sie sagen, Ruth und Sarah sollen entlassen werden, weil sie Jüdinnen sind?»

«Miss Kenton, ich habe Ihnen die Situation doch gerade ausführlich erklärt. Seine Lordschaft hat so entschieden, und es gibt für Sie und für mich nichts mehr zu diskutieren.»

«Wenn man Ruth und Saran mit einer solchen Begründung entläßt, Mr. Stevens, finden Sie nicht, daß das einfach – *unrecht* wäre? Ich werde mir so etwas nicht gefallen lassen. Ich will nicht in einem Haus arbeiten, in dem so etwas möglich ist.»

«Miss Kenton, bitte erregen Sie sich nicht derart, sondern verhalten Sie sich Ihrer Position entsprechend. Die Sache ist ganz einfach. Wenn seine Lordschaft wünscht, daß diese beiden Arbeitsverhältnisse aufgekündigt werden, dann gibt es dazu nichts mehr zu sagen.»

«Ich warne Sie, Mr. Stevens, ich werde in einem solchen Haus nicht weiter arbeiten. Wenn meine Mädchen entlassen werden, gehe ich auch.»

«Miss Kenton, es überrascht mich, daß Sie in dieser Form reagieren. Ich brauche Sie doch wohl nicht daran zu erinnern, daß es unsere Pflicht ist, den Wünschen unseres Dienstherrn zu folgen und nicht unseren eigenen Launen und Gefühlen.»

«Ich sage Ihnen, Mr. Stevens, wenn Sie meine Mädchen morgen entlassen, dann ist das ein Unrecht und eine Sünde, und ich werde nicht weiter in einem solchen Haus arbeiten.»

«Miss Kenton, lassen Sie sich darauf hinweisen, daß es Ihnen schwerlich zusteht, derart anmaßende Urteile zu fällen. In der Welt geht es heute nun einmal kompliziert und gefährlich zu. Es gibt vieles, was Sie und ich einfach nicht verstehen können, zum Beispiel, was die Natur des Judentums betrifft. Wohingegen seine Lordschaft, wie ich behaupten möchte, eher zu beurteilen vermag, was das beste ist. Und jetzt, Miss Kenton, muß ich mich wirklich zurückziehen. Noch einmal vielen Dank für den Kakao. Morgen früh um halb elf schicken Sie mir bitte die betreffenden beiden Angestellten.»

Als die zwei Hausmädchen am nächsten Morgen mein Aufenthaltszimmer betraten, war sofort offenkundig, daß Miss Kenton mit ihnen gesprochen hatte, denn sie kamen bereits schluchzend herein. Ich schilderte ihnen so knapp wie möglich die Situation und betonte, daß sie ihre Arbeit stets zufriedenstellend verrichtet hätten und deshalb auch gute Referenzen bekommen würden. Soviel ich mich erinnere, sagte keine von beiden während des ganzen Gesprächs, das vielleicht drei oder vier Minuten dauerte, etwas Erwähnenswertes, und sie gingen ebenso schluchzend, wie sie gekommen waren.

Miss Kenton war nach der Entlassung der Angestellten einige Tage lang sehr kühl, ja, bisweilen geradezu grob mir gegenüber, sogar in Gegenwart des Personals. Und obwohl wir unsere abendlichen Zusammenkünfte bei einer Tasse Kakao fortsetzten, waren diese Begegnungen kurz und durch einen unfreundlichen Ton gekennzeichnet. Als sich ihr Verhalten auch nach vierzehn Tagen noch nicht geändert hatte, begann ich, wie man wohl verstehen wird, ein wenig ungeduldig zu werden. Ich sagte deshalb eines Abends in ironischem Ton zu ihr:

«Miss Kenton, ich hatte eigentlich damit gerechnet, daß Sie Ihre Kündigung einreichen würden.» Ich ließ diesen Worten ein leises Lachen folgen und hoffte wohl, sie werde sich ein wenig erweichen lassen und irgendeine versöhnliche Bemerkung machen, die es uns erlauben würde, die ganze Episode ein für allemal zu vergessen. Miss Kenton sah mich jedoch nur ernst an und sagte:

«Das habe ich auch immer noch vor, Mr. Stevens. Ich hatte nur einfach zu viel zu tun und daher nicht die Zeit, mich darum zu kümmern.»

Eine Weile, das muß ich zugeben, war ich ein wenig beunruhigt und fürchtete, sie könnte es ernst meinen mit ihrer Drohung. Doch als dann Woche um Woche verstrich, wurde klar, daß sie Darlington Hall nicht zu verlassen gedachte, und während die Atmosphäre zwischen uns sich entspannte, hatte ich einen gewissen Spaß daran, sie dann und wann zu necken, indem ich sie an die angedrohte Kündigung erinnerte. Wenn wir beispielsweise ein im Haus bevorstehendes gesellschaftliches Ereignis besprachen, konnte es vorkommen, daß ich sagte: «Das heißt natürlich, Miss Kenton, wenn Sie dann noch bei uns sind.» Noch Monate nach dem Vorfall pflegte Miss Kenton bei solchen Bemerkungen zu verstummen – wenn auch, wie ich annehme, inzwischen eher aus Verlegenheit denn aus Zorn.

Schließlich geriet die Sache jedoch so gut wie in Vergessenheit. Aber ich erinnere mich, daß sie über ein Jahr nach der Entlassung der beiden Hausmädchen noch ein letztes Mal erwähnt wurde.

Es war seine Lordschaft, die die Angelegenheit eines Nachmittags wieder aufbrachte, als ich im Salon den Tee servierte. Inzwischen waren die Tage, da Mrs. Carolyn Barnet so großen Einfluß auf seine Lordschaft ausübte, längst vorüber – die Dame war überhaupt nicht mehr in Darlington Hall zu Gast. Es ist außerdem darauf hinzuweisen, daß seine Lordschaft zu diesem Zeitpunkt auch längst alle Beziehungen zu den «Schwarzhemden» abgebrochen hatte, nachdem die wahre, häßliche Natur dieser Organisation offenkundig geworden war.

«Ach, Stevens», hatte er zu mir gesagt, «worüber ich noch mit Ihnen sprechen wollte. Über diese Sache letztes Jahr. Über die jüdischen Hausmädchen. Sie erinnern sich an die Angelegenheit?»

«Ja, Sir.»

«Man wird sie wohl jetzt nicht mehr ausfindig machen können, oder? Es war unrecht, was da geschehen ist, und man möchte das doch irgendwie wiedergutmachen.»

«Ich werde mich selbstverständlich darum kümmern, Sir, aber ich bin mir nicht sicher, ob es möglich sein wird, ihren Aufenthaltsort jetzt noch in Erfahrung zu bringen.»

«Sehen Sie, was sie tun können. Es war unrecht, was damals passiert ist.»

Ich sagte mir, daß dieses Gespräch mit seiner Lordschaft für Miss Kenton von Interesse sein könnte, und hielt es nur für recht und billig, ihr davon zu erzählen – auch auf die Gefahr hin, sie wieder in Zorn zu versetzen. Wie sich herausstellte, sollte das diesbezügliche Gespräch, das an einem nebligen Nachmittag im Gartenhaus stattfand, eigenartige Folgen haben.

Ich erinnere mich, daß ein leichter Nieselregen einsetzte, als ich an jenem Nachmittag den Rasen überquerte. Seine Lordschaft hatte kurze Zeit zuvor im Gartenhaus mit einigen Gästen den Tee eingenommen, und ich hatte die Absicht, jetzt das Geschirr abzuräumen. Ich weiß noch, daß ich schon aus einiger Entfernung – lange bevor ich die Stufen erreichte, bei denen mein Vater damals gestürzt war – Miss Kentons Gestalt erblickte, die sich hinter den Scheiben bewegte. Als ich eintrat, hatte sie sich auf einen der Korbstühle gesetzt, die dort herumstanden, und war offenbar mit einer Näharbeit beschäftigt. Als ich näher hinsah, bemerkte ich, daß sie einen beschädigten Kissenbezug ausbesserte. Ich sammelte das zwischen den Pflanzen und Korbmöbeln verstreute Geschirr ein, und in dieser Zeit tauschten wir wohl einige Höflichkeiten und besprachen vielleicht auch ein, zwei dienstliche Angelegenheiten. Es war nämlich ausgesprochen angenehm, sich nach so vielen Tagen im Hauptgebäude einmal im Gartenhaus aufzuhalten, und wir hatten beide keine Eile, mit unserer jeweiligen Arbeit zu Ende zu kommen. Ja, obschon man an diesem Tag wegen des Nieselregens nicht weit sehen konnte und auch das Tageslicht inzwischen rasch abnahm, so daß Miss Kenton ihre Näharbeit in den letzten hellen Schimmer halten mußte, erinnere ich mich, daß wir oft in der Arbeit innehielten, um einfach hinauszuschauen. Ich blickte tatsächlich gerade zu den Dunstschleiern hinüber, die sich um die Pappeln am Fahrweg verdichteten, als ich schließlich auf jene Entlassungen zu sprechen kam. Ich tat dies, wie man vielleicht schon ahnt, indem ich sagte:

«Mir fiel da vorhin gerade etwas ein, Miss Kenton. Komisch, sich jetzt daran zu erinnern, aber letztes Jahr um diese Zeit, da sagten Sie doch immer, Sie wollten kündigen. Jetzt wieder daran zu denken, fand ich recht lustig.» Ich lachte kurz auf, aber Miss Kenton hinter mir schwieg. Als ich mich schließlich umdrehte, blickte sie durchs Fenster auf die Nebelwand hinaus.

«Sie haben wahrscheinlich keine Ahnung, Mr. Stevens», sagte sie schließlich, «wie ernst es mir damals mit der Kündigung war. Ich habe mir so viele Gedanken um das gemacht, was passiert war. Hätte ich nur ein bißchen Anstand besessen, wäre ich heute wohl längst nicht mehr in Darlington Hall.»

Sie hielt kurz inne, und ich wandte den Blick wieder den Pappeln in der Ferne zu. Dann fuhr sie mit müder Stimme fort: «Es war Feigheit, Mr. Stevens. Einfach Feigheit. Wo hätte ich hingehen können? Ich habe keine Angehörigen. Nur meine Tante. Ich habe sie sehr gern, aber ich könnte keinen Tag lang bei ihr leben, ohne das Gefühl zu haben, daß ich mein Leben verschwende. Natürlich sagte ich mir, ich würde bald eine neue Stellung finden. Aber ich hatte solche Angst, Mr. Stevens. Jedesmal, wenn ich ans Fortgehen dachte, sah ich mich irgendwo draußen und ohne einen Menschen, der mich kennt oder sich um mich sorgt. Ja, darauf laufen alle meine schönen Grundsätze hinaus. Ich schäme mich so sehr. Aber ich konnte einfach nicht gehen, Mr. Stevens. Ich konnte es einfach nicht über mich bringen, zu gehen.»

Miss Kenton hielt erneut inne und schien tief in Gedanken zu sein. Dies hielt ich für den richtigen Augenblick, ihr so genau wie möglich von meinem Gespräch mit Lord Darlington zu erzählen. Ich beendete meinen Bericht mit den Worten:

«Was geschehen ist, läßt sich nicht mehr ungeschehen machen. Aber es ist wenigstens ein großer Trost, seine Lordschaft so unmißverständlich sagen zu hören, daß das alles ein schrecklicher Irrtum war. Ich dachte mir, Sie sollten das wissen, Miss Kenton, weil ich mich erinnere, daß Sie diese Sache genauso betrübt hat wie mich.»

«Es tut mir leid, Mr. Stevens», sagte Miss Kenton hinter mir mit einer ganz anderen Stimme, als wäre sie gerade aus einem Traum herausgerissen worden, «ich verstehe Sie nicht.» Und als ich mich zu ihr umwandte, fuhr sie fort: «Soweit ich mich erinnere, hielten Sie es für völlig richtig und in Ordnung, daß Ruth und Sarah vor die Tür gesetzt wurden. Sie schienen geradezu erfreut darüber.»

«Also wirklich, Miss Kenton, das ist völlig unrichtig und

unfair. Die ganze Sache hat mir wirklich großen, großen Kummer bereitet. Es ist etwas, das ich in diesem Haus höchst ungern gesehen habe.»

«Warum, Mr. Stevens, haben Sie mir das dann damals nicht gesagt?»

Ich lachte kurz, aber einen Augenblick lang wußte ich keine Antwort. Ehe mir noch eine Erwiderung einfiel, legte Miss Kenton ihre Näharbeit aus der Hand und sagte:

«Ist Ihnen klar, Mr. Stevens, wieviel es für mich bedeutet hätte, wenn es Ihnen vor einem Jahr in den Sinn gekommen wäre, Ihre Gefühle mit mir zu teilen? Sie wissen, wie verstört ich war, als meine Mädchen entlassen wurden. Können Sie sich nicht vorstellen, welch eine Hilfe mir das gewesen wäre? Warum, Mr. Stevens, warum, warum, warum müssen Sie sich nur immer so verstellen?»

Ich lachte abermals über die lächerliche Wendung, die das Gespräch plötzlich genommen hatte. «Also wirklich, Miss Kenton», sagte ich, «ich fürchte, ich weiß nicht, was Sie meinen. Verstellen? Also wirklich ...»

«Ich habe so sehr darunter gelitten, daß Ruth und Sarah gehen mußten. Und ich habe um so mehr darunter gelitten, als ich mich damit allein glaubte.»

«Wirklich, Miss Kenton ...» Ich nahm das Tablett, auf dem ich das benutzte Geschirr zusammengestellt hatte. «Natürlich hat man die Entlassungen mißbilligt. Man hätte doch gedacht, das sei offenkundig gewesen.»

Sie sagte nichts, und als ich zur Tür ging, warf ich einen Blick zu ihr zurück. Sie sah wieder durchs Fenster, aber es war inzwischen im Gartenhaus so dunkel geworden, daß ich nur ihr Profil erkennen konnte, das sich von einem bleichen und leeren Hintergrund abhob. Ich entschuldigte mich und ging hinaus.

Nun, da ich mich der die Entlassung der jüdischen Angestellten betreffenden Episode erinnert habe, fällt mir auch etwas ein, das man als merkwürdige Folgeerscheinung dieser ganzen Affäre bezeichnen könnte, nämlich das Eintreffen des Hausmädchens namens Lisa; wir hatten natürlich Ersatz für die beiden entlassenen jüdischen Mädchen suchen müssen.

Diese junge Frau hatte sich um die freie Stelle mit höchst zweifelhaften Referenzen beworben, die jedem erfahrenen Butler sagen mußten, daß sie ihre frühere Stellung unter nebulösen Umständen verlassen hatte. In ihrem Gespräch mit Miss Kenton und mir stellte sich zudem heraus, daß sie nirgendwo länger als ein paar Wochen geblieben war. Ganz allgemein deutete ihr Auftreten nach meinem Dafürhalten darauf hin, daß sie für Darlington Hall völlig ungeeignet war. Nachdem wir beide das Mädchen eingehend befragt hatten, sprach sich Miss Kenton jedoch zu meiner Überraschung dafür aus, sie in Dienst zu nehmen. «Ich erkenne in diesem Mädchen gute Anlagen», wiederholte sie angesichts meiner ablehnenden Haltung beharrlich. «Sie wird unter meiner unmittelbaren Aufsicht arbeiten, und ich werde dafür sorgen, daß sie sich gut entwickelt.»

Ich erinnere mich, daß eine Zeitlang eine gewisse Verstimmung zwischen uns herrschte, und vielleicht war nur die noch nicht lange zurückliegende Entlassung der beiden Hausmädchen daran schuld, daß ich Miss Kenton gegenüber meinen Standpunkt nicht so energisch vertrat, wie ich es vielleicht sonst getan hätte. Wie auch immer, ich gab schließlich nach, indem ich sagte:

«Miss Kenton, ich hoffe, Ihnen ist klar, daß die Verantwortung für die Einstellung dieses Mädchens ganz bei Ihnen liegt. Nach meiner Ansicht besteht kein Zweifel, daß sie sich zur Zeit keineswegs für unseren Personalstab eignet. Ich stelle sie nur unter der Voraussetzung ein, daß Sie persönlich ihre Arbeit überwachen.»

«Das Mädchen wird sich gut entwickeln, Mr. Stevens. Sie werden sehen.»

Und zu meinem Erstaunen machte Lisa in den darauffolgenden Wochen tatsächlich sehr rasche Fortschritte. Ihr Verhalten schien sich mit jedem Tag zu bessern, und selbst ihre Art, sich zu bewegen oder eine Aufgabe in Angriff zu nehmen – die in den ersten Tagen so träge gewesen war, daß man den Blick hatte abwenden müssen –, veränderte sich zusehends.

Indes die Wochen vergingen und das Mädchen sich auf wunderbare Weise in ein nützliches Mitglied des Personalstabs verwandelt zu haben schien, war Miss Kenton das Triumphgefühl deutlich anzumerken. Sie schien besonderes Vergnügen darin zu finden, Lisa Aufgaben zuzuteilen, die ein wenig zusätzliche Verantwortung erforderten, und wenn ich zusah, versuchte sie stets, mit einem leicht spöttischen Gesichtsausdruck meinen Blick einzufangen. Und das Gespräch an jenem Abend in Miss Kentons Aufenthaltszimmer bei unserer Tasse Kakao war ein recht typisches Beispiel dafür, wie wir zum Thema Lisa unsere Meinungen auszutauschen pflegten.

«Gewiß werden Sie äußerst enttäuscht sein, Mr. Stevens», sagte sie zu mir, «wenn Sie hören, daß Lisa noch immer kein nennenswerter Fehler unterlaufen ist.»

«Ich bin keineswegs enttäuscht, Miss Kenton. Ich bin sehr froh für Sie und für uns alle. Ich will gern zugeben, daß Sie, was das Mädchen betrifft, bisher doch einen bescheidenen Erfolg hatten.»

«Bescheidenen Erfolg! Und sehen Sie sich dieses Lächeln auf Ihrem Gesicht an, Mr. Stevens. Das taucht immer auf, wenn ich Lisa erwähne. Das ist an sich schon interessant. Wirklich, sehr interessant.»

«Oh, tatsächlich, Miss Kenton? Und darf ich fragen, inwiefern?»

«Es ist sehr interessant, Mr. Stevens. Sehr interessant, daß

Sie so pessimistisch waren, was Lisa betrifft. Denn sie ist ein hübsches Mädchen, ganz zweifellos. Und mir ist aufgefallen, daß Sie eine eigenartige Abneigung gegen hübsche Mädchen unter dem Personal haben.»

«Sie wissen sehr wohl, daß Sie Unsinn reden, Miss Kenton.»

«Nein, nein, mir ist das aufgefallen, Mr. Stevens. Sie mögen keine hübschen Mädchen unter den Dienstboten. Könnte es sein, daß unser Mr. Stevens die Ablenkung fürchtet? Kann es sein, daß unser Mr. Stevens doch aus Fleisch und Blut ist und nicht weiß, ob er der Versuchung widerstehen würde?»

«Also wirklich, Miss Kenton. Wenn ich den Eindruck hätte, daß in dem, was Sie da sagen, auch nur ein Körnchen Vernunft steckt, würde ich mir vielleicht die Mühe machen, mich auf eine solche Diskussion einzulassen. Aber wie die Dinge liegen, werde ich einfach an etwas anderes denken, während Sie weiter vor sich hin plappern.»

«Ach – aber warum hält sich dann dieses schuldbewußte Lächeln noch auf Ihrem Gesicht, Mr. Stevens?»

«Das ist überhaupt kein schuldbewußtes Lächeln, Miss Kenton. Mich belustigt nur Ihre erstaunliche Fähigkeit, Unsinn zu reden, weiter nichts.»

«Es ist sehr wohl ein schuldbewußtes kleines Lächeln, das Sie da zeigen, Mr. Stevens. Und ich habe bemerkt, daß Sie Lisa kaum anzusehen wagen. Jetzt wird mir allmählich klar, warum Sie so sehr gegen sie eingenommen waren.»

«Meine Einwände waren wohlbegründet, Miss Kenton, wie Sie genau wissen. Das Mädchen war völlig ungeeignet, als es damals zu uns kam.»

Natürlich ist es selbstverständlich, daß wir niemals in Hörweite des Personals so miteinander geredet hätten. Aber gerade in dieser Zeit boten unsere Kakaoabende unter Beibehaltung ihres dem Wesen nach beruflichen Charakters doch oft Gelegenheit zu einem kleinen harmlosen Gespräch dieser Art

– was, das sollte man erwähnen, viel zur Lockerung der durch einen arbeitsreichen Tag erzeugten Spannungen beitrug.

Lisa war etwa acht oder neun Monate bei uns gewesen – und ich hatte ihre Existenz inzwischen fast völlig vergessen –, als sie zusammen mit dem Zweiten Diener durchbrannte. Nun gehören solche Dinge natürlich zum Alltag jedes Butlers eines größeren Haushalts. Sie sind sehr ärgerlich, aber man lernt, sich mit ihnen abzufinden. Und was ein derartiges Verschwinden bei Nacht und Nebel angeht, zählte dieses hier noch zu der anständigen Sorte. Von einigen Lebensmitteln abgesehen, hatte das Paar nichts mitgenommen, was Eigentum des Hauses war, und außerdem hatten beide Briefe zurückgelassen. Der Zweite Diener, an dessen Namen ich mich nicht mehr erinnere, hatte eine an mich adressierte kurze Nachricht geschrieben, etwa des Inhalts: «Bitte denken Sie nicht zu schlecht von uns. Wir lieben uns und wollen heiraten.» Lisa hatte einen viel längeren, an die «Haushälterin» gerichteten Brief geschrieben, und mit diesem Brief kam Miss Kenton am Morgen nach dem Verschwinden der beiden in mein Aufenthaltszimmer. In zahlreichen Sätzen voller orthographischer und grammatikalischer Fehler war davon die Rede, wie sehr die beiden verliebt seien, was für ein wunderbarer Mensch der Zweite Diener sei und wie herrlich die Zukunft aussehe, die auf sie wartete. Ein Satz lautete, wenn ich mich recht erinnere, etwa so: «Wir haben kein Geld, aber nicht schlimm, wir haben unsere Liebe, und wer will da noch mehr, wir haben uns und das ist alles was man braucht.» Obwohl der Brief drei Seiten lang war, enthielt er weder ein Wort des Dankes an Miss Kenton für die große Mühe, die sie sich mit dem Mädchen gemacht hatte, noch ein Wort des Bedauerns darüber, daß sie uns alle so im Stich ließ.

Miss Kenton war sichtlich betroffen. Während ich den Brief der jungen Frau überflog, saß sie die ganze Zeit vor mir am Tisch und blickte auf ihre Hände hinunter. Ja, ich kann mich, so merkwürdig das auch scheinen mag, nicht eigentlich erinnern, sie je hilfloser und verlassener gesehen zu haben als an jenem Morgen. Als ich den Brief auf den Tisch legte, sagte sie:

«Es sieht so aus, Mr. Stevens, als hätten Sie recht gehabt und ich unrecht.»

«Miss Kenton, es gibt keinen Grund für Sie, sich Sorgen zu machen», sagte ich. «Solche Dinge passieren eben. Jemand wie Sie und ich können das schwerlich verhindern.»

«Ich habe mich geirrt, Mr. Stevens. Ich erkenne das an. Sie hatten von Anfang an recht, wie immer, und ich hatte unrecht.»

«Miss Kenton, ich kann Ihnen da wirklich nicht zustimmen. Sie haben an diesem Mädchen doch Wunder vollbracht. Was Ihnen mit dem Mädchen gelungen ist, beweist doch vollauf, daß ich es war, der sich geirrt hat. Wirklich, Miss Kenton, was jetzt geschehen ist, hätte mit jedem Angestellten geschehen können. Sie haben sie bemerkenswert gut angeleitet. Sie hätten allen Anlaß, sich von ihr im Stich gelassen zu sehen, aber Sie haben keinen Grund, sich für sie verantwortlich zu fühlen.»

Miss Kenton wirkte weiterhin sehr niedergeschlagen. Sie sagte leise: «Es ist sehr freundlich, daß Sie das sagen, Mr. Stevens. Ich bin Ihnen sehr dankbar.» Dann seufzte sie müde und sagte: «Sie benimmt sich so töricht. Sie hätte gute Aufstiegschancen gehabt. Sie war begabt. So viele junge Frauen wie sie schlagen ihre Möglichkeiten in den Wind – und wozu?»

Wir sahen beide auf die Briefbogen vor uns auf dem Tisch, und dann wandte Miss Kenton den Blick mit verärgerter Miene ab.

«In der Tat», sagte ich. «Eine solche Vergeudung, Sie haben recht.»

«So töricht. Und sie wird bestimmt sitzengelassen. Und sie

hatte so gute Aussichten, wenn sie nur durchgehalten hätte. In ein, zwei Jahren hätte sie in einem kleineren Haus Haushälterin werden können – dann hätte ich sie so weit gehabt. Vielleicht halten Sie das für ein wenig übertrieben, Mr. Stevens, aber denken Sie nur daran, wie weit ich sie in wenigen Monaten gebracht habe. Und jetzt hat sie alles hingeworfen. Alles ist umsonst gewesen.»

«Es war wirklich sehr töricht von ihr.»

Ich begann, die Briefbögen vor mir auf dem Tisch einzusammeln, weil es vielleicht nützlich war, sie zu den Akten zu nehmen. Doch während ich noch damit beschäftigt war, kam mir plötzlich in den Sinn, daß Miss Kenton vielleicht nicht die Absicht gehabt hatte, den Brief mir zu überlassen. Vielleicht wollte sie ihn selbst aufbewahren. Ich legte die Bögen wieder zwischen uns auf den Tisch. Miss Kenton jedoch schien mit ihren Gedanken weit fort zu sein.

«Sie wird bestimmt sitzengelassen», sagte sie noch einmal. «So töricht.»

Aber ich verliere mich in alten Erinnerungen. Das war nicht meine Absicht, aber vielleicht hat es auch nichts geschadet, denn auf diese Weise habe ich es wahrscheinlich vermieden, mich allzusehr mit den Ereignissen des heutigen Abends zu beschäftigen – die wohl jetzt endlich zum Abschluß gekommen sind. Denn die letzten Stunden, das muß gesagt werden, waren recht anstrengend.

Ich befinde mich jetzt in der Dachstube des kleinen Häuschens, das Mr. und Mrs. Taylor gehört. Das heißt, es ist ein Privathaus; in dieser Stube hier, die mir freundlicherweise von den Taylors zur Verfügung gestellt wurde, wohnte früher der älteste Sohn, der längst erwachsen ist und jetzt in Exeter lebt. Es ist ein von dicken Balken und Sparren beherrschter Raum, und obwohl die Dielen kein Teppich oder sonstiger Belag bedeckt, ist die Atmosphäre überraschend behaglich.

Und es ist offensichtlich, daß Mrs. Taylor nicht nur das Bett für mich frisch bezogen, sondern im Zimmer auch aufgeräumt und gefegt hat, denn abgesehen von einigen wenigen Spinnweben zwischen den Sparren kündet nichts davon, daß dieser Raum jahrelang nicht bewohnt war. Was Mr. und Mrs. Taylor selbst betrifft, so habe ich in Erfahrung gebracht, daß sie hier im Dorf bis vor drei Jahren, als sie sich zur Ruhe setzten, das Obst- und Gemüsegeschäft betrieben. Es sind sehr nette Leute, und obwohl ich ihnen heute abend bei mehreren Gelegenheiten eine Vergütung für meine freundliche Aufnahme angeboten habe, wollen sie davon nichts hören.

Der Umstand, daß ich jetzt hier bin, der Umstand, daß ich heute abend auf die Großzügigkeit von Mr. und Mrs. Taylor praktisch angewiesen bin, ist einem törichten, geradezu ärgerlich simplen Versehen zuzuschreiben: Ich ließ es dazu kommen, daß dem Ford das Benzin ausging. Wenn ein Außenstehender dies und dazu den gestrigen Vorfall, das fehlende Kühlwasser betreffend, bedenkt, könnte er leicht zu dem Schluß kommen, meinem Wesen sei eine Neigung zum Flatterhaften eigen. Man mag natürlich darauf hinweisen, daß ich, was längere Autofahrten angeht, gewissermaßen ein Neuling bin und daß deshalb mit solch kleinen Versehen gerechnet werden muß. Wenn man sich jedoch daran erinnert, daß gute Planung und Weitblick Eigenschaften sind, die als Grundvoraussetzungen des eigenen Berufs gelten, wird man sich kaum des Eindrucks erwehren können, sich wieder einmal blamiert zu haben.

Nun war es so, daß ich während der letzten Stunde Fahrt, bevor mir das Benzin ausging, stark abgelenkt und verwirrt wurde. Ich hatte eigentlich die Nacht in der Stadt Tavistock verbringen wollen, wo ich kurz vor acht Uhr eintraf. Im größten Gasthof der Stadt erhielt ich jedoch die Auskunft, daß alle Zimmer wegen einer am Ort stattfindenden Landwirtschaftsmesse belegt seien. Mir wurden mehrere andere Beherbergungsbetriebe genannt, doch bei allen gab es das gleiche bedauernde Kopfschütteln. In einer Pension am Rande der Stadt schließlich empfahl mir die Wirtin, noch ein paar Meilen weiterzufahren bis zu einem an der Landstraße gelegenen Gasthaus, das einem Verwandten von ihr gehöre und in dem, wie sie meinte, gewiß noch etwas frei sei, da sich die Messe nicht bis dorthin auswirke.

Sie hatte mir den Weg ausführlich und, wie mir schien, auch sehr klar beschrieben, und es läßt sich unmöglich sagen, wessen Schuld es war, daß ich anschließend keine Spur von diesem Gasthaus entdeckte. Statt dessen befand ich mich, nachdem ich etwa eine Viertelstunde gefahren war, auf einer Straße, die sich endlos über ödes, offenes Moor dahinschlängelte. Zu beiden Seiten erstreckten sich marschige Felder, und quer über die Fahrbahn trieben Dunstschwaden. Zu meiner Linken sah ich ein letztes Glühen der untergehenden Sonne. Der Horizont wurde weit jenseits der Felder hin und wieder durch die Umrisse von Gehöften und Scheunen unterbrochen, doch im übrigen schien ich alle Anzeichen menschlicher Besiedelung hinter mir gelassen zu haben.

Ich erinnere mich, dann gewendet zu haben und ein Stück die Straße zurückgefahren zu sein auf der Suche nach einer Abzweigung, an der ich zuvor vorübergekommen war. Aber als ich sie fand, erwies sich diese neue Straße allenfalls als noch einsamer als die, die ich verlassen hatte. Eine Zeitlang fuhr ich fast im Dunkeln zwischen hohen Hecken hindurch, bis die Straße anzusteigen begann. Ich hatte inzwischen die Hoffnung aufgegeben, das Landgasthaus noch zu finden, und mir vorgenommen, bis zum nächsten Ort weiterzufahren und dort zu übernachten. Es würde mir dann keine Schwierigkeiten bereiten, so dachte ich, am Morgen auf meine geplante Route zurückzukehren und die Fahrt fortzusetzen. Doch da, auf halber Höhe des Anstiegs, begann der Motor zu stottern, und ich bemerkte, daß mir das Benzin ausgegangen war.

Der Ford fuhr noch ein kleines Stück die Straße weiter hinauf, dann blieb er stehen. Als ich ausstieg und mich umblickte, bemerkte ich, daß mir nur noch wenige Minuten Tageslicht blieben. Ich befand mich auf einer steil ansteigenden Straße, die von Bäumen und Hecken gesäumt war; ein ganzes Stück weiter oben machte ich eine Lücke in der Hecke aus, wo sich der Umriß eines breiten Gatters gegen den Himmel abhob. Ich machte mich dorthin auf den Weg in der Annahme, daß von diesem Tor aus eine Orientierung möglich sein würde; vielleicht hatte ich sogar gehofft, in der Nähe ein Bauernhaus zu entdecken, wo mir sofortige Hilfe hätte zuteil werden können. Deshalb enttäuschte mich der Anblick ein wenig, der sich schließlich meinen Augen bot. Auf der anderen Seite des Tors fiel ein Feld recht steil ab, so daß es sich schon nach etwa zwanzig Metern meinen Blicken entzog. Jenseits davon, gewiß eine gute Meile in Luftlinie entfernt, lag ein kleines Dorf. Ich konnte durch den Dunst einen Kirchturm erkennen und darum herum ein Gewirr von dunklen Schieferdächern; hier und da stiegen aus Schornsteinen weiße Rauchfäden auf. Ich muß gestehen, daß mich in diesem Augenblick ein gewisses Gefühl der Mutlosigkeit überkam. Natürlich war die Situation keineswegs hoffnungslos; der Ford war nicht beschädigt, sondern nur der Tank leer. Das Dorf ließ sich wohl in einer halben Stunde erreichen, und dort konnte ich gewiß eine Unterkunft und auch einen Kanister Benzin bekommen. Und doch war es kein angenehmes Gefühl, hier oben auf einer einsamen Anhöhe zu stehen und über ein Tor hinweg auf die Lichter hinunterzublicken, die in einem fernen Dorf angingen, während von der Taghelle fast nichts mehr übrig war und der Nebel immer dichter wurde.

Doch es hatte keinen Sinn zu verzagen. Auf jeden Fall wäre es töricht gewesen, die kurze noch verbleibende Spanne Tageslicht verstreichen zu lassen. Ich ging zum Wagen zurück, packte eine Aktentasche mit den nötigsten Sachen und machte mich dann, mit einer Stablampe versehen, die ein überraschend gutes Licht warf, auf die Suche nach einem Weg, über den ich zum Dorf hinuntersteigen konnte. Doch ein solcher Weg bot sich nicht, obwohl ich noch weit die Straße hinaufging, ein ganzes Stück über das Gatter hinaus. Als ich dann merkte, daß die Straße zwar zu steigen aufgehört hatte, aber langsam abzufallen begann in einer Kurve, die von dem Dorf – dessen Lichter ich durch das Laub immer wieder auffunkeln sah – *fort*führte, wollte mich erneut Mutlosigkeit überkommen. Einen Moment lang fragte ich mich sogar, ob es vielleicht das beste sei, zum Wagen zurückzugehen, mich hineinzusetzen und zu warten, bis ein anderer Kraftfahrer vorbeikam. Inzwischen konnte es jedoch jeden Augenblick richtig dunkel werden, und wenn man unter solchen Umständen einem vorüberfahrenden Fahrzeug zu winken versuchte, mochte man leicht für einen Straßenräuber oder dergleichen gehalten werden. Außerdem war kein einziges Fahrzeug vorübergekommen, seit ich aus dem Ford ausgestiegen war, ja, ich konnte mich nicht einmal erinnern, eines gesehen zu haben, seit ich Tavistock verlassen hatte. Ich beschloß deshalb, bis zu dem Gatter zurückzugehen und von dort aus den Hang hinabzusteigen, in möglichst gerader Linie auf die Lichter des Dorfes zu, ob nun dort ein richtiger Weg war oder nicht.

Es war schließlich doch kein so sehr anstrengender Abstieg. Eine Reihe von Viehweiden führte hinunter zum Dorf, und indem ich mich dicht am Rain des jeweiligen Abschnitts hielt, konnte ich recht gut gehen. Nur einmal, schon ganz in der Nähe des Dorfes, fand ich keinen Zugang zur nächsten Weide weiter unten und mußte mit der Stablampe an einer Hecke entlangleuchten, die mir den Weg versperrte. Schließlich entdeckte ich eine kleine Lücke, durch die ich mich hindurchzwängte, was nicht ohne leichte Beschädigung der Schulterpartien meines Jacketts und der Hosenumschläge abging. Die letzten Wiesen und Äcker erwiesen sich zudem als zunehmend morastig, so daß ich aus Angst vor weiterer Entmutigung die Lampe absichtlich nicht auf meine Schuhe und Hosenbeine richtete.

Allmählich gelangte ich auf einen gepflasterten Weg, der ins Dorf hinunterführte und auf dem ich Mr. Taylor begegnete, meinem liebenswürdigen Gastgeber von heute abend. Er war an einer Abzweigung wenige Meter vor mir aufgetaucht und hatte höflich gewartet, bis ich ihn eingeholt hatte, worauf er sich grüßend an die Mütze gefaßt und gefragt hatte, ob er mir irgendwie behilflich sein könne. Ich hatte ihm meine Lage in knappen Worten geschildert und hinzugefügt, daß ich ihm sehr dankbar wäre, wenn er mich zu einem guten Gasthof bringen könnte. Darauf hatte Mr. Taylor den Kopf geschüttelt und gesagt: «Einen richtigen Gasthof haben wir bei uns im Dorf leider nicht, Sir. John Humphreys, der Wirt vom Crossed Keys, nimmt gewöhnlich Reisende auf, aber zur Zeit wird das Dach neu gedeckt.» Ehe diese betrübliche Mitteilung jedoch ihre ganze Wirkung entfalten konnte, setzte Mr. Taylor hinzu: «Wenn Sie keine allzu hohen Ansprüche stellen, Sir, könnten wir Ihnen für die Nacht mit einem Zimmer und einem Bett dienen. Es ist ein sehr einfaches Zimmer, aber meine Frau wird dafür sorgen, daß Sie es dort einigermaßen sauber und bequem haben.»

Ich brachte wohl, vielleicht in etwas halbherzigem Ton, einige Worte des Inhalts hervor, daß ich ihm und seiner Frau unmöglich so zur Last fallen könne. Worauf Mr. Taylor sagte: «Ich versichere Ihnen, Sir, es wäre uns eine Ehre. Es kommen nicht oft Leute wie Sie durch Moscombe. Und ehrlich gesagt, Sir, ich wüßte nicht, was Sie zu dieser Zeit sonst tun sollten. Ich lasse Sie keinesfalls einfach in die Nacht hinaus, das würde mir meine Frau nie verzeihen.»

Und so kam es, daß ich die Gastfreundschaft von Mr. und Mrs. Taylor annahm. Doch wenn ich an früherer Stelle die Ereignisse dieses Abends als «anstrengend» bezeichnete, bezog ich mich nicht nur auf den Ärger über das ausgegangene Benzin und die Mühen eines umständlichen Abstiegs hinunter ins Dorf. Denn was anschließend geschah – was sich entwikkelte, als ich erst mit Mr. und Mrs. Taylor und ihren Nachbarn beim Abendessen saß –, zehrte auf seine Weise viel mehr an meinen Kräften, als die doch eher physischen Unbequemlichkeiten, die ich zuvor erduldet hatte. Es war für mich, das kann ich versichern, in der Tat eine Erleichterung, als ich endlich dieses Zimmer hier aufsuchen und eine Weile über die Zeit in Darlington Hall vor so vielen Jahren nachsinnen konnte.

Ich gebe mich in der letzten Zeit übrigens immer öfter solchen Erinnerungen hin, und seit sich vor einigen Wochen die Möglichkeit eines Wiedersehens mit Miss Kenton abzeichnete, habe ich wohl mehrmals darüber nachgedacht, weshalb unsere Beziehung sich in einer solchen Weise veränderte. Denn eine Veränderung trat zweifellos ein, etwa 1935 oder 1936, nach langen Jahren, in denen wir es zu einem guten beruflichen Verhältnis gebracht hatten. Ja, zum Schluß hatten wir sogar die Gewohnheit aufgegeben, uns jeden Abend bei einer Tasse Kakao zu treffen. Aber was dergleichen Veränderungen wirklich verursachte, welche spezielle Kette von Ereignissen wirklich dafür verantwortlich war, das habe ich nie genau bestimmen können.

Vielleicht – mein Nachdenken hierüber in der letzten Zeit heißt mich diese Möglichkeit in Betracht ziehen –, vielleicht hat der eigenartige Vorfall an jenem Abend, als Miss Kenton unaufgefordert in das Butlerzimmer kam, einen entscheidenden Wendepunkt gekennzeichnet. Warum sie in mein Zimmer kam, weiß ich nicht mehr mit Bestimmtheit. Sie mag in der Absicht gekommen sein, mir eine Vase mit Blumen zu bringen, um das Zimmer «ein wenig aufzuhellen», aber wahrscheinlich verwechsle ich das mit dem gleichen Vorgang zu Beginn unserer Bekanntschaft. Ich weiß mit absoluter Sicherheit, daß sie im Laufe der Jahre wenigstens dreimal versucht hat, Blumen in mein Zimmer zu bringen, aber vielleicht irre ich mich, wenn ich meine, das könnte der Grund für ihr Kommen an jenem speziellen Abend gewesen sein. Ich sollte in jedem Fall betonen, daß ich es, so gut wir auch über die Jahre bei der Arbeit miteinander auskamen, nie zu einer Situation hatte kommen lassen, die es der Haushälterin erlaubt hätte, in meinem Zimmer den ganzen Tag ein und aus zu gehen. Nach meinem Dafürhalten ist das Butlerzimmer ein äußerst wichtiges Büro, die Herzkammer der im Haus ablaufenden Vorgänge, zu vergleichen mit dem Hauptquartier eines Generals während der Schlacht, und es ist unumgänglich, daß in diesem Zimmer alles so geordnet ist – und geordnet bleibt –, wie ich dies wünsche. Ich habe nie etwas von Butlern gehalten, die allen möglichen Leuten gestatten, mit ihren Fragen und Beschwerden bei ihnen ein und aus zu gehen. Wenn im Haus alles in gut aufeinander abgestimmter Weise ablaufen soll, muß, das ist offenkundig, das Butlerzimmer der Raum sein, in dem Ruhe und Ungestörtheit garantiert sind.

Als sie an jenem Abend in mein Zimmer kam, traf es sich jedoch, daß ich nicht mit beruflichen Dingen beschäftigt war. Es war gegen Ende eines Tages in einer ruhigen Woche, und ich genoß gerade eine seltene freie Stunde. Ich bin, wie ich schon sagte, nicht sicher, ob Miss Kenton mit Blumen hereinkam, aber ich erinnere mich genau, daß sie sagte:

«Mr. Stevens, Ihr Zimmer sieht abends noch unfreundlicher aus als bei Tag. Diese Glühbirne ist nicht hell genug, dabei können Sie doch gar nicht lesen.»

«Das Licht reicht mir durchaus, vielen Dank, Miss Kenton.»

«Wirklich, Mr. Stevens, dieser Raum erinnert an eine Gefängniszelle. Man müßte nur ein schmales Bett in eine Ecke stellen, dann könnte man sich sehr gut ausmalen, wie Verurteilte hier ihre letzten Stunden verbringen.»

Vielleicht sagte ich etwas darauf, ich weiß es nicht mehr.

Ich blickte jedenfalls nicht von meiner Lektüre auf, und es vergingen einige Augenblicke, während deren ich darauf wartete, daß Miss Kenton sich verabschiedete und zurückzog. Doch da hörte ich sie sagen:

«Ich frage mich, was Sie da wohl lesen, Mr. Stevens.»

«Einfach ein Buch, Miss Kenton.»

«Das sehe ich, Mr. Stevens. Aber was für ein Buch – das ist es, was mich interessiert.»

Als ich aufblickte, sah ich, daß Miss Kenton auf mich zukam. Ich klappte das Buch zu, preßte es an mich und stand auf.

«Wirklich, Miss Kenton», sagte ich, «ich muß Sie doch bitten, meine Privatsphäre zu respektieren.»

«Aber weshalb tun Sie so geheimnisvoll mit Ihrem Buch, Mr. Stevens? Ich muß ja annehmen, es ist etwas Gewagtes.»

«Es ist kaum anzunehmen, Miss Kenton, daß etwas ‹Gewagtes›, wie Sie es ausdrücken, in den Bücherregalen seiner Lordschaft zu finden wäre.»

«Ich habe mir sagen lassen, daß in vielen gelehrten Büchern die gewagtesten Abschnitte vorkommen, aber ich hatte noch nie den Mut, mich davon zu überzeugen. Jetzt lassen Sie mich doch bitte einmal sehen, was Sie da lesen, Mr. Stevens.»

«Miss Kenton, ich muß Sie bitten, mich in Ruhe zu lassen. Es geht einfach nicht an, daß Sie mich während der wenigen Minuten freier Zeit, die ich habe, in dieser Weise verfolgen.»

Aber Miss Kenton kam noch etwas näher, und ich muß sagen, daß ich mir nicht ganz klar darüber war, wie ich am besten reagieren sollte. Ich war versucht, das Buch in die Schublade meines Schreibtisches zu werfen und diese abzuschließen, doch schien mir das auf lächerliche Weise theatralisch. Ich trat ein paar Schritte zurück, das Buch noch immer an die Brust gepreßt.

«Bitte, zeigen Sie mir doch das Buch, das Sie da in der Hand halten, Mr. Stevens», sagte Miss Kenton, während sie weiter auf mich zukam, «und ich überlasse Sie den Freuden Ihrer Lektüre. Was kann das nur für ein Buch sein, daß Sie es mir nicht zeigen wollen?»

«Miss Kenton, ob Sie den Titel dieses Buches erfahren oder nicht, ist an sich völlig unwichtig. Aber aus Prinzip dulde ich es nicht, daß Sie so einfach hier erscheinen und in meine Privatsphäre eindringen.»

«Ich frage mich, ist das ein anständiges Buch, Mr. Stevens, oder wollen Sie mich wirklich vor seinen schädlichen Einflüssen schützen?»

Dann stand sie vor mir, und auf einmal ging mit der Atmosphäre eine merkwürdige Veränderung vor – fast so, als wären wir beide plötzlich auf irgendeine völlig andere Seinsebene geschleudert worden. Ich fürchte, es ist nicht leicht zu beschreiben, was ich genau meine. Ich kann nur sagen, daß es um uns her plötzlich sehr still wurde; ich hatte den Eindruck, daß sich auch Miss Kentons Gebaren jäh veränderte; ihr Ausdruck hatte etwas eigenartig Ernstes, und sie schien fast erschrocken auszusehen.

«Bitte, Mr. Stevens, lassen Sie mich Ihr Buch sehen.»

Sie streckte die Hand aus und begann, mir das Buch sanft zu entwinden. Ich hielt es für das beste, zur Seite zu schauen, während sie dies tat, aber da sie unmittelbar vor mir stand, war das nur zu bewerkstelligen, indem ich den Kopf in einem unnatürlichen Winkel verdrehte. Miss Kenton befreite weiter behutsam das Buch aus meinem Griff, indem sie einen Finger nach dem anderen davon löste. Der Vorgang schien sehr lang zu dauern – es gelang mir, während der ganzen Zeit meine Positur unverändert beizubehalten –, bis ich sie schließlich sagen hörte:

«Du liebe Güte, Mr. Stevens, das ist ja gar nichts Skandalöses. Nur ein sentimentaler Liebesroman.»

Ich glaube, dies war der Zeitpunkt, an dem ich mir sagte, daß ich ein solches Verhalten nicht weiter zu dulden brauche.

Ich weiß nicht mehr genau, was ich sagte, aber ich erinnere mich, Miss Kenton sehr energisch aus dem Zimmer gewiesen und damit die Episode zum Abschluß gebracht zu haben.

Ich sollte vielleicht hier ein paar Worte über das Buch sagen, um das sich dieser Vorfall drehte. Nun, es war in der Tat das, was man einen «sentimentalen Roman» nennen könnte – einer von einer ganzen Reihe, wie sie in der Bibliothek und auch, zur Unterhaltung weiblicher Besucher, in einigen der Gästezimmer zu finden waren. Daß ich angefangen hatte, solche Bücher zu lesen, hatte einen einfachen Grund: Es war ein sehr gutes Mittel zur Aufrechterhaltung und Weiterentwicklung der Ausdrucksfähigkeit im Englischen. Meiner Ansicht nach – ich weiß nicht, ob man mir beipflichtet – wurde, was unsere Generation betrifft, in unserem Beruf zuviel Wert auf guten Akzent und Sprachbeherrschung gelegt; und dies bisweilen zu Lasten wichtigerer beruflicher Qualitäten. Dennoch habe ich nie den Standpunkt vertreten, daß eine gute Aussprache und einwandfreie Beherrschung der Sprache keine reizvollen Attribute seien, und ich habe es stets für meine Pflicht gehalten, sie so gut auszubilden, wie ich konnte. Ein einfaches Mittel, dies zu erreichen, ist die Lektüre eines gut geschriebenen Buches, wann immer man ein paar freie Minuten hat. So hatte ich es bereits seit einigen Jahren gehalten, und meine Wahl fiel oft auf ein Buch von der Art, wie ich eines las, als Miss Kenton damals in mein Zimmer kam, einfach deshalb, weil solche Werke durchweg in einem guten Englisch geschrieben sind, mit reichlich gepflegtem Dialog, der für mich von besonderer Wichtigkeit ist. Ein anspruchsvolleres Buch – sagen wir, eine wissenschaftliche Abhandlung – wäre, obschon von höherem allgemeinem Bildungswert, wohl in einer Sprache abgefaßt, die im üblichen sprachlichen Umgang mit Damen und Herren der Gesellschaft von geringerem Nutzen ist.

Ich hatte selten die Zeit oder das Verlangen, einen dieser

Romane von Anfang bis Ende zu lesen, aber soweit ich dies beurteilen konnte, war ihre Handlung unweigerlich lächerlich – eben sentimental –, und ich hätte keine Sekunde Zeit an sie verschwendet, wäre der vorerwähnte Nutzen nicht gewesen. Nachdem ich dies festgestellt habe, gebe ich aber heute gern zu – und sehe darin auch keinen Grund, mich zu schämen –, daß ich bisweilen aus diesen Geschichten eine Art von zufälligem Vergnügen zog. Ich gestand mir das damals selbst vielleicht nicht ein, aber, wie gesagt, warum sollte ich mich dessen schämen? Warum sollte man nicht in einer zwanglosen Weise Geschichten von Personen genießen, die sich verlieben und, oft in den gepflegtesten Redewendungen, ihre Gefühle füreinander ausdrücken?

Aber wenn ich dies sage, so will ich damit nicht andeuten, daß meine Haltung an jenem Abend, was das Buch betraf, in irgendeiner Form ungerechtfertigt gewesen wäre. Denn man muß verstehen, daß es hier um ein wichtiges Prinzip ging. Ich war nämlich nicht «im Dienst» gewesen, als Miss Kenton in mein Zimmer eingedrungen war. Und natürlich sollte es sich kein Butler, der etwas auf sich hält, kein Butler, der überhaupt nach so etwas wie «mit seiner Position in Einklang stehender Würde» strebt, wie die Hayes Society es einmal ausdrückte, jemals erlauben, in Gegenwart anderer nicht «im Dienst» zu sein. Dabei war es vollkommen gleichgültig, ob es nun Miss Kenton oder eine ganz fremde Person war, die in diesem Augenblick hereinkam. Ein Butler von einigem Format muß seine Rolle voll und ganz ausfüllen, muß gewissermaßen in ihr leben; er darf sich nicht dabei sehen lassen, wie er sie jetzt ablegt und im nächsten Augenblick wieder überstreift, als wäre sie nichts als das Kostüm eines Komödianten. Es gibt nur eine einzige Situation, in der ein Butler, dem es mit seiner Würde Ernst ist, sich seiner Rolle entledigen darf: Wenn er ganz allein ist. Man wird daher verstehen, daß es mir an jenem Abend, als Miss Kenton hereinplatzte zu einem Zeitpunkt, da ich nicht ohne Grund angenommen hatte, allein bleiben zu können, in entscheidender Weise darauf ankam, diesem Prinzip gemäß, das nichts weniger als eine Frage der Würde war, in meiner vollen und geziemenden Rolle aufzutreten.

Es war jedoch nicht meine Absicht gewesen, hier die verschiedenen Aspekte dieser Jahre zurückliegenden kleinen Episode zu analysieren. Sie wies mich – und vor allem das ist wichtig – auf den Umstand hin, daß das Verhältnis zwischen Miss Kenton und mir – zweifellos im Verlauf eines allmählichen, über viele Monate andauernden Prozesses – eine unangemessene Form angenommen hatte. Die Tatsache, daß sie sich überhaupt so hatte benehmen können wie an jenem Abend, war recht beunruhigend, und nachdem ich sie erst einmal des Zimmers verwiesen und Gelegenheit gehabt hatte, meine Gedanken ein wenig zu sammeln, faßte ich, wie ich mich erinnere, den Vorsatz, unsere beruflichen Beziehungen auf eine ihnen gemäßere Basis zu stellen.

In welchem Maße dieser Vorfall jedoch zu den bedeutenden Veränderungen beitrug, denen unser Verhältnis anschließend unterworfen war, ist heute sehr schwer zu ermessen. Es mag sehr wohl noch andere, grundlegendere Entwicklungen gegeben haben, die für das spätere Geschehen verantwortlich waren. So wie zum Beispiel die Sache mit Miss Kentons freien Tagen.

Von dem Zeitpunkt an, als sie ihre Arbeit in Darlington Hall aufnahm, bis etwa einen Monat vor jenem Zwischenfall im Butlerzimmer war Miss Kenton, was ihre freien Tage betraf, einem festen Schema gefolgt. Sie nahm sich alle sechs Wochen zwei Tage frei, um ihre Tante in Southampton zu besuchen; im übrigen nahm sie sich, meinem Beispiel gemäß, nicht einfach Tage als solche frei, außer wenn wir einmal eine wirklich ruhige Zeit hatten, in welchem Fall sie vielleicht einen Tag damit verbrachte, daß sie im Park spazierenging oder in ihrem Tageszimmer ein Buch las. Doch dann änderte sich das Schema, wie ich schon sagte. Sie nutzte auf einmal alle freien Tage, die ihr vertraglich zustanden, verließ regelmäßig das Haus schon früh am Morgen und sagte nur, wann etwa sie am Abend wieder zurück sein würde. Natürlich nahm sie sich nicht mehr Tage frei, als sie beanspruchen konnte, und deshalb hielt ich es für unangebracht, mich näher nach diesen Ausflügen zu erkundigen. Aber wahrscheinlich beunruhigte mich dieser Wandel ein wenig, denn ich erinnere mich, daß ich darüber mit Mr. Graham sprach, dem Kammerdiener und Butler von Sir James Chambers – einem Kollegen, mit dem ich übrigens jetzt die Verbindung verloren zu haben scheine –, als wir eines Abends während eines seiner regelmäßigen Besuche in Darlington Hall am Feuer saßen.

Ich hatte eigentlich nur erwähnt, daß die Haushälterin «in der letzten Zeit etwas schlecht gelaunt» gewesen sei, und deshalb hatte es mich überrascht, als Mr. Graham nickte, sich zu mir vorbeugte und verständnisvoll sagte:

«Ich hatte mich schon gefragt, wie lange es noch dauern würde.»

Als ich ihn fragte, wie er das meine, fuhr Mr. Graham fort: «Ihre Miss Kenton – wie alt ist sie jetzt? Dreiunddreißig? Vierunddreißig? Hat die besten Jahre zum Mutterwerden schon versäumt, aber es ist noch nicht zu spät.»

«Miss Kenton», versicherte ich ihm, «ist völlig ihrem Beruf ergeben. Ich weiß zufällig ganz genau, daß sie kein Verlangen nach einer Familie hat.»

Aber Mr. Graham hatte lächelnd den Kopf geschüttelt und gesagt: «Glauben Sie nie einer Haushälterin, die Ihnen sagt, sie mache sich nichts aus einer Familie. Ich glaube sogar, Mr. Stevens, allein wir beide könnten wenigstens ein Dutzend nennen, die das einmal gesagt und dann doch geheiratet und den Beruf aufgegeben haben.»

Ich erinnere mich, Mr. Grahams Theorie an jenem Abend recht entschieden zurückgewiesen zu haben, aber danach, das muß ich zugeben, wurde ich kaum mehr den Gedanken los, Zweck dieser geheimnisvollen Ausflüge von Miss Kenton könnten Zusammenkünfte mit einem Verehrer sein. Das war in der Tat eine beunruhigende Vorstellung, denn es war nur zu offenkundig, daß Miss Kentons Fortgang für den reibungslosen Ablauf des Haushalts einen großen Verlust bedeuten würde, einen Verlust, von dem sich Darlington Hall gewiß nur langsam erholen könnte. Ich sah mich zudem gezwungen, gewisse andere Anzeichen zur Kenntnis zu nehmen, die Mr. Grahams Theorie zu stützen schienen. Da es zu meinen Pflichten gehörte, die Post entgegenzunehmen, fiel mir zwangsläufig auf, daß Miss Kenton ziemlich regelmäßig – etwa einmal die Woche – von ein und demselben Absender Briefe zu erhalten begann und daß diese Briefe den Ortsstempel trugen. Ich sollte an dieser Stelle vielleicht darauf hinweisen, daß es praktisch ein Ding der Unmöglichkeit gewesen wäre, diesen Umstand *nicht* zu bemerken, da sie während all ihrer früheren Jahre im Haus nur sehr wenig Post erhalten hatte.

Dann waren da noch andere, weniger greifbare Anzeichen, die für Mr. Grahams Ansicht sprachen. So war ihre allgemeine Stimmung, obgleich sie ihre Arbeit mit der üblichen Sorgfalt verrichtete, Schwankungen unterworfen, wie ich sie bis dahin noch nie beobachtet hatte. Ja, die Zeiten, da sie tagelang ununterbrochen fröhlicher Laune war – und dies aus keinem ersichtlichen Grund –, beunruhigten mich fast so sehr wie ihre plötzlichen, oft recht lang andauernden mürrischen Phasen. Sie kam ihrer Arbeit, wie ich schon sagte, in jedem Falle gewissenhaft nach, doch es war andererseits meine Pflicht, das Wohlergehen des Hauses auf lange Sicht zu bedenken, und wenn diese Anzeichen tatsächlich Mr. Grahams Ansicht stützten, daß Miss Kenton sich mit dem Gedanken trug, aus Gründen einer Gefühlsbindung den Dienst aufzugeben, oblag es mir, der Sache näher auf den Grund zu gehen. So unternahm ich es denn, sie eines Abends während einer unserer Besprechungen beim Kakao zu fragen:

«Werden Sie am Donnerstag wieder außer Haus sein, Miss Kenton? An Ihrem freien Tag, meine ich.»

Ich hatte fast damit gerechnet, daß sie auf diese Frage zornig reagieren würde, aber es war im Gegenteil fast so, als hätte sie seit langem darauf gewartet, dieses Thema anschneiden zu können. Denn sie sagte in einem gewissen erleichterten Ton:

«Oh, Mr. Stevens, das ist nur jemand, den ich von Granchester Lodge her kenne. Genauer gesagt, er war damals dort als Butler tätig, aber er hat gekündigt und arbeitet jetzt bei einer Firma hier in der Nähe. Er hat irgendwie erfahren, daß ich hier bin, und hat mir zu schreiben begonnen, um unsere alte Bekanntschaft wieder aufzufrischen. Und das ist wirklich alles, Mr. Stevens.»

«Ich verstehe, Miss Kenton. Und zweifellos tut es gut, ab und zu aus dem Haus zu kommen.»

«Das stimmt, Mr. Stevens.»

Es trat ein kurzes Schweigen ein. Dann schien Miss Kenton zu einem Entschluß zu kommen und fuhr fort:

«Dieser Bekannte von mir – ich weiß noch, als er Butler in Granchester Lodge war, da hatte er die ehrgeizigsten Ziele. Ich glaube, sein Traum war es wohl, Butler in einem Haus wie diesem zu werden. Oh, aber wenn ich jetzt an einige seiner Arbeitsmethoden denke! Wahrhaftig, Mr. Stevens, ich kann mir Ihr Gesicht vorstellen, wenn Sie mit so etwas konfrontiert würden. Es ist wirklich kein Wunder, daß er seine Ziele nicht erreicht hat.»

Ich lachte kurz auf. «Meiner Erfahrung nach», sagte ich, «halten sich zu viele für fähig, diese höheren Positionen auszufüllen, ohne die leiseste Ahnung von den damit verbundenen hohen Anforderungen zu haben. Dazu taugt einfach nicht jedermann.»

«Wie wahr. Wirklich, Mr. Stevens – was Sie wohl gesagt hätten, wenn Sie ihn damals hätten beobachten können!»

«Auf den höheren Ebenen, Miss Kenton, ist unser Beruf einfach nichts für jedermann. Es gehört nicht viel dazu, hochfliegende Pläne zu haben, aber ohne bestimmte Qualitäten gelangt ein Butler einfach nicht über einen gewissen Punkt hinaus.»

Miss Kenton schien einen Augenblick darüber nachzusinnen, dann sagte sie:

«Sie müssen eigentlich ein vollauf zufriedener Mensch sein, Mr. Stevens. Schließlich haben Sie die höchste Position in Ihrem Beruf erreicht, haben Ihren Aufgabenbereich in jeder Beziehung unter Kontrolle. Ich wüßte wirklich nicht, was Sie sich noch mehr vom Leben wünschen könnten.»

Mir fiel dazu im ersten Augenblick keine Erwiderung ein. In dem etwas verlegenen Schweigen, das daraufhin entstand, blickte Miss Kenton in ihre Kakaotasse, als beschäftige sie etwas, das sie auf deren Boden entdeckt hatte. Nach einigem Überlegen sagte ich schließlich:

«Was mich betrifft, Miss Kenton, wird meine Pflicht erst erfüllt sein, wenn ich alles getan habe, um seine Lordschaft bei den großen Aufgaben zu unterstützen, die er sich gestellt hat. An dem Tag, an dem die Arbeit seiner Lordschaft abgeschlossen ist, an dem Tag, an dem *er* sich auf seinen Lorbeeren ausruhen kann in dem Bewußtsein, alles getan zu haben, was man nur vernünftigerweise von ihm verlangen konnte, an dem Tag erst, Miss Kenton, werde ich mich einen vollauf zufriedenen Menschen nennen können, wie Sie es ausgedrückt haben.»

Meine Worte mochten sie ein wenig verwirrt haben, vielleicht hatten sie ihr auch aus irgendeinem Grund mißfallen; ihre Stimmung schien jedenfalls an diesem Punkt umzuschlagen, und unser Gespräch verlor rasch die recht persönliche Note, die es anzunehmen begonnen hatte.

Nicht sehr lange danach fanden diese Begegnungen über einer Tasse Kakao in ihrem Tageszimmer ein Ende. Ich erinnere mich sogar ganz deutlich an unser letztes derartiges Treffen; ich hatte mit Miss Kenton ein bevorstehendes gesellschaftliches Ereignis besprechen wollen – eine über ein Wochenende währende Zusammenkunft von bedeutenden Persönlichkeiten aus Schottland. Gewiß, das Ereignis sollte erst in einem Monat stattfinden, aber wir hatten es stets so gehalten, daß wir solche Dinge schon recht frühzeitig besprachen. An diesem speziellen Abend hatte ich bereits verschiedene Aspekte zur Sprache gebracht, als mir bewußt wurde, daß Miss Kenton sehr wenig zur Diskussion beitrug, ja, nach einer Weile wurde deutlich, daß ihre Gedanken ganz woanders waren. Ich machte bei einigen Gelegenheiten Bemerkungen wie «Können Sie mir folgen, Miss Kenton?» – speziell dann, wenn ich einen längeren Punkt abgehandelt hatte, und obzwar sie jedesmal wieder ein wenig interessierter zuzuhören schien, ließ ihre Aufmerksamkeit doch schon Sekunden später erneut nach. Nachdem ich so mehrere Minuten lang geredet und sie nur Äußerungen wie «Natürlich, Mr. Stevens» und «Der Meinung bin ich auch, Mr. Stevens» beigesteuert hatte, sagte ich schließlich:

«Es tut mir leid, Miss Kenton, aber es hat wohl keinen Zweck, daß wir fortfahren. Sie scheinen einfach die Wichtigkeit dieser Diskussion nicht zu erfassen.»

«Ich bedaure, Mr. Stevens», sagte sie und richtete sich ein wenig auf. «Ich bin heute abend einfach sehr müde.»

«Sie sind jetzt immer öfter müde, Miss Kenton. Zu einer solchen Entschuldigung brauchten Sie früher nicht zu greifen.»

Zu meinem Erstaunen antwortete Miss Kenton darauf in recht heftigem Ton:

«Mr. Stevens, ich habe eine sehr anstrengende Woche hinter mir. Ich bin sehr müde. Ich sehne mich sogar schon seit drei, vier Stunden nach meinem Bett. Ich bin sehr, sehr müde, Mr. Stevens, können Sie das nicht zur Kenntnis nehmen?»

Nicht, daß ich eine Entschuldigung von ihr erwartet hätte, aber der schrille Ton dieser Erwiderung, das muß ich sagen, verblüffte mich doch ein wenig. Ich wollte mich jedoch nicht auf einen unerfreulichen Streit mit ihr einlassen und machte bewußt eine kleine Pause, ehe ich ganz ruhig sagte:

«Wenn dies Ihre Einstellung ist, Miss Kenton, dann brauchen wir diese abendlichen Begegnungen nicht weiter fortzusetzen. Es tut mir leid, daß ich die ganze Zeit über nicht geahnt habe, in welchem Maße sie Ihnen lästig waren.»

«Mr. Stevens, ich sagte nur, daß ich heute abend müde bin...»

«Nein, nein, Miss Kenton, das ist vollkommen verständlich. Sie haben viel zu tun, und diese Treffen sind für Sie eine völlig unnötige zusätzliche Belastung. Die erforderliche dienstliche Verständigung zwischen uns ist auch auf andere Weise zu erreichen, ohne daß wir uns in dieser Form treffen müßten.»

«Mr. Stevens, das ist ganz unnötig. Ich sagte doch nur...»

«Mir ist es ernst, Miss Kenton. Ich frage mich sogar schon seit einiger Zeit, ob wir auf diese abendlichen Zusammenkünfte nicht verzichten sollten, da sie unsere ohnehin schon anstrengenden Tage noch verlängern. Die Tatsache, daß wir uns hier seit Jahren treffen, ist für sich allein kein Grund, nicht von jetzt an nach einer geeigneteren Lösung zu suchen.»

«Mr. Stevens, bitte, ich halte diese Begegnungen für sehr nützlich...»

«Aber sie bedeuten für Sie eine Beschwernis, Miss Kenton. Sie ermüden Sie. Ich darf vorschlagen, daß wir von jetzt an versuchen, wichtige Mitteilungen einfach im Verlauf des normalen Arbeitstages auszutauschen. Sollte der eine den anderen nicht binnen kurzer Zeit finden können, hinterlassen wir vielleicht eine schriftliche Nachricht an der Tür des jeweils anderen. Das scheint mir eine sehr gute Lösung. Und jetzt, Miss Kenton, muß ich mich dafür entschuldigen, daß ich Sie so lange aufgehalten habe. Vielen herzlichen Dank für den Kakao.»

Natürlich – und warum sollte ich das nicht zugeben – habe ich mich gelegentlich gefragt, wie am Ende alles ausgegangen wäre, wenn ich in der Frage unserer abendlichen Zusammenkünfte eine weniger entschlossene Haltung eingenommen hätte; das heißt, wenn ich im Laufe der darauffolgenden Wochen auf Miss Kentons wiederholt vorgebrachten Vorschlag eingegangen wäre, sie wieder einzuführen. Ich stelle darüber jetzt nur deshalb Spekulationen an, weil man im Lichte der späteren Ereignisse sehr wohl den Standpunkt vertreten könnte, ich sei mir, als ich beschloß, diese abendlichen Treffen ein für allemal zu beenden, vielleicht der vollen Tragweite meines Handelns nicht ganz bewußt gewesen. Ja, man könnte sogar sagen, diese an sich unbedeutende Entscheidung, die ich da traf, habe so etwas wie einen entscheidenden Wendepunkt dargestellt – habe die Dinge in eine Bahn gelenkt, die zu dem führen mußte, was schließlich geschah.

Aber hinterher ist man immer klüger, und wenn man, mit solchem Nachwissen begabt, seine Vergangenheit nach derartigen «Wendepunkten» abzusuchen beginnt, kann es einem wohl geschehen, daß man überall welche erblickt. Nicht nur mein Entschluß hinsichtlich der abendlichen Zusammenkünfte, sondern auch jene Episode in meinem Aufenthaltszimmer könnte, wenn man so will, als ein solcher «Wendepunkt» angesehen werden. Was wäre passiert, mag man sich fragen, hätte man ein wenig anders reagiert an jenem Abend, als sie mit ihrer Blumenvase hereinkam? Und vielleicht – schließlich ereignete sich das ebenfalls etwa zu dieser Zeit – kann auch meine Begegnung mit Miss Kenton im Speisezimmer an dem Nachmittag, als sie die Nachricht vom Tod ihrer Tante erhielt, als ein gewisser «Wendepunkt» gelten.

Die Todesnachricht war genaugenommen schon einige Stunden zuvor eingetroffen, ja, ich selbst hatte an jenem Morgen mit dem Brief in der Hand an die Tür ihres Aufenthaltszimmers geklopft. Ich war auf einen Augenblick eingetreten, um etwas Dienstliches mit ihr zu besprechen, und ich erinnere mich, daß wir in dem Moment, als sie den Brief öffnete, am Tisch saßen und mitten im Gespräch waren. Sie wurde auf einmal sehr still, verlor aber, was man ihr anrechnen muß, nicht die Fassung, während sie den Brief wenigstens zweimal las. Dann steckte sie ihn sorgsam wieder in den Umschlag und sah mich über den Tisch hinweg an.

«Er ist von Mrs. Johnson, einer Bekannten meiner Tante. Wie sie schreibt, ist meine Tante vorgestern gestorben.» Sie hielt einen Augenblick inne und setzte dann hinzu: «Die Beerdigung ist morgen. Ob ich mir den Tag wohl freinehmen könnte?»

«Ich bin sicher, das wird sich einrichten lassen, Miss Kenton.»

«Ich danke Ihnen, Mr. Stevens. Verzeihen Sie, aber jetzt möchte ich gern ein paar Minuten allein sein.»

«Selbstverständlich, Miss Kenton.»

Ich ging, und erst draußen kam mir zu Bewußtsein, daß ich ihr nicht richtig mein Beileid ausgesprochen hatte. Ich konnte mir gut vorstellen, wie schwer diese Nachricht sie getroffen hatte, da ihre Tante für sie praktisch wie eine Mutter gewesen war, und ich blieb auf dem Flur stehen und fragte mich, ob ich umkehren, anklopfen und das Versäumte nachholen sollte. Doch dann sagte ich mir, daß ich sie damit in ihrem Kummer vermutlich nur stören würde. Ja, es lag sogar im Bereich des Möglichen, daß Miss Kenton, in eben diesem Augenblick und nur ein paar Schritte von mir entfernt, tatsächlich weinte. Der Gedanke ließ ein eigenartiges Gefühl in mir aufsteigen, das mich veranlaßte, noch einige Augenblicke unschlüssig im Flur zu verharren. Doch schließlich hielt ich es für das beste, eine andere Gelegenheit abzuwarten, um ihr meine Teilnahme auszudrücken, und ging.

Wie es sich ergab, sah ich sie erst am Nachmittag wieder, als ich ihr, wie ich schon sagte, im Speisezimmer begegnete, wo sie gerade Geschirr in das Büfett zurückstellte. Ich hatte inzwischen seit Stunden über Miss Kentons Kummer und vor allem über die Frage nachgedacht, was ich am besten tun oder sagen könnte, um ihren Schmerz ein wenig zu lindern. Und als ich hörte, daß sie das Speisezimmer betrat – ich war mit irgend etwas in der Halle beschäftigt –, wartete ich ungefähr eine Minute, unterbrach dann die Arbeit, die ich gerade verrichtete, und ging ebenfalls hinein.

«Ah, Miss Kenton», sagte ich. «Wie geht es Ihnen heute nachmittag?»

«Oh, danke, recht gut, Mr. Stevens.»

«Ist alles in Ordnung?»

«Alles ist vollkommen in Ordnung, vielen Dank.»

«Ich hatte Sie fragen wollen, ob Sie irgendwelche besonderen Probleme mit dem neuen Personal haben.» Ich stieß ein kurzes Lachen aus. «Es ergeben sich immer kleine Schwierigkeiten, wenn so viele neue Kräfte auf einmal eingestellt werden. Ich möchte behaupten, selbst die besten von uns können von einer kleinen Diskussion über berufliche Fragen in solchen Augenblicken nur profitieren.»

«Vielen Dank, Mr. Stevens, aber ich bin mit den neuen Mädchen sehr zufrieden.»

«Sie halten wegen der Neuzugänge keine Veränderungen in den Personalplänen für notwendig?»

«Ich glaube nicht, daß irgendwelche Veränderungen erforderlich sind, Mr. Stevens. Aber wenn ich zu einer anderen Ansicht gelange, werde ich Sie sofort verständigen.»

Sie wandte ihre Aufmerksamkeit wieder dem Büfett zu,

und ich dachte einen Augenblick lang daran, das Zimmer zu verlassen, ja, ich glaube, ich hatte schon ein paar Schritte auf die Tür zu getan, als ich mich wieder zu ihr umwandte und sagte:

«So, dann haben sich die neuen Kräfte also gut eingeführt, wie Sie sagen, Miss Kenton.»

«Ich kann Ihnen versichern, daß sie beide zu meiner vollen Zufriedenheit arbeiten, Mr. Stevens.»

«Sehr erfreulich, das zu hören.» Ich lachte abermals kurz auf. «Ich habe mich das nur gefragt, weil uns ja bekannt war, daß keines der beiden Mädchen zuvor in einem Haus dieser Größe gearbeitet hat.»

«Ganz recht, Mr. Stevens.»

Ich beobachtete, wie sie das Geschirr ins Büfett räumte, und wartete, um zu sehen, ob sie noch etwas sagen würde. Als nach einigen Augenblicken deutlich wurde, daß sie das nicht tun würde, sagte ich: «Ich muß das leider erwähnen, Miss Kenton – mir sind gerade in letzter Zeit ein, zwei Nachlässigkeiten aufgefallen. Ich habe das Gefühl, Sie sollten etwas weniger nachsichtig sein, was neues Personal betrifft.»

«Wie soll ich das verstehen, Mr. Stevens?»

«Ich, Miss Kenton, vergewissere mich bei Neuzugängen lieber einmal zuviel, ob alles in Ordnung ist. Ich überprüfe alles, womit sie beauftragt sind, und versuche abzuschätzen, wie sie sich anderen Angehörigen des Personals gegenüber verhalten. Es ist schließlich wichtig, daß man sich ein Bild von ihnen macht, was ihre Arbeit und ihren Beitrag zur allgemeinen Atmosphäre betrifft. Ich bedaure, dies sagen zu müssen, Miss Kenton, aber ich glaube, Sie waren in dieser Hinsicht ein wenig nachlässig.»

Eine Sekunde lang schien Miss Kenton verwirrt. Dann wandte sie sich mir zu, und man sah ihrem Gesicht eine gewisse Anspannung an.

«Wie bitte, Mr. Stevens?»

«Ein Beispiel, Miss Kenton: Das Geschirr wird zwar genauso sauber gespült wie immer, aber mir ist aufgefallen, daß es auf eine Weise in die Küchenregale zurückgestellt wird, die auf den ersten Blick nicht gefährlich ist, mit der Zeit aber zu mehr Bruchschäden führen könnte, als nötig wäre.»

«Tatsächlich, Mr. Stevens?»

«Ja, Miss Kenton. Außerdem ist die kleine Nische draußen vor dem Frühstückszimmer seit einiger Zeit nicht mehr abgestaubt worden. Sie werden entschuldigen, aber es gibt noch ein, zwei weitere Details, die ich erwähnen könnte.»

«Sie brauchen das nicht weiter zu betonen, Mr. Stevens. Ich werde, wie Sie vorschlagen, die Arbeit der neuen Mädchen überprüfen.»

«Es ist gar nicht Ihre Art, derart offenkundige Dinge zu übersehen, Miss Kenton.»

Miss Kenton blickte in eine andere Richtung, und wieder ging über ihr Gesicht ein Ausdruck, als versuche sie etwas zu ergründen, was sie verwirrt hatte. Sie wirkte weniger gekränkt als vielmehr sehr müde. Dann schloß sie das Büfett, sagte: «Entschuldigen Sie mich bitte, Mr. Stevens», und verließ das Zimmer.

Doch welchen Sinn hat es, immer weiter darüber zu spekulieren, was hätte geschehen können, wenn dieses oder jenes Ereignis anders ausgegangen wäre? Wahrscheinlich könnte man sich auf diese Weise um den Verstand bringen. Soviel man jedenfalls auch von «Wendepunkten» sprechen mag, man kann solche Momente doch gewiß nur im Rückblick erkennen. Freilich, wenn man solche Situationen von heute aus betrachtet, mögen sie in der Tat den Anschein von entscheidenden Augenblicken im Leben haben, aber natürlich war das damals nicht der Eindruck, den man davon hatte. Eher schien es so, als hätte man eine nicht endende Anzahl von Tagen, Monaten, Jahren zur Verfügung, um die Verschlungenheiten der eigenen Beziehung zu Miss Kenton zu ergründen; eine endlose Zahl weiterer Gelegenheiten, um dieses oder jenes Mißverständnis auszuräumen. Gewiß deutete doch damals nichts darauf hin, daß solch offenkundig geringfügige Zwischenfälle ganze Träume für immer unerfüllbar machen würden.

Aber ich sehe, ich gebe mich allzusehr der Beobachtung meiner selbst hin, und dies zudem auf eine recht grämliche Art. Zweifellos hat das mit der späten Stunde zu tun und der quälenden Natur der Ereignisse, die ich heute abend über mich ergehen lassen mußte. Gewiß hat meine augenblickliche Stimmung auch damit zu tun, daß ich morgen – vorausgesetzt, ich werde, wie die Taylors mir dies zugesichert haben, durch die Tankstelle hier am Ort mit Benzin versorgt – voraussichtlich gegen Mittag in Little Compton eintreffen und nach all diesen Jahren vermutlich Miss Kenton wiedersehen werde. Natürlich besteht kein Grund zu der Annahme, daß unsere Begegnung anders als herzlich verlaufen könnte. Ich gehe sogar davon aus, daß unser Gespräch – vom Austausch einiger persönlicher Informationen abgesehen, was unter den Umständen durchaus angemessen ist – in der Hauptsache professionellen Charakters sein wird. Das heißt, es wird meine Aufgabe sein, festzustellen, ob Miss Kenton, nun da ihre Ehe leider gescheitert zu sein scheint und sie ohne Zuhause ist, daran interessiert wäre oder nicht, auf ihren alten Posten in Darlington Hall zurückzukehren. Es ist vielleicht ganz gut, wenn ich hier bekenne, daß ich, nachdem ich ihren Brief heute abend noch einmal gelesen habe, zu der Ansicht neige, ich könnte in einige ihrer Zeilen vielleicht doch mehr hineingelesen haben, als angebracht war. Aber ich möchte dennoch weiterhin behaupten, daß in manchen Passagen ihres Briefes mehr als nur ein nostalgisches Sehnen zum Ausdruck kommt, besonders da, wo sie solche Dinge schreibt wie: «Ich habe diesen Blick aus den Schlafzimmern im zweiten Stock, über den Rasen hinweg, mit den Downs in der Ferne, sehr geliebt.»

Doch auch hier ist zu sagen: Was hat es für einen Zweck, endlos über Miss Kentons Wünsche, ihre Zukunft betreffend, zu spekulieren, wenn ich sie morgen von ihr selbst erfahren kann? Und in jedem Fall bin ich beträchtlich von dem Bericht abgekommen, in dem ich die Ereignisse dieses Abends schildern wollte. Diese letzten Stunden, das muß ich noch einmal betonen, haben sich als unglaublich aufreibend erwiesen. Den Ford auf einer einsamen Anhöhe stehenlassen und dann auf einer gar nicht dafür vorgesehenen Route ins Dorf hinuntersteigen zu müssen, als es schon fast dunkel war – man hätte annehmen sollen, dies sei für einen Abend Ungemach genug. Und meine freundlichen Gastgeber, Mr. und Mrs. Taylor, hätten mich, dessen bin ich sicher, nie absichtlich dem ausgesetzt, was ich gerade durchgemacht habe. Doch als ich erst zum Abendessen an ihrem Tisch Platz genommen hatte und einige ihrer Nachbarn vorbeigekommen waren, begann um mich her eine höchst quälende Folge von Ereignissen abzurollen.

Das nach vorn hinaus gelegene Zimmer im Erdgeschoß scheint Mr. und Mrs. Taylor sowohl als Eßzimmer wie ganz allgemein als Wohnraum zu dienen. Es ist ein recht behagliches Zimmer, beherrscht von einem großen rustikalen Tisch der Art, wie man ihn in der Küche eines Bauernhofs erwarten würde, ungefirnißt und mit vielen kleinen Schrunden von Hack- und Brotmessern versehen. Ich konnte diese Narben ganz deutlich erkennen, obschon wir im schwachen, gelblichen Lichtschein einer Öllampe saßen, die auf einem Regal in der Ecke stand.

«Nicht, daß wir hier keinen Strom hätten, Sir», sagte Mr. Taylor an einer Stelle unseres Gesprächs zu mir, indem er mit dem Kopf zu der Lampe hindeutete. «Aber irgendwas ist mit dem Schaltkreis nicht in Ordnung, und seit fast zwei Monaten müssen wir uns jetzt so behelfen. Ehrlich gesagt, so sehr vermissen wir den Strom gar nicht. Ein paar Häuser im Dorf sind sogar überhaupt noch nicht ans Netz angeschlossen. Öl gibt ein wärmeres Licht.»

Mrs. Taylor hatte uns eine kräftige Fleischbrühe vorgesetzt, zu der wir frisches Brot gegessen hatten, und zu diesem Zeitpunkt hatte kaum etwas darauf hingedeutet, daß der Abend etwas Strapaziöseres für mich bereithielt als ein Stündchen angenehmen Plauderns vor dem Zubettgehen. Doch gerade als wir mit Essen fertig waren und Mrs. Taylor mir ein Glas des von einem Nachbarn gebrauten Ales einschenkte, hörten wir auf dem Kies draußen leises Knirschen. Für meine Ohren lag etwas leicht Unheilvolles in dem Geräusch von Schritten, die in der Dunkelheit immer näher auf ein einzeln stehendes Haus zukamen, aber weder mein Gastgeber noch seine Frau schienen etwas Bedrohliches wahrzunehmen. Denn nichts als Neugierde sprach aus Mr. Taylors Stimme, als er sagte: «Na, wer wird denn das wohl sein?»

Er hatte das mehr oder weniger zu sich selbst gesagt, aber da hörten wir, wie zur Antwort darauf, draußen eine Stimme rufen: «Hier kommt George Andrews – war gerade in der Gegend.»

Im nächsten Augenblick führte Mrs. Taylor einen stämmigen Mann von etwas mehr als fünfzig Jahren herein, der, nach seiner Kleidung zu urteilen, den Tag mit landwirtschaftlicher Tätigkeit zugebracht hatte. Mit einer Selbstverständlichkeit, die ihn als regelmäßigen Gast auswies, setzte er sich auf einen kleinen Hocker neben der Tür und zog sich mit einiger Mühe die Gummistiefel aus, wobei er mit Mrs. Taylor ein paar beiläufige Worte wechselte. Dann trat er an den Tisch heran und blieb in strammer Haltung vor mir stehen, als mache er einem Offizier Meldung.

«Andrews ist mein Name, Sir», sagte er. «Wünsche Ihnen einen guten Abend. Es tut mir sehr leid, von Ihrer Panne zu hören, aber ich hoffe, es ist nicht allzu ärgerlich für Sie, die Nacht hier in Moscombe verbringen zu müssen.»

Ich fragte mich ein wenig verdutzt, auf welche Weise dieser Mr. Andrews von meiner «Panne», wie er es nannte, erfahren hatte. Jedenfalls erwiderte ich mit einem Lächeln, daß ich den Aufenthalt bei so gastfreundlicher Aufnahme keineswegs als «ärgerlich» empfände, sondern zu großem Dank verpflichtet sei. Dabei hatte ich natürlich an Mr. und Mrs. Taylor gedacht, aber Mr. Andrews schien sich in meine Dankesbezeugung eingeschlossen zu fühlen, denn indem er abwehrend seine großen Hände hob, antwortete er sofort:

«O nein, Sir, Sie sind ein sehr willkommener Gast. Wir freuen uns sehr, Sie hier zu haben. Leute wie Sie kommen nicht oft durch unseren Ort. Wir freuen uns alle sehr, daß Sie hier Station machen konnten.»

Die Art, wie er das sagte, schien darauf hinzudeuten, daß das ganze Dorf von meiner «Panne» nebst anschließendem Eintreffen in diesem Haus erfahren hatte. Ich sollte bald herausbekommen, daß diese Einschätzung der Wahrheit in der Tat sehr nahe kam: Ich kann mir nur denken, daß Mr. und Mrs. Taylor Passanten davon erzählt hatten, während ich mir oben in diesem Schlafzimmer, in das ich als erstes geführt worden war, rasch die Hände wusch und mich, so gut es ging, um das leicht lädierte Jackett und die verschmutzten Hosenaufschläge kümmerte. Jedenfalls traf wenige Minuten später ein weiterer Besucher ein, der ähnlich aussah wie Mr. Andrews – das heißt, von eher breiter Statur und in schlammverkrusteten Gummistiefeln, die er ebenso auszog, wie Mr. Andrews das gerade getan hatte. Ja, ihre Ähnlichkeit war von solcher Art, daß ich sie für Brüder hielt, bis der Neuankömmling sich mir als «Morgan, Sir, Trevor Morgan» vorstellte.

Mr. Morgan drückte sein Bedauern über mein «Mißgeschick» aus und versicherte, am Morgen werde alles in Ordnung kommen, ehe er betonte, wie sehr willkommen ich im Dorf sei. Nun hatte ich ähnliches erst wenige Augenblicke zuvor gehört, doch Mr. Morgan sagte tatsächlich: «Wir betrachten es als eine Ehre, einen Gentleman wie Sie hier bei uns in Moscombe zu haben, Sir.»

Ehe ich noch Zeit gehabt hatte, darauf etwas zu erwidern, waren auf dem Weg draußen schon wieder Schritte zu hören. Gleich darauf wurde ein Ehepaar mittleren Alters hereingeführt und mir als Mr. und Mrs. Harry Smith vorgestellt. Diese Leute sahen nun gar nicht nach Landwirtschaft aus; sie war eine große, matronenhafte Frau, die mich ein wenig an Mrs. Mortimer erinnerte, die während eines großen Teils der zwanziger und dreißiger Jahre in Darlington Hall Köchin gewesen war. Mr. Harry Smith war im Gegensatz zu ihr ein eher kleiner Mann mit einem recht angespannten Gesichtsausdruck und einer zerfurchten Stirn. Während sie am Tisch Platz nahmen, sagte er zu mir: «Dann wäre Ihr Wagen dieser Oldtimer da oben auf Thornley Bush Hill, Sir?»

«Wenn das die Anhöhe ist, von der man einen Blick auf das Dorf hat – ja», sagte ich. «Aber es überrascht mich, daß Sie ihn gesehen haben.»

«Ich habe ihn auch nicht selbst gesehen, Sir, aber Dave Thornton ist auf seinem Traktor vorhin auf dem Heimweg daran vorbeigekommen. Er war so erstaunt über diesen plötzlichen Anblick, daß er angehalten hat und ausgestiegen ist.» Mr. Harry Smith wandte sich um und sprach nun zu den anderen am Tisch. «Ein Prachtstück, sagt er. Hätte noch nie so etwas gesehen. Stellt den Wagen, den Mr. Lindsay immer gefahren hat, vollkommen in den Schatten!»

Das löste rings um den Tisch herum Lachen aus, und Mr. Taylor, der neben mir saß, sagte zur Erklärung: «Das war ein feiner Herr, der in dem großen Haus nicht weit von hier gewohnt hat, Sir. Er hat ein, zwei komische Sachen gemacht und war hier nicht sehr beliebt.»

Dem antwortete ein allgemeines, zustimmendes Gemurmel. Dann sagte jemand: «Auf Ihr Wohl, Sir», und hob einen der Krüge mit Ale, die Mrs. Taylor gerade an alle ausgeteilt hatte, und im nächsten Augenblick prostete mir die ganze Gesellschaft zu.

Ich lächelte und sagte: «Ich versichere Ihnen, die Ehre ist ganz meinerseits.»

«Sie sind sehr liebenswürdig, Sir», sagte Mrs. Smith. «Daran erkennt man den wahren Gentleman. Dieser Mr. Lindsay war kein Gentleman. Er mag viel Geld gehabt haben, aber er war niemals ein Gentleman.»

Wieder gab es allgemeine Zustimmung ringsum. Dann flüsterte Mrs. Taylor der neben ihr sitzenden Mrs. Smith etwas ins Ohr, und diese erwiderte daraufhin: «Er hat gesagt, er kommt, so bald er kann.» Sie wandten sich beide etwas verlegen zu mir um, und Mrs. Smith sagte: «Wir haben Dr. Carlisle gesagt, daß Sie hier sind, Sir. Der Doktor würde sehr gern Ihre Bekanntschaft machen.»

«Er hat wohl noch mit Patienten zu tun», fügte Mrs. Taylor entschuldigend hinzu. «Ich fürchte, wir können nicht mit Bestimmtheit sagen, daß er vorbeikommen kann, ehe Sie vielleicht zu Bett gehen wollen, Sir.»

In diesem Augenblick beugte sich Mr. Harry Smith, der kleine Mann mit der zerfurchten Stirn, abermals vor und sagte: «Dieser Mr. Lindsay, der hat sich ganz schön getäuscht, wissen Sie. Wie der sich benommen hat. Dachte, er ist was Besseres, und hat uns alle für Dummköpfe gehalten. Nun, ich kann Ihnen sagen, Sir, er hat bald dazugelernt. Hier wird viel und scharf nachgedacht und auch geredet. Die Leute haben ihre klare Meinung und sprechen sie auch aus. Das ist etwas, was unser Mr. Lindsay ganz rasch mitgekriegt hat.»

«Er war kein Gentleman», sagte Mr. Taylor ruhig. «Er war kein Gentleman, dieser Mr. Lindsay.»

«Ganz recht, Sir», sagte Mr. Harry Smith. «Schon wenn man ihn beobachtete, wußte man, das ist kein Gentleman. Gut, er hatte ein hübsches Haus und teure Anzüge, aber irgendwie hat man das einfach gewußt. Und es hat sich ja dann auch bewahrheitet.»

Es folgte wieder zustimmendes Gemurmel, und einen Augenblick lang schienen alle Anwesenden zu überlegen, ob es sich wohl schicke, mich näher über diese Person aufzuklären. Dann brach Mr. Taylor das Schweigen, indem er sagte:

«Das stimmt, was Harry da sagt. Man kann einen wahren Gentleman von einem falschen unterscheiden, der nur in feinen Kleidern steckt. Sie selbst sind ja das beste Beispiel, Sir. Es ist nicht nur der Schnitt Ihres Anzugs, nicht einmal die gebildete Art, wie Sie sich ausdrücken. Da ist noch etwas anderes, das Sie als Gentleman kennzeichnet. Nicht ganz leicht, das so genau zu beschreiben, aber es ist da, und wer Augen im Kopf hat, der sieht so was.»

Dies rief in der Tischrunde noch mehr zustimmende Geräusche hervor.

«Dr. Carlisle müßte jetzt bald hier sein», warf Mrs. Taylor ein. «Es wird Ihnen Freude machen, mit ihm zu reden.»

«Dr. Carlisle hat es auch», sagte Mr. Taylor. «Er hat es, das merkt man. Er ist auch ein feiner Mann.»

Mr. Morgan, der bisher nur wenig gesagt hatte, beugte sich vor und sagte zu mir: «Was meinen Sie, was es ist, Sir? Einer, der's hat, kann vielleicht eher sagen, was es ist. Wir reden hier alle davon, wer's hat und wer's nicht hat, und dabei wissen wir gar nicht genau, wovon wir eigentlich reden. Vielleicht könnten Sie uns etwas weiterhelfen, Sir.»

Schweigen senkte sich herab, und ich konnte förmlich spüren, wie sich alle Gesichter mir zuwandten. Ich räusperte mich und sagte:

«Es steht mir kaum zu, mich über Eigenschaften zu äußern, die ich selbst besitze oder vielleicht auch nicht besitze. Aber was diese spezielle Frage betrifft, so könnte man vermuten, daß die betreffende Eigenschaft wohl am besten mit dem Begriff ‹Würde› umrissen wird.»

Ich sah keinen Grund, den Versuch zu unternehmen, diese Bemerkung näher zu erläutern. Ich hatte eigentlich nur den Gedanken Ausdruck verliehen, die mir während des zuvor geführten Gesprächs durch den Kopf gegangen waren, und es ist keineswegs sicher, daß ich dergleichen überhaupt vorgebracht haben würde, hätte die Situation es nicht plötzlich erfordert. Man schien jedoch mit meiner Antwort sehr zufrieden zu sein.

«Da ist viel Wahres dran, Sir, an dem, was Sie da sagen», versicherte Mr. Andrews und nickte, und mehrere andere Stimmen fielen ein.

«Dieser Mr. Lindsay hätte ganz bestimmt etwas mehr Würde gebrauchen können», sagte Mrs. Taylor. «Das Dumme bei solchen Menschen ist, daß sie Würde mit hochmütigem Getue verwechseln.»

«Augenblick mal», warf Mr. Harry Smith ein. «Ich will Ihnen nicht zu nahe treten, Sir, aber das muß gesagt werden. Würde hat nicht nur ein Gentleman. Würde ist etwas, was jeder Mensch in diesem Land erstreben und erwerben kann. Sie müssen schon entschuldigen, Sir, aber wie ich schon sagte, wir zieren uns hier nicht lange, wenn es darum geht, zu sagen, was man denkt. Und das ist nun mal meine Meinung. Würde ist nicht nur was für Gentlemen.»

Ich erkannte natürlich, daß Mr. Harry Smith und ich in diesem Punkt aneinander vorbeiredeten und daß es viel zu kompliziert für mich gewesen wäre, diesen Leuten genauer zu erläutern, was ich gemeint hatte. Ich hielt es deshalb für das beste, einfach zu lächeln und zu sagen: «Natürlich, Sie haben vollkommen recht.»

Damit war sofort die kleine Spannung beseitigt, die im Zimmer entstanden war, während Mr. Harry Smith sprach. Und Mr. Harry Smith selbst schien jede Zurückhaltung aufzugeben, denn er beugte sich jetzt vor und fuhr fort:

«Deshalb haben wir schließlich gegen Hitler gekämpft.

Wenn es nach Hitler gegangen wäre, wären wir jetzt nur noch Sklaven. Die ganze Welt würde aus einigen wenigen Herren und Millionen und aber Millionen von Sklaven bestehen. Und ich brauche keinen von uns daran zu erinnern, daß das Sklavendasein nichts von Würde an sich hat. Wir haben das Recht errungen, freie Bürger zu sein. Und zu den Vorrechten eines Menschen, der als Engländer auf die Welt kommt, gehört es, daß er – ganz gleich, wer er ist und ob er reich oder arm ist –, daß er frei geboren ist und daß er seine Meinung frei äußern und seinen Parlamentsabgeordneten wählen und auch wieder abwählen kann. Darum geht es in Wirklichkeit bei der Würde – wenn Sie entschuldigen wollen, Sir.»

«Nun mal langsam, Harry», sagte Mr. Taylor. «Du scheinst dich warm zu reden für eine deiner politischen Ansprachen.»

Es wurde gelacht. Mr. Harry Smith lächelte ein wenig verlegen, fuhr aber fort:

«Ich halte keine politische Ansprache. Ich sage das einfach, weiter nichts. Du kannst keine Würde haben, wenn du ein Sklave bist. Aber jeder Engländer kann sie erwerben, wenn er nur will. Denn für dieses Recht haben wir gekämpft.»

«Das hier mag ein kleiner, entlegener Ort sein, Sir», sagte seine Frau. «Aber wir haben im Krieg mehr als unseren Teil gegeben. Mehr als unseren Teil.»

Eine gewisse Feierlichkeit lag in der Luft nach diesen Worten, bis Mr. Taylor schließlich zu mir sagte: «Harry erledigt viel Kleinarbeit für unseren zuständigen Parlamentsabgeordneten. Wenn er nur die kleinste Chance dazu bekommt, erzählt er Ihnen sofort, was alles falsch ist an der Art, wie das Land regiert wird.»

«Aber ich habe doch diesmal nur gesagt, was am Land *richtig* ist.»

«Hatten Sie auch viel mit Politik zu tun, Sir?» fragte Mr. Andrews.

«Nicht eigentlich direkt», sagte ich. «Und vor allem nicht dieser Tage. Schon eher vor dem Krieg vielleicht.»

«Ich frage nur, weil ich mich an einen Mr. Stevens zu erinnern glaube, der so vor ein, zwei Jahren Parlamentsabgeordneter war. Habe ihn ein paarmal im Rundfunk gehört. Hatte recht Vernünftiges über den Wohnungsbau zu sagen. Aber dieser Stevens sind Sie wohl nicht, Sir?»

«O nein», sagte ich mit einem Lachen. Nun weiß ich nicht, was mich zu meinen nächsten Worten veranlaßte; ich kann nur sagen, daß die Situation, in der ich mich befand, sie irgendwie zu erfordern schien. Denn ich fuhr fort: «Ich habe mich eigentlich eher mit internationalen Angelegenheiten befaßt als mit nationalen. Das heißt, mit Außenpolitik.»

Die Wirkung, die diese Bemerkung auf meine Zuhörer auszuüben schien, verblüffte mich ein wenig. Ein ehrfürchtiges Staunen schien sich auf sie herabzusenken. Rasch setzte ich hinzu: «Oh, ich hatte nie ein hohes Amt inne. Wenn ich irgendwelchen Einfluß ausübte, dann nur auf strikt inoffizielle Weise.» Doch das gebannte Schweigen hielt noch einige weitere Sekunden an.

«Entschuldigen Sie, Sir», sagte Mrs. Taylor schließlich, «aber hatten Sie auch einmal mit Mr. Churchill zu tun?»

«Mit Mr. Churchill? Er war bei einer Reihe von Gelegenheiten im Haus, aber um ganz ehrlich zu sein, Mrs. Taylor, während der Zeit, als ich mit großen Angelegenheiten die meiste Berührung hatte, war Mr. Churchill keine besondere Schlüsselfigur und schien auch nicht auf dem Weg zu einer solchen Position zu sein. Öfter zu Gast waren in jenen Tagen Persönlichkeiten wie Mr. Eden und Lord Halifax.»

«Aber Sie sind Mr. Churchill tatsächlich begegnet, Sir? Welch eine Ehre, so etwas sagen zu können.»

«Ich bin in vielem anderer Meinung als Mr. Churchill», sagte Mr. Harry Smith, «aber er ist ein großer Mann, kein Zweifel. Mit ihm über Politik zu reden muß schon was sein.»

«Nun, ich muß das noch einmal betonen», sagte ich, «ich hatte mit Mr. Churchill nicht viel zu tun. Aber wie Sie ganz richtig hervorheben, ist es schon ein Vorzug, mit ihm verkehrt zu haben. Alles in allem hatte ich wohl viel Glück, das will ich gern zugeben. Es war schließlich wirklich großes Glück, nicht nur Mr. Churchill, sondern vielen anderen großen Führern und einflußreichen Personen begegnet zu sein – aus Amerika und aus Europa. Und wenn man bedenkt, daß in vielen großen Fragen des Tages mein Wort bei ihnen etwas galt – doch, wenn ich jetzt daran zurückdenke, erfüllt mich schon eine gewisse Dankbarkeit. Es ist schließlich ein großes Privileg, auf der Weltbühne eine Rolle spielen zu dürfen, und sei sie noch so klein.»

«Verzeihen Sie die Frage, Sir», sagte Mr. Andrews, «aber was ist Mr. Eden für ein Mensch? Ich meine, im persönlichen Umgang. Ich hatte immer den Eindruck, daß er ein ganz patenter Bursche ist. Jemand, der mit jedem reden kann, ganz gleich, wo einer herkommt. Habe ich recht, Sir?»

«Ich würde sagen, das ist ein im großen und ganzen zutreffender Eindruck. Aber natürlich habe ich Mr. Eden in den letzten Jahren nicht mehr gesehen, und er mag sich unter dem Druck der heutigen Zeit verändert haben. Denn ich habe immer wieder beobachtet, daß das öffentliche Leben eine Persönlichkeit binnen weniger Jahre so verändern kann, daß man sie kaum wiedererkennt.»

«Das bezweifle ich nicht, Sir», sagte Mr. Andrews. «Nehmen Sie unseren Harry hier. Hat sich vor ein paar Jahren mit der Politik eingelassen und ist seitdem ein ganz anderer Mensch.»

Wieder wurde gelacht, während Mr. Harry Smith die Achseln zuckte und vorsichtig lächelte. Dann sagte er:

«Ja, ich habe mich stark im Wahlkampf engagiert, aber nur auf lokaler Ebene. Ich bin nie so berühmten Leuten begegnet wie die, mit denen Sie verkehren, Sir, aber ich glaube, auf meine Weise trage ich auch meinen Teil bei. So wie ich das sehe, ist England eine Demokratie, und wir in diesem Dorf hier, wir haben genauso gelitten wie jeder andere im Krieg, damit das so bleibt. Jetzt ist es an uns, unsere Rechte wahrzunehmen, an jedem von uns. Einige brave Burschen aus diesem Dorf haben ihr Leben gegeben, damit wir dieses Vorrecht genießen können, und wie ich das sehe, sind wir alle es ihnen schuldig, daß wir unseren Beitrag leisten. Wir haben hier alle unsere klaren Meinungen, und es ist unsere Pflicht, sie laut zu sagen. Wir sind hier weit vom Schuß, ja, ein kleines Dorf, wir werden alle nicht jünger, und das Dorf wird kleiner. Aber wie ich das sehe, sind wir das den Gefallenen hier aus dem Dorf schuldig. Deshalb opfere ich jetzt soviel von meiner Zeit, um dafür zu sorgen, daß unsere Stimme weiter oben gehört wird. Und wenn mich das verändert oder früh ins Grab bringt, dann ist mir das gleich.»

«Ich habe Sie gewarnt, Sir», sagte Mr. Taylor lächelnd. «Harry läßt keinen Gentleman von einigem Einfluß, der erst einmal hier ist, wieder los, ohne ihm seinen üblichen Vortrag gehalten zu haben.»

Wieder lachte man, aber ich sagte fast sofort darauf:

«Ich glaube, ich verstehe Ihre Einstellung sehr gut, Mr. Smith. Ich kann gut verstehen, daß Sie manches zu verbessern wünschen und daß Sie und Ihre Mitbürger hier die Gelegenheit haben möchten, Ihren Teil zur Schaffung einer besseren Welt beizutragen. Das ist eine lobenswerte Gesinnung. Es war wohl ein sehr ähnlicher Drang, der mich dazu brachte, vor dem Krieg an den großen Problemen der Zeit Anteil zu nehmen. Damals wie heute schien der Weltfrieden etwas, das sich jederzeit unserem Griff zu entziehen drohte, und ich wollte meinen Teil beitragen.»

«Entschuldigen Sie, Sir», sagte Mr. Harry Smith, «aber ich hatte das ein wenig anders gemeint. Für Leute wie Sie war es immer ziemlich leicht, Einfluß auszuüben. Sie können die Mächtigsten im Lande als Ihre Freunde betrachten. Aber

Leute wie wir hier, wir bekommen jahrelang keinen wahren Gentleman zu Gesicht – außer vielleicht Dr. Carlisle. Er ist ein erstklassiger Arzt, aber er hat schließlich doch nicht die nötigen *Beziehungen*. Wir hier vergessen leicht unsere Verpflichtungen als Staatsbürger. Deshalb setze ich mich ja im Wahlkampf so stark ein. Ob man nun mit mir einer Meinung ist oder nicht – und ich weiß, in diesem Raum hier ist kein einziger, der mit *allem* einverstanden ist, was ich sage –, ich bringe die Leute doch wenigstens zum Nachdenken. Ich erinnere sie zumindest an ihre Bürgerpflicht. Wir leben in einem demokratischen Land. Wir haben dafür gekämpft. Wir müssen alle unseren Teil beitragen.»

«Wo Dr. Carlisle nur bleibt?» sagte Mrs. Smith. «Unser Gast hätte jetzt sicher nichts gegen ein *geistreiches* Gespräch einzuwenden.»

Dies rief erneutes Lachen hervor.

«Nun», sagte ich, «so angenehm es auch war, Sie alle kennengelernt zu haben, muß ich doch gestehen, daß ich auf einmal recht müde werde...»

«Natürlich, Sir», sagte Mrs. Taylor. «Sie müssen richtig erschöpft sein. Vielleicht sollte ich Ihnen noch eine Decke holen. Es wird jetzt nachts viel kühler.»

«O nein, danke, Mrs. Taylor, das ist nicht nötig.»

Aber ehe ich aufstehen konnte, sagte Mrs. Morgan:

«Was ich Sie noch fragen wollte, Sir, da ist im Rundfunk jemand, den wir gern hören. Er heißt Leslie Mandrake. Sind Sie dem vielleicht zufällig einmal begegnet?»

Ich sagte, das sei ich nicht, und versuchte abermals, mich zurückzuziehen, wurde aber durch weitere Fragen nach Personen aufgehalten, denen ich hätte begegnet sein können. Ich saß daher noch immer am Tisch, als Mrs. Smith bemerkte:

«Ah, da kommt jemand. Das wird wohl der Doktor sein.»

«Ich sollte mich jetzt wirklich auf mein Zimmer begeben», sagte ich. «Ich verspüre eine recht große Müdigkeit.»

«Aber das ist jetzt sicher der Doktor, Sir», sagte Mrs. Smith. «Warten Sie doch noch ein paar Minuten.»

Gerade als sie dies sagte, klopfte es, und eine Stimme sagte: «Ich bin's nur, Mrs. Taylor.»

Der Herr, der hereingeführt wurde, war noch recht jung – etwa um die Vierzig –, groß und schlank; in der Tat so groß, daß er sich beim Eintreten ein wenig bücken mußte. Er hatte uns kaum allen einen guten Abend gewünscht, als Mrs. Taylor zu ihm sagte:

«Das hier ist der Gentleman, Doktor. Sein Wagen ist oben am Thornley Bush liegengeblieben, und jetzt muß er sich Harrys Reden anhören.»

Der Arzt trat an den Tisch und streckte mir die Hand hin.

«Richard Carlisle», sagte er mit einem fröhlichen Lächeln, als ich mich erhob, um sie zu schütteln. «Großes Pech, das mit Ihrem Wagen. Aber ich bin sicher, hier kümmert man sich gut um Sie. Eher zu gut, könnte ich mir denken.»

«Doch, ja», erwiderte ich. «Ich bin sehr freundlich aufgenommen worden.»

«Nun, nett, Sie bei uns zu haben.» Dr. Carlisle nahm fast genau mir gegenüber am Tisch Platz. «Aus welcher Ecke kommen Sie?»

«Oxfordshire», sagte ich und vermied es nur mit Mühe, unwillkürlich «Sir» hinzuzufügen.

«Sehr schön dort. Ich habe einen Onkel, der ganz in der Nähe von Oxford wohnt. Sehr schöne Gegend.»

«Mr. Stevens hat uns gerade erzählt, daß er Mr. Churchill kennt, Doktor», sagte Mrs. Smith.

«Ach, wirklich? Ich kannte mal einen Neffen von ihm, habe jedoch den Kontakt verloren. Hatte aber nie das Vergnügen, dem großen Mann persönlich zu begegnen.»

«Und er kennt nicht nur Mr. Churchill», fuhr Mrs. Smith fort, «er kennt auch Mr. Eden. Und Lord Halifax.»

«Tatsächlich?»

Ich spürte, wie die Augen des Arztes mich eingehend musterten. Ich wollte gerade eine passende Bemerkung machen, doch ehe ich dazu kam, sagte Mr. Andrews zu dem Arzt:

«Wie der Herr uns gerade erzählte, hatte er zu seiner Zeit viel mit Außenpolitik zu tun.»

«Ach ja, wirklich?»

Mir schien, daß Dr. Carlisle mich ungewöhnlich lang prüfend ansah. Dann fragte er, wieder in seiner fröhlichen Art:

«Fahren Sie zum Vergnügen durch die Lande?»

«In erster Linie, ja», sagte ich und lachte kurz auf.

«Die Landschaft hier ist recht schön. Ach, übrigens, Mr. Andrews, es tut mir leid, daß ich Ihnen die Säge noch nicht zurückgebracht habe.»

«Hat keine Eile, Doktor.»

Ich stand für eine kurze Zeit nicht mehr im Mittelpunkt des allgemeinen Interesses und brauchte nichts zu sagen. Dann, als sich mir eine günstige Gelegenheit zu bieten schien, erhob ich mich und sagte: «Bitte entschuldigen Sie mich. Es war ein höchst angenehmer Abend, aber ich muß mich jetzt wirklich zurückziehen.»

«Ein Jammer, daß Sie schon so früh hinauf müssen», sagte Mrs. Smith. «Wo der Doktor gerade erst gekommen ist.»

Mr. Harry Smith beugte sich über seine Frau hinweg zu Dr. Carlisle vor und meinte: «Ich hatte gehofft, der Herr hätte ein paar Worte zu Ihren Vorstellungen vom Empire zu sagen, Doktor.» Dann wandte er sich an mich und fuhr fort: «Unser Doktor hier ist dafür, daß alle möglichen kleinen Länder unabhängig werden. Ich weiß, daß er im Unrecht ist, aber ich bin nicht gebildet genug, ihm das nachzuweisen. Deshalb hätte ich gern gewußt, was jemand wie Sie zu diesem Thema sagt, Sir.»

Abermals schien Dr. Carlisles Blick prüfend auf mir zu ruhen. Dann sagte er: «Ein Jammer, aber wir müssen den Herrn ins Bett entlassen. Er hatte gewiß einen anstrengenden Tag.»

«In der Tat», sagte ich mit einem weiteren kurzen Auflachen und begann, um den Tisch herumzugehen. Es war mir peinlich, als sich alle erhoben, auch Dr. Carlisle.

«Ich danke Ihnen allen recht herzlich», sagte ich lächelnd. «Mrs. Taylor, ich habe ein köstliches Abendessen genossen. Ich wünsche Ihnen allen eine gute Nacht.»

«Gute Nacht, Sir», erwiderten alle im Chor. Ich war schon an der Tür, als die Stimme des Doktors mich zurückhielt.

«Ach, Mr. Stevens», sagte er, und als ich mich umdrehte, sah ich, daß er noch stehengeblieben war. «Ich muß gleich morgen früh in Stanbury einen Krankenbesuch machen. Dabei könnte ich Sie zu Ihrem Wagen bringen. Würde Ihnen den Fußmarsch ersparen. Und wir könnten unterwegs bei Ted Hardacre einen Kanister Benzin mitnehmen.»

«Das ist sehr freundlich», sagte ich. «Aber ich möchte Ihnen keine Mühe machen.»

«Ist keine Mühe. Wäre Ihnen halb acht recht?»

«Das wäre wirklich sehr liebenswürdig von Ihnen.»

«Gut, dann also halb acht. Sorgen Sie dafür, daß Ihr Gast rechtzeitig wach wird und gefrühstückt hat, Mrs. Taylor.» Und an mich gewandt, fügte er hinzu: «Dann können wir also doch noch miteinander reden. Wenn Harry hier leider auch nicht miterleben kann, wie ich eines Besseren belehrt werde.»

Es wurde gelacht und noch einmal gute Nacht gewünscht, ehe es mir schließlich vergönnt war, in diesem Zimmer Zuflucht zu suchen.

Ich brauche wohl kaum das Ausmaß des Unbehagens zu betonen, das ich an diesem Abend wegen des unglücklichen, meine Person betreffenden Mißverständnisses verspürte. Ich kann nur sagen, daß ich wirklich nicht weiß, wie ich hätte verhindern sollen, daß sich die Situation so entwickelte, wie sie es tat; denn als sie jenes Stadium erreicht hatte, in dem mir bewußt wurde, was da geschah, hätte ich diese Leute schon nicht mehr ohne große Peinlichkeit auf beiden Seiten aufklären können. Aber so bedauerlich die ganze Geschichte war, sehe ich doch andererseits nicht, daß irgendein echter Schaden angerichtet worden wäre. Ich werde mich schließlich morgen früh von diesen Leuten verabschieden und ihnen wahrscheinlich nie mehr begegnen. Es hat wenig Sinn, sich mit der Sache weiter zu beschäftigen.

Doch von dem unglücklichen Mißverständnis abgesehen gibt es vielleicht noch ein, zwei andere Aspekte im Zusammenhang mit den Ereignissen dieses Abends, die einer kurzen Überlegung wert sind – und wäre es nur, um zu verhindern, daß sie sich während der nächsten Tage immer wieder zu Wort melden. Da ist zum Beispiel das, was Mr. Harry Smith über den Begriff «Würde» sagte. Seine Feststellungen enthalten gewiß wenig, was einer ernsthaften Betrachtung wert wäre. Natürlich muß man berücksichtigen, daß Mr. Harry Smith das Wort in einem ganz anderen Sinne gebrauchte, als ich dies tat. Doch selbst dann, selbst von seiner Seite aus gesehen, waren seine Äußerungen viel zu idealistisch, viel zu theoretisch, um Beachtung zu verdienen. Bis zu einem gewissen Grad hatte er zweifellos nicht ganz unrecht; in einem Land wie dem unseren mögen die Menschen tatsächlich eine gewisse Verpflichtung haben, über Staatsangelegenheiten nachzudenken und sich eine Meinung zu bilden. Aber da das Leben nun einmal ist, wie es ist, wie kann man da von gewöhnlichen Menschen erwarten, daß sie in allen möglichen Fragen eine «klare Meinung» haben – wie Mr. Harry Smith das recht phantasievoll von den Dorfbewohnern hier behauptet? Und diese Erwartungen sind nicht nur unrealistisch, ich bezweifle, daß sie überhaupt wünschenswert sind. Für das, was gewöhnliche Menschen lernen und wissen können, gibt es schließlich eine Grenze, und zu verlangen, daß jeder einzelne von ihnen zu den großen Debatten der Nation «klare Meinungen» beiträgt, kann gewiß nicht klug sein. Es ist in jedem Fall absurd, daß jemand sich erdreistet, die «Würde» eines Menschen von daher zu definieren.

Zufällig kommt mir gerade eine Episode in den Sinn, die, wie ich glaube, recht gut die wirklichen Grenzen einer vielleicht in Mr. Harry Smiths Ansichten liegenden Wahrheit aufzeigt. Es ist ein Vorfall, den ich selbst erlebt habe und der sich etwa 1935 ereignete.

Wie ich die Sache in Erinnerung habe, wurde eines Abends sehr spät – es war nach Mitternacht – vom Salon aus, in dem seine Lordschaft seit dem Abendessen drei Herren zu Gast hatte, nach mir geklingelt. Ich war natürlich an diesem Abend schon mehrmals in den Salon gerufen worden, um Getränke und andere Erfrischungen nachzureichen, und hatte bei diesen Gelegenheiten bemerkt, daß die Herren angestrengt über schwerwiegende Probleme diskutierten. Als ich nun bei dieser letzten Gelegenheit den Salon betrat, hörten die Herren jedoch zu reden auf und blickten mich an. Dann sagte seine Lordschaft:

«Kommen Sie doch bitte einen Augenblick hier herüber, Stevens, ja? Mr. Spencer möchte mit Ihnen sprechen.»

Der genannte Herr sah mich eine Zeitlang an, ohne die ein wenig lässige Haltung zu ändern, die er in seinem Sessel eingenommen hatte. Dann sagte er:

«Guter Mann, ich möchte Sie etwas fragen. Wir brauchen Ihre Hilfe in einer Angelegenheit, die wir gerade besprechen. Sagen Sie, halten Sie es für denkbar, daß die Schuldensituation Amerika gegenüber bei dem derzeitigen niedrigen Handelsniveau eine entscheidende Rolle spielt? Oder glauben Sie, das ist ein Ablenkungsmanöver und das Kernproblem der Goldstandard?»

Ich war natürlich ein wenig erstaunt, doch rasch hatte ich die Situation durchschaut; man erwartete ganz offensichtlich, daß mich die Frage verwirrte. Ja, während des Augenblicks, den ich brauchte, um dies zu erkennen und mir eine passende Antwort auszudenken, mag ich sogar den Eindruck erweckt haben, als kämpfte ich mit der Frage, denn ich sah alle Herren im Raum belustigte Blicke tauschen.

«Ich bedaure, Sir», sagte ich, «aber in dieser Angelegenheit kann ich Ihnen nicht weiterhelfen.»

Ich hatte inzwischen die Situation völlig im Griff, aber die Herren lachten verstohlen weiter. Dann sagte Mr. Spencer:

«Dann können Sie uns vielleicht in einer anderen Sache weiterhelfen. Würden Sie sagen, daß sich das Währungsproblem in Europa verbessert oder verschlechtert, wenn es zu einem Rüstungsabkommen zwischen den Franzosen und den Bolschewiken käme?»

«Ich bedaure, Sir, aber in dieser Angelegenheit kann ich Ihnen nicht weiterhelfen.»

«Du liebe Güte», sagte Mr. Spencer. «Also da können Sie uns auch nicht weiterhelfen.»

Es gab noch mehr unterdrücktes Lachen, ehe seine Lordschaft sagte: «Schön, Stevens. Das wäre wohl alles.»

«Ach, bitte, Darlington, ich hätte noch eine letzte Frage an unseren guten Mann hier», sagte Mr. Spencer. «Ich hätte gern seine Hilfe in der Sache, die viele von uns so sehr beschäftigt und die von entscheidender Bedeutung für unsere Außenpolitik ist. Mein Lieber, bitte helfen Sie uns. Was hat Monsieur Laval mit seiner jüngsten Rede über die Situation in Nordafrika beabsichtigt? Sind Sie auch der Ansicht, daß sie nur eine List war, die den Zweck verfolgte, die nationalistischen Randgruppen in seiner eigenen Partei zum Schweigen zu bringen?»

«Ich bedaure, Sir, aber in dieser Angelegenheit kann ich Ihnen nicht weiterhelfen.»

«Sie sehen, meine Herren», sagte Mr. Spencer, wobei er sich zu den anderen umwandte, «unser Mann kann uns in diesen Angelegenheiten nicht weiterhelfen.»

Dem folgte erneutes Lachen, das jetzt kaum noch unterdrückt wurde.

«Und doch», fuhr Mr. Spencer fort, «halten wir an der Vorstellung fest, daß die Entscheidungen der Nation den Händen unseres guten Mannes hier und der Millionen seinesgleichen anvertraut werden. Kann es verwundern, daß wir, mit unserem derzeitigen parlamentarischen System geschlagen, für unsere vielen Schwierigkeiten keine Lösung finden? Da könnte man ja genausogut einen Ausschuß der Müttervereinigung mit der Vorbereitung eines Feldzugs beauftragen.»

Diese Bemerkung löste lautes, herzhaftes Lachen aus, in das hinein seine Lordschaft leise sagte: «Danke, Stevens», und es mir auf diese Weise ermöglichte, hinauszugehen.

Handelte es sich hier auch um eine leicht unbehagliche Situation, so war es doch kaum die schwierigste oder auch nur eine besonders ungewöhnliche, die im Zuge der Pflichterfüllung einem Butler während seiner Laufbahn begegnet, und man wird zweifellos mit mir der Ansicht sein, daß ein Vertreter dieses Berufsstandes, der etwas auf sich hält, mit dergleichen fertig werden muß. Ich hatte den Vorfall auch schon fast vergessen, als Lord Darlington am nächsten Morgen ins Billardzimmer kam, während ich gerade von der Trittleiter aus Porträts abstaubte, und sagte:

«Also, Stevens, das war schlimm. Was wir da gestern abend mit Ihnen gemacht haben.»

Ich hielt in meiner Tätigkeit inne und sagte: «Keineswegs, Sir. Es war mir eine Freude, von Nutzen sein zu können.»

«Es war höchst unschön. Wir hatten wahrscheinlich zu gut zu Abend gegessen. Ich möchte mich für uns alle bei Ihnen entschuldigen.»

«Danke, Sir. Aber ich kann Ihnen versichern, ich habe mich nicht über Gebühr beansprucht gefühlt.»

Seine Lordschaft schritt recht erschöpft auf einen Ledersessel zu, setzte sich und seufzte. Von meiner erhöhten Position auf der Trittleiter aus konnte ich praktisch seine ganze lange Gestalt sehen, eingefangen vom Wintersonnenschein, der durch die Verandatüren hereinfiel und einen großen Teil des Raumes mit Streifen von Licht durchzog. Es war, wie ich mich erinnere, einer jener Momente, die einem vor Augen führten, wie sehr in nur wenigen Jahren die Belastungen des Lebens an seiner Lordschaft gezehrt hatten. Seine schon immer sehr schlanke Figur war beunruhigend schmächtig geworden, er ging ein wenig gebeugt und hatte vorzeitig weißes Haar bekommen, und das hagere Gesicht sah abgespannt aus. Er blickte eine Zeitlang durch die Türen zu den Downs hinüber und sagte dann noch einmal:

«Es war wirklich höchst unschön. Aber sehen Sie, Stevens, Mr. Spencer wollte Sir Leonard etwas beweisen. Für den Fall, daß Ihnen das ein Trost ist: Sie haben tatsächlich mitgeholfen, einen wichtigen Punkt zu klären. Sir Leonard hatte eine Menge altmodischen Unsinn geredet. Daß der Wille des Volkes der klügste Schiedsmann sei und so weiter. Das hat er wirklich gesagt, Stevens.»

«Tatsächlich, Sir?»

«Wir merken hierzulande immer viel zu spät, daß etwas aus der Mode gekommen ist. Andere große Völker wissen genau, daß man sich von alten, liebgewordenen Methoden trennen muß, wenn es die Herausforderungen einer neuen Zeit zu meistern gilt. Nicht so hier in Großbritannien. Es gibt noch immer sehr viele, die so reden wie Sir Leonard gestern abend. Deshalb glaubte Mr. Spencer, seinen Standpunkt durch eine Demonstration untermauern zu müssen. Und ich sage Ihnen, Stevens, wenn Leute wie Sir Leonard dazu gebracht werden, aufzuwachen und ein wenig nachzudenken, dann war Ihre Tortur heute nacht nicht umsonst, das können Sie mir glauben.»

«Sehr wohl, Sir.»

Lord Darlington stieß einen weiteren Seufzer aus. «Wir

sind immer die letzten, Stevens. Immer die letzten, die sich noch an ausgediente Systeme klammern. Aber früher oder später werden wir uns den Fakten stellen müssen. Die Demokratie gehört einer vergangenen Zeit an. Die Welt ist heute eine viel zu komplizierte Angelegenheit für allgemeines Wahlrecht und solche Dinge. Für endlose Parlamentsdebatten, die alles zum Stillstand bringen. War alles schön und gut, vielleicht vor ein paar Jahren noch, aber in der Welt von heute? Wie sagte Mr. Spencer heute nacht? Er hat das recht gut ausgedrückt.»

«Ich glaube, Sir, er verglich das gegenwärtige parlamentarische System mit einem Ausschuß der Müttervereinigung, der sich an die Vorbereitung eines Feldzuges macht.»

«Ganz recht, Stevens. Wir hinken in diesem Land hinter der Zeit her. Und es ist absolut notwendig, daß alle fortschrittlichen Menschen dies Leuten wie Sir Leonard klarmachen.»

«Sehr wohl, Sir.»

«Wirklich, Stevens. Da stecken wir mitten in einer tiefen Krise. Das habe ich mit eigenen Augen gesehen, als ich mit Mr. Whittaker in den Norden gereist bin. Die Menschen leiden Not. Gewöhnliche, anständige, arbeitsame Menschen leiden schreckliche Not. Deutschland und Italien haben gehandelt und ihr Haus bestellt. Und das haben auf ihre Weise vermutlich sogar die abscheulichen Bolschewiken. Und siehe da, selbst Präsident Roosevelt fürchtet sich nicht, ein paar kühne Schritte zu unternehmen. Zum Wohl seines Volkes. Und was geschieht hier, Stevens? Jahre vergehen, und nichts wird besser. Wir streiten und debattieren und schieben die Dinge vor uns her. Jede gute Idee ist schon bis zur Wirkungslosigkeit abgeändert und ergänzt, wenn sie erst die Hälfte der vorgeschriebenen Ausschüsse passiert hat. Die wenigen Leute, die eine Ahnung haben, werden von lauter Ignoranten um sie her zur Untätigkeit verdammt. Was sagen Sie dazu, Stevens?»

«Die Nation scheint wirklich in einer bedauerlichen Verfassung zu sein, Sir.»

«Das kann man wohl sagen. Sehen Sie sich Deutschland und Italien an, Stevens. Sehen Sie sich an, was kraftvolle Führerschaft auszurichten vermag, wenn man ihr Handlungsfreiheit einräumt. Dort gibt es keinen solchen Unsinn wie allgemeines Wahlrecht oder ähnliches. Wenn Ihr Haus brennt, rufen Sie doch auch nicht alle Bewohner im Salon zusammen, um eine Stunde lang die verschiedenen Fluchtwege zu debattieren, oder? Früher mag das alles einmal schön und gut gewesen sein, aber heute ist die Welt eine komplizierte Sache. Man kann nicht erwarten, daß der Mann auf der Straße genug von Politik, Wirtschaft, Welthandel und was weiß ich noch versteht. Und warum sollte er auch? Sie haben da heute nacht sogar eine recht gute Antwort gegeben, Stevens. Wie haben Sie das doch ausgedrückt? Daß dies nicht in Ihr Gebiet falle, so dem Sinn nach? Nun, warum sollte es auch?»

Mir ist, wenn ich mich an diese Worte erinnere, natürlich bewußt, daß viele von Lord Darlingtons Gedanken heute ziemlich eigenartig, bisweilen sogar unpopulär erscheinen mögen. Doch es kann gewiß nicht bestritten werden, daß in dem, was er mir an jenem Morgen im Billardzimmer sagte, ein wichtiges Element von Wahrheit steckt. Natürlich ist es völlig absurd, zu erwarten, daß irgendein Butler in der Lage wäre, kompetent Fragen von der Art zu beantworten, wie Mr. Spencer sie mir in jener Nacht gestellt hatte, und die Behauptung von Leuten wie Mr. Harry Smith, daß die «Würde» eines Menschen davon abhänge, daß er dies kann, hat sich als der Unsinn offenbart, der sie ist. Sagen wir es ganz deutlich: Pflicht eines Butlers ist es, eine gute Dienstleistung zu erbringen, und nicht, sich in die großen Angelegenheiten der Nation einzumischen. Solche großen Angelegenheiten werden immer das Verständnis gewöhnlicher Menschen wie unsereins übersteigen, und wer von uns sein Zeichen setzen will, muß erkennen, daß er das am besten durch Konzentration auf das erreicht, was sich innerhalb seines Gebietes befindet, das heißt, indem er sich ganz der Aufgabe widmet, mit der bestmöglichen Dienstleistung jene großen Persönlichkeiten zu unterstützen, in deren Händen das Schicksal der Zivilisation tatsächlich liegt. Dies mag offenkundig scheinen, aber es fallen einem doch sofort nur zu viele Fälle ein, in denen Butler, zumindest eine Zeitlang, ganz anders dachten. Ja, Mr. Harry Smiths Worte heute abend erinnern mich sehr an jenen besonderen irregeleiteten Idealismus, der wesentliche Teile unserer Generation während der zwanziger und dreißiger Jahre befiel. Ich denke dabei an jene Richtung innerhalb unseres Berufsstandes, welche die Ansicht vertrat, jeder Butler, der seine Tätigkeit ernst nehme, solle es sich zur Aufgabe machen, seinen Dienstherrn immer wieder neu einzuschätzen – seine Motive unter die Lupe zu nehmen, die Auswirkungen seiner Ansichten kritisch zu untersuchen. Nur so, hieß es weiter, könne man sicher sein, mit seinen Talenten einem wünschenswerten Zweck zu dienen. Mag man auch ein gewisses Verständnis für den in einer solchen These enthaltenen Idealismus aufbringen, so kann doch kaum ein Zweifel daran bestehen, daß er – wie Mr. Smiths Ansichten heute abend – das Ergebnis irregeleiteten Denkens ist. Man braucht sich nur die Butler anzusehen, die einen solchen Ansatz in die Praxis umzusetzen versuchten, und wird erkennen, daß aus ihren Karrieren – und in manchen Fällen handelte es sich um höchst vielversprechende Karrieren – infolge solchen Verhaltens nichts wurde. Ich selbst habe wenigstens zwei recht kompetente Kollegen gekannt, die von einem Dienstherrn zum anderen wechselten, ewig unzufrieden, nirgends Wurzeln schlagend, bis ich sie schließlich aus den Augen verlor. Und daß es so kommen mußte, kann keineswegs überraschen. Denn es ist in der Praxis einfach nicht möglich, einem Dienstherrn mit einer kritischen Einstellung gegenüberzutreten und gleichzeitig eine gute Dienstleistung zu erbringen. Es ist nicht nur unwahrscheinlich, daß man den vielen Anforderungen des Dienstes in höheren Positionen gerecht werden kann, wenn die Aufmerksamkeit durch solche Dinge in Anspruch genommen wird, sondern ein Butler, der ständig an seinen «klaren Meinungen» zu den Angelegenheiten seines Dienstherrn arbeitet, entbehrt zwangsläufig auch einer für alle qualifizierten Mitglieder unseres Berufsstandes wesentlichen Eigenschaft, nämlich der Loyalität. Man möge mich hier bitte nicht mißverstehen; ich beziehe mich nicht auf die unbeseelte Art von «Loyalität», deren Fehlen zweitklassige Dienstherren beklagen, wenn sie feststellen, daß sie außerstande sind, hochklassige Kräfte auf Dauer an sich zu binden. Ich würde sogar zu den letzten zählen, die befürworteten, daß man seine Loyalität unbedacht jeder Dienstherrschaft schenkt, die einen gerade für eine gewisse Zeit beschäftigt. Wenn ein Butler jedoch im Leben für irgend etwas und für irgend jemanden von Wert sein soll, muß früher oder später der Zeitpunkt kommen, an dem er seine Suche einstellt, der Zeitpunkt, an dem er sich sagt: «Dieser Dienstherr verkörpert alles, was ich edel und bewundernswert finde. Hinfort werde ich mich ausschließlich seinem Dienst widmen.» Das ist *intelligent* geübte Loyalität. Was ist daran «würdelos»? Man akzeptiert lediglich eine unausweichliche Tatsache: Daß gewöhnliche Menschen wie unsereiner nie imstande sein werden, die großen Angelegenheiten der heutigen Welt zu erfassen, und daß es deshalb stets das beste ist, wenn wir unser Vertrauen einem Dienstherrn schenken, den wir für klug und ehrenwert halten, und all unsere Kräfte der Aufgabe widmen, ihm nach bestem Vermögen zu dienen. Man betrachte Persönlichkeiten wie etwa Mr. Marshall oder Mr. Lane – gewiß die herausragenden Gestalten in unser Profession. Können wir uns vorstellen, daß Mr. Marshall mit Lord Camberley über dessen letzte Depesche ans Außenministerium streitet?

Bewundern wir Mr. Lane weniger, nur weil wir hören, daß es nicht seine Art ist, Sir Leonard Gray vor jeder von dessen Ansprachen im Unterhaus zur Rede zu stellen? Natürlich tun wir das nicht. Was ist daran «würdelos», was ist an einer solchen Einstellung überhaupt tadelnswert? Wie kann man in irgendeinem Sinn verantwortlich gemacht werden, nur weil etwa der Lauf der Dinge gezeigt hat, daß Lord Darlingtons Bemühungen irregeleitet, sogar töricht waren? Während all der Jahre, die ich ihm diente, war er es und nur er allein, der die Umstände abwägte und es für das beste hielt, so vorzugehen, wie er es dann tat, während ich mich, wie es mir zukam, auf die Angelegenheiten beschränkte, die in meinen Aufgabenbereich fielen. Ich für mein Teil erfüllte meine Pflichten nach bestem Vermögen, ja, auf einem Niveau, das viele als «erstklassig» bezeichnen mögen. Es ist schwerlich meine Schuld, wenn seiner Lordschaft Leben und Werk sich heute bestenfalls als traurige Vergeudung darstellen – und es wäre vollkommen unlogisch, würde ich, was mich selbst betrifft, in irgendeiner Weise Bedauern oder Scham empfinden.

Vierter Tag – Nachmittag

Little Compton, Cornwall

Ich bin endlich in Little Compton eingetroffen und sitze jetzt im Speisesaal des Rose Garden Hotel. Ich habe gerade zu Mittag gegessen, und draußen regnet es ununterbrochen.

Das Rose Garden Hotel ist zwar keineswegs luxuriös, aber ganz gewiß behaglich und komfortabel, und man hat keinen Grund, die zusätzlichen Ausgaben für diese Unterkunft zu bereuen. Das Hotel liegt recht günstig an einer Ecke des Dorfplatzes, ein sehr reizvolles, von Efeu überwachsenes Herrenhaus, das nach meiner Schätzung etwa dreißig Gäste beherbergen kann. Der Speisesaal, in dem ich jetzt sitze, ist jedoch ein moderner Anbau an das Hauptgebäude – ein langgestreckter Raum mit einer Reihe großer Fenster zu beiden Seiten. Auf der einen Seite blickt man auf den Dorfplatz, auf der anderen ist der Garten zu sehen, nach dem das Haus wohl seinen Namen hat. Im Garten, der gut gegen Wind geschützt zu sein scheint, sind mehrere Tische aufgestellt, und bei schönem Wetter muß es sehr angenehm sein, dort eine Mahlzeit oder eine Erfrischung einzunehmen. Ich habe sogar mitbekommen, daß vor einer Weile einige Gäste tatsächlich dort zu essen angefangen hatten, bis sie durch das Auftauchen bedrohlicher Gewitterwolken vertrieben wurden. Als ich vor ungefähr einer Stunde in den Saal geleitet wurde, waren Kellner gerade dabei, in aller Eile die Gartentische abzudecken – während die Gäste, die noch kurz zuvor an ihnen gesessen hatten, ein wenig ratlos herumstanden, unter ihnen ein Herr, der die Serviette noch im Hemdkragen stecken hatte. Bald darauf hatte es so heftig zu regnen begonnen, daß einen Augenblick lang alle Gäste mitten im Essen innezuhalten schienen, um zu den Fenstern hinauszublicken.

Mein Tisch steht an der dem Dorfplatz zugewandten Seite, und ich habe den größten Teil der vergangenen Stunde damit verbracht, dem Regen zuzusehen, wie er auf den Platz fällt und auf den Ford und zwei weitere dort abgestellte Fahrzeuge. Der Regen hat etwas nachgelassen, ist aber noch immer so stark, daß man nicht hinausgehen und im Dorf umherspazieren möchte. Natürlich habe ich an die Möglichkeit gedacht, Miss Kenton jetzt gleich aufzusuchen, aber ich hatte ihr in meinem Brief mitgeteilt, daß ich um drei Uhr kommen würde, und ich halte es nicht für klug, sie durch ein früheres Eintreffen zu überraschen. Wenn der Regen nicht bald aufhört, werde ich also wahrscheinlich hier noch den Tee nehmen, bis es Zeit wird, sich auf den Weg zu machen. Ich habe mich bei der jungen Frau, die mich beim Mittagessen bedient hat, erkundigt und erfahren, daß es bis zu Miss Kentons derzeitiger Adresse etwa fünfzehn Minuten zu Fuß sind, was bedeutet, daß ich wenigstens noch weitere vierzig Minuten warten muß.

Ich sollte übrigens erwähnen, daß ich nicht so töricht bin, nicht auch mit einer Enttäuschung zu rechnen. Ich bin mir nur zu sehr bewußt, daß ich von Miss Kenton nie eine Antwort erhalten habe, in der sie versichert hätte, daß sie sich über eine Begegnung freuen würde. Doch wie ich Miss Kenton kenne, neige ich zu der Annahme, daß das Ausbleiben eines Briefes als Einverständnis ausgelegt werden kann; käme eine Begegnung aus irgendeinem Grund ungelegen, hätte sie sicher nicht gezögert, mich dies wissen zu lassen. Zudem hatte ich in meinem Brief auf den Umstand hingewiesen, daß ich in diesem Hotel ein Zimmer vorbestellt hatte und hier gegebenenfalls eine Nachricht für mich hinterlassen werden konnte; die Tatsache, daß keine solche Nachricht mich erwartete, darf ich wohl als weitere Bestätigung dafür auffassen, daß alles in Ordnung ist.

Der augenblickliche Platzregen kommt überraschend, da der Tag mit dem strahlenden Sonnenschein begann, mit dem mich bislang jeder Morgen begrüßte, seit ich Darlington Hall verließ. Der Tag hatte sogar in jeder Hinsicht gut begonnen mit Toastbrot und frischen Landeiern, die Mrs. Taylor mir zum Frühstück vorsetzte, und als Dr. Carlisle mich wie versprochen um halb acht abholte, war es mir möglich, mich von den Taylors – die auch jetzt nichts von einer Vergütung wissen wollten – zu verabschieden, ohne daß sich weitere peinliche Gespräche hätten ergeben können.

«Ich habe einen Kanister Benzin für Sie aufgetrieben», verkündete Dr. Carlisle, als er mir die Tür zum Beifahrersitz seines Rovers aufhielt. Ich dankte ihm für seine Mühe, doch als ich mich nach seinen Auslagen erkundigte, stellte ich fest, daß auch er nichts von einer Bezahlung wissen wollte.

«Unsinn, alter Junge. Ist nur ein Rest, den ich hinten in meiner Garage entdeckt habe. Aber damit kommen Sie jedenfalls bis Crosby Gate, und dort können Sie dann richtig volltanken.»

Das Dorfzentrum von Moscombe erwies sich in der Morgensonne als eine Reihe von kleinen Läden um eine Kirche herum, deren Turm ich gestern abend von der Anhöhe aus gesehen hatte. Ich hatte jedoch nur wenig Gelegenheit, das Dorf kennenzulernen, denn Dr. Carlisle lenkte seinen Wagen rasch in die Einfahrt eines Wirtschaftshofs.

«Nur eine kleine Abkürzung», sagte er, während wir an Scheunen und abgestellten landwirtschaftlichen Fahrzeugen vorüberfuhren. Nirgendwo waren Menschen zu sehen, und einmal, als wir an ein geschlossenes Tor kamen, sagte der Arzt: «Entschuldigen Sie, alter Junge, aber vielleicht könnten Sie so freundlich sein.»

Als ich ausstieg und zu dem Tor ging, erhob sich in einer

der Scheunen in der Nähe ein so wütendes Bellen, daß ich mich mit einiger Erleichterung wieder zu Dr. Carlisle in den Rover setzte.

Wir wechselten ein paar höfliche Bemerkungen, während wir zwischen hohen Bäumen eine steile, schmale Straße hinauffuhren, wobei er sich erkundigte, wie ich geschlafen hatte und ähnliches mehr. Dann sagte er ganz unvermittelt:

«Übrigens – ich hoffe, Sie nehmen mir das nicht übel, aber sind Sie nicht vielleicht ein Diener oder so etwas?»

Ich muß gestehen, daß das, was ich bei diesen Worten verspürte, in erster Linie Erleichterung war.

«Das bin ich in der Tat, Sir. Ich bin der Butler von Darlington Hall in der Nähe von Oxford.»

«Dachte ich mir's doch. Das mit Winston Churchill und den anderen, denen Sie begegnet sind. Ich dachte mir, entweder lügt der Bursche wie gedruckt oder – und da kam ich dann darauf, daß es eine ganz simple Erklärung gibt.»

Dr. Carlisle wandte sich lächelnd zu mir um, während er den Wagen weiter die steile, kurvenreiche Straße hinaufsteuerte. Ich sagte:

«Es war nicht meine Absicht, jemanden zu täuschen, Sir, aber...»

«Oh, Sie brauchen mir nichts zu erklären, mein Lieber. Ich kann mir vorstellen, wie das passiert ist. Sie sind schließlich eine eindrucksvolle Erscheinung. Die Leute hier mußten Sie ganz zwangsläufig wenigstens für einen Lord oder einen Herzog halten.» Der Arzt lachte herzlich. «Muß einem guttun, ab und zu für einen Lord gehalten zu werden.»

Wir fuhren eine Weile schweigend weiter. Dann sagte Dr. Carlisle: «Nun, ich hoffe, Ihr kurzer Aufenthalt bei uns hat Ihnen gefallen.»

«Das hat er, Sir, ganz bestimmt.»

«Und was halten Sie von den Leuten von Moscombe? Gar keine üble Gesellschaft, wie?»

«Sehr nette Leute, Sir. Und Mr. und Mrs. Taylor waren äußerst liebenswürdig.»

«Ach, bitte, nennen Sie mich nicht dauernd ‹Sir›, Mr. Stevens. Nein, sie sind gar keine so üble Gesellschaft. Und ich könnte mir vorstellen, daß ich hier draußen den Rest meines Lebens verbringe.»

Die Art, wie Dr. Carlisle das aussprach, wollte mir ein klein wenig merkwürdig erscheinen. Und etwas eigenartig Bedächtiges hatte auch der Ton, in dem er sich weiter erkundigte:

«So, sie waren also nett, sagen Sie?»

«Ja, sehr, Doktor. Äußerst sympathisch.»

«Wovon haben sie Ihnen denn den ganzen Abend erzählt? Ich hoffe, man hat Sie nicht mit Dorfklatsch gelangweilt.»

«Keineswegs, Doktor. Es war ein recht ernsthaftes Gespräch, und es wurden einige sehr interessante Ansichten vorgetragen.»

«Oh, Sie denken an Harry Smith», sagte der Arzt lachend. «Ihn sollten Sie nicht so wichtig nehmen. Eine Zeitlang ist es ganz angenehm, ihm zuzuhören, aber er hat verworrene Vorstellungen. Manchmal könnte man glauben, er sei eine Art Kommunist, und dann sagt er wieder etwas, was nach einem Tory reinsten Wassers klingt. Er hat, wie gesagt, etwas verworrene Ideen.»

«Ah, es ist interessant, das zu hören.»

«Worüber hat er sich denn gestern abend ausgelassen? Über das Empire? Unser staatliches Gesundheitswesen?»

«Mr. Smith beschränkte sich auf allgemeinere Themen.»

«Tatsächlich? Zum Beispiel?»

Ich räusperte mich. «Mr. Smith äußerte einiges zum Thema Würde.»

«Sieh an. Das hört sich für Harry Smith ja recht philosophisch an. Wie ist er denn bloß darauf gekommen?»

«Wenn ich recht erinnere, hob Mr. Smith die Bedeutung lokaler Wahlkampfführung hervor.»

«Aha.»

«Er wollte mir verdeutlichen, daß die Bewohner von Moscombe zu allen möglichen bedeutenden Angelegenheiten klare Meinungen haben.»

«Ja, ja, das ist typisch Harry Smith. Wie Sie gewiß gemerkt haben werden, ist das natürlich alles Unsinn. Harry zieht immer herum und will alle Welt für Probleme interessieren. Aber die Leute sind nun einmal glücklicher, wenn man sie in Ruhe läßt.»

Wir schwiegen wieder eine Weile. Schließlich sagte ich:

«Entschuldigen Sie die Frage, Sir, aber kann ich davon ausgehen, daß Mr. Smith als so etwas wie ein komischer Kauz betrachtet wird?»

«Hmm. Das ist vielleicht etwas zu stark ausgedrückt. Die Leute haben hier schon ein bestimmtes politischer Bewußtsein. Sie haben das Gefühl, daß sie zu diesem und jenem klare Meinungen haben *sollten*, so wie Harry das gern hätte. Aber sie sind eigentlich nicht anders als die Leute anderswo. Sie wollen ein ruhiges Leben. Harry hat viele Ideen, um dies oder jenes zu verändern, aber eigentlich wünscht keiner im Dorf irgendwelche Umwälzungen, auch wenn er vielleicht einen Nutzen davon hätte. Die Leute hier wollen in Ruhe ihr bescheidenes kleines Leben führen. Sie wollen nicht mit Problemen belästigt werden.»

Mich überraschte der Ton des Abscheus, der sich in die Stimme des Arztes eingeschlichen hatte. Er fing sich aber gleich wieder, indem er kurz auflachte und bemerkte:

«Hübscher Blick aufs Dorf da auf Ihrer Seite.»

In der Tat war ein Stück unter uns das Dorf ins Blickfeld gerückt. Natürlich verlieh ihm das helle Morgenlicht einen ganz anderen Charakter, doch im übrigen sah es genauso aus wie in der Dämmerung gestern abend, und ich folgerte daraus, daß wir nicht mehr weit von der Stelle entfernt waren, an der ich den Ford stehengelassen hatte.

«Mr. Smith schien der Ansicht zu sein», sagte ich, «daß die Würde eines Menschen auf solchen Dingen beruht. Daß man klare Meinungen hat und dergleichen.»

«Ah ja, Würde. Das hatte ich vergessen. Ja, da hat sich Harry also mit philosophischen Definitionen herumgeschlagen. Meine Güte! War wohl ein richtiger Blödsinn.»

«Man mußte seinen Schlußfolgerungen nicht unbedingt beipflichten, Sir.»

Dr. Carlisle nickte, schien aber eigenen Gedanken nachzuhängen. «Wissen Sie, Mr. Stevens», sagte er schließlich, «als ich hier anfing, war ich überzeugter Sozialist. Glaubte an die bestmögliche Versorgung für alle Menschen und so weiter. Neunundvierzig bin ich hierhergekommen. Der Sozialismus würde allen Menschen ein Leben in Würde ermöglichen. Das glaubte ich, als ich damals hierherkam. Aber verzeihen Sie, gewiß wollen Sie all diesen Unsinn gar nicht hören.» Er wandte sich fröhlich zu mir um. «Wie steht's denn mit Ihnen, alter Junge?»

«Wie bitte, Sir?»

«Worum geht es nach *Ihrer* Ansicht bei der Würde?»

Die Direktheit dieser Frage überraschte mich schon sehr. «Das ist sehr schwer in wenigen Worten zu erklären, Sir», sagte ich. «Aber ich vermute, es läuft darauf hinaus, daß man sich nicht vor der Öffentlichkeit entkleidet.»

«Entschuldigen Sie – was?»

«Die Würde, Sir.»

«Ah.» Der Arzt nickte, machte aber ein etwas verwirrtes Gesicht. Dann sagte er: «So, diese Straße müßte Ihnen bekannt vorkommen. Sieht aber wohl bei Tageslicht doch ein bißchen anders aus. Ah, ist er das? Alle Wetter, was für ein schöner Wagen!»

Dr. Carlisle hielt dicht hinter dem Ford an, stieg aus und sagte noch einmal: «Was für ein schöner Wagen.» Dann hatte er auch schon einen Trichter und einen Benzinkanister hervorgeholt und half mir liebenswürdigerweise beim Füllen meines Tanks. Irgendwelche Befürchtungen, daß dem Wagen Schlimmeres zugestoßen sein könnte, legten sich rasch, als ich den Zündschlüssel drehte und sofort das gewohnte kräftige Summen des Motors vernahm. Ich bedankte mich bei Dr. Carlisle, und wir verabschiedeten uns voneinander, wenn ich auch noch eine gute Meile auf der kurvenreichen Höhenstraße hinter seinem Rover herfahren mußte, bis sich unsere Wege trennten.

Es war etwa neun Uhr, als ich die Grenze zu Cornwall passierte. Dies wiederum war mindestens drei Stunden, bevor der Regen einsetzte, und die Wolken waren alle noch leuchtend weiß. Viele der Bilder, die sich mir heute morgen boten, gehören in der Tat zu den schönsten, denen ich bis jetzt begegnet bin. Es war deshalb schade, daß ich ihnen oft nicht die Aufmerksamkeit widmen konnte, die sie verdienten, denn, das sei ruhig gesagt, man war doch in einer etwas besorgten Verfassung bei dem Gedanken, daß man – sollte sich nicht völlig Unvorhergesehenes ereignen – Miss Kenton wiedersehen würde, ehe noch der Tag zu Ende ging. So kam es, daß ich, während ich rasch durch freies Gelände dahinfuhr, weit und breit keine Menschenseele und kein Fahrzeug in Sicht, oder den Wagen vorsichtig durch malerische kleine Dörfer lenkte, von denen manche nur einige wenige Häuser zählten, wieder gewissen Erinnerungen an die Vergangenheit nachsann. Und jetzt, hier in Little Compton, im Speisesaal dieses angenehmen Hotels sitzend und den Regen beobachtend, der draußen auf Pflaster und Bürgersteige des Dorfplatzes klatscht, vermag ich nicht zu verhindern, daß meine Gedanken abermals auf diesen selben Wegen wandeln.

Eine Erinnerung im besonderen hat mich den ganzen Morgen beschäftigt – oder vielmehr das Fragment einer Erinnerung, das mir aus irgendeinem Grund über die Jahre hinweg sehr lebendig im Gedächtnis haftengeblieben ist. Ich stehe in dieser Erinnerung allein auf dem hinteren Flur vor der geschlossenen Tür von Miss Kentons Aufenthaltszimmer; genauer gesagt stand ich damals nicht mit dem Gesicht zur Tür, sondern hatte mich ihr nur halb zugewandt, gelähmt von Unentschlossenheit, ob ich anklopfen sollte oder nicht; denn ich war, wie ich mich erinnere, in diesem Augenblick überzeugt, daß Miss Kenton nur wenige Meter von mir entfernt hinter dieser Tür weinte. Wie gesagt, dieser Moment ist mir deutlich im Gedächtnis geblieben, wie auch die Erinnerung an jenes eigenartige Gefühl, das in mir aufstieg, als ich so dastand. Ich bin mir jetzt jedoch keineswegs der näheren Umstände sicher, die dazu geführt hatten, daß ich so auf dem hinteren Flur stand. Ich glaube an anderer Stelle bei dem Versuch, solche Erinnerungen zu sammeln, angegeben zu haben, diese Szene habe sich abgespielt, nachdem Miss Kenton die Nachricht vom Heimgang ihrer Tante erhalten hatte, das heißt, als mir, nachdem ich sie mit ihrem Kummer allein gelassen hatte, bewußt geworden war, daß ich vergessen hatte, ihr mein Beileid auszusprechen. Ich habe aber inzwischen noch weiter darüber nachgedacht und glaube, da etwas verwechselt zu haben; es scheint, daß dieses Bruchstück einer Erinnerung mit Ereignissen zu tun hat, die sich an einem Abend wenigstens einige Monate nach dem Tod von Miss Kentons Tante abspielten – an jenem Abend nämlich, als ganz unerwartet der junge Mr. Cardinal in Darlington Hall erschien.

Mr. Cardinals Vater, Sir David Cardinal, war viele Jahre lang der engste Freund und Mitarbeiter seiner Lordschaft gewesen, aber auf tragische Weise drei Jahre vor dem Abend, von dem ich jetzt spreche, bei einem Sturz vom Pferd ums Leben gekommen. Der junge Mr. Cardinal hatte sich als Kolumnist besonders mit geistreichen Kommentaren zu internationalen Angelegenheiten schon einen gewissen Namen gemacht. Offenkundig waren diese Kolumnen nur selten nach Lord Darlingtons Geschmack, denn ich erinnere mich an verschiedene Gelegenheiten, bei denen er von einer Zeitung aufblickte und eine Bemerkung machte wie etwa: «Der junge Reggie schreibt schon wieder solchen Unsinn. Nur gut, daß sein Vater das nicht mehr lesen kann.» Diese Kolumnen hinderten Mr. Cardinal aber nicht daran, häufig Gast des Hauses zu sein, und seine Lordschaft vergaß nie, daß der junge Mann sein Patensohn war, und behandelte ihn immer wie einen Verwandten. Andererseits war Mr. Cardinal noch nie zuvor unangemeldet zum Abendessen erschienen, und ich war deshalb ein wenig überrascht, als ich ihn an jenem Abend, mit beiden Händen seine Aktentasche umklammernd, vor der Tür stehen sah.

«Oh, hallo, Stevens, guten Abend», sagte er. «Bin heute abend in einer kleinen Klemme und habe mich gefragt, ob Lord Darlington mir Nachtquartier gewähren könnte.»

«Sehr erfreut, Sie wiederzusehen, Sir. Ich werde seiner Lordschaft sagen, daß Sie da sind.»

«Ich hatte bei Mr. Roland übernachten wollen, aber es scheint da ein Mißverständnis gegeben zu haben, und sie sind irgendwohin ausgegangen. Ich hoffe, ich komme nicht ungelegen. Ich meine, es findet doch nichts Besonderes statt heute abend, oder?»

«Ich glaube, Sir, seine Lordschaft erwartet nach dem Abendessen den Besuch einiger Herren.»

«Oh, das ist aber Pech. Ich scheine mir einen schlechten Abend ausgesucht zu haben. Dann ziehe ich mich lieber bald zurück. Ich habe sowieso noch Arbeit zu erledigen.» Mr. Cardinal deutete auf seine Aktentasche.

«Ich werde seiner Lordschaft sagen, daß Sie da sind, Sir. Sie kommen auf jeden Fall gerade zurecht, um mit ihm das Abendessen einzunehmen.»

«Tadellos, das hatte ich gehofft. Aber Mrs. Mortimer wird wohl von meinem Erscheinen nicht sehr erbaut sein.»

Ich ließ Mr. Cardinal im Salon zurück und begab mich ins

Arbeitszimmer, wo seine Lordschaft gerade mit höchst konzentrierter Miene einige Papiere durchsah. Als ich ihm Mr. Cardinals Eintreffen meldete, ging ein Ausdruck überraschter Verärgerung über sein Gesicht. Dann lehnte er sich zurück, als denke er angestrengt über die Lösung eines Rätsels nach.

«Richten Sie Mr. Cardinal aus, ich käme in Kürze hinunter», sagte er schließlich. «Er kann sich ruhig einen Augenblick selbst beschäftigen.»

Als ich herunterkam, sah ich, daß Mr. Cardinal recht unruhig im Salon umherging und Gegenstände in Augenschein nahm, mit denen er längst vertraut sein mußte. Ich richtete ihm die Worte seiner Lordschaft aus und fragte ihn, ob ich ihm etwas bringen könne.

«Oh, im Augenblick nur etwas Tee, Stevens. Wen erwartet seine Lordschaft denn heute abend?»

«Tut mir leid, Sir, da kann ich Ihnen leider nicht zu Diensten sein.»

«Gar keine Ahnung?»

«Bedaure, Sir.»

«Hmm, merkwürdig. Na ja. Bleibe besser auf Tauchstation heute abend.»

Nicht lange danach ging ich, wie ich mich erinnere, zu Miss Kentons Aufenthaltszimmer hinunter. Sie saß an ihrem Tisch, obwohl sie nichts vor sich und nichts in den Händen hatte; ja, etwas an ihrem Verhalten deutete darauf hin, daß sie schon vor meinem Anklopfen einige Zeit so dagesessen hatte.

«Mr. Cardinal ist da, Miss Kenton», sagte ich. «Er wird heute nacht sein übliches Zimmer brauchen.»

«Ja, danke, Mr. Stevens. Ich kümmere mich darum, bevor ich gehe.»

«Ah, Sie gehen heute abend aus, Miss Kenton?»

«Allerdings, Mr. Stevens.»

Vielleicht machte ich ein etwas überraschtes Gesicht,

denn sie fuhr fort: «Sie werden sich erinnern, Mr. Stevens, daß wir dies vor vierzehn Tagen besprochen haben.»

«Ja, natürlich, Miss Kenton. Ich bitte um Entschuldigung, ich hatte im Augenblick nicht mehr daran gedacht.»

«Ist etwas nicht in Ordnung, Mr. Stevens?»

«Nein, nein, Miss Kenton. Heute abend werden einige Besucher erwartet, aber Ihre Anwesenheit wird nicht erforderlich sein.»

«Wir haben vor vierzehn Tagen vereinbart, daß ich mir diesen Abend frei nehme, Mr. Stevens.»

«Natürlich, Miss Kenton. Bitte, entschuldigen Sie.»

Ich wandte mich zum Gehen um, und als ich schon an der Tür war, sagte Miss Kenton:

«Mr. Stevens, ich habe Ihnen etwas zu sagen.»

«Ja, Miss Kenton?»

«Es betrifft meinen Bekannten. Mit dem ich mich heute abend treffe.»

«Ja, Miss Kenton.»

«Er hat mir einen Heiratsantrag gemacht. Ich dachte mir, Sie hätten ein Recht, das zu erfahren.»

«Gewiß, Miss Kenton. Das ist sehr interessant.»

«Ich denke noch darüber nach.»

«Gewiß.»

Sie blickte kurz vor sich auf ihre Hände, sah mich aber fast sofort darauf wieder an. «Mein Bekannter tritt nächsten Monat in Cornwall eine neue Stelle an.»

«Tatsächlich.»

«Wie gesagt, Mr. Stevens, ich denke über die Sache noch nach. Aber ich glaubte, Sie sollten davon unterrichtet sein.»

«Ich bin Ihnen sehr dankbar, Miss Kenton. Ich hoffe sehr, Sie werden einen angenehmen Abend haben. Wenn Sie mich jetzt entschuldigen wollen –»

Es muß etwa zwanzig Minuten später gewesen sein, als ich Miss Kenton erneut begegnete; diesmal, als ich mit Vorbereitungen zum Abendessen beschäftigt war. Ich befand mich gerade mit einem vollen Tablett auf halber Höhe der hinteren Treppe, als ich irgendwo unter mir das Geräusch zorniger Schritte auf den Dielen hörte. Ich drehte mich um und erblickte Miss Kenton, die vom Fuß der Treppe mit funkelndem Blick zu mir heraufsah.

«Mr. Stevens, wünschen Sie also doch, daß ich heute abend Dienst tue?»

«Keineswegs, Miss Kenton. Wie Sie ganz richtig sagten, haben Sie mich ja schon vor einiger Zeit von diesem freien Abend verständigt.»

«Aber ich sehe doch, Sie sind sehr unglücklich darüber, daß ich heute abend ausgehe.»

«Ganz im Gegenteil, Miss Kenton.»

«Glauben Sie, wenn Sie in der Küche einen solchen Wirbel machen und draußen vor meinem Zimmer so auf und ab stampfen, bringen Sie mich dazu, meinen Entschluß zu ändern?»

«Miss Kenton, die kleine Unruhe in der Küche rührt allein davon her, daß Mr. Cardinal im letzten Augenblick noch zum Dinner eingetroffen ist. Es gibt absolut keinen Grund, weshalb Sie heute abend nicht ausgehen sollten.»

«Ich gehe nämlich auf jeden Fall, mit oder ohne Ihren Segen, das möchte ich ganz klar sagen. Das war vor Wochen schon ausgemacht.»

«Gewiß, Miss Kenton. Und noch einmal: Ich wünsche Ihnen einen sehr angenehmen Abend.»

Beim Abendessen schienen die beiden Herren von einer eigenartigen Atmosphäre umfangen. Eine ganze Weile aßen sie schweigend; besonders seine Lordschaft schien mit den Gedanken weit fort zu sein. Einmal fragte Mr. Cardinal:

«Etwas Besonderes los heute abend, Sir?»

«Wie?»

«Ihre Besucher heute abend. Besondere Leute?»

«Das kann ich dir leider nicht sagen, mein Junge. Streng vertraulich.»

«Du liebe Güte. Das heißt wohl, ich sollte besser nicht dabeisein.»

«Wobei, mein Junge?»

«Was immer da heute abend stattfindet.»

«Oh, das würde dich bestimmt nicht interessieren. Auf jeden Fall – absolute Vertraulichkeit. Kann jemanden wie dich da nicht gebrauchen. Nein, das ginge wirklich nicht.»

«Du liebe Güte. Das muß tatsächlich was Besonderes sein.»

Mr. Cardinal beobachtete seine Lordschaft sehr aufmerksam, doch letzterer wandte sich wieder seinem Teller zu und sagte weiter nichts mehr.

Die Herren zogen sich zu Portwein und Zigarren ins Rauchzimmer zurück. Während ich im Speisezimmer abräumte und anschließend im Salon alles für die Ankunft der abendlichen Besucher vorbereitete, kam ich zwangsläufig mehrmals an der Tür zum Rauchzimmer vorüber. Ich konnte deshalb nicht umhin, wahrzunehmen, daß die Herren, die sich bei Tisch noch ruhig unterhalten hatten, jetzt in aggressiverem Ton miteinander sprachen. Eine Viertelstunde später waren laute, zornige Stimmen zu vernehmen. Natürlich blieb ich nicht stehen, um zu lauschen, doch ließ sich nicht vermeiden, daß ich hörte, wie seine Lordschaft rief: «Das geht dich nichts an, mein Junge! Das geht dich nichts an!»

Ich war im Speisezimmer, als die Herren schließlich herauskamen. Sie schienen sich beruhigt zu haben und wechselten, während sie durch die Halle schritten, nur noch wenige Worte. Seine Lordschaft sagte: «Also denk daran, mein Junge. Ich verlasse mich auf dich.» Worauf Mr. Cardinal gereizt murmelte: «Ja, ja, Sie haben mein Wort.» Dann trennten sich ihre Wege, seine Lordschaft steuerte dem Arbeitszimmer, Mr. Cardinal der Bibliothek zu.

Fast genau um halb neun Uhr hörte man draußen Automobile vorfahren. Als ich öffnete, stand ein Chauffeur vor der Tür, und über seine Schulter sah ich, wie mehrere Polizeibeamte verschiedenen Punkten des Gartengeländes zustrebten. Im nächsten Augenblick ließ ich zwei sehr distinguierte Herren ein, die von seiner Lordschaft in der Halle begrüßt und rasch in den Salon geführt wurden. Zehn Minuten später hörte man das Geräusch eines weiteren Wagens, und ich öffnete Herrn von Ribbentrop die Tür, dem deutschen Botschafter, der inzwischen in Darlington Hall kein Unbekannter mehr war. Seine Lordschaft kam heraus, um ihn zu begrüßen, und die beiden Herren schienen Verschwörerblicke zu tauschen, ehe sie im Salon verschwanden. Als ich wenige Minuten später gerufen wurde, um Erfrischungen zu bringen, diskutierten die vier Herren über die relativen Vorzüge verschiedener Wurstsorten, und die Atmosphäre schien zumindest an der Oberfläche recht gesellig.

Danach bezog ich meinen Posten in der Halle – den Posten in der Nähe des Eingangsportals, den ich gewöhnlich während wichtiger Besprechungen einnahm – und mußte diesen erst ungefähr zwei Stunden später wieder verlassen, als es an der Hintertür läutete. Ich ging hinunter und sah, daß ein Polizeibeamter die gerade zurückgekehrte Miss Kenton bat, sich auszuzweisen.

«Nur eine Sicherheitsmaßnahme, Miss, nichts für ungut», murmelte der Beamte, als er wieder in die Nacht verschwand.

Als ich die Tür verriegelte, bemerkte ich, daß Miss Kenton auf mich wartete, und sagte:

«Ich hoffe, Sie hatten einen angenehmen Abend, Miss Kenton.»

Sie erwiderte nichts darauf, und so sagte ich, als wir uns durch den im Dunkeln liegenden Küchenbereich bewegten, noch einmal: «Ich hoffe, Sie hatten einen angenehmen Abend, Miss Kenton.»

«Ja, danke, das hatte ich, Mr. Stevens.»

«Das freut mich, Miss Kenton.»

Hinter mir hielten Miss Kentons Schritte plötzlich an, und ich hörte sie sagen:

«Sind Sie gar nicht daran interessiert, was heute abend zwischen meinem Bekannten und mir vorgefallen ist, Mr. Stevens?»

«Ich möchte nicht unhöflich sein, Miss Kenton, aber ich muß wirklich sofort wieder hinaufgehen. In ebendiesem Augenblick finden in diesem Haus Ereignisse von globaler Bedeutung statt.»

«Wann tun sie das nicht, Mr. Stevens? Nun, wenn Sie gleich fort müssen, dann will ich Ihnen nur schnell sagen, daß ich den Antrag meines Bekannten angenommen habe.»

«Wie bitte, Miss Kenton?»

«Seinen Heiratsantrag.»

«Ah, so, tatsächlich, Miss Kenton? Dann darf ich Ihnen meinen herzlichen Glückwunsch sagen.»

«Danke, Mr. Stevens. Natürlich arbeite ich gern noch bis zum Ablauf der Kündigungsfrist, aber sollten Sie mich früher entlassen können, wären wir Ihnen sehr dankbar. Mein Bekannter tritt im Westen des Landes in vierzehn Tagen eine neue Stelle an.»

«Ich werde alles tun, um zum frühestmöglichen Zeitpunkt einen Ersatz zu finden, Miss Kenton. Jetzt wollen Sie mich bitte entschuldigen, ich muß wieder hinauf.»

Ich wandte mich erneut zum Gehen, doch als ich die Tür zum Flur schon fast erreicht hatte, hörte ich Miss Kenton sagen: «Mr. Stevens», und so drehte ich mich noch einmal um. Sie hatte sich nicht von der Stelle gerührt und mußte deshalb ein wenig lauter sprechen, um sich verständlich zu machen, so daß ihre Stimme in den hohen Räumen der dunklen und leeren Küche eigenartig widerhallte.

«Haben Sie wirklich», sagte sie, «nach den vielen Jahren,

die ich diesem Haus gedient habe, zu meinem möglichen Fortgang nicht mehr zu sagen als diese wenigen Worte?»

«Miss Kenton, Sie haben meine wärmsten Glückwünsche. Aber ich wiederhole, oben geht es um Angelegenheiten von globalem Ausmaß, und ich muß auf meinen Posten zurück.»

«Wußten Sie, daß Sie für meinen Bekannten und mich eine sehr wichtige Person sind, Mr. Stevens?»

«Wirklich, Miss Kenton?»

«Ja, Mr. Stevens. Wir vertreiben uns oft die Zeit mit Anekdoten über Sie. Zum Beispiel will mein Bekannter immer, daß ich ihm zeige, wie Sie die Nasenflügel zusammenkneifen, wenn Sie sich Pfeffer auf Ihr Essen streuen. Das bringt ihn jedesmal zum Lachen.»

«Tatsächlich.»

«Er mag auch Ihre aufmunternden Reden an das Personal sehr. Inzwischen kann ich sie wirklich schon recht gut nachmachen. Ich brauche nur zwei, drei Sätze vorzutragen, dann lachen wir uns beide schon kaputt.»

«Soso, Miss Kenton. Wollen Sie mich jetzt bitte entschuldigen.»

Ich stieg zur Halle hinauf und bezog wieder meinen Posten. Aber noch keine fünf Minuten waren verstrichen, da ging die Tür zur Bibliothek auf, und Mr. Cardinal winkte mich zu sich heran.

«Störe Sie nur ungern, Stevens», sagte er, «aber dürfte ich Sie bitten, mir noch etwas Brandy zu bringen? Die Flasche, die Sie vorhin gebracht haben, scheint leer zu sein.»

«Ich bringe Ihnen sehr gern, was Sie wünschen, Sir. Aber angesichts der Tatsache, daß Sie Ihre Kolumne fertig zu schreiben haben, frage ich mich, ob es klug ist, noch weiter dem Alkohol zuzusprechen.»

«Oh, meine Kolumne wird schon fertig, Stevens. Bringen Sie mir noch etwas Brandy, ja, seien Sie so gut.»

«Sehr wohl, Sir.»

Als ich kurz darauf zur Bibliothek zurückkehrte, schlenderte Mr. Cardinal an den Regalen entlang und musterte die Buchrücken. Auf einem der Schreibtische in der Nähe lagen einige Papiere verstreut. Als ich näher kam, stieß Mr. Cardinal einen erfreuten Laut aus und ließ sich in einen Ledersessel fallen. Ich trat auf ihn zu, schenkte ihm ein wenig Brandy ein und reichte ihm das Glas.

«Wissen Sie, Stevens», sagte er, «wir sind doch nun schon seit einiger Zeit recht gute Freunde, nicht wahr?»

«In der Tat, Sir.»

«Ich freue mich immer auf eine kleine Plauderei mit Ihnen, wenn ich hierherkomme.»

«Ja, Sir.»

«Möchten Sie nicht ein Gläschen mit mir trinken?»

«Das ist sehr liebenswürdig von Ihnen, Sir, aber vielen Dank, das möchte ich nicht.»

«Mit Ihnen ist doch alles in Ordnung, Stevens, ja?»

«Vollkommen in Ordnung, Sir, danke», sagte ich mit einem kurzen Lachen.

«Sie fühlen sich nicht unwohl, oder?»

«Vielleicht ein wenig müde, aber sonst fühle ich mich völlig in Ordnung, Sir.»

«Nun, dann sollten Sie sich lieber hinsetzen. Jedenfalls, wie gesagt, wir sind seit einiger Zeit gute Freunde. Deshalb will ich auch ganz aufrichtig zu Ihnen sein. Wie Sie sicher schon geahnt haben, bin ich heute abend nicht zufällig hier aufgekreuzt. Ich hatte einen Tip bekommen, wissen Sie. Über das, was hier vorgeht. Da drüben im Salon – in eben diesem Augenblick.»

«Ja, Sir.»

«Ich wünschte wirklich, Sie würden sich setzen, Stevens. Ich möchte, daß wir als Freunde miteinander sprechen, und Sie stehen da und halten dieses verflixte Tablett in der Hand und sehen aus, als wollten Sie gleich wieder verschwinden.»

«Es tut mir leid, Sir.»

Ich stellte mein Tablett ab und setzte mich – in gehöriger Haltung – in den Sessel, auf den Mr. Cardinal deutete.

«So ist's besser», sagte Mr. Cardinal. «Nun, Stevens, da drüben im Salon ist doch nicht etwa jetzt der Premierminister, oder?»

«Der Premierminister, Sir?»

«Oh, schon gut, Sie brauchen es mir nicht zu sagen. Ich weiß, Sie sind in einer schwierigen Lage.» Mr. Cardinal stieß einen Seufzer aus und warf einen müden Blick auf seine über den Tisch verstreuten Papiere. Dann sagte er:

«Ich brauche Ihnen nicht zu sagen, was ich für seine Lordschaft empfinde, Stevens, nicht wahr. Ich will damit sagen, er war immer wie ein zweiter Vater zu mir. Das brauche ich Ihnen kaum zu sagen, Stevens.»

«Nein, Sir.»

«Ich bin ihm sehr zugetan.»

«Ja, Sir.»

«Und ich weiß, Sie sind es auch. Ihm zugetan, meine ich. Nicht wahr, Stevens?»

«In der Tat, Sir.»

«Gut. Dann wissen wir beide, woran wir sind. Aber betrachten wir die Tatsachen. Seine Lordschaft ist ins Schwimmen geraten. Ich habe ihn beobachtet, er schwimmt immer weiter hinaus, und glauben Sie mir, ich mache mir große Sorgen. Er hat keinen Boden mehr unter den Füßen, müssen Sie wissen, Stevens.»

«Tatsächlich, Sir?»

«Stevens, wissen Sie, was in diesem Augenblick passiert, während wir hier sitzen? Was nur wenige Meter weiter passiert? Da drüben in diesem Raum – und Sie brauchen es mir nicht zu bestätigen – sind in diesem Augenblick versammelt der britische Premierminister, der britische Außenminister und der deutsche Botschafter. Seine Lordschaft hat ein Wunder vollbracht, indem er diese Begegnung zustande bekam, und er glaubt – glaubt aufrichtig –, er tue etwas Gutes und Ehrenwertes. Wissen Sie, warum seine Lordschaft diese Herren heute abend hier zusammengeführt hat? Wissen Sie, was sich hier tut, Stevens?»

«Ich fürchte, nein, Sir.»

«Sie fürchten, nein. Sagen Sie, Stevens, ist Ihnen das alles egal? Sind Sie gar nicht neugierig? Lieber Gott, Mann, etwas sehr Entscheidendes tut sich hier. Sind Sie wirklich überhaupt nicht neugierig?»

«Es steht mir nicht zu, in solchen Dingen neugierig zu sein, Sir.»

«Aber Sie sind seiner Lordschaft zugetan. Sind ihm sehr zugetan, haben Sie mir gerade gesagt. Wenn Sie seiner Lordschaft zugetan sind, sollten Sie sich da nicht Gedanken machen? Zumindest ein wenig neugierig sein? Der britische Premierminister und der deutsche Botschafter werden von Ihrem Dienstherrn zu geheimen Gesprächen mitten in der Nacht zusammengebracht, und Sie sind nicht einmal neugierig?»

«Ich würde nicht sagen, daß ich nicht neugierig bin, Sir. Aber es steht mir in meiner Stellung nicht zu, Neugierde in solchen Angelegenheiten an den Tag zu legen.»

«Es steht Ihnen in Ihrer Stellung nicht zu? Ah, ich nehme an, Sie glauben, das sei Loyalität. Habe ich recht? Glauben Sie, so verhalte man sich loyal? Seiner Lordschaft gegenüber? Oder auch der Krone, wenn man es recht bedenkt?»

«Verzeihen Sie, Sir, ich weiß nicht, worauf Sie da hinauswollen.»

Mr. Cardinal seufzte abermals und schüttelte den Kopf. «Ich will auf gar nichts hinaus, Stevens. Ganz offen gesagt, ich weiß nicht, was man tun sollte. Aber Sie könnten zumindest neugierig sein.»

Er schwieg einen Augenblick und schien mit leerem Blick den Teppich um meine Füße herum anzustarren.

«Wollen Sie bestimmt keinen Schluck mit mir zusammen trinken, Stevens?» sagte er schließlich.

«Nein danke, Sir.»

«Ich will Ihnen was sagen, Stevens. Seine Lordschaft läßt sich zum Narren halten. Ich habe alle möglichen Nachforschungen angestellt, ich kenne die Lage in Deutschland inzwischen so gut wie nur irgendeiner hierzulande, und ich sage Ihnen, man hält seine Lordschaft zum Narren.»

Ich schwieg, und Mr. Cardinal starrte weiter auf den Fußboden. Nach einer Weile fuhr er fort:

«Seine Lordschaft ist ein lieber, guter Mensch. Aber er hat einfach keinen Boden mehr unter den Füßen. Er wird ausmanövriert. Die Nazis schieben ihn herum wie eine Schachfigur. Haben Sie das bemerkt, Stevens? Das geht jetzt so seit mindestens drei oder vier Jahren – haben Sie das bemerkt?»

«Verzeihen Sie, Sir, eine solche Entwicklung habe ich nicht bemerken können.»

«Hatten Sie nicht einmal einen Verdacht? Einen ganz kleinen Verdacht, daß Herr Hitler durch unseren teuren Freund Herrn von Ribbentrop seine Lordschaft herumschiebt wie eine Figur auf dem Spielbrett, genauso wie er das mit seinen anderen Figuren zu Hause in Berlin macht?»

«Es tut mir leid, Sir, ich fürchte, eine solche Entwicklung habe ich nicht bemerkt.»

«Nein, das haben Sie wohl nicht, Stevens, weil Sie nicht neugierig sind. Sie lassen das alles vor sich abrollen und kommen nie auf die Idee, es als das zu sehen, was es ist.»

Mr. Cardinal richtete sich im Sessel ein wenig gerader auf, und einen Augenblick lang schien er seine unvollendete Arbeit auf dem Tisch neben sich zu betrachten. Dann sagte er:

«Seine Lordschaft ist ein Gentleman. Das ist das, worum es im Grunde geht. Er ist ein Gentleman, und er hat in einem Krieg mit den Deutschen gekämpft, und seine Grundhaltung erfordert es, einem besiegten Feind Großmut und Freundschaft zu erweisen. Das ist seine Grundeinstellung. Weil er ein Gentleman ist, ein echter alter englischer Gentleman. Und das müssen Sie gesehen haben, Stevens. Wie könnten Sie das nicht gesehen haben? Wie sie das benutzt haben, manipuliert haben, wie sie etwas Schönes und Edles zu etwas ganz anderem gemacht haben – zu etwas, das sie für ihre eigenen üblen Zwecke einsetzen können? Das müssen Sie bemerkt haben, Stevens.»

Mr. Cardinal blickte wieder starr auf den Fußboden. Er schwieg einige Augenblicke, dann sagte er:

«Ich erinnere mich, wie ich vor Jahren einmal hier war; da war dieser Amerikaner hier. Wir hatten eine große Konferenz, mein Vater war an der Organisation beteiligt gewesen. Ich weiß noch, dieser Amerikaner, der noch betrunkener war als ich jetzt, der stand nach dem Abendessen vor der ganzen Gesellschaft auf. Und er deutete auf seine Lordschaft und nannte ihn einen Amateur. Nannte ihn einen stümperhaften Amateur und sagte, er habe den Boden unter den Füßen verloren. Nun, ich muß sagen, Stevens, dieser Bursche hatte recht. Das ist eine Tatsache. Die Welt von heute ist ein stinkendes Loch, nichts für schöne und edle Grundeinstellungen. Sie haben es ja selbst gesehen. Das haben Sie doch, Stevens, oder? Wie man etwas Schönes und Edles manipuliert hat. Das haben Sie doch selbst gesehen, nicht wahr?»

«Verzeihen Sie, Sir, aber das kann ich nicht sagen.»

«Das können Sie nicht sagen. Nun, ich weiß nicht, wie es mit Ihnen steht, aber ich werde etwas unternehmen. Wenn Vater noch am Leben wäre, würde er etwas tun, um dem ein Ende zu machen.»

Mr. Cardinal verstummte wieder, und einen Moment lang – vielleicht hatte es mit den gerade heraufbeschworenen Erinnerungen an seinen Vater zu tun – wirkte er äußerst niedergeschlagen. «Können Sie so einfach zusehen, Stevens», sagte er schließlich, «wie seine Lordschaft in den Abgrund stürzt?»

«Verzeihen Sie, Sir, ich verstehe nicht ganz, was Sie meinen.»

«Sie verstehen nicht ganz, Stevens. Nun, wir sind Freunde, und deshalb will ich ganz offen zu Ihnen sein. Während der ganzen letzten Jahre war seine Lordschaft wahrscheinlich die nützlichste einzelne Schachfigur, die Herr Hitler hier bei uns für seine Propagandatricks besaß. Um so mehr, als er ein aufrichtiger und ehrenwerter Mensch ist, der die wahre Natur dessen, was er tut, nicht erkennt. Allein während der letzten drei Jahre war seine Lordschaft wesentlich an der Herstellung von Verbindungen zwischen Berlin und über sechzig der einflußreichsten Bürger dieses Landes beteiligt. Für sie hat das wunderbar funktioniert. Herr von Ribbentrop konnte unser Außenministerium praktisch völlig umgehen. Und wissen Sie, woran sie seine Lordschaft jetzt noch arbeiten lassen, als ob ihnen ihr widerlicher Parteitag und ihre widerlichen olympischen Spiele noch nicht genügten? Haben Sie eine Ahnung, was jetzt besprochen wird?»

«Ich fürchte, nein, Sir.»

«Seine Lordschaft versucht, den Premierminister dazu zu bewegen, eine Einladung für einen Besuch bei Herrn Hitler anzunehmen. Er glaubt wirklich, es gebe da ein großes Mißverständnis auf seiten des Premierministers, was seine Einschätzung des derzeitigen deutschen Regimes betrifft.»

«Ich sehe nicht, was man dagegen einwenden könnte, Sir. Seine Lordschaft hat sich stets bemüht, zu einem besseren Verständnis zwischen den Völkern beizutragen.»

«Und das ist noch nicht alles, Stevens. In genau diesem Augenblick erörtert, wenn ich mich nicht sehr täusche, in genau diesem Augenblick erörtert seine Lordschaft sogar den Gedanken eines Besuchs Seiner Majestät bei Herrn Hitler. Es ist kaum ein Geheimnis, daß unser neuer König sich immer für die Nazis begeistert hat. Nun, offenbar würde er jetzt Herrn Hitlers Einladung gern annehmen. Eben in diesem

Augenblick, Stevens, bemüht sich seine Lordschaft nach Kräften, die Einwände des Außenministeriums gegen diese erschreckende Idee aus dem Weg zu räumen.»

«Verzeihen Sie, Sir, aber ich kann nicht erkennen, daß seine Lordschaft etwas anderes als einzig das Erhabenste und Edelste tut. Er tut schließlich alles in seiner Macht Stehende, um zu bewirken, daß in Europa weiterhin Frieden herrscht.»

«Sagen Sie, Stevens, beunruhigt Sie denn nicht einmal die entfernte Möglichkeit, daß ich recht haben könnte? Macht Sie nicht wenigstens *neugierig*, was ich sage?»

«Verzeihen Sie, Sir, aber ich muß sagen, daß ich volles Vertrauen in das Urteilsvermögen seiner Lordschaft habe.»

«Kein Mensch mit klarem Urteilsvermögen könnte nach der Sache mit dem Rheinland Herrn Hitlers Worten noch Glauben schenken, Stevens. Seine Lordschaft hat den Boden unter den Füßen verloren. Du liebe Güte, jetzt habe ich Sie wirklich beleidigt.»

«Keineswegs, Sir», sagte ich, denn ich hatte mich erhoben, weil es vom Salon aus geläutet hatte. «Die Herrschaften scheinen nach mir zu verlangen. Entschuldigen Sie mich, bitte.»

Im Salon hing schwerer Tabakqualm in der Luft. Ja, die erlauchten Herren rauchten, schweigend und mit feierlichen Mienen, ihre Zigarren weiter, während seine Lordschaft mich anwies, eine besonders gute Flasche Portwein aus dem Keller zu holen.

Zu solcher Nachtzeit wirken Schritte, die sich die hintere Treppe hinunterbewegen, zwangsläufig lauter, und zweifellos waren sie dafür verantwortlich, daß Miss Kenton aufmerksam wurde. Denn als ich im Dunkeln den Flur entlangschritt, ging die Tür ihres Aufenthaltszimmers auf, und sie erschien, angestrahlt von dem Licht, das aus dem Raum drang, auf der Schwelle.

«Ich bin überrascht, daß Sie noch hier unten sind, Miss Kenton», sagte ich im Näherkommen.

«Mr. Stevens, ich habe mich vorhin sehr dumm benommen.»

«Entschuldigen Sie, Miss Kenton, aber ich habe im Augenblick keine Zeit für ein Gespräch.»

«Mr. Stevens, Sie dürfen sich das, was ich vorhin gesagt habe, nicht zu Herzen nehmen. Es war einfach dumm von mir.»

«Ich habe mir nichts von dem, was Sie gesagt haben, zu Herzen genommen, Miss Kenton. Ich kann mich nicht einmal erinnern, worauf Sie sich jetzt beziehen könnten. Oben entwickeln sich Ereignisse von großer Bedeutung, und ich habe jetzt keine Zeit, mit Ihnen Höflichkeiten auszutauschen. Sie sollten zu Bett gehen.»

Damit eilte ich weiter, und erst als ich schon fast bei der Küchentür war, sagte mir das im Flur wieder herrschende Dunkel, daß Miss Kenton ihre Tür geschlossen hatte.

Die fragliche Flasche war im Keller bald gefunden, und die nötigen Vorbereitungen zu ihrem Auftragen waren rasch getroffen. So ging ich denn nur wenige Minuten nach der kurzen Begegnung mit Miss Kenton auf dem Rückweg abermals den Flur entlang, diesmal ein Tablett tragend. Als ich mich Miss Kentons Tür näherte, sah ich an dem unten herausfallenden Licht, daß sie noch dort war. Und das, dessen bin ich mir jetzt sicher, war der Augenblick, der mir so beharrlich in Erinnerung geblieben ist – jener Augenblick, als ich im fast dunklen Flur innehielt, das Tablett in den Händen, und immer deutlicher die Überzeugung gewann, daß nur ein paar Meter entfernt, auf der anderen Seite der Tür, Miss Kenton in diesem Augenblick weinte. Wie ich mich erinnere, bestand kein eigentlicher Grund für diese Überzeugung – ich hatte jedenfalls keine Geräusche des Weinens gehört –, und doch erinnere ich mich, ganz sicher gewesen zu sein, daß ich sie, hätte ich angeklopft und dann das Zimmer betreten, in Tränen aufgelöst angetroffen haben würde. Ich weiß nicht, wie lange ich so dort stehenblieb; damals schien es eine geraume Zeit zu sein, aber in Wirklichkeit waren es wohl nur ein paar Sekunden. Denn ich mußte natürlich rasch hinaufgehen, um einige der hervorragendsten Herren des Landes zu bedienen, und ich kann mir nicht denken, daß ich mich über Gebühr verspätet hätte.

Als ich in den Salon zurückkam, sah ich, daß die Herren noch immer in einer recht ernsten Stimmung waren. Darüber hinaus jedoch hatte ich keine Gelegenheit, einen Eindruck von der Atmosphäre zu gewinnen, denn ich war kaum eingetreten, da nahm mir seine Lordschaft auch schon das Tablett ab und sagte: «Danke, Stevens, ich mache das schon.»

Ich durchquerte wieder die Halle, um erneut meinen Posten neben dem Portal einzunehmen, und während der nächsten Stunde, das heißt, bis die Herren schließlich aufbrachen, trat kein Ereignis ein, das mir Anlaß gegeben hätte, mich von dort zu entfernen. Dennoch ist mir die Stunde, die ich dort verbrachte, über die Jahre hinweg sehr lebhaft in Erinnerung geblieben. Zuerst war meine Stimmung – ich stehe nicht an, dies zuzugeben – ein wenig niedergeschlagen. Doch dann begann etwas Eigenartiges: In mir stieg nämlich ein starkes Gefühl des Triumphs auf. Ich kann mich nicht erinnern, wie genau ich dieses Gefühl damals untersuchte, aber heute, im Rückblick, scheint mir seine Einstufung nicht schwer zu sein. Ich hatte schließlich gerade einen äußerst anstrengenden Abend hinter mich gebracht, wobei es mir gelungen war, stets eine «mit meiner Position in Einklang stehende Würde» zu bewahren – und ich hatte dies zudem in einer Art bewerkstelligt, auf die vielleicht sogar mein Vater stolz gewesen wäre. Und dort drüben, hinter den Türen, auf denen mein Blick damals ruhte, in ebendem Raum, in dem ich gerade meine Pflichten ausgeübt hatte, berieten die mächtigsten Persönlichkeiten Europas das Schicksal eines Kontinents. Wer wollte in diesem Augenblick bezweifeln, daß ich der entscheidenden

Nabe der Dinge so nahe gekommen war, wie dies ein Butler nur wünschen konnte? Ich nehme also an, daß ich, als ich so dort stand und über die Ereignisse des Abends nachsann – über die, die sich schon ergeben hatten, und jene, die sich noch entwickelten –, in diesen Vorgängen eine Summe all dessen erblickte, was ich bis dahin in meinem Leben vollbracht hatte. Ich sehe kaum eine andere Erklärung für das Triumphgefühl, das mich an jenem Abend erhob.

Sechster Tag – Abend

Weymouth

Dieses Seebad ist ein Ort, den ich schon seit vielen Jahren einmal hatte aufsuchen wollen. Ich habe mehrere Personen erzählen hören, daß sie hier angenehme Ferien verbracht hätten, und auch Mrs. Symons spricht in ihrem Buch von einer «Stadt, die dem Besucher über viele Tage hinweg Abwechslung bietet». Sie erwähnt sogar diese Pier, auf der ich während der letzten halben Stunde entlangpromeniert bin, wobei sie speziell einen Besuch am Abend empfiehlt, wenn sie von bunten Glühbirnen erhellt ist. Ich habe gerade vorhin erfahren, daß die Lichter «recht bald» eingeschaltet werden, und deshalb beschlossen, mich auf diese Bank hier zu setzen und das Ereignis abzuwarten. Ich habe von hier aus einen guten Blick auf die über dem Meer untergehende Sonne, und obwohl es noch ziemlich hell ist – es war ein herrlicher Tag –, sehe ich doch hier und da im Verlauf der ganzen Küste Lichter angehen. Derweil geht das muntere Treiben auf der Pier weiter; hinter mir trommeln ohne Unterlaß noch immer zahlreiche Schritte auf den Brettern.

Ich traf gestern nachmittag hier ein und beschloß, noch eine zweite Nacht zu bleiben, damit ich diesen ganzen Tag in erholsamer Weise verbringen könnte. Und ich muß sagen, es war doch eine gewisse Erleichterung, nicht am Steuer sitzen zu müssen; so genußreich das Autofahren auch sein mag, man kann seiner nach einer Weile auch ein wenig müde werden. Auf jeden Fall kann ich mir diesen weiteren Tag hier durchaus leisten; wenn ich morgen recht früh losfahre, bin ich zum Tee gewiß wieder in Darlington Hall.

Zwei volle Tage sind jetzt seit meiner Begegnung mit Miss Kenton im Teesalon des Rose Garden Hotel in Little Compton vergangen. Denn dort trafen wir uns in der Tat, da Miss Kenton mich überraschenderweise im Hotel aufsuchte. Ich hatte nach dem Mittagessen müßig am Tisch gesessen – ich glaube, ich habe lediglich durch das Fenster in den Regen hinausgeschaut –, als ein Angehöriger des Hotelpersonals kam und mir sagte, draußen an der Rezeption sei eine Dame, die mich sprechen wolle. Ich erhob mich und ging hinaus in die Halle, wo ich aber niemanden sah, den ich kannte. Aber dann hatte die Empfangsdame von ihrem Schalter her gesagt: «Die Dame ist im Teesalon, Sir.»

Ich schritt durch die angegebene Tür und entdeckte einen Raum, in dem schlecht zueinander passende Sessel und einige Tische standen. In ihm hielt sich niemand auf außer Miss Kenton, die sich bei meinem Eintreten erhob und mir lächelnd die Hand hinstreckte.

«Ah, Mr. Stevens. Wie nett, Sie wiederzusehen.»

«Mrs. Benn, wie schön.»

Das Licht in dem Raum war wegen des Regens äußerst düster, und so steuerten wir auf zwei Sessel dicht bei dem Erkerfenster zu. Dort, umflossen von grauem Licht, unterhielten wir uns dann etwa zwei Stunden lang, Miss Kenton und ich, während draußen der Regen stetig weiter auf den Dorfplatz herunterprasselte.

Sie war natürlich etwas älter geworden, aber sie schien dies, in meinen Augen zumindest, auf recht anmutige Weise getan zu haben. Sie war noch immer schlank und hielt sich so gerade wie nur je. Sie hatte sogar ihre alte Kopfhaltung bewahrt, die ans Trotzige grenzte. Natürlich konnte ich bei dem trüben Licht, das auf ihr Gesicht fiel, nicht umhin, die Falten zu bemerken, die sich hier und da eingestellt hatten. Aber im großen und ganzen sah die Miss Kenton, die ich vor mir hatte, der Person, die während all dieser Jahre in meiner Erinnerung gelebt hatte, erstaunlich ähnlich. Das heißt, es war alles in allem äußerst erfreulich, sie wiederzusehen.

Während der ersten zwanzig, fünfundzwanzig Minuten unterhielten wir uns etwa so, wie dies Leute tun würden, die sich nicht von früher kennen; sie erkundigte sich höflich danach, wie meine Fahrt bisher verlaufen war, wie mir diese Urlaubstage gefielen, welche Städte und Landschaften ich gesehen hatte und so fort. Indes wir so miteinander sprachen, glaubte ich, das muß ich sagen, an ihr weitere, weniger offenkundige Veränderungen zu bemerken, welche die Jahre mit sich gebracht hatten. Zum Beispiel wirkte Miss Kenton in irgendeiner Weise *langsamer*. Es ist möglich, daß dies einfach die Ruhe war, die mit dem Alter kommt, und ich bemühte mich eine Zeitlang angestrengt, es aus dieser Perspektive zu betrachten. Doch ich konnte mich des Gefühls nicht erwehren, daß das, was ich da sah, in Wahrheit eine Art Lebensmüdigkeit war; der Funke, der sie einst zu einer so lebhaften, bisweilen sprunghaften Person gemacht hatte, schien erloschen zu sein. Ja, ab und zu, wenn sie nicht sprach, wenn ihr Gesicht entspannt war, glaubte ich in ihrem Ausdruck so etwas wie Traurigkeit zu erkennen. Aber ich kann mich darin freilich auch getäuscht haben.

Nach einer Weile war die leise Verlegenheit der ersten Minuten unserer Begegnung verflogen, und unser Gespräch bekam eine persönlichere Note. Wir erinnerten einander an den einen oder anderen Bekannten von früher, tauschten aus, was wir jeweils über sein späteres Schicksal wußten, und dies war, wie ich sagen muß, höchst unterhaltsam und angenehm. Doch es waren weniger die Themen unseres Gesprächs als vielmehr das kurze Lächeln, das sie am Ende einer Äußerung zeigte, der kleine ironische Unterton dann und wann, gewisse Bewegungen ihrer Schultern und Hände, die unverkennbar an den Ablauf und die Gewohnheiten unserer Gespräche vor so vielen Jahren zu erinnern begannen.

Etwa an dieser Stelle vermochte ich auch einiges über ihre derzeitigen Lebensumstände in Erfahrung zu bringen. So hörte ich, daß es um ihre Ehe nicht ganz so schlimm stand, wie man nach ihrem Brief hätte vermuten können; daß sie zwar tatsächlich ihr Zuhause für kurze Zeit verlassen hatte – während dieser vier oder fünf Tage war der Brief, den ich erhalten hatte, zu Papier gebracht worden –, daß sie aber inzwischen zurückgekehrt und Mr. Benn sehr froh gewesen war, sie wieder bei sich zu haben. «Es ist gut, daß wenigstens einer von uns bei diesen Dingen vernünftig bleibt», sagte sie lächelnd.

Mir ist natürlich bewußt, daß solche Angelegenheiten mich eigentlich nichts angehen, und ich sollte betonen, daß es mir nie in den Sinn gekommen wäre, mich für sie zu interessieren, wenn ich nicht – man wird sich erinnern – wichtige dienstliche Gründe dafür gehabt hätte, das heißt Gründe, die mit dem derzeitigen Personalproblem in Darlington Hall zu tun hatten. Jedenfalls schien es Miss Kenton durchaus nichts auszumachen, mich, was diese Umstände betraf, ins Vertrauen zu ziehen, und ich erblickte darin einen schönen Beweis für die Stärke der engen Arbeitsbeziehung, die wir einst hatten.

Dann sprach Miss Kenton, wie ich mich erinnere, eine Zeitlang ganz allgemein von ihrem Mann, der sich bald zur Ruhe setzen wird, ein wenig vorzeitig wegen seines schlechten Gesundheitszustandes, und von ihrer Tochter, die jetzt verheiratet ist und im Herbst ein Kind erwartet. Miss Kenton gab mir sogar die Adresse ihrer Tochter in Dorset, und ich muß sagen, ich war recht geschmeichelt, als ich sah, wie viel ihr daran lag, daß ich sie auf der Rückfahrt besuchte. Obwohl ich darauf hinwies, daß ich diesen Teil von Dorset wahrscheinlich überhaupt nicht berühren würde, bedrängte Miss Kenton mich weiter und sagte: «Catherine weiß alles über Sie, Mr. Stevens. Sie wäre entzückt, Sie kennenzulernen.»

Ich meinerseits versuchte, ihr das heutige Darlington Hall so gut zu beschreiben, wie ich konnte. Ich bemühte mich, ihr

Mr. Farraday als den angenehmen Dienstherrn darzustellen, der er ist, und ich beschrieb die Veränderungen, die es im Haus gegeben hatte, die Stillegung bestimmter Räume und die augenblicklichen Personalregelungen. Miss Kenton lebte, glaube ich, sichtlich auf, als ich ihr vom Haus erzählte, und bald besannen wir uns gemeinsam auf etliche alte Erinnerungen und lachten häufig über sie.

Soviel ich mich erinnere, kamen wir nur einmal auf Lord Darlington zu sprechen. Wir hatten uns gerade an eine Geschichte erinnert, die den jungen Mr. Cardinal betraf, und ich fühlte mich daraufhin verpflichtet, Miss Kenton mitzuteilen, daß dieser als Soldat in Belgien gefallen war. Und ich hatte hinzugefügt: «Natürlich hatte seine Lordschaft an Mr. Cardinal sehr gehangen, und sein Tod ging ihm sehr nah.»

Ich wollte die angenehme Atmosphäre nicht durch ein Gespräch über unschöne Dinge gefährden und versuchte deshalb, das Thema sofort wieder fallenzulassen. Aber wie ich befürchtet hatte, wußte Miss Kenton von der erfolglosen Verleumdungsklage, und sie benutzte jetzt natürlich die Gelegenheit, um mich ein wenig auszuhorchen. Wie ich mich erinnere, widerstand ich diesen Versuchen, wenn ich zum Schluß auch zu ihr sagte:

«Tatsache ist, Mrs. Benn, daß während der gesamten Kriegsjahre einige wirklich schreckliche Dinge über seine Lordschaft gesagt worden waren – und speziell von *diesem* Blatt. Er erduldete das alles, solange das Land in Gefahr war, doch als der Krieg zu Ende war und die Anspielungen weitergingen, sah seine Lordschaft keinen Grund, warum er weiter schweigend leiden sollte. Natürlich sieht man von einem heutigen Standpunkt vielleicht all die Gefahren deutlicher, die ein Gang vor Gericht gerade zu jener Zeit, in dem besonderen Klima, das damals herrschte, mit sich brachte. Aber wie das nun einmal geht – Lord Darlington glaubte wirklich, ihm würde Gerechtigkeit widerfahren. Statt dessen erhöhte natürlich nur die Zeitung ihre Auflage. Und der gute Name seiner Lordschaft wurde für immer ruiniert. Nun, und danach, Mrs. Benn, war seine Lordschaft praktisch ein gebrochener Mensch. Und es wurde so still im Haus. Ich servierte ihm im Salon den Tee und... Nun, es war wirklich höchst tragisch, es mitanzusehen.»

«Das tut mir sehr leid, Mr. Stevens. Ich hatte keine Ahnung, daß es so schlimm war.»

«Oh, das war es, Mrs. Benn. Aber genug davon. Ich weiß, Sie haben Darlington Hall aus der Zeit in Erinnerung, als dort große Gesellschaften gegeben wurden, als dort vornehme Gäste verkehrten. Und so sollte man es um seiner Lordschaft willen auch im Gedächtnis bewahren.»

Wie gesagt, dies war das einzige Mal, daß ich Lord Darlington erwähnte. In der Hauptsache beschäftigten wir uns mit sehr schönen Erinnerungen, und es waren, das würde ich doch sagen, zwei äußerst angenehme Stunden, die wir da zusammen im Teesalon verbrachten. Ich glaube mich zu erinnern, daß verschiedene andere Gäste hereinkamen, während wir uns so unterhielten, für kurze Zeit Platz nahmen und dann wieder gingen, aber sie bedeuteten für uns in keiner Weise eine Störung. Ja, man mochte kaum glauben, daß zwei volle Stunden verstrichen waren, als Miss Kenton zu der Uhr auf dem Kaminsims blickte und sagte, sie müsse gehen. Als sich herausstellte, daß sie im Regen ein gutes Stück zu einer Bushaltestelle würde zu Fuß gehen müssen, die sich ein wenig außerhalb des Ortes befand, bestand ich darauf, sie im Ford dorthin zu bringen, und so kam es, daß wir, nachdem wir uns beim Empfang ihren Schirm hatten geben lassen, zusammen hinausgingen.

Große Pfützen hatten sich dort gebildet, wo ich den Wagen abgestellt hatte, weshalb ich Miss Kenton ein wenig helfen mußte, damit sie die Tür zum Beifahrersitz erreichte. Bald jedoch fuhren wir die Hauptstraße des Dorfes hinunter, die Läden hinter uns blieben zurück, und wir befanden uns in offenem Gelände. Miss Kenton, die still dagesessen und hinausgeblickt hatte, wandte sich auf einmal mir zu und sagte:

«Was lächeln Sie so vor sich hin, Mr. Stevens?»

«Oh... Sie müssen entschuldigen, Mrs. Benn, aber ich mußte an einiges denken, was in Ihrem Brief stand. Ich war ein wenig bekümmert, als ich es las, aber jetzt sehe ich, daß das unbegründet war.»

«Tatsächlich? An welche Stellen denken Sie da, Mr. Stevens?»

«Oh, an keine im besonderen, Mrs. Benn.»

«Oh, Mr. Stevens, Sie müssen es mir aber wirklich sagen.»

«Nun, zum Beispiel, Mrs. Benn», sagte ich mit einem leichten Lachen, «schreiben Sie an einer Stelle – wie war das noch – ‹mein restliches Leben dehnt sich vor mir wie eine Leere›. So in diesem Sinne.»

«Also wirklich, Mr. Stevens», sagte sie, gleichfalls ein wenig lachend, «so etwas habe ich sicher nicht geschrieben.»

«Doch, das haben Sie, Mrs. Benn. Ich erinnere mich ganz genau.»

«Du liebe Güte. Nun, vielleicht gibt es manchmal Tage, an denen mir so zumute ist. Aber sie gehen schnell wieder vorüber. Ich kann Ihnen versichern, Mr. Stevens, mein Leben dehnt sich *nicht* vor mir wie eine Leere. Vor allem freuen wir uns schon auf das Enkelkind. Vielleicht das erste von mehreren.»

«Ja, in der Tat. Das wird wunderbar für Sie werden.»

Wir fuhren einen Moment lang schweigend weiter. Dann sagte Miss Kenton:

«Und was ist mit Ihnen, Mr. Stevens? Was hält die Zukunft für Sie in Darlington Hall bereit?»

«Nun, was auch immer mich erwartet, Mrs. Benn, es wird keine Leere sein. Obwohl ich mir das manchmal wünschte. Aber nein – Arbeit, Arbeit und nochmals Arbeit.»

Darüber lachten wir beide. Dann deutete Miss Kenton auf

ein Wartehäuschen, das am Straßenrand in Sicht kam. Als wir uns der Haltestelle näherten, sagte sie:

«Wollen Sie mit mir warten, Mr. Stevens? Der Bus muß in ein paar Minuten kommen.»

Es regnete noch immer ununterbrochen, als wir ausstiegen und zu dem Häuschen hinübereilten. Dieses – aus Steinen errichtet, mit einem Ziegeldach darüber – wirkte recht stabil, was es auch sein mußte, stand es doch hier in exponierter Lage auf freiem Feld. Innen blätterte überall die Farbe ab, doch es war sauber. Miss Kenton machte von der vorhandenen Sitzgelegenheit Gebrauch, während ich stehenblieb, um nach dem Bus Ausschau halten zu können. Auch auf der anderen Seite der Straße sah man nichts als Äcker und Felder; eine Reihe von Telegraphenmasten lenkte mein Auge über sie hinweg in die Ferne.

Nachdem wir einige Minuten stumm gewartet hatten, raffte ich mich auf und sagte:

«Entschuldigen Sie, Mrs. Benn, aber wir werden uns ja vermutlich lange nicht mehr sehen – würden Sie mir vielleicht erlauben, Sie etwas eher Persönliches zu fragen? Es ist etwas, das mir schon seit einiger Zeit keine Ruhe läßt.»

«Gewiß, Mr. Stevens. Wir sind schließlich alte Freunde.»

«Ja, in der Tat, Sie sagen es, wir sind alte Freunde. Ich wollte Sie das einfach fragen, Mrs. Benn. Sie brauchen nicht zu antworten, wenn Sie glauben, Sie sollten das lieber nicht tun. Aber die Sache ist die, die Briefe, die ich im Laufe der Jahre von Ihnen bekommen habe, und besonders dieser letzte Brief, sie schienen anzudeuten, daß Sie – wie könnte man es ausdrücken? – eher unglücklich sind. Ich habe mich einfach gefragt, ob Sie vielleicht irgendwie schlecht behandelt werden. Verzeihen Sie, aber, wie gesagt, ich mache mir darum schon seit einiger Zeit gewisse Sorgen. Ich würde mir töricht vorkommen, wäre ich diesen weiten Weg hierher gekommen, um Sie zu sehen, und hätte Sie das nicht gefragt.»

«Mr. Stevens, das braucht Sie gar nicht verlegen zu machen. Wir sind schließlich alte Freunde, nicht wahr? Ich bin sogar sehr gerührt, daß Sie sich solche Sorgen machen. Und ich kann Sie vollkommen beruhigen. Mein Mann behandelt mich in keiner Weise schlecht. Er ist nicht im geringsten ein grausamer oder jähzorniger Mensch.»

«Mrs. Benn, ich gestehe, das nimmt mir eine schwere Last von der Seele.»

Ich beugte mich, nach dem Bus Ausschau haltend, in den Regen hinaus.

«Ich merke Ihnen an, Sie sind nicht ganz befriedigt, Mr. Stevens», sagte Miss Kenton. «Glauben Sie mir nicht?»

«Oh, das ist es nicht, Mrs. Benn, das ist es überhaupt nicht. Es ist nur so, daß Sie irgendwie über die Jahre hinweg nicht glücklich gewesen zu sein scheinen. Schließlich – bitte, verzeihen Sie, daß ich das sage –, schließlich haben Sie mehrmals geglaubt, Ihren Mann verlassen zu müssen. Wenn er Sie nicht schlecht behandelt, dann... nun, dann ist man etwas ratlos, was die Ursache Ihrer Unzufriedenheit betrifft.»

Ich blickte wieder in den Regen hinaus. Schließlich hörte ich Miss Kenton hinter mir sagen: «Mr. Stevens, wie kann ich das erklären? Ich weiß selber kaum, warum ich so etwas tue. Aber es stimmt, ich bin jetzt dreimal von zu Hause fortgegangen.» Sie hielt einen Augenblick inne, während ich weiter zu den Feldern jenseits der Straße hinübersah. Dann sagte sie: «Ich nehme an, Mr. Stevens, Sie wollen eigentlich wissen, ob ich meinen Mann liebe oder nicht.»

«Wirklich, Mrs. Benn, ich würde mich nie erdreisten...»

«Ich finde, ich sollte Ihnen antworten, Mr. Stevens. Wie Sie ganz richtig sagen, sehen wir uns jetzt vielleicht viele Jahre nicht mehr. Ja, ich liebe meinen Mann. Zuerst habe ich ihn nicht geliebt. Lange Zeit nicht. Als ich damals von Darlington Hall fortgegangen bin, da war mir überhaupt nicht bewußt, daß ich wirklich, wahrhaftig fortging. Ich glaube, ich dachte, das sei einfach nur eine weitere List, Mr. Stevens, um Sie zu ärgern. Es war ein Schock, als ich mir plötzlich bewußt wurde, daß ich hier war und verheiratet. Lange Zeit war ich unglücklich, sehr unglücklich. Doch dann verging Jahr um Jahr, es kam der Krieg, Catherine wurde größer, und eines Tages merkte ich, daß ich meinen Mann liebte. Man verbringt soviel Zeit zusammen mit einem anderen Menschen, da gewöhnt man sich an ihn. Er ist ein freundlicher, zuverlässiger Mann und – ja, ich habe gelernt, ihn zu lieben, Mr. Stevens.»

Miss Kenton hielt einen Augenblick inne. Dann fuhr sie fort:

«Aber das heißt natürlich nicht, daß es nicht gelegentlich Tage gibt – sehr trostlose Tage –, wo man sich sagt: ‹Was hast du damals nur für einen schrecklichen Fehler gemacht.› Und dann stellt man sich ein anderes Leben vor, ein *besseres* Leben, das man vielleicht hätte führen können. Zum Beispiel denke ich dann an ein Leben, das ich mit Ihnen zusammen vielleicht geführt hätte. Und wahrscheinlich ist das der Punkt, an dem ich mich dann über etwas ganz Unwichtiges ärgere und gehe. Aber jedesmal, wenn ich das tue, wird mir bald klar – mein Platz ist an der Seite meines Mannes. Schließlich kann man die Uhr nicht mehr zurückdrehen. Man kann nicht ewig darüber nachsinnen, was hätte gewesen sein können. Man sollte erkennen, daß es einem nicht schlechter geht als den meisten anderen, vielleicht sogar besser, und dankbar sein.»

Ich glaube nicht, daß ich sogleich etwas darauf antwortete, denn es dauerte einen Augenblick, bis ich diese Worte Miss Kentons innerlich verarbeitet hatte. Zudem waren, wie man vielleicht verstehen wird, die sich aus ihnen ergebenden Folgerungen dazu angetan, in mir einigen Kummer auszulösen. Wahrhaftig – warum sollte ich es nicht zugeben –, in diesem Augenblick brach mir das Herz. Schon bald jedoch wandte ich mich ihr wieder zu und sagte mit einem Lächeln:

«Sie haben vollkommen recht, Mrs. Benn. Wie Sie sagen,

es ist zu spät, die Uhr zurückzudrehen. Nein, ich hätte keine Ruhe mehr, müßte ich mir sagen, daß solche Gedanken die Ursache wären, weshalb Sie und Ihr Mann unglücklich sind. Wir müssen beide, wie Sie schon betonten, für das dankbar sein, was wir haben. Und nach allem, was Sie mir berichten, Mrs. Benn, haben Sie Grund zur Zufriedenheit. Ich würde sogar sagen, nun da Mr. Benn sich zur Ruhe setzt und Enkelkinder unterwegs sind, haben Sie und Ihr Mann noch einige besonders schöne Jahre vor sich. Sie dürfen wirklich keinem törichten Gedanken mehr erlauben, Ihr verdientes Glück zu gefährden.»

«Natürlich, Sie haben recht, Mr. Stevens. Sie sind so liebenswürdig.»

«Ah, da scheint Ihr Bus zu kommen, Mrs. Benn.»

Ich trat hinaus und winkte, während Miss Kenton sich erhob und bis an den Rand des Schutzdaches trat. Erst als der Bus hielt, blickte ich Miss Kenton an und bemerkte, daß sich ihre Augen mit Tränen gefüllt hatten. Ich lächelte und sagte:

«Nun, geben Sie gut auf sich acht, Mrs. Benn. Viele sagen, der Ruhestand sei der schönste Abschnitt im Leben eines Ehepaars. Nützen Sie jede Gelegenheit, damit es für Sie und für Ihren Mann glückliche Jahre werden. Wir sehen uns vielleicht nie mehr wieder, Mrs. Benn, und ich möchte Sie deshalb bitten, meinen Rat nicht zu vergessen.»

«Ich werde daran denken, Mr. Stevens. Und danke, daß Sie mich hergebracht haben. Das war sehr freundlich von Ihnen. Es war sehr schön, Sie wiederzusehen.»

«Es war mir eine große Freude, Sie wiederzusehen, Mrs. Benn.»

Die Lichter an der Pier sind eingeschaltet worden, und hinter mir hat eine ganze Gruppe von Menschen dieses Ereignis gerade mit lautem Jubel begrüßt. Es ist noch immer recht hell – über dem Meer leuchtet der Himmel jetzt in einem bleichen

Rot –, aber es sieht so aus, als wollten all diese Leute, die sich während der letzten halben Stunde auf der Pier versammelt haben, daß jetzt die Nacht hereinbricht. Dies bestätigt, so meine ich, auf treffliche Weise die Ansicht des Mannes, der bis vor kurzem hier neben mir auf dieser Bank saß und mit dem ich ein recht eigenartiges Gespräch hatte. Er meinte, für sehr viele Menschen sei der Abend der schönste Teil des Tages, der Teil, auf den sie sich am meisten freuten. Und an dieser Behauptung scheint, wie gesagt, etwas Wahres zu sein, denn weshalb sonst sollten all diese Leute spontan in Jubelrufe ausgebrochen sein, nur weil die Lichter auf der Pier angingen?

Natürlich hatte der Mann das im übertragenen Sinne gemeint, aber es ist doch interessant, seine Worte so bald darauf im wörtlichen Sinne bestätigt zu sehen. Ich glaube, er hatte schon einige Minuten neben mir gesessen, ohne daß ich ihn bemerkte, so sehr war ich mit meinen Erinnerungen an das Wiedersehen mit Miss Kenton vor zwei Tagen beschäftigt. Ja, ich glaube, ich nahm seine Anwesenheit auf der Bank erst zur Kenntnis, als er mit lauter Stimme erklärte:

«Die Seeluft tut einem wirklich gut.»

Ich sah auf und erblickte einen kräftig gebauten Mann, vielleicht Ende Sechzig, in einer recht abgetragenen Tweedjacke und am Kragen offenem Hemd. Sein Blick war auf das Wasser gerichtet, vielleicht auf einige Möwen in der Ferne, weshalb nicht genau auszumachen war, ob er mich mit seinen Worten angesprochen hatte. Doch da ihm sonst niemand antwortete und ich auch niemanden in der Nähe zu entdecken vermochte, der dies vernünftigerweise hätte tun sollen, sagte ich schließlich:

«Ja, das ist gewiß wahr.»

«Der Arzt sagt, sie tut gut. Also komme ich hierher, so oft es das Wetter erlaubt.»

Der Mann erzählte mir sodann von seinen verschiedenen Leiden und Beschwerden und wandte dabei nur gelegentlich den Blick vom Sonnenuntergang ab, um mir mit einem Kopfnicken zuzulächeln. Ich begann überhaupt erst richtig aufmerksam zuzuhören, als er nebenbei erwähnte, daß er bis zu seinem Ausscheiden aus dem Berufsleben vor drei Jahren Butler eines Hauses ganz in der Nähe gewesen sei. Auf meine Frage erfuhr ich, daß es sich um ein eher kleines Haus gehandelt hatte, in dem er der einzige ganztägig beschäftigte Angestellte gewesen war. Als ich wissen wollte, ob er je mit einem ihm unterstellten Personalstab gearbeitet hatte, vielleicht vor dem Krieg, erwiderte er:

«Oh, damals, da war ich ein einfacher Diener. Ich hätte nicht die nötige Sachkenntnis gehabt, um in *der* Zeit Butler zu sein. Sie machen sich keine Vorstellung, was da alles dazugehörte in den großen Häusern, die man damals hatte.»

An dieser Stelle hielt ich es für angebracht, meine Identität preiszugeben, und obschon ich nicht sicher bin, ob «Darlington Hall» ihm ein Begriff war, schien mein Nachbar doch recht beeindruckt.

«Und da habe ich versucht, Ihnen das alles zu erklären», meinte er und lachte. «Nur gut, daß Sie mir das rechtzeitig gesagt haben, ehe ich mich richtig lächerlich machen konnte. Da sieht man wieder mal, daß man nie weiß, mit wem man es zu tun bekommt, wenn man einen wildfremden Menschen anspricht. So, da hatten Sie wohl einen großen Personalstab unter sich. Vor dem Krieg, meine ich.»

Er war ein netter Bursche und schien ehrlich interessiert, und so erzählte ich ihm ein wenig von den alten Zeiten in Darlington Hall. In erster Linie versuchte ich, ihm einiges von der «Sachkenntnis» zu vermitteln, wie er es ausgedrückt hatte, die bei der Abwicklung von großen Abendgesellschaften und dergleichen, wie wir sie oft hatten, erforderlich ist. Ja, ich glaube, ich verriet ihm sogar einige meiner Berufsgeheimnisse, mit deren Hilfe man aus dem Personal noch ein Extra an Leistung herausholt, sowie die verschiedenen Tricks – wie bei einem Zauberkünstler –, die ein Butler anwandte, damit etwas genau zur rechten Zeit und am rechten Ort geschah, ohne daß die Gäste von dem hinter dieser Operation stehenden großen und oft komplizierten Manöver auch nur eine Ahnung bekamen. Wie gesagt, mein Nachbar schien ehrlich interessiert zu sein, doch nach einer Weile hatte ich das Gefühl, genug offenbart zu haben, und so sagte ich schließlich:

«Natürlich ist heute alles ganz anders, unter meinem neuen Dienstherrn – einem Amerikaner.»

«Amerikaner, so. Nun, sie sind die einzigen, die sich das heute noch leisten können. So, da sind Sie also beim Haus geblieben. Als Teil des Inventars.» Er drehte sich zu mir um und grinste.

«Ja», sagte ich mit einem kurzen Auflachen. «Ganz recht, als Teil des Inventars.»

Der Mann wandte den Blick wieder dem Meer zu, holte tief Atem und seufzte befriedigt. Wir saßen dann noch einige Minuten schweigend so da.

«Die Sache ist natürlich die», sagte ich nach einer Weile, «daß ich Lord Darlington mein Bestes gegeben habe. Ich gab ihm das Beste, das ich zu geben hatte, und jetzt – nun, jetzt sehe ich, daß nicht mehr viel übrig ist, was ich noch geben kann.»

Der Mann sagte nichts, nickte aber, und so fuhr ich fort:

«Seit mein neuer Dienstherr, Mr. Farraday, da ist, versuche ich alles, wirklich alles, um die Dienstleistung zu erbringen, die ihm meiner Ansicht nach zusteht. Ich habe alles und alles versucht, aber was ich auch tue, ich stelle fest, daß ich den Maßstäben, die ich mir einst selbst gesetzt habe, nicht mehr gerecht werde. Immer mehr Versehen und Schnitzer schleichen sich in meine Arbeit ein. Völlig belanglose Dinge an sich – zumindest bis jetzt. Aber es sind solche, wie sie mir früher nie unterlaufen wären, und ich weiß, was sie bedeuten. Ich habe alles versucht, wirklich alles, aber es hat keinen Zweck.

Ich habe gegeben, was ich zu geben hatte. Ich habe alles Lord Darlington gegeben.»

«Du liebe Güte, Mann, brauchen Sie ein Taschentuch? Ich hab irgendwo eins. Ah ja, da. Ist noch ziemlich sauber. Hab mich nur einmal hineingeschneuzt, heute morgen. Kommen Sie schon, Mann.»

«O nein, nein, vielen Dank, schon in Ordnung. Es tut mir leid, das Reisen muß mich doch ermüdet haben. Es tut mir sehr leid.»

«Sie müssen diesem Lord Dingsda sehr nahegestanden haben. Vor drei Jahren ist er gestorben, sagen Sie? Doch, man merkt, daß Sie ihm sehr nahegestanden haben.»

«Lord Darlington war kein schlechter Mensch. Er war wirklich kein schlechter Mensch. Und zumindest war es ihm gegeben, am Ende seines Lebens sagen zu können, er habe seine eigenen Fehler gemacht. Seine Lordschaft war ein mutiger Mann. Er entschied sich für einen bestimmten Weg im Leben, es stellte sich heraus, daß es ein falscher war, aber immerhin hatte er sich selbst dafür entschieden, das zumindest kann er sagen. Was mich betrifft, so kann ich nicht einmal das für mich in Anspruch nehmen. Sehen Sie, ich habe *vertraut*. Ich habe auf seiner Lordschaft Klugheit vertraut. All die Jahre, die ich ihm diente, habe ich darauf vertraut, daß ich etwas tue, was der Mühe wert ist. Ich kann nicht einmal sagen, daß ich meine eigenen Fehler gemacht hätte. Wirklich – man muß sich das fragen –, welche Würde liegt überhaupt darin?»

«Nun, kommen Sie, Mann, ich weiß nicht, ob ich alles mitgekriegt habe, was Sie da sagen – aber wenn Sie mich fragen, haben Sie eine ganz falsche Einstellung, wissen Sie? Schauen Sie nicht die ganze Zeit zurück, da muß man ja depressiv werden. Und schön, Sie können Ihren Job nicht mehr so machen wie früher einmal. Aber so geht es uns doch allen, nicht? Wir müssen alle irgendwann mal Feierabend machen. Sehen Sie mich an. Bin mopsfidel seit dem Tag, als ich aufgehört habe zu arbeiten. Schön, wir sind alle nicht mehr die Jüngsten, aber Sie müssen nach vorn sehen.» Und an dieser Stelle, glaube ich, sagte er dann: «Sie müssen sich amüsieren. Der Abend ist der schönste Teil des Tages. Sie haben Ihre Arbeit getan. Jetzt können Sie Feierabend machen und sich amüsieren. So sehe ich das. Fragen Sie, wen Sie wollen, jeder wird Ihnen das bestätigen. Der Abend ist der schönste Teil des Tages.»

«Ich bin sicher, Sie haben recht», sagte ich. «Es tut mir wirklich leid, so etwas gehört sich gar nicht. Ich nehme an, ich bin übermüdet. Ich war viel unterwegs, wissen Sie.»

Jetzt sind es etwa zwanzig Minuten, seit der Mann gegangen ist, aber ich blieb hier auf dieser Bank sitzen, um das Ereignis abzuwarten, das gerade stattgefunden hat, nämlich das Aufleuchten der Lampen auf der Pier. Wie gesagt, die Fröhlichkeit, mit der die auf dieser Pier versammelten Vergnügungssuchenden das kleine Ereignis begrüßten, könnte für die Korrektheit der Aussage meines Banknachbarn sprechen; für sehr viele Menschen ist der Abend der erfreulichste Teil des Tages. Vielleicht hat dann auch sein Rat etwas für sich, daß ich aufhören soll, soviel zurückzuschauen, daß ich eine positivere Einstellung gewinnen und versuchen sollte, aus dem, was vom Tage übrigbleibt, noch das Beste zu machen. Was haben wir schließlich davon, wenn wir ständig zurückblicken und uns Vorwürfe machen, weil aus unserem Leben nicht das geworden ist, was wir uns vielleicht einmal vorgestellt hatten? Tatsache ist doch jedenfalls, daß gewöhnlichen Leuten wie unsereinem kaum etwas anderes übrigbleibt, als ihr Schicksal letztlich in die Hände jener großen Herren an der Nabe dieser Welt zu legen, die uns in Dienst nehmen. Welchen Sinn hat es, sich allzu sehr darum zu sorgen, was man hätte tun oder nicht tun können, um den Verlauf des eigenen Lebens unter Kontrolle zu halten? Es genügt doch gewiß, daß unsereiner zumindest *versucht*, einen kleinen Beitrag von echtem Wert zu leisten. Und wenn einige von uns bereit sind, im Verfolg solcher Bemühungen im Leben viel zu opfern, so ist dies gewiß an sich schon, ganz gleich, was man tatsächlich erreicht, ein Grund, Stolz und Zufriedenheit zu empfinden.

Vor wenigen Minuten übrigens, kurz nachdem die Lichter angegangen waren, drehte ich mich kurz auf meiner Bank um, weil ich mir die Scharen von Menschen genauer ansehen wollte, die da hinter mir lachten und schwatzten. Menschen aller Altersstufen schlendern auf der Pier umher: Familien mit Kindern, Paare, junge und alte, Arm in Arm. Ein Stück hinter mir ist eine Gruppe von sechs oder sieben Personen versammelt, die ein wenig meine Neugierde geweckt hat. Ich nahm natürlich zunächst an, es handele sich um eine Gruppe von Freunden, die gemeinsam den Abend verbringen wollten. Doch als ich hörte, was sie untereinander redeten, wurde deutlich, daß sie einander fremd waren und sich rein zufällig an dieser Stelle hinter meiner Bank getroffen hatten. Anscheinend waren sie alle einen Augenblick lang stehengeblieben, als die Lichter angingen, und dann miteinander ins Gespräch gekommen. Während ich sie jetzt beobachte, lachen sie fröhlich miteinander. Es ist eigenartig, wie Menschen so rasch eine solche Herzlichkeit untereinander herstellen können. Es ist möglich, daß diese Personen hier einander einfach verbunden sind in der Freude auf den bevorstehenden Abend. Aber andererseits hat es, bilde ich mir ein, vermutlich mehr mit jener Fertigkeit des Scherzens zu tun. Während ich ihnen jetzt lausche, höre ich sie eine scherzhafte Bemerkung nach der anderen wechseln. Auf diese Art, so möchte ich annehmen, gehen viele Menschen gern vor. Es ist sogar möglich, daß mein Bankgefährte von vorhin erwartete, daß wir miteinander scherzen würden – in welchem Falle ich für ihn vermutlich eine große Enttäuschung war. Vielleicht wird es in der Tat Zeit, daß ich das ganze Problem des scherzhaften Tons mit größerem Nachdruck angehe. Schließlich ist es, wenn man es sich überlegt, gar keine so törichte Beschäftigung – zumal wenn es zutrifft, daß im scherzhaften Ton der Schlüssel zur menschlichen Wärme liegt.

Ich sage mir jetzt außerdem, daß das Scherzen eine Aufgabe ist, deren Erfüllung ein Dienstherr durchaus von einem Butler erwarten kann. Ich habe natürlich der Ausbildung meiner Fertigkeit im Scherzen schon viel Zeit gewidmet, aber es ist möglich, daß ich an diese Aufgabe bisher nicht mit so viel Engagement herangegangen bin, wie ich hätte aufbringen können. Vielleicht werde ich also, wenn ich morgen nach Darlington Hall zurückgekehrt bin – Mr. Farraday wird erst in einer Woche wieder da sein –, mit neuem Elan zu üben beginnen. Ich hoffe doch, bis zur Rückkehr meines Dienstherrn so weit gediehen zu sein, daß ich ihm eine angenehme Überraschung werde bereiten können.

Nachwort zum Film

Für einen kurzen Moment verliert Stevens die Kontrolle über sich. Der korrekte, zurückhaltende Butler fühlt sich mit einer Situation konfrontiert, für die ihm das richtige, das angemessene Benehmen nicht einfallen will. Stevens, der Butler, ist von der jungen Hauswirtschafterin in seinem Zimmer bei der Feierabendlektüre überrascht worden. Freundlich fragt Miss Kenton nach dem Titel des Buches. Doch den mag Stevens nicht nennen. Wie ein kleiner Junge, der bei einer verbotenen Lektüre aufgestört worden ist, preßt er das Buch an sich, als Miss Kenton es zu greifen versucht. Das abendliche Lesevergnügen ist für Stevens ein Ausdruck von Privatheit, ja Intimität, die er nicht preisgeben will. Hier in seinem Zimmer nach Feierabend, wenn der Anzug gebürstet im Schrank hängt und die Herrschaften schlafen, wird für kurze Zeit ein anderes Leben möglich, wenigstens in der Imagination. Zu dem Leben, das er nicht zu leben wagt, gehört auch Miss Kenton. Er fühlt sich zu ihr hingezogen, ein Gefühl, das seinem strengen Kodex widerspricht, der Liebesbeziehungen unter den Hausangestellten nicht duldet. «Was vom Tage übrigblieb», das ist die Bilanz eines Lebens, eine Rückschau mit erschütterndem Ergebnis. Was vom Leben übrigblieb, das ist für Stevens vielleicht nur der flüchtige Moment einer Verliebtheit, die nicht gelebt wurde.

Die ersten Bilder verbinden Anfang und Ende einer Epoche. Der gezeichneten Ansicht der klassizistischen Fassade folgen Bilder vom Ausverkauf des einstigen Herrensitzes von Lord Darlington. Läßt der alte Plan mit seiner wohlproportionierten Fassadenansicht die glanzvolle Geschichte des Schlosses ahnen, weist das Bild vom Verkaufsgetümmel auf ihren Schlußpunkt: Nichts wird so sein wie früher. In einem Zelt auf der prächtigen Auffahrt wird das Inventar versteigert. Unter den Interessenten ist auch der neue Besitzer von Darlington Hall. Der im Off gelesene Brief der einstigen Hauswirtschafterin an den noch immer in Darlington angestellten Butler Stevens erzählt von der jüngsten Geschichte des Hauses. Als Verfechter der Appeasement-Politik glaubte Lord Darlington daran, Nazi-Deutschland an England binden zu können, um so den Ausbruch des Zweiten Weltkriegs zu verhindern. Die Geheimgespräche zu dieser Politik fanden in Darlington Hall statt. Dafür wird es nach dem Krieg allgemein als Verräternest tituliert, und Lord Darlington verliert eine Verleumdungsklage gegen eine Zeitung. Nach seinem Tod droht dem Landsitz der Abbruch, der erst mit dem Verkauf an den amerikanischen Millionär Lewis abgewendet wird. Lewis war als junger Politiker einst selbst in Darlington Hall zu Gast. In langen Rückblenden läßt James Ivory den Butler Stevens diese Geschichte noch einmal erleben. Sie ist zur Lebensgeschichte des Dieners geworden, der Darlington Hall nie verlassen hat, um die Welt außerhalb des Herrensitzes kennenzulernen, weil, wie er seinem neuen Chef erklärt, «die Welt gewissermaßen nach Darlington kam».

In Stevens' Welt spiegelt sich die imperiale Herrlichkeit des Englands der Jahrhundertwende. Dazu gehört die «kleine Armee der Angestellten», von der die Hauswirtschafterin schreibt, und die strenge Hierarchie mit klar umrissenen Aufgabengebieten, die dem Butler untersteht. Darlington Hall erscheint als abgeschlossener Kosmos, in dem der Geist und das Lebensgefühl des Englands der Jahrhundertwende fortbestehen. Das Herrenhaus mit seinen Angestellten, dem gütigen Lord und den hochkarätigen Gästen wirkt wie die übriggebliebene Gußform eines Gesellschaftsmodells, dessen Original längst zersprungen ist. Stevens' Bemerkung über die «Welt, die früher nach Darlington kam», läßt diesen Anspruch noch einmal aufscheinen. Seine Erinnerung an die glanzvolle Zeit des Herrensitzes wird zur Spurensuche der eigenen Lebensgeschichte.

Die Essenz dieser Epoche hat Stevens aufgesogen, durch sie hat der Butler gelebt. Doch was ist von seinem Leben geblieben? Vor der Unberechenbarkeit der Welt hat sich Stevens mit einem Panzer aus Konventionen und einer unbedingten Loyalität zu seinem Dienstherrn gewappnet. Weder konnte er die Sympathie, wenn nicht Liebe, zu Miss Kenton ausdrücken noch auf den Tod seines Vaters anders reagieren, als in Pflichterfüllung seinen Dienst beim Abschlußdinner der Geheimgespräche zu versehen. Die Loyalität zu seinem Dienstherrn ging sogar so weit, daß Stevens die Kritik noch nicht einmal zu denken wagte, als der Lord befahl, zwei jüdische Immigrantinnen zu entlassen, und sie damit der drohenden Auslieferung an Nazi-Deutschland aussetzte.

Die langen Rückblenden, mit denen der Regisseur Ivory die Geschichte aufrollt, lassen Stevens' Erinnerungen als komplexen inneren Monolog erscheinen, der seinen Briefwechsel mit Miss Kenton genauso einbezieht wie die Tagträume des alten Butlers, der sich in dem jetzt leeren Haus an die Betriebsamkeit der früheren Jahre erinnert. Dabei wechselt die Erzählperspektive immer wieder, bis das Erinnerungsbild Stevens' die Szene einfriert. Das Bild bleibt stehen, länger als es der übliche Montagerhythmus erlaubt, ehe es, in einer langsamen Überblendung mit der nächsten Einstellung verknüpft, zu einem optischen Nachhall wird, der die nächste Szene bestimmt.

Stevens' Reise zu Miss Kenton, die nach einer gescheiterten Ehe in der Nähe ihrer erwachsenen Tochter in einem Badeort an der Westküste lebt, ist der Versuch, die Zeit noch einmal zurückzudrehen. Stevens möchte sie überreden, wieder in Darlington Hall zu arbeiten. Die Fahrt zu ihr wird zu einer Reise in die eigene Vergangenheit und zu einer ersten Begegnung mit der Welt, die Stevens vorher nie bemerkt hat. Wie ein Expeditionsreisender, der sich tastend mit den Sitten eines fremden Landes bekannt macht, erlebt der Butler dieses Nachkriegsengland und findet sich unversehens in der Rolle eines Hochstaplers wieder, als er sich in einem Landgasthof seiner Begegnungen mit den einstmals führenden Politikern rühmt, allerdings verschweigt, daß er sie in Darlington Hall lediglich bediente. Am Ende sitzen Stevens und Miss Kenton auf einem Pier mit Blick auf das Meer. Wer sie nicht kennt, würde sie für ein altes Ehepaar halten. Bunte Lichtgirlanden leuchten auf, und die Passanten klatschen. So ist es jeden Abend, sagt Miss Kenton, und Stevens kann es nicht glauben. Diese banale Freude an einem simplen Vorgang, dieser Augenblick der Geborgenheit, neben einer Frau, die er vielleicht geliebt hat und die nicht mit ihm zurückkommen wird, lassen ihn sein Leben erkennen: «Es war immer Arbeit und nichts weiter als Arbeit.»

Nach seinem Ausflug in die Welt kehrt Stevens in die Abgeschiedenheit von Darlington Hall zurück. Er steht neben seinem neuen Dienstherrn, als eine Taube durch den Kamin in den großen leergeräumten Salon fällt. Sie fangen das verängstigte Tier, Stevens öffnet das Fenster, und Mr. Lewis wirft den Vogel wieder in die Luft. «Gut gemacht, Sir», sagt Stevens und tritt etwas zurück. Es ist so wie immer, und hinter dem Kreuz des geschlossenen Fensters sieht das Gesicht Stevens' aus, als würde er durch Gitterstäbe in die Welt da draußen blicken.

Der Regisseur James Ivory

Das nicht gelebte Leben, die Unterwerfung unter gesellschaftliche Konventionen mit dem Verzicht auf Selbstbestimmung und Glück und schließlich die Auseinandersetzung mit Tabus und letztlich ihre Anerkennung sind die Themen der erfolgreichen Filme des Regisseurs James Ivory. In einer Zeit, in der das Mainstream-Kino mit Dolby-Sound und dem ganzen visuellen Budenzauber der Werbeästhetik in die Schlafzimmer zog und mit Kim Basinger, Mickey Rourke, Richard Gere, Sharon Stone Stars mit einem erotischen Image schuf, verhüllte Ivory seine Darsteller in historischen Kostümen, ließ die Damen und Herren schmachtende Blicke tauschen. Sie durften bestenfalls an sexuelle Erlebnisse denken. Alles Weitere enthielt er seinen Figuren genauso vor wie seinem Publikum, das mit den Protagonisten lediglich über dem Tagebuch träumen durfte. «Zimmer mit Aussicht», Ivorys erster großer und 1986 überraschender kommerzieller Erfolg, war der Auftakt zu einer Reihe, die er 1987 mit «Maurice» und 1992 mit «Wiedersehen in Howards End», nach Vorlagen von E. M. Forster, fortsetzte.

Die Filme Ivorys spielen in einem England auf dem Höhepunkt der imperialen Macht. Das nahe Ende dieser Herrlichkeit liegt als Ahnung über den edwardianischen und viktorianischen Welten, die nichts mit den Gesellschaftsbildern zu tun haben, wie sie etwa Charles Dickens beschrieb. Ivory malt Schmuckbilder einer Epoche, die hinter teuer raschelnder Seide, diskret klapperndem Porzellan und dem Klang wertvoller Kristallgäser an ihrer Doppelmoral und Verlogenheit erstickt. Die amourösen Abenteuer der aufstrebenden jungen Männer und schüchternen Frauen, das Spiel um Begehren, Versagung, Leidenschaft, Selbstaufgabe und Verzicht ist der Lebensinhalt einer satten Aristokratenschicht, die Ivory in ihrem ganzen

Glanz vorführt. Sie ist die prächtige Verpackung für Geschichten, in denen es um die Schwierigkeit, wenn nicht Unmöglichkeit geht, selbstbestimmt und frei in einer Gesellschaft zu leben. Dabei fehlt es Ivorys Protagonisten an nichts, sie sind gebildet, haben Geld und haben eine Idee vom Leben, wie sie es führen wollen, dem sie aber entsagen, weil ihnen die Kraft dazu fehlt. Die Geschichten dieser Menschen leben nicht von Konflikten, «sondern von Konventionen und davon, wie dieses unsichtbare Regelwerk Reibung erzeugt», schreibt Michael Althen über «Wiedersehen in Howards End», und das trifft auch für die anderen Forster-Adaptionen James Ivorys zu.

In «Was vom Tage übrigblieb» ist aus dem unsichtbaren Regelwerk der Konventionen ein perfekt funktionierendes Räderwerk geworden, in dem sich Lord Darlington und sein Butler Stevens gegen die Zeit eingenistet haben. Das geht nicht gut, und das wissen wir vom ersten Bild an, in dem das Schloß wie ein ausgeweideter Kadaver erscheint. Lassen sich Ivorys Forster-Adaptionen noch als wertkonservative Appelle an Vernunft und Anstand interpretieren, entblößt «Was vom Tage übrigblieb» diese Appelle als gutgemeinte, aber wirkungslose Geste. Gegen den aufkommenden Faschismus sind sie wirkungslos und im Privaten geradezu lächerlich, solange sie nur in der Hohlform eines Verhaltenskodex überleben.

Erkennungszeichen der Ivory-Filme ist ihre Perfektion. In «Was vom Tage übrigblieb» gleicht die Wahl der Drehorte einer Exkursion durch die britische Architekturgeschichte. Während die Außenaufnahmen von Darlington Hall in Dyrham Park gedreht wurden, dem im 18. Jahrhundert gebauten Sitz eines Ministers unter König William III., fand man die herrschaftlichen Innenräume mit ihren Rokoko-Stuckverzierungen, dem neoklassizistischen Musikzimmer des Architekten James Wyatt und der Bibliothek aus der Regency-Periode in Powderham Castle in der Nähe von Exeter. Drehort für die Szenen in der Gemäldegalerie mit ihren Glasarbeiten von Robert Adams, der Decke von Capability Brown, den purpurnen Damastvorhängen und Chippendale-Möbeln sowie für die Aufnahmen von Lord Darlingtons Bibliothek war Corsham Court in Wiltshire, während die Räume der Dienerschaft in Badminton House in Gloucestershire entdeckt wurden. Die Ausstattung steht diesem Aufwand nicht nach, und so stören weder zeithistorisch falsche Kostüme noch isolierverglaste Fenster, Fernsehantennen, Verkehrsschilder und andere Zeichen der Gegenwart die Illusion von der Vergangenheit. Doch der Aufwand ist niemals Selbstzweck. Ivory protzt nicht mit Schloßkulissen, einer Oldtimer-Armada und Kostümen. Sie komplettieren lediglich ein Tableau, auf dem Darsteller agieren, die man so noch nie erlebt hat. Ivory, ein Meister der Schauspielerführung und der detailbesessenen Inszenierung, schafft seinen Darstellern Spielräume, in denen sie ihre Kunst entfalten können. In «Was vom Tage übrigblieb» hat er mit James Fox als Lord Darlington, dem Ex-Superman-Darsteller Christopher Reeve als Millionär Lewis, mit Peter Vaughan in der Rolle des Vaters von Stevens und Michael Lonsdale in einem Auftritt als französischer Delegierter Künstler beschäftigt, die selten so gut zur Geltung kamen. Ihnen gelingen hier genaue Charakterisierungen und fein pointierte Kabinettstückchen, die Ivorys unspektakulärer Inszenierungsstil braucht. Wie Lonsdale, unter zu engen Schuhen leidend, immer wieder Wasser und Salz für seine mitgenommenen Füße ordert und diese vor Erleichterung stöhnend in ein dampfendes Fußbad taucht, ist er die Verkörperung eines selbstironischen, zur Karrikatur verzerrten Ressentiments: Der Sohn einer Französin und eines Engländers spielt hier ‹den› Franzosen so, wie ihn sich ‹der› Engländer denkt, und in Peter Vaughan als Stevens' Vater erkennt man die frustrierte Bösartigkeit des alten Untergebenen, der noch auf dem Totenbett versucht, seinen Sohn ein letztes Mal zu demütigen.

Anthony Hopkins

Dieser Stevens ist eine der eindrucksvollsten Rollen des Schauspielers Anthony Hopkins. Das vorgestreckte Kinn des alten Butlers, das weniger Sturheit als vielmehr von absurder Disziplin gezügeltes Leid ausdrückt, und der geschmeidige Schliff des jungen Butlers, hinter dem immer seine Schüchternheit erkennbar bleibt, sind die Pole, zwischen denen er die Figur changieren läßt. Von den landläufigen Butler-Klischees ist bei seiner Darstellung nichts mehr geblieben. Den in seinen vielfachen Verkapselungen befangenen Mann spielt Hopkins ganz ohne Effekt. Seine Stevens-Interpretation ist eine präzise Studie über den Geist des Dienens und eine anrührende Schilderung über ein vertanes Leben. Hopkins, der für seine Rolle als menschenfressender Psychopath Hannibal Lecter in Jonathan Demmes «The Silence of The Lambs», («Das Schweigen der Lämmer», 1990) nicht nur einen Oscar errang, sondern der Filmgeschichte zu einem Ungeheuer vom Schlage eines Dr. Frankenstein verhalf, arbeitete hier zum zweiten Mal mit dem von ihm keineswegs favorisierten Regisseur James Ivory zusammen. In «Howards End» («Wiedersehen in Howards End», 1992) lernte er Ivorys Arbeitsstil zum ersten Mal kennen, dessen betont lässige Einstellung zum Filmemachen, so sein Biograph Quentin Falk, Hopkins irritierte. «Ich muß zugeben, ich war ein bißchen beunruhigt, und plötzlich war ich mir nicht so sicher, ob ich diesen Mann, der sehr wenig Wärme ausstrahlt, überhaupt spielen konnte», zitiert Falk den Schauspieler, der nur von seinem Agenten daran gehindert wurde, den Film abzusagen. Doch es war ebendiese Rolle des puritanischen Henry Wilcox, die Hopkins den Ausbruch aus dem Hannibal-Lecter-Kannibalen-Image bescherte.

Zu seiner großen Popularität ist Anthony Hopkins erst spät gelangt. 1937 im walisischen Port Talbot geboren, arbeitete der Sohn einer Bäcker- und Konditorenfamilie seit den sechziger Jahren hauptsächlich als Theaterschauspieler. Seit 1968 kamen Film- und Fernsehauftritte hinzu, ohne daß sich der große Erfolg einstellte. Ein Auftritt in Joseph Loseys Ipsen-Verfilmung «A Doll's House» («Nora», 1972), Richard Attenboroughs «Magic» («Magic – eine unheimliche Liebesgeschichte», 1978), Richard Langs «A Change for a Season» («Jahreszeiten einer Ehe», 1980) an der Seite von Shirley MacLaine, «The Elephant Man» («Der Elefantenmensch», 1980) von David Lynch, Roger Donaldsons «The Bounty» («Die Bounty», 1984) oder «Desperate Hours» («24 Stunden in seiner Gewalt», 1991) von Michael Cimino gehören, neben vielen Fernsehrollen, in denen er vom Glöckner von Notre-Dame bis zu Hitler auf «unheimliche» Charaktere festgelegt ist, zu den bekannteren Filmengagements von Anthony Hopkins. Dann kam «Das Schweigen der Lämmer», seit diesem Film kennt ihn jeder.

Als Darstellerin der Margaret Schlegel, die den reichen Geschäftsmann Wilcox am Ende heiratet, war Emma Thompson in James Ivorys «Howards End» («Wiedersehen in Howards End», 1992) Hopkins' Partnerin. Für diese Rolle wurde sie 1993 als beste Darstellerin mit dem Oscar ausgezeichnet. In «Was vom Tage übrigblieb» spielt sie die junge Hauswirtschafterin Miss Kenton, die, anfangs von Stevens' Pedanterie gereizt, die Schüchternheit und tiefe Einsamkeit des Butlers erkennt. Die Entwicklung von der patenten Angestellten zur desillusionierten Ehefrau gelingt ihr nur zum Teil, weil in der Schlußphase des Films die Figur des Stevens immer stärker in den Mittelpunkt gerät. Ihre Weigerung, dem Butler zu folgen, wird eher aus der Logik der Geschichte als aus Emma Thompsons Darstellung deutlich.

Bis 1982 studierte Emma Thompson englische Literatur in Cambridge. Während des Studiums war sie Mitglied im «Footlights Ensemble» der Universität und trat in der «Woman's Hour» auf, einer Frauen-Revue, bei der sie auch als Autorin, Regisseurin und Produzentin mitarbeitete. Emma Thompsons Soloprogramm kam unter dem Titel «Short Vehicle» heraus. Nach Abschluß ihres Studiums folgten Engagements an Theatern im Londoner West End, wo sie zusammen mit ihrem Mann Kenneth Branagh in Stücken wie «Look Back In Anger», «King Lear» und «A Midsummer Night's Dream» zu sehen war. Nachdem die BBC die Aufzeichnung eines frühen Stücks der «Cambridge Footlights» gesendet hat, bekommt Emma Thompson zahlreiche Rollen für Fernsehkomödien angeboten, später eine eigene Show. Spätestens seit ihren Ivory-Filmen wird Emma Thompson in den USA als ‹die› Verkörperung der Engländerin verehrt. Zu diesem Ruf beigetragen haben die Hauptrollen in den Filmen Kenneth Branaghs «Henry V» (1989), «Dead Again» («Schatten der Vergangenheit», 1991), «Peter's Friends» (1991) und «Much Ado About Nothing» («Viel Lärm um nichts», 1992).

Im internationalen Filmgeschäft ist Merchant-Ivory ein Markenzeichen, das mit konservativem Kino in opulenter Ausstattung verbunden ist. Zur Zusammenarbeit von Ismail Merchant und James Ivory kam es, als sich der Inder und der Amerikaner 1961 auf dem Filmfest in Cannes trafen, auf dem Merchants Oscar-nominierter Kurzfilm «The Creation Of Woman» als offizieller amerikanischer Beitrag vorgestellt wurde. Merchants Einfluß ermöglichte es, die von der indischen Regierung gesperrten Rupien-Konten der großen amerikanischen Verleiher für Filmproduktionen in Indien zu nutzen. So entstand 1963 die erste Merchant-Ivory-Produktion «The Householder» nach einem Roman von Ruth Prawer Jhabvala, die hier erstmals, wie später bei fast allen anderen Merchant-Ivory-Produktionen, auch das Drehbuch schrieb. Ruth Prawer Jhabvala wurde in Köln geboren. Ihr Vater war dort Musiker an der Synagoge. Im Alter von zwölf Jahren emigrierte sie mit ihrer Familie nach England. An der Londoner Universität studierte sie Literatur und heiratete den indischen Architekten C.S.H. Jhabvala. In Indien verarbeitete sie ihre Eindrücke zu einer Reihe von Kurzgeschichten und Romanen, die in England sehr populär wurden. Für «Heat and Dust» wurde sie 1975 mit dem englischen Booker Prize ausgezeichnet. Mit ihren Drehbüchern errang die in Neu-Delhi und New York lebende Autorin zahlreiche Auszeichnungen, darunter den Oscar für ihre Forster-Adaption «A Room With A View» («Zimmer mit Aussicht», 1986). 1965 ist «Shakespeare Wallah» der nächste Spielfilm von Merchant-Ivory und Prawer Jhabvala. Der Film über eine Schauspieltruppe, die mit einem Shakespeare-Programm durch Indien tourt, wurde auf der Berlinale zwar mit einem silbernen Bären für die Darstellerin Madhur Jaffrey ausgezeichnet, kam in Deutschland jedoch genausowenig ins Kino wie 1968 «The Guru» mit Michael York und Rita Tushingham in den Rollen des Popstars und seines Groupies auf der Suche nach Erleuchtung. «The Roseland» über den legendären Tanzpalast in Manhattan war 1977 der erste Merchant-Ivory-Film, der, wieder nach einem Buch von Ruth Prawer Jhabvala gedreht, in Deutschland unter dem Titel «Der Tanzpalast» herausgebracht wurde. Aber erst mit der Henry James Verfilmung «Die Dame aus Boston», Drehbuch Ruth Prawer Jhabvala, errangen James Ivory und Ismael Merchant 1984 eine größere Aufmerksamkeit. Der Film mit Vanessa Redgrave, Christopher Reeve, Jessica Tandy und Madelaine Potter in den Hauptrollen greift viele der Motive auf, die in den späteren Merchant-Ivory-Filmen zur Vollendung gebracht werden. 1986 erschien dann mit «Zimmer mit Aussicht» der größte Erfolg des Produzententeams. Der Film hatte schon im Juli des gleichen Jahres soviel eingespielt wie alle anderen Merchant-Ivory-Produktionen zusammen – davon allein im Londoner Curzon-Kino in Mayfair rund eine Million Pfund. Seither sind Merchant-Ivory festgelegt auf historische Geschichten. Eher zeitgenössische Stoffe wie 1989 «Großstadtsklaven», nach Kurzgeschichten von Tama Janovitz, oder 1990 «Mr. und Mrs. Bridge», nach Romanmotiven von Evan S. Connell, fanden zwar Beachtung, wurden vom Publikum jedoch weit weniger angenommen als die 1992 und 1993 folgenden ‹echten Merchant-Ivorys› «Wiedersehen in Howards End» und «Was vom Tage übrigblieb».

REMAINS OF THE DAY
USA 1994

Regie:	James Ivory
Drehbuch:	Ruth Prawer Jhabvala nach dem Roman von Kazuo Ishiguro
Kamera:	Tony Pierce-Roberts
Musik:	Richard Robbins
Schnitt:	Andrew Marcus
Kostüm:	Jenny Beavan, John Bright
Produktionsdesign:	Luciana Arrighi
Darsteller:	Anthony Hopkins, Emma Thompson, James Fox, Christopher Reeve, Peter Vaughan, Michael Lonsdale und andere

Deutsche Erstaufführung: 1994